La femme de pouvoir

Du même auteur

Le Petit Soviet
Liana Levi, 2021

Éric Decouty

La femme de pouvoir

Liana Levi

ISBN : 979-10-349-0536-2

www.lianalevi.fr

À Amos et Nathan

Prologue

[illegible]

Il ne supportait pas de passer par l'entrée principale. [illegible]

[illegible]

[illegible]

[illegible]

Visiteur du soir

Jeudi 16 août 1973

La nuit tombait lentement sans atténuer la chaleur qui accablait le pays depuis quelques jours. En marchant d'un pas rapide le long de l'avenue de Marigny, il desserra son nœud de cravate, mais le rajusta promptement à l'angle de l'avenue Gabriel.

Il ne supportait pas de passer par l'entrée principale. Balladur l'attendait devant la grille du Coq. Les deux hommes se saluèrent sobrement et traversèrent côte à côte le jardin.

Assis dans un fauteuil bas et profond sur la terrasse du palais, près de la fenêtre ouverte du salon Murat, Georges Pompidou était plongé dans la lecture d'un livre, cigarette aux lèvres, un paquet de Winston et un de ces nouveaux briquets jetables en plastique posés au sol, un verre de whisky à sa gauche.

Le Président ne leva la tête que lorsqu'ils furent devant lui. Son mouvement dispersa de la cendre sur sa chemise blanche sans cravate. Il ne l'épousseta pas.

– Vous lisez, Marcellin? demanda-t-il en se levant avec précaution.

– Malheureusement, je n'en ai guère le temps, monsieur le Président, répondit Marcellin qui regretta sa phrase avant d'avoir fini de la prononcer.

– Fouché ne lisait pas non plus… Pas votre prédécesseur[1], le vrai Fouché, sourit Pompidou en écrasant son mégot sur la dalle.

Il ôta ses lunettes et posa le livre ouvert, à l'envers, sur le coussin beige du fauteuil. *Les Fleurs du mal*, une édition ancienne et abîmée, remarqua Marcellin.

1. Pour ceux qui n'ont pas vécu ces années-là, ou oublié bien vite, le Président de la République fait allusion à Christian Fouchet, avec un « t », son ministre de l'Intérieur du 6 avril 1967 au 31 mai 1968.

– Marchons un peu, voulez-vous… Allez-y, Édouard, dit-il au Secrétaire général de l'Élysée, mais avant de partir, pouvez-vous prévenir Claude que je ne rentrerai pas quai de Béthune ce soir ?

Balladur s'éclipsa.

Le chef de l'État et son ministre de l'Intérieur firent quelques pas dans les jardins.

– Comment allez-vous, monsieur le Président ? osa timidement Marcellin.

– Ne vous préoccupez pas de ma santé, il me semble que vous avez d'autres sujets plus importants, répliqua sèchement Pompidou. Vous avez gagné une bataille à Besançon, mais la guerre n'est pas finie, n'est-ce pas ?

– Non, et nous pouvons même la perdre si nous…

– C'est pour me dire cela que vous avez demandé à me voir nuitamment ? le coupa-t-il.

Marcellin se tourna vers Pompidou. Le ministre affronta son œil noir sous ses sourcils broussailleux. Il ne l'avait pas vu d'aussi près depuis bien longtemps. Le visage du Président s'était encore épaissi. Son cou semblait glisser sur le col de sa chemise ouverte.

– Alors quoi, Marcellin ?

Un frisson le fit tressaillir en même temps qu'une grimace fugace apparut sur ses lèvres.

Le ministre s'efforça de faire comme s'il n'avait rien remarqué, se concentrant sur le propos qu'il avait soigneusement préparé l'après-midi même. Bref et concis. Un exercice qui n'avait jamais été son fort. Il recula d'un demi-pas, comme pour prendre son élan.

– Notre pays menace de s'effondrer, monsieur le Président. Les Rouges ne sont pas que chez Lip[1]. C'est une véritable armée

---

1. Au gouvernement, l'obsession du moment, c'est la grève déclenchée chez Lip, dans l'usine horlogère de Besançon, en juin 1973 par ses ouvriers lorsqu'ils ont appris le dépôt de bilan et les centaines de licenciements. Manifestations et actions en soutien aux « Lip » ont pris comme une traînée de poudre, localement et au niveau national.

qui est en train de se déployer. La CGT et le PC constituent le premier front, pour soulever les masses, mais il existe plusieurs autres troupes souterraines. Des stocks de cocktails Molotov sont cachés dans plusieurs facultés. Si nous ne faisons rien, il y aura des morts, beaucoup de morts. C'est sur la violence et le chaos que compte Moscou pour renverser notre régime.

Il marqua une pause, en attendant une réaction de Pompidou. Elle arriva au bout de longues secondes, sans rapport avec le sujet.

Après avoir rapidement fouillé ses poches de pantalon, le Président remonta à la hâte sur la terrasse et alluma une cigarette. Marcellin se tenait à son côté. Il y avait dans les yeux du chef de l'État une sorte d'impatience. D'un coup de menton qui fit tanguer son goitre, il lui ordonna de poursuivre.

Avec trop de mots, le ministre lui expliqua que la menace s'était amplifiée au cours des deux derniers mois. Elle diffusait désormais dans toutes les couches de la société, avait même gagné l'appareil d'État.

– Nos principaux ennemis sont ceux de l'intérieur, répéta-t-il. Ils sont même infiltrés dans l'armée.

Pompidou lui demanda de préciser.

Les faits remontaient à quelques semaines. Marcellin s'excusa de ne pas lui en avoir parlé plus tôt, mais ce n'était au départ qu'un entrefilet dans *Le Canard enchaîné*, le « volatile », comme l'appelait de Gaulle, ce torchon devenu l'organe officiel de toutes les subversions. L'article faisait référence à un document du SDECE[1] classé « diffusion restreinte », portant sur « la parti-

1. Pour ne pas vous perdre dans les arcanes des services secrets et policiers de l'époque, qui ne nous sont plus si familiers, quand les personnages, eux, évoluent dans ce contexte comme des poissons dans l'eau, voici quelques informations sur le SDECE (prononcez « sdèk ») ou Service de documentation extérieure et de contre-espionnage. Aujourd'hui, ce service est devenu la DGSE et se consacre au renseignement extérieur et au contre-espionnage. Le SDECE est aussi appelé la « Piscine », car il a son siège près de la piscine olympique des Tourelles, à deux pas de la caserne militaire du boulevard Mortier, dans le XXe arrondissement de Paris. Les espions du SDECE, qui ont pris en 1945 la

cipation de l'ambassade de Cuba et d'agents spéciaux étrangers à l'agitation contre l'extension du camp militaire du Larzac[1] ». Le papier avait évidemment eu pour effet de rendre impossible l'identification de ces agents. Il était surtout la démonstration qu'il y avait des fuites. Des fuites à tous les niveaux de l'État : au ministère des Armées comme à celui des Affaires étrangères. Le pire était que cet épisode n'avait rien d'exceptionnel. Une note de la DST[2] datant du début du mois d'août avait recensé des actes tout aussi préjudiciables, relevant de ce qu'il considérait, au mieux, comme des manœuvres de déstabilisation, au pire comme des actes de trahison.

---

relève de leurs prestigieux prédécesseurs du Deuxième Bureau, ont dépendu du président du Conseil, puis du Premier ministre jusqu'en 1965. Ils se sont d'ailleurs particulièrement illustrés par leur efficacité pendant la guerre d'Algérie. A priori, les agents du SDECE n'interviennent pas sur le territoire national. L'affaire Ben Barka (1965) va révéler que la réalité est moins claire. Histoire de prétendre assainir les eaux troubles de la « Piscine » après le scandale de la disparition de l'opposant marocain – nous y reviendrons… –, de Gaulle décide de placer le SDECE sous l'autorité du ministère des Armées, maroquin alors détenu par son fidèle et dévoué Pierre Messmer.

1. Depuis 1971, le ministère des Armées projette d'étendre le camp militaire dont il dispose sur le causse du Larzac, près de La Cavalerie, mais une centaine de paysans s'opposent obstinément à l'expropriation de leurs terres. Les 25 et 26 août 1973 – soit dans les jours qui vont suivre cette discussion entre Pompidou et Marcellin –, des dizaines de milliers de personnes, soixante-huitards et hippies, vont converger sur le plateau pour amplifier le mouvement d'occupation des terres et s'opposer par leur résistance passive à la décision politique de militariser le causse.

2. Venons-en maintenant à la DST, Direction de la Surveillance du territoire, appelée familièrement la « ST » par les flics qui la composent et la côtoient. Entre police et espionnage, ce service du renseignement intérieur a été créé en 1944, puis dirigé jusqu'en 1959 par Wybot (Roger Warin), grande figure de la Résistance. Son ombre plane encore sur la ST en 1973, qui est alors dirigée par le préfet Henri Biard – retenez ce nom et celui de Wybot, vous allez les croiser à nouveau. Placée sous la tutelle du ministère de l'Intérieur, la DST est chargée de traquer les espions qui évoluent sur le sol français, prioritairement ceux venus d'URSS et des pays de l'Est ou qui se mettent à leur service. En principe, elle ne se mêle pas de politique intérieure… La DST, aujourd'hui disparue, a été dissoute dans la grande DGSI (Direction générale de la Sécurité intérieure).

Marcellin avait débité son discours en s'efforçant de maîtriser ses mouvements. Une performance. Il laissa filer un silence que Pompidou se garda d'interrompre pour permettre à son ministre de retrouver ses esprits.

Le Président avait grillé sa Winston en quelques bouffées. Il en alluma une autre et tendit le paquet à son ministre qui déclina sa proposition.

Son nœud de cravate était trop serré et son veston boutonné comprimait sa petite bedaine. Marcellin le défit, sortit de la poche intérieure un papier, déplia la feuille et la tendit au Président.

– Vous m'aviez demandé l'autre jour, au Conseil des ministres, d'identifier ceux qui violent le secret de nos délibérations…

Pompidou parcourut des yeux le document. La fumée de sa cigarette toujours vissée aux lèvres lui piquait les yeux, déformant davantage son visage.

– Notre État est gangrené, reprit Marcellin. Nos ennemis sont partout, y compris dans mon ministère, à la Police judiciaire, aux Renseignements généraux[1]. Il y a dans la Police des hommes qui ont fait alliance avec des politiciens et le Milieu pour nous abattre…

– Et c'est à moi que vous osez dire ça ? marmonna entre ses dents Pompidou.

1. Sous la tutelle du ministère de l'Intérieur, les RG ou Renseignements généraux font à l'époque partie intégrante de la Police nationale, mais les RG de la Préfecture de police de Paris (la PP) constituent une sorte d'État dans l'État. Le travail de ces policiers : infiltrer les partis politiques, les syndicats, les associations, les journaux, bref tout ce qui est susceptible d'avoir un intérêt (même lointain) pour le pouvoir, qu'ils nourrissent en notes qui « remontent », pour information. Encore une précision sur la PP : le Préfet a des compétences de police, et donc les services ad hoc, depuis plus d'un siècle déjà ; en 1966, elle est placée sous la coupe de la nouvelle Direction générale de la Police nationale au sein du ministère de l'Intérieur, mais dans les faits la PP demeure une institution policière particulière, avec ses marges de manœuvre ; les RG de la PP ont un poids tout spécial. Comme la DST, les RG ont disparu, absorbés dans la DGSI.

Marcellin, qui lui rendait une dizaine de centimètres, parut s'élever à sa hauteur. Cette fois, ce fut le Président qui s'excusa. Il était chaque jour plus irritable, la faute à cette sale grippe dont il n'arrivait pas à se débarrasser. Il savait que le ministre de l'Intérieur s'était toujours bien comporté envers lui, mieux que la cohorte des gaullistes. Il appréciait d'ailleurs le fait qu'il lui soit resté fidèle, même après son éviction de Matignon au lendemain de la crise de 68. « La fidélité est une vertu bien rare en ces temps », pensa Pompidou.

– Monsieur le Président, vous aurez demain matin sur votre bureau une synthèse circonstanciée des menaces qui pèsent sur vous, sur nous, sur notre pays. Mais si je vous ai demandé de me recevoir ce soir, c'est parce que j'ai quelque chose à vous demander qui ne s'écrit pas. Un feu vert pour traquer et arrêter les ennemis de la France. Les Rouges et leurs alliés. Où qu'ils soient et quoi qu'il m'en coûte.

– N'est-ce pas déjà le cas ?

– Il nous faut faire plus, monsieur le Président. Le plan que nous vous avons présenté avec Robert Galley[1], au mois de juin, va nous permettre de surveiller les activités d'un certain nombre de groupes révolutionnaires. Mais comme je vous l'ai dit, l'hydre bolchevique et terroriste s'est associée au crime et a réussi à s'infiltrer jusque dans la haute administration. L'histoire nous enseigne qu'il n'y a pas d'autre alternative que la vaincre ou disparaître.

Le regard de Pompidou se perdit au fond des jardins, par-delà la cime des arbres sous l'éclat d'une demi-lune. Il se demanda ce qu'il redoutait le plus : les Rouges ou ses amis. Depuis octobre 1968, il avait dépensé plus de forces à lutter contre les seconds. Seul ou presque. S'il doutait de l'imminence d'une révolution bolchevique en France, il n'avait pas besoin du topo de Marcellin pour être convaincu que le pays

1. Robert Galley, autre grande figure du gaullisme, est ministre des Armées d'avril 1973 à mai 1974 dans le gouvernement de Pierre Messmer.

menaçait de plonger dans le chaos. Il était le seul à pouvoir enrayer l'engrenage, mais il n'était plus certain d'en avoir le temps.

Alain était passé le voir, le matin même, animé de son irréfragable optimisme, une photo du petit Yannick en poche. Pompidou s'était plaint à son médecin de fils de n'avoir pas encore vu son troisième petit-fils, mais il ne voulait pas contaminer le bébé avec sa grippe. Alain l'avait une fois de plus rassuré. Dans quelques jours, il irait mieux et la famille se retrouverait quai de Béthune.

Un soudain accès de toux le tira de sa mélancolie. Il détestait ce sentiment qui l'envahissait de plus en plus souvent. Agir pour le dissiper.

– Vous avez carte blanche, Marcellin.

– Merci, monsieur le Président.

– Et comment comptez-vous agir ?

– Les détails n'ont que peu d'intérêt, monsieur. Disons qu'il nous faut commencer par être informés et documentés. Vite et en profondeur. Je connais des hommes sûrs et irréprochables pour accomplir ce travail.

Pompidou alluma une nouvelle cigarette et tendit sans conviction le paquet à Marcellin. Cette fois, celui-ci accepta une cigarette. Le Président sourit, son ministre se détendait. Il se dit qu'il avait davantage l'allure d'un quincaillier de province que d'un ministre de l'Intérieur, mais il savait qu'en politique comme en toute chose, il ne fallait pas se fier aux apparences. Jamais.

– Puisque nous en sommes là, il y a quelque chose que j'aimerais vous confier, Marcellin. Venez avec moi, dit-il avec une solennité inattendue.

Le Président traversa le salon des Ambassadeurs avant de prendre l'escalier Murat dans le vestibule d'honneur. Marcellin le suivit, quelques pas derrière lui, troublé par l'étonnant silence du palais. Même l'huissier dans la première antichambre avait quitté son poste.

Pompidou ne s'étonna pas de voir Madeleine Négrel derrière son petit bureau. Tout le monde savait qu'elle ne partait jamais avant lui. La secrétaire du Président avait son habituel collier de perles sur une robe chasuble noire et son brushing était impeccable. Elle salua sobrement Marcellin.

Le ministre de l'Intérieur n'était pas entré dans le Salon doré depuis une éternité. Pompidou ne referma pas la porte derrière eux et se dirigea directement vers son bureau. Il saisit sa veste posée sur le dossier du fauteuil et en sortit un petit carnet à la couverture noire qu'il feuilleta rapidement.

– Ah, voilà ! Le 17 novembre. Le jour où Somveille[1] est venu me voir rue de la Tour-Maubourg. Je sais que c'est vous qui lui aviez demandé de me prévenir. Je ne crois pas vous avoir remercié…

Marcellin avait les yeux rivés sur le carnet. Il lui était maintenant impossible de rester immobile. La rumeur avait circulé sans jamais être confirmée, ni démentie, que Pompidou avait un pense-bête tout personnel. Même les journaux sérieux avaient évoqué l'existence de ce « petit carnet noir ».

Le Président en tourna encore quelques pages avant de s'arrêter sur l'une d'elles. Sans la lire, il la déchira d'un mouvement sec et rapide du poignet.

– Tenez, vous regarderez ça plus tard, tranquillement, lui dit-il. Quelques noms ont déjà été biffés, mais il en reste pas mal… Vous les rajouterez à votre carte blanche.

1. Pierre Somveille est le très discret directeur de cabinet du ministre de l'Intérieur Raymond Marcellin, depuis sa nomination en 1968. Sa carrière a débuté à la préfecture de la Gironde en 1944, alors dirigée par un certain Maurice Papon, mais c'est une autre histoire – enfin, peut-être pas.

Première partie

Carte blanche

août-septembre 1973

L'info

Jeudi 30 août

L'orage éclate dans un roulement de tambour. Il presse le pas, mais au milieu du pont au Change, une pluie torrentielle s'abat sur la ville. L'horloge du Palais de justice indique tout juste minuit.

Simon se met à courir en baissant la tête et manque de percuter un couple venant en sens inverse, la femme zigzague pour éviter les flaques. Il remarque ses chevilles fines et ses ongles rouges dans des tropéziennes blanches. « Où il va comme ça, le môme ? » fait une voix qu'un coup de tonnerre plus lointain ne parvient pas à couvrir.

Sans arrêter sa course, Simon relève la tête, cherchant autour de lui, à travers le rideau de pluie, l'origine de l'appel. Il est déjà sur le pont Saint-Michel lorsqu'il aperçoit, derrière lui, debout à l'entrée du Soleil d'or, Gérard Lesieur, hilare, un verre à la main. Il lui fait signe de venir se mettre à l'abri. Simon rebrousse chemin. Ses pieds font ventouses dans ses souliers en cuir.

Lesieur s'efface pour le laisser entrer et ne pas être éclaboussé. Simon Kaspar s'ébroue.

Appuyé au comptoir, Gerber lui adresse un bref sourire. Simon reprend son souffle, lève la main en guise de salut collectif. D'un regard, il fait le tour du bistrot. Il est presque vide.

Deux hommes et une femme d'une quarantaine d'années, assis près de la grande baie vitrée côté Seine, devant des verres vides, regardent la place Saint-Michel noyée par l'orage. Au fond, dans un coin mal éclairé, un autre homme, blouson de toile sombre et chemise à carreaux bleus et blancs, est attablé devant une omelette et un pot de rouge. Probablement un flic. Son visage ne lui dit rien.

Lesieur a rejoint Gerber au bar. Tous les deux regardent Kaspar les bras ballants, dégoulinant comme une serpillière mal essorée sur une corde à linge.

– Tu prends quoi ? lui dit Lesieur en hélant Roger, qui sort de l'arrière-salle.

Le patron glousse en découvrant Simon au milieu de la petite flaque d'eau qui s'écoule doucement sur le linoléum.

– Un cognac, dit-il en s'approchant des deux autres.

Lesieur commande une autre pression et Gerber se contente de désigner son ballon vide. Il n'a pas encore prononcé un mot, ni raillé la ridicule posture de Simon. Ses sourcils légèrement froncés marquent une préoccupation, peut-être juste de la fatigue.

Ils ont travaillé ensemble pendant quelques mois lorsque Simon Kaspar est arrivé à la Mondaine[1], l'année précédente. Depuis, Gérard Lesieur a intégré le groupe des Julots* et Marc Gerber dirige celui de la Galanterie[2], mais Simon est resté proche des deux hommes, une amitié qui dépasse le cadre de la brigade. Sur des modes différents, l'un gouailleur et paternaliste, l'autre taiseux et rigoureux, ils lui ont toujours témoigné

1. Au XIXe siècle, la Brigade des mœurs, au sein de la Préfecture de police de Paris, traînait une sinistre réputation. Devenue la Brigade mondaine, son image s'améliore à peine. Chargés essentiellement de la surveillance, du contrôle et de la répression des activités liées au sexe et à la prostitution, les flics de la Mondaine travaillent la nuit, fréquentent les milieux interlopes, avec une mission non dite mais assumée : collecter des informations et renseigner le pouvoir sur les activités privées et « vices » cachés de personnalités « intéressantes »... En 1975, elle sera rebaptisée Brigade de répression du proxénétisme (BRP).

* Pour les termes d'argot policier signalés par un astérisque, se reporter au glossaire, p. 433.

2. La Mondaine est organisée en plusieurs groupes de policiers qui ont chacun une mission spécifique. Le groupe des Julots s'occupe des proxénètes. Il est chargé de la surveillance des réseaux de prostitution. À côté du groupe des Julots, il y a le groupe de la Galanterie (prostituées), celui des Hôtels (propriétaires réels des établissements de prostitution), celui des OBM (Outrage aux bonnes mœurs), celui des Pédés, etc. Le groupe des Stups (drogues) fait lui aussi partie de la Mondaine.

de la bienveillance. Simon a beau avoir pour principe de garder ses distances avec les collègues, il éprouve un certain plaisir à retrouver ces deux-là. Il a passé une sale soirée, couronnée par cette douche qui va lui coûter un nettoyage à sec et peut-être même une bronchite. Sa chemise lui colle à la peau et il a froid. Le cognac le réchauffe.

– Ça va ? demande Lesieur.

– L'ordinaire du moment, reprend Simon. Ils ont fermé La Petite Auberge, il y a un mois, mais trois chambres ont déjà été rachetées... Deschamps a rendez-vous demain chez le juge, il s'attend à morfler, bref des merdes et des emmerdes à venir.

– T'as entendu parler de rien ?

Gerber a posé la question sans lever les yeux, en faisant tourner l'alcool ambré au fond de son verre. Sa voix est métallique. Simon se tourne vers lui. Il le dépasse d'une bonne tête.

– Y'a un problème, Marco ?

– C'est possible.

Marc Gerber vide son verre.

Simon n'est pas certain de vouloir connaître ce problème. Il aurait surtout envie d'ôter ses vêtements et de prendre un bain. Cette nuit, le sommeil viendra peut-être.

– Personne ne t'a parlé de rien, alors ? reprend Lesieur dans son dos.

Il se recule d'un pas et les regarde tour à tour.

– Hey les gars, à quoi vous jouez ? J'ai entendu parler de rien d'autre que d'histoires de putes, de julots merdiques et de ventes d'hôtels à la con... Là, je rentre chez moi, dans mon studio pourri. J'aurais dû entendre parler de quoi ?

Gerber se redresse. Il porte un costume gris clair, une chemise d'un bleu très pâle et une cravate écossaise rouge et noir. Ses cheveux châtain foncé d'ordinaire impeccablement tirés en arrière rebiquent sur ses oreilles. Des cernes sombres rétrécissent davantage ses yeux noirs. Il dessine sur ses lèvres un sourire forcé mais doux.

– Tu te souviens de la Belle Estelle ?

– Ouais, mais c'est surtout toi qui la connaissais... Elle a bazardé sa boutique au printemps, quand ils ont inauguré le périph', c'est ça ? Elle disait qu'elle ferait deux tours avant d'aller se la couler douce sur la Croisette.

– Eh bien, elle n'a pas passé le périph', assène Gerber.

– On l'a retrouvée ce soir derrière Gambetta, précise Lesieur.

Simon n'a pas vu partir les deux couples, ni l'homme à la chemise à carreaux. Lesieur propose de s'asseoir en demandant à Roger de les resservir. Le patron du Soleil d'or s'exécute en maugréant. Il leur rappelle qu'il ouvre tous les jours à 6 heures pour le service du café ou du petit blanc des lève-tôt et des couche-tard de la Maison poulaga. Ceux du 36 d'un côté et ceux de la Préfecture de l'autre. Simon le rassure, ils vont faire vite, lui aussi est pressé de rentrer.

Ils s'installent au fond, sur la banquette où était assis le type qu'il a pris pour un flic. Lesieur allume une Marlboro et fait glisser le paquet au logo rouge et blanc sur la table vers les deux autres. Gerber résume.

Vers 18 heures, une femme a été retrouvée chez elle, un petit appartement au troisième étage du 26 de la rue des Montibœufs. C'est sa fille qui l'a découverte. Massacrée au couteau de boucher. Il préfère passer sur les détails. Les flics du XXe arrondissement n'ont pas traîné à identifier la cliente* : Danielle Simonnot, cinquante-cinq ans, dite la Belle Estelle, sans profession et frangine* de son état. Deux heures plus tard, le proc' a refilé le dossier à la Crim'[1].

– Mercadier est sur le coup, précise-t-il. C'est lui qui m'a prévenu. On a fait équipe de 64 à 67. Il n'avait pas besoin de chercher bien loin pour savoir qu'elle avait été ma cousine*.

---

1. La Crim' ou Brigade criminelle est la plus célèbre des unités de la Direction de la Police judiciaire de la PP, sise au 36 quai des Orfèvres. Popularisée notamment par le commissaire Maigret dans les romans de Simenon, la Crim', côtoie dans ces murs d'autres services qui font parler d'eux, notamment l'Antigang et la Mondaine, tous regroupés dans la PJ (Police judiciaire) et dépendants du Préfet de police de Paris.

Mercadier est convaincu qu'elle a été découpée pour une histoire de fric, la vente du studio où elle travaillait et de deux autres piaules qu'elle avait en gérance, rue d'Aboukir. La Crim' va forcément demander à la Mondaine de collaborer.

– Surtout à toi, le môme, puisque c'est toi maintenant le patron de la rue Saint-Denis. Elle bossait là-bas, la mère Estelle, ajoute Lesieur.

Simon perçoit une forme d'ironie amicale dans sa remarque. Si, depuis un an qu'il était à la Mondaine, il n'avait pas officiellement pris du galon, il avait en revanche gravi pas mal d'échelons. Sans qu'il comprenne trop pourquoi, Filippis l'avait à la bonne. Au début de l'année, lorsque Beauvau[1] avait ordonné « l'assainissement de la rue Saint-Denis », c'est à lui que le taulier* avait demandé de diriger les opérations. Philippe Rocher, le chef du groupe des Hôtels, avait même appuyé cette promotion, qui lui évitait de mettre directement les mains dans le sac à merde de la rue Saint-Denis : il préférait se délester du fardeau du nettoyage de l'ancienne voie romaine. Il était persuadé que la purification du chemin le plus court vers la basilique Saint-Denis ne manquerait pas de conduire son exécutant aux enfers. Le « môme » ferait parfaitement l'affaire. À la brigade, Simon était ainsi devenu officieusement le « patron de la rue Saint-Denis ».

Les deux flics ponctuent leur résumé d'un silence. Ni l'un ni l'autre ne cherche à dissimuler son trouble.

Simon avale son cognac d'une traite, remet en marche son cerveau déconnecté par l'orage. Une vieille prostituée, modeste mère maquerelle, apparemment rangée des affaires, salement assassinée pour une de ces histoires immobilières qui agitent le quartier depuis que Marcellin, leur ministre, s'est mis en tête d'y faire le ménage… Il n'a jamais entendu dire que la Belle

1. Ministère de l'Intérieur (du nom de la place où il est installé). Le détenteur de ce maroquin est de fait le patron de tous les flics de France, y compris de ceux de la Préfecture de police de Paris, actifs au 36.

Estelle trempait dans ces combines et, depuis qu'elle a mis les voiles, personne ne lui a rappelé son souvenir.

– Donc, dans le quartier, tu n'as entendu parler de rien… soupire Gerber.

– Non, répète Simon. En même temps, si ça s'est passé ce soir, ce n'est pas très étonnant.

– On n'en sait encore rien. Sa fille l'a trouvée ce soir, mais elle a sans doute été trucidée plus tôt. Peut-être même la nuit dernière ou avant. On verra avec le rapport du légiste.

– C'est quoi qui te tracasse ? avance Simon.

Gerber lisse ses cheveux comme pour se donner une nouvelle contenance. Il prend un ton solennel.

– Je ne crois pas à cette histoire de studios. Je la connaissais depuis des lustres. Elle avait décidé de raccrocher avant qu'on ne commence à fermer les hôtels. Elle avait fait son temps et, pour elle, tout se réglait pépère.

– Allez, Marco, tu peux lui dire au môme… lui souffle Lesieur.

Simon hésite entre l'envie de planter là ses deux collègues avec leurs états d'âme et la curiosité qui se met à le gagner.

– Un truc que je devrais savoir ?

– Pas forcément, place Lesieur.

– Il y a quelques années, une fille du boulevard Pereire a été retrouvée dans un studio de la rue Descombes…

Gerber s'interrompt, laisse passer un silence qui permet à Lesieur de rebondir :

– Je n'ai pas vu le cadavre d'Estelle, mais j'avais vu celui de Sylvie. Ce n'était pas joli.

– Même mode opératoire, conclut Gerber.

Simon n'est pas sûr de comprendre.

– Vous voulez dire qu'un disciple de Jack se balade dans Paris ?

– Plutôt de Louis-Joseph Philippe.

Il connaît vaguement l'histoire de l'éventreur de prostituées parisiennes qui agissait vingt-cinq ans avant celui de Londres, dont le nom a été effacé trop rapidement des livres d'histoire criminelle.

– T'en as parlé à Mercadier ? reprend Kaspar.

– Non !

– Je ne comprends pas, Marco.

– Tu ne comprends pas, quoi ?

– Ben, pourquoi tu n'as rien dit à la Crim' ?

Gerber ne répond pas. Lesieur non plus.

Simon sent son dos se raidir, tous ses muscles se tendre. Cette réaction qui lui est si familière et qu'il s'efforce depuis toujours de contrôler. Il aimerait tant réussir à garder la maîtrise de ses nerfs. En toute occasion, surtout lors des plus dérisoires.

– Je répète ma question ou ce n'est pas la peine ?

Simon fixe les deux flics à tour de rôle.

Le cognac rend ses yeux verts encore plus brillants. Il sait l'effet que son regard produit, le malaise qu'il génère. Chez les hommes comme chez les femmes. C'est son instrument, un moyen, une menace latente. Si Lesieur détourne les yeux, Gerber, lui, malgré ses billes brunes ternies par l'alcool, relève le défi. La pluie a cessé, on entend le bruit des gerbes d'eau au passage des rares voitures sur le boulevard du Palais. Il se penche légèrement vers Simon.

– C'est quoi, ta vraie question ? dit Gerber à voix basse.

Simon ne cille pas.

– Tu veux dire : est-ce que j'ai quelque chose à cacher qui justifie que je n'ai rien dit à Mercadier ?

Simon lui oppose le même silence en réponse.

Lesieur regarde sa montre, étranger à leur tête-à-tête.

– Je t'aime bien, Simon. Tu as beau être le type le plus antipathique que j'ai croisé depuis longtemps, je t'aime bien…

– Qu'est-ce que ça a à voir ? le coupe Simon.

La tournure de la discussion le met mal à l'aise. L'évocation des sentiments lui est une chose insupportable. Depuis toujours. Même quand c'est Nanou qui exprime les siens pour lui. Avec le temps elle a d'ailleurs fini par apprendre à les garder pour elle. Il les connaît et ça lui suffit, pas la peine de mettre des mots.

– Tu sais ce que c'est la culpabilité ? poursuit Gerber.

– Non !

Le chef de la Galanterie a un sourire bourru. Mélange de mépris et de bienveillance. Simon y voit le grotesque de sa réponse.

Demeurer impassible.

– Moi, je connais !

Les trois mots, même prononcés faiblement, claquent comme le maillet d'un vénérable. Fin de séance.

Du bout du bar, Roger s'approche d'eux, montrant des signes d'exaspération. Lesieur sort deux Voltaires froissés qu'il lui tend. Sans plus de mots, les trois flics quittent le Soleil d'or.

Lesieur regarde sa montre. S'il fait vite, il a encore une chance d'attraper le dernier métro à Châtelet.

Gerber tend la main à Simon. Un salut amical.

Avant d'avoir franchi le pont Saint-Michel, le jeune flic se retourne. Roger a déjà éteint les néons. Il aperçoit Marc Gerber longer le quai des Orfèvres.

Identité judiciaire

Jeudi 30 – vendredi 31 août

Le lampadaire au coin des rues Boutebrie et de la Parcheminerie suffit à éclairer le studio à travers deux fenêtres sans rideaux. Au deuxième étage. Les toilettes sont sur le palier. Simon l'a aménagé d'un lit simple, d'une table en formica, d'une chaise en bois et d'une plaque chauffante. Un vieux tourne-disque est posé sur le plancher, devant une dizaine d'albums contre le mur. Une odeur de tabac brun flotte dans l'air tiède.

Simon retire sa veste, vide ses poches : son portefeuille, sa médaille « Police », les menottes, un petit carnet ondulé par l'humidité, un Bic noir, son Zippo, un paquet de Gitanes trempé. Le « bitumar », le plan de Paris qui lui a été donné le jour où il a débarqué au Quai, a pris l'eau. Il le déplie pour le faire sécher sur la table, déboucle son étui d'épaule avec son calibre 7.65 Unique et enlève sa chemise par le col sans la déboutonner. Son pantalon lui colle à la peau.

La baignoire sabot occupe presque tout l'espace de la salle de bains. Il a mis un disque au hasard. Sans vérifier la température, il se glisse dans l'eau et replie les genoux contre sa poitrine. La position a beau être inconfortable, il sent ses muscles se relâcher. *La Rosita* : Coleman Hawkins et Ben Webster au sax ténor, Oscar Peterson au piano. Il a les larmes aux yeux. Demain, il passera voir sa grand-mère, peut-être dîneront-ils ensemble.

Dormir, maintenant. Même un peu.

Il pose sa montre au bracelet en métal élastique sur un livre jamais ouvert qui lui sert de table de chevet. L'endormissement arrive aussitôt.

Comme chaque nuit, le sommeil ne dure guère plus de trois heures et repart sans laisser de traces. Simon aimerait tellement rêver. De n'importe quoi, de n'importe qui. Il ne se souvient plus d'avoir rêvé. La mort doit ressembler à cela.

Vivre maintenant.

Il se lève sans effort, met une casserole d'eau à chauffer sur la plaque, deux cuillerées de café soluble et un morceau de sucre dans un vieux bol en grès. Le transistor est muet. Cela fait une semaine qu'il oublie d'acheter des piles. Le café est trop chaud. Pour patienter il inspecte son visage dans le miroir rectangulaire posé sur la tablette en plastique de la salle de bains. Il lui semble plus long, sa mâchoire plus carrée. Il met un peu d'ordre dans ses cheveux noirs bouclés et passe le rasoir électrique sur ses joues pourtant glabres. Son absence presque totale de barbe accentue son air juvénile, masque troublant d'une candeur disparue. Simon adresse un sourire triste à l'homme en face de lui.

Le café a tiédi. Il l'avale en grimaçant, puis ouvre le placard encastré dans le mur au pied du lit. Quatre costumes pendus à des cintres en bois et, sur l'étagère du haut, une pile de chemises parfaitement repassées, toutes blanches. Il saisit celle du dessus, un complet beige à pattes d'éléphant et une cravate en laine, rouge et bleue. Il s'y reprend à plusieurs fois pour réussir le double nœud. Ses chaussures sont encore humides. Il les met avec peine, sans chaussettes. Le jeune flic perçoit des bruits de moteur et de ridelles de camions venus du boulevard Saint-Germain. Il regarde sa montre et se surprend à fredonner le tube de l'année dernière. Sa grand-mère lui trouve une ressemblance avec Dutronc. Elle est la seule.

Sortir maintenant.

Une Renault 12 se gare dans la cour du 36. Deux flics, les visages plus froissés que leurs chemises, s'étirent en descendant et ouvrent la portière arrière à un jeune Noir, les mains menottées dans le dos. Chacun lui saisit fermement un bras au niveau du biceps avant que le trio ne s'engouffre dans le bâtiment. Simon les connaît de vue. Il préfère les laisser prendre un étage d'avance. Il ouvre un paquet de Gitanes neuf et allume une clope. Trois bouffées avant de jeter le mégot dans une flaque d'eau, reste de l'orage de la veille.

Du dépôt il entend monter le chant des bonnes sœurs qui accompagnent jour et nuit les femmes en cellule, esprits dégrisés après une nuit de garde à vue, putes, braqueuses ou infanticides, toutes des âmes perdues. Leur mélopée mélancolique lui file le frisson. Il songe au sacrifice de leurs vies de recluses, pour un paradis auquel il n'arrive pas à penser qu'elles croient. Il lève les yeux, voit le ciel parfaitement bleu et prend à son tour l'escalier A.

La pluie semble avoir écaillé davantage la peinture jaunâtre des murs. Des écailles sont tombées sur le lino noir défraîchi qui couvre les cent quarante-huit marches.

Dans le couloir du deuxième étage, les traces d'une nuit ordinaire, comme si une poubelle entière y avait été déversée. Papiers gras, mégots, taches brunes de sang séché, vêtements abandonnés. Plus une seule frangine ni un julot sur les bancs. Ceux-ci ont dû être élargis ou descendus au dépôt avec les nonnes en attendant d'être déférés devant le juge ou le parquetier. Près d'une fenêtre ouverte sur le quai, il aperçoit la tignasse rousse de Saintonge, l'adjoint de Gerber au groupe de la Galanterie. Trois bureaux plus loin, il remarque le petit chapeau en tissu de Rocher. Pour une fois son chef s'est levé tôt. Il s'en moque.

Simon s'installe à son bureau, de l'autre côté du couloir, coincé dans un angle, loin de la lumière du jour. L'espace est étroit, trop sombre, mais il lui permet d'être un peu à l'écart : il n'a personne dans son dos. Ni devant lui, d'ailleurs. Le collègue qui occupe le bureau en vis-à-vis, de l'autre côté du couloir, est en congé maladie depuis six mois. Une urticaire, causée dit-on par un ou deux interrogatoires serrés menés par les bœuf-carottes*.

Simon accroche sa veste au dossier de sa chaise en bois, sort son Bic, son calepin, et s'installe. Les pieds sur sa table de travail simplement encombrée par une machine à écrire Japy blanche, un gros téléphone noir, une corbeille à papiers en métal à moitié remplie et un cendrier jaune Pernod. Il fait tourner les sept chiffres sur le cadran. Généralement, il appelle sa grand-mère de l'extérieur ou de la « cabine », ce placard dans le bureau désaffecté à côté de la Mondaine où chaque flic peut passer et recevoir des coups de fil en toute discrétion. Ce matin, il est tranquille. « Nanou ? C'est Simon. » Sa voix est douce, il a un sourire d'enfant. Il passera dîner avec elle vers 19 heures, et, oui, il lui apportera du linge à laver et à repasser.

Il écourte la conversation. Rocher vient d'entrer et s'approche en tendant le bras plusieurs pas avant d'arriver devant son bureau. Poignée de main trop ferme. Il sort d'une réunion avec Lulu, Lucien Raillard, l'adjoint de trois patrons successifs et le copain des soixante flics de la brigade. Un agent des impôts va débarquer en début de semaine, il souhaite récupérer la liste de tous les hôtels de passe fermés sur décision du Préfet, avec les noms et adresses des gérants interpellés. Hommes de paille ou pas, ça sera à eux de raquer les amendes, vu que le bizness n'a jamais vraiment arrêté. L'« État proxénète », se marre Rocher… Le julot du fisc est inspecteur de son état. Simon hoche la tête sans enlever ses pieds du bureau. Il va préparer le dossier pour son secteur. Avec un peu de chance, il aura peut-être un client supplémentaire à ajouter à la liste, en cadeau d'accueil. Rocher fait mine d'être surpris, mais ne demande pas de détails.

Le chef du groupe des Hôtels est reparti sans évoquer le cadavre de la Belle Estelle. Gerber n'a pas dû moufter encore. L'information n'a pas dû redescendre encore au deuxième. En tout cas, elle n'est pas arrivée jusqu'à Rocher. Simon pense un instant à monter voir Mercadier. Commissaire Jean-François Mercadier. Idée grotesque. Il n'est même pas certain de reconnaître son visage.

Dans son carnet, Simon note : *boulevard Pereire, rue Descombes, Sylvie.*

Le peu de fraîcheur qu'a répandu l'orage pendant la nuit s'est déjà dissipé. Des odeurs de sueur, de tabac froid et de vieux papier flottent à nouveau dans l'air épais de la pièce sans fenêtre du groupe des Hôtels. Simon sort une chemise rouge à sangle du tiroir du haut. À l'intérieur, des chemises simples en carton, toutes bleues. Le service des crayons, celui qui gère les fournitures, s'amuse dans son dos de ses exigences en matière de couleurs pour ses pochettes. Chacune contient les pièces des enquêtes visant les établissements de son secteur, des rues Saint-Denis, Blondel et Sainte-Foy. Depuis le mois d'avril, il en a fait fermer quatre : La Mansarde, l'hôtel du Commerce, le Saint-Amour et la Petite Auberge. Les gérants ont été inculpés, l'un d'eux dort même à la Santé. Le juge l'a félicité : procédures impeccables. Cependant, si les hôtels ont fermé, les chambres ont été transformées en studios de location.

Simon fait glisser une feuille blanche vierge autour du rouleau de sa Japy. Sa note, à l'attention de l'inspecteur du fisc, va recenser tous les établissements mis en cause et les noms de ceux qui vont devoir acquitter la note aux Impôts. Que des hommes de paille ou des julots à deux balles, casse-croûte* ou à la mie de pain*, comme disent les anciens. Les proprios, les vrais macs, sont inatteignables, ils continuent, eux, tranquillement de tirer les ficelles grâce à quelques notaires véreux.

Sa synthèse sans commentaire tient sur une page. Il la pose sur la pile des chemises bleues, range le tout dans la rouge, serre la sangle et glisse le dossier dans le tiroir.

Simon repousse la machine à écrire, remet en place les objets sur son bureau qui n'ont pourtant pas bougé et saisit le téléphone. Trois chiffres, cette fois, sur le cadran.

– Signol, c'est Kaspar.

– Hé, t'es matinal.

– Tu as le temps de prendre un café ?

– Ah non.

– Si, tu as le temps !

– Fais chier…
– Dans un quart d'heure, au Deux-Palais.

Les vacances judiciaires sont terminées. Le bistrot des Deux-Palais, face à la grille du tribunal, est plein d'avocats, la robe sous le bras. Quelques-uns donnent déjà de la voix. Si aucun ne connaît Simon, lui connaît la plupart d'entre eux, mais pas pour leurs talents dans le prétoire. Tous les baveux* ont leur fiche à la Mondaine. Presque chaque semaine un flic des groupes des Outrages aux bonnes mœurs, des Pédés, des Cocus ou de la Galanterie les enrichit des détails et anecdotes collectés sur les aventures nocturnes de ces messieurs. Lulu centralise et s'occupe de la diffusion. C'est un de ses boulots préférés. Le Préfet et le ministre en sont friands ; les moins gourmands n'étant pas les magistrats, les juges et les procureurs.

Simon s'installe en terrasse le long du boulevard. Il y a déjà des touristes qui patientent dans la queue pour la visite de la Sainte-Chapelle.

Gilles Signol se laisse tomber sur la chaise à côté de Simon, celui-ci ne l'a pas vu approcher. Son tee-shirt siglé UCLA est d'un blanc incertain, le pli de son pantalon écossais, impeccable. De grosses lunettes rectangulaires mangent son visage mal rasé, ses cheveux blonds lui tombent sur les épaules. Il sort un paquet de Royale verte de sa poche revolver.

– T'as une sale gueule, dit en souriant le flic de la Mondaine.
– T'as pas vu la tienne ?
– Tu as bossé cette nuit ?
– Mouais.

Signol travaille à l'Identité judiciaire depuis une quinzaine d'années. Photographe. Enfin, plutôt laborantin. Sa rencontre avec Kaspar remonte à la nuit de la Saint-Sylvestre 1972, en haut de la rue Saint-Denis. Simon traînait dans le coin moins pour raison professionnelle que pour échapper au mousseux tiède des permanenciers à la brigade. Il avait aperçu un type entouré par trois mastards noirs apparemment bien décidés à lui refaire le portrait. D'abord enclin à laisser à son sort celui qu'il pensait être un client aviné, il s'était mêlé à leur conversation au moment où un des gros bras avait fait briller une lame de quinze centimètres sous le nez du blond terrifié. Sans vraiment réfléchir, il avait sorti son calibre et traversé la rue à grands pas. Il avait piqué le flingue dans la tempe de l'apprenti chirurgien après avoir broyé d'un coup de pied les parties intimes d'un de ses assistants. Le troisième était resté interdit. Il leur avait ensuite tranquillement expliqué qu'il était de la police. Les trois mastards s'étaient justifiés en affirmant que l'autre était une saloperie de raciste. Les trois hommes s'en étaient retournés sans plus de dommages en oubliant de souhaiter la Bonne Année au quatrième. Simon avait noté le numéro de l'immeuble où ils étaient rentrés avant de poser quelques questions à celui qui avait juré ne pas être raciste. Certes, les Noires le rendaient fou. Son désir irrépressible d'exotisme l'avait entraîné dans une fréquentation assidue de la rue Saint-Denis. Dans un sanglot pathétique, il avait fini par confesser à Kaspar qu'il était lui aussi de la Maison. Il l'avait supplié de ne pas faire de vagues, de ne rien raconter de son altercation ni au 36, ni ailleurs. Quant à sa passion dévorante, il ferait tout pour la combattre dorénavant. Le jeune flic s'était contenté d'un sourire de mépris : de sa confidence, il ferait un secret qu'il préserverait sous conditions.

Un garçon en tablier se plante devant eux. Deux cafés. Signol allume une Royale verte. L'odeur de menthe soulève l'estomac de Simon. Il prend une Gitane.

– Qu'est-ce qui te ferait plaisir, Kaspar ?

– La boucherie d'hier soir.

– Je n'y étais pas.

– Je sais, mais tu as tiré les photos et je suis sûr que tu as lu les constates*.

Signol avale son café et se tourne vers l'intérieur du troquet pour en commander un autre.

– Pourquoi tu veux voir ça ? C'est vraiment dégueulasse. Et puis j'ai monté le dossier à Mercadier il y a une heure.

– Je ne veux pas voir, je veux savoir. Je veux que tu me racontes tout, dans le détail.

– Tu me donnes quoi en échange ?

– Fatou. Fatouma. Officiellement, vingt et un ans. Arrivée la semaine dernière de Bamako ou Abidjan. 17, rue Blondel, tous les soirs à partir de 22 heures. Tu devrais apprécier.

– OK, OK. La bonne femme s'appelle Danielle Simonnot, cinquante-cinq ans, Française et sans profession. Sa fille l'a trouvée chez elle à 18 heures, rue des Montibœufs, au numéro 26 ou 24, je ne me souviens pas. La gamine a vingt-deux ans, elle est étudiante en droit et habite avec sa mère. Rachel. C'est juif comme prénom… C'est la mère ou la fille, ta cliente ?

– Reste concentré.

À l'évidence, le passé de la Belle Estelle n'a pas été mentionné dans le rapport. La présence de Gerber non plus.

Signol poursuit. Pas d'effraction, pas de vol, tout était parfaitement en ordre dans l'appartement. Il s'assure que Simon veut bien connaître les détails. Elle était nue, dans la baignoire, les mains attachées dans le dos avec du fil de fer, les chevilles aussi, du chatterton noir sur la bouche. Dix-huit coups de lame. La langue tranchée, le visage tailladé. Pas de couteau sur place. La poudre n'a permis de relever aucune autre empreinte que celles de la mère et de la fille.

Pas grand-chose de plus que le résumé de Gerber.

– Rue du Théâtre, elle n'avait pris que douze coups de surin, ajoute Signol.

– Quoi ?

– Là, j'y étais. Janvier 1970. Un dimanche. Grosso modo la même chose. Le chatterton était gris, genre matériel d'électricien. Une pute en fin de carrière. Ça n'avait pas fait les gros titres et d'ailleurs je ne crois pas qu'ils aient arrêté quiconque…

– Rue du Théâtre, tu es sûr ? Elle s'appelait Sylvie, ta frangine ?

– Certain du lieu ! Je me souviens plus de son nom, mais ce n'était pas Sylvie. C'est le prénom de mon ex-femme, je ne l'aurais pas oublié.

Il fait volontairement une mine de dégoût.

– Ils ont ressorti le dossier ?

– Ça m'étonnerait. À part toi, Simon Kaspar, les putes, tout le monde s'en fcut.

Flic parce que

Samedi 1er septembre

Il sort du métro à la station Wagram, traverse la rue Brémontier, entre dans l'immeuble de briques rouges à côté de l'église Saint-François-de-Sales. Quatre étages sans ascenseur. Il pense qu'un jour Nanou n'aura plus assez de force pour les monter. Il n'appuie pas sur le bouton de la sonnette, donne trois petits coups secs contre la porte. Une habitude plus qu'un code. Il pose un baiser léger sur son front.

Elle lui sourit et s'empare de son sac. Son linge sale. Il aimerait la prendre dans ses bras, mais ne sait comment faire. Elle s'accroche à son coude et l'entraîne vers le petit salon. Il a toujours connu le sofa en velours gris face à la cheminée fermée par une plaque en métal, avec sa myriade de bibelots. La vieille table ronde dans un angle, couverte d'un napperon en coton blanc. Des forêts inertes sur des toiles canevas accrochées aux murs. L'appartement est la maison immuable de son enfance. Pas une seule photo aux murs. Elle s'assoit près de lui. Dans son visage anguleux, légèrement masculin et de plus en plus fripé, ses yeux bleus, presque violets. Ils marquent un long silence en accord harmonieux.

– Tout va bien, mon chéri ?

Lorsqu'elle lui parle ainsi, sa voix lui ferait venir des larmes.

Un autre silence.

– Ça va, répond-il, à peine audible.

Nanou regarde les yeux verts de Simon perdus loin devant lui. Il sait qu'elle attend qu'il poursuive, mais n'insistera pas. Les mots sont pourtant là, tout proches, mais si prompts à se disperser au moment de s'assembler en phrases.

Il pose sa tête sur son épaule. Elle lui raconte ses journées dérisoires mais occupées, lui donne les dernières nouvelles du quartier, l'ouverture du Félix-Potin au coin de la rue Ampère, le fromager de la rue de Lévis ayant définitivement tiré son rideau de fer, chez qui ils se rendaient ensemble tous les samedis matin. Vingt années de vie partagée.

Elle se lève d'un bond léger et commence à s'activer. Simon a toujours vu sa grand-mère en mouvement, incapable de rester en place plus de quelques minutes, perpétuellement accaparée par l'intendance dont elle l'a toujours épargné.

– Je t'ai repassé ton linge de la semaine dernière, dit Nanou joyeusement en vidant le sac plein qu'il lui a apporté. Tu devrais aussi penser à trouver une petite femme, je ne serai pas toujours là pour m'occuper de toi.

– Moi je crois que si, tu seras toujours là…

La grand-mère a un petit rire. Il la regarde s'agiter entre la lessive et la cuisine.

– Tu ne me demandes pas comment s'est passée ma semaine au 36 ?

– Non.

Une réponse sèche comme toutes les désapprobations qu'elle lui signifiait avant de les effacer aussitôt par un grand baiser. Nanou a longtemps cherché à le persuader de ne pas entrer dans la Police.

– Pourquoi ? Tu n'aimes pas mon métier ?

Elle s'arrête et le regarde fixement.

– Parce que tu l'aimes toi, ce métier ?

– Bien sûr.

– Je ne crois pas. Je pense que tu fais ce travail uniquement pour trouver quelque chose qui n'existe pas.

– Peut-être que je cherche parce que tu ne veux pas répondre à mes questions…

– Mais les réponses n'existent pas. Arrête, Simon, arrête, je t'en supplie.

Dans sa tête joue le saxophone de Sonny Rollins, *Don't Stop The Carnival.*

– Parle-moi d'*elle*…

Il devine son soupir, relève la tête.

– La fin, juste la fin. S'il te plaît.

La vieille femme s'écarte de lui, remonte le col de sa veste en laine contre le bas de son visage.

– Simon, je t'ai raconté cent fois.

– La vérité, Nanou.

– Je ne t'ai jamais menti, je ne sais pas pourquoi tu ne me crois pas. Elle est morte, c'est tout.

– Elle faisait la pute et ils l'ont butée ?

– Arrête ! crie-t-elle.

– Nanou, je le sais depuis longtemps. Tu le sais aussi. Je voudrais juste que tu m'aides à comprendre.

Simon a parlé à voix basse.

– Il n'y a rien à comprendre.

Elle sort du salon. Simon la suit dans la cuisine.

– Tu as des nouvelles de François ?

– Qu'il aille en enfer.

– Tu ne crois pas en Dieu, mais tu crois au Diable maintenant !

Nanou lâche un petit rire comme un toussotement.

– Depuis combien de temps tu ne l'as pas vu, François ?

Elle fait couler de l'eau dans une casserole.

– Depuis qu'*elle* est morte, c'est ça ?

Elle met l'eau à chauffer sur la cuisinière à gaz.

– Vingt-deux ans… Nanou, bon sang, c'est ton frère.

Elle s'arrête, semble hésiter.

Un silence comme une promesse.

Simon sent son cœur battre plus vite. Trop de nuits sans sommeil, trop d'alcool. La perspective inattendue d'obtenir un début de réponse à la farandole de ses questions l'affole.

– *Elle,* elle a un nom, dit Nanou durement. L'as-tu seulement appelée une fois maman ?

La promesse s'envole. Le regard de Simon plonge au sol.

– Dis-le, Simon, s'il te plaît.

– Les fantômes n'ont pas de nom, pas de visage, souffle-t-il.

– Alors, pourquoi chercher à savoir ?

La colère l'envahit. Il pourrait frapper, donner un coup de poing dans le mur. Il aime tellement Nanou.

– Regarde-moi.

Le vert et le bleu de leurs yeux, face à face maintenant, il ne peut pas y avoir d'affrontement entre eux.

– Ta mère n'était pas ce que tu dis. Elle n'a pas eu de chance. Elle a connu trop de malheurs, trop tôt, trop vite, pour une jeune fille. Je n'ai pas su l'aider, pas su comprendre. Mais elle t'aimait. Tu n'imagines pas comme elle t'aimait.

– C'est pour ça qu'elle m'a abandonné…

– Elle ne t'a pas abandonné, Simon.

– Pourquoi en veux-tu autant à François ?

Nanou prend les poignets de Simon et les amène contre sa poitrine.

– Je ne veux plus parler de ça.

Simon dégage ses mains, fouille dans la poche intérieure de sa veste, en sort son portefeuille. Une photo en noir et blanc au bord dentelé. Une jeune femme aux cheveux clairs lui sourit dans l'image floue. Derrière elle, le visage de l'homme est plus incertain encore.

– Qui est le type ?

Elle ne regarde pas l'image.

– Tu me l'as montrée mille fois. Je ne sais pas… Oublie tout ça. Tu peux encore être avocat, passer l'examen du barreau. Pourquoi ne pas être juge ? Repose-toi, dit-elle, je nous prépare un petit repas.

Simon sourit. En face de la cuisine, de l'autre côté du couloir étroit, sa chambre. Intacte. Le lit cosy, la malle à jeux, les dessins, des livres bien ordonnés, une petite table de bureau, un vieil encrier en porcelaine. Les images se bousculent dans le désordre. Douces et chaudes. Il voudrait tellement en avoir une d'elle. Une seule, autre que ce cliché flou avec un inconnu.

Feu vert

Dimanche 2 septembre

André Servent prend soin de refermer sans bruit la porte de la chambre. Il tient par l'anse le vieux transistor La Voix de son maître que Solange aime écouter avant de s'endormir. Une habitude à laquelle il a fini par se faire avec les années. L'odeur des saucisses grillées du dîner de la veille ne s'est pas dissipée. Il ouvre le petit hublot ovale, unique aération de la cuisine, et allume la cafetière électrique en plastique bleue. Pour le convaincre d'utiliser cette grosse machine moderne et encombrante, sa femme a collé le mode d'emploi sur le capot du réservoir d'eau. Servent glisse dans son compartiment le filtre en papier qu'il charge copieusement de café moulu. Il attend quelques instants que l'engin se mette à ronronner et appuie sur la touche rouge du transistor.

Les grésillements du poste le font grimacer. Il tourne la grosse molette au hasard jusqu'à ce qu'il entende une voix à peu près claire. « Vous écoutez Europe 1, le journal de Robert Wilar. » Une nuit de chauffe à La Ciotat, une entreprise du port a été attaquée et un foyer d'ouvriers nord-africains bombardé de cocktails Molotov. Pas de morts, mais le président Pompidou a envoyé un message à son homologue algérien Boumediene qui s'est officiellement ému des « violences contre ses concitoyens » perpétrées dans la région de Marseille. Depuis qu'un traminot s'est fait égorger par un dingue algérien, le climat est malsain. Le journaliste ne parle toutefois pas de ratonnade. Servent l'interrompt avant qu'il n'égrène les résultats du championnat de foot. L'odeur du café a pris le dessus sur celle des saucisses. Servent ferme les yeux au-dessus de son bol.

Pour ne pas réveiller Solange, il a sorti hier soir des affaires propres qu'il a accrochées à la barre du rideau de douche dans la salle de bains. Un pantalon en tergal gris et un polo bleu clair à manches courtes. Il saisit sa veste noire sur le perroquet en bois dans l'entrée et sort, toujours précautionneusement.

La ville dort encore. André Servent ne met que quelques minutes pour arriver rue Cambacérès. Il range sa 404 à l'intersection avec la place des Saussaies, remonte la rue, salue le planton et pousse la grosse porte du 14 après avoir donné un rapide coup d'œil circulaire. Un réflexe plus qu'une vérification.

L'ascenseur en bois s'élève en grinçant jusqu'au quatrième étage. L'appartement de deux pièces lui est devenu une deuxième maison, à un jet de pierre de Beauvau. Le ministre de l'Intérieur l'a personnellement désigné, il y a six mois, pour qu'il dirige la SUBAC, une unité fantôme qui n'apparaît dans aucun organigramme de la DST[1], dont la mission est simple: débusquer les Rouges et leurs soutiens partout où ils se cachent. Pour les voisins, il est un locataire discret qui reçoit occasionnellement, surtout aux heures où les allées et venues dans la cage d'escalier sont rares. Six tables accotées les unes aux autres forment un rectangle dans ce qui a dû être un salon. Elles sont toutes encombrées de machines à écrire, de téléphones et de dossiers plus ou moins ordonnés. Contre les murs, de grandes armoires métalliques. La lumière du jour perce à peine à travers les voilages gris aux fenêtres. Un seul bureau dans l'autre pièce, plus exiguë, fermée par des volets intérieurs. Servent s'y assoit et fait machinalement un peu de rangement.

Le téléphone sonne. « Oui. Je vous attends », répond Servent qui se dirige aussitôt vers la fenêtre de la pièce principale. Il

---

1. C'est quelques mois après le grand désordre insurrectionnel de Mai 68 que Marcellin crée la SUBAC (nom de code pour SUBversion-ACtion), en marge de la DTS. Le ministre de l'Intérieur couve son officine de fichage et de répression, qui a dans le viseur tous les agitateurs gauchistes et communistes; elle est au centre de ses préoccupations hebdomadaires, au cœur du bureau de liaison. Détail amusant: dès 1971, un journaliste du nom d'Angeli, avec son acolyte Backmann, révèle son existence dans leur livre *Les Polices de la nouvelle société*.

en écarte légèrement le rideau. Un homme sort de l'immeuble presque en face, traverse la rue vide et entre au 14.

Servent attend que l'ascenseur soit en marche pour entrouvrir la porte. La poignée de main est formelle. Guy Xoual retire ses lunettes ovales à fine monture métallique. Il se frotte longuement les yeux comme s'il voulait faire disparaître le sommeil qui alourdit ses paupières.

– Mauvaise nuit ? lance Servent.

– Blanche, répond le sous-directeur de la DST en s'asseyant sur une chaise au hasard.

– Marseille ?

– Rien à foutre des bougnoules. Et *lui* s'en tape aussi.

– Vous l'avez vu ?

Xoual regarde sa montre, puis étire sa grande carcasse maigre dans son costume sombre.

– J'en sors, soupire-t-il. Une heure et demie. S'il n'avait pas dû aller à la messe, j'y serais encore.

Tous deux connaissent les rituels de Marcellin. Ses rendez-vous matutinaux du dimanche dans son bureau de la place Beauvau, ses petits pas nerveux autour de son invité en tirant sur sa bouffarde.

– Et alors ?

– J'ai un message pour vous, commissaire, répond Xoual à voix basse.

Servent, qui est resté debout, va s'assurer que la porte d'entrée est solidement fermée. Il s'assoit devant Xoual. Leurs genoux se touchent presque. Il joint ses mains comme pour contenir son excitation.

– Je vous écoute, dit-il.

– Vous avez toujours quelqu'un chez Lip et au Larzac ?

– Deux types à Besançon. Même les RG ne les connaissent pas. Ça fait plus de dix ans qu'ils travaillent pour moi. Je peux vous dire qu'un des deux a fait le coup de poing avec les CRS le 14 août et s'est retrouvé, deux jours plus tard, à faire le service d'ordre des syndicalistes, quand Séguy est venu agiter les troupes. On aurait tort de croire que ça va se tasser. Ces mecs sont assis sur le trésor de guerre que leur fournit Brejnev. Un jour ou l'autre, ils sortiront les armes… L'infiltration est moins profonde au Larzac. Là-bas, ce sont plutôt les RG qui ont la main.

– Il ne faut rien lâcher, commissaire.

– « Ne rien lâcher », c'est ça le message ?

Servent se lève d'un coup.

– Asseyez-vous.

Xoual aiguise sa voix.

– Il dit que vous avez carte blanche. Et pas qu'à Besançon…

– Ce qui signifie ?

– Pas de problème de fric, pas de problème de moyens humains et techniques, pas de problème de cibles.

Xoual s'interrompt.

– Le ministre ne souhaite pas non plus que vous perdiez votre temps en paperasserie, toutes ces procédures qui nuisent à l'efficacité. Vous comprenez ce que je veux dire, commissaire ?

– Très bien, sourit Servent.

– En contrepartie : un rapport régulier, écrit ou verbal, à moi et à moi seul.

– Et pourquoi vous ?

– Peut-être parce que je suis le patron du service, vous ne croyez pas ?

Servent ne relève pas l'ironie qu'il a mise dans ses mots.

– Et Biard ?

– Il est malade. J'ai toute autorité sur la DST. Vous préféreriez avoir un autre interlocuteur. Moi aussi. Nous ne nous sommes pas choisis, mais aujourd'hui nous sommes obligés de nous faire confiance, c'est comme ça.

Les pommettes saillantes de Guy Xoual tendent la peau de son visage. Il se rapproche encore du commissaire comme pour lui glisser un secret à l'oreille.

– Je suis la couverture absolue de votre « carte blanche ». Vous devriez vous en réjouir.

André Servent laisse passer un silence, histoire de bien enregistrer la dernière phrase prononcée par son supérieur. Il ponctue son silence, tout réfléchi, d'un petit mouvement de tête, se lève sans un mot et va dans la pièce voisine. Il y déverrouille le bloc tiroir de son bureau, sort sept feuillets de papier pelure et revient sur ses pas.

– Jetez-y un œil, dit-il à Xoual en lui tendant les fines pages dactylographiées.

Une liste serrée de noms avec adresses personnelles et fonctions. Des politiques de premier et de second plan, des syndicalistes, des journalistes du *Monde*, du *Canard*, de *Libération*, d'*Hara-Kiri*, de *La Cause du peuple*, mais aussi de *L'Aurore*, de *France-soir* et du *Figaro*. De l'ORTF. Des éditeurs, des chanteurs, des comédiens. Et une litanie d'hommes et de femmes dont Xoual n'a jamais entendu parler. Deux feuillets de fonctionnaires des ministères des Affaires étrangères, de la Justice, de la Culture, mais aussi des Finances. Un feuillet pour les flics. Des gars de la PJ, des RG et même du 6e Bureau, l'unité créée en 68 par Marcellin au sein de la Sous-direction des Affaires criminelles de la Police judiciaire chargée de traquer les subversifs de tous horizons, des anarchistes à l'extrême droite. Et encore les noms de quatre agents de la DST.

Xoual lève les yeux vers Servent.

– Rouges ?

– Ou associés. Et ça n'est qu'une infime partie du Bottin bolchevique.

Le numéro 2 des services secrets se rengorge.

– Alors, foncez mon vieux ! Ça n'est pas un message, mais un ordre.

– Carte blanche ?

– Puisqu'il l'a dit…

Un coup perso

Mercredi 5 – jeudi 6 septembre

La serveuse pose sans ménagement le seau à champagne sur la table basse avec un rictus de dégoût pour la fille recroquevillée sur le canapé en velours rouge, les yeux clos, la tête posée sur l'épaule de Simon. « Deux cents francs ! » lance-t-elle, les mains sur ses hanches serrées dans un short rose, bombant sa poitrine menue modestement mise en valeur par un débardeur blanc très échancré. « Tu les mettras sur la note des deux messieurs là-bas », répond-il en désignant d'un mouvement du menton les deux types au bar sur des tabourets autour d'une blonde en robe courte.

La serveuse dessine à son intention une autre moue avant de se diriger vers eux en ondulant. Le plus grand, costume à carreaux marron et jaunes, chemise ocre et foulard en soie beige soigneusement noué, se retourne, cherchant dans le coin sombre que lui a indiqué la fille le visage de Simon. Kaspar se penche en avant jusqu'à ce qu'un spot l'éclaire. En voyant enfin son visage, l'homme sourit et lève son verre. Son acolyte reste concentré sur la blonde. Il porte un gilet bordeaux sans manches sur une chemise rouge. Les Roger Moore et Tony Curtis du pauvre[1], pense Simon.

Officiellement, ses confrères sont les deux piliers du groupe des Cabarets. Incollables sur toutes les discothèques, bars de nuit et boîtes à striptease de la capitale, longtemps grands fournisseurs de petits secrets glauques ou croustillants. Leur rendement a largement baissé ces dernières années. Sur la carte du *Paris by night*, les célébrités en tout genre préfèrent

1. Allusion à la série *Amicalement vôtre* (diffusion en France, 1972), dont les deux personnages vedettes, Lord Sinclair et Danny Wilde, sont interprétés par Roger Moore et Tony Curtis.

désormais s'encanailler dans des salons faussement privés et délaissent les boules à facettes des clubs saturés de cette nouvelle musique américaine tambourinante. Malgré tout, les Lord Sinclair et Danny Wilde de la Mondaine continuent de tenir la rampe sans regarder à la dépense.

D'un sourire complice, Sinclair fait comprendre à Simon qu'il est bien, avec son amie, leur invité. Celui-ci les remercie de loin sans les inviter à sa table.

La fille se redresse légèrement. Simon remplit les flûtes. Elle a des cheveux noirs très courts, de grands anneaux aux oreilles et des lèvres trop rouges.

– Tu couches avec la serveuse ?

Simon descend son verre de champagne d'une traite.

– Elle prend combien ?

Il ignore la fille. Elle se blottit à nouveau contre lui.

– Au fond, tu pourrais être mac : beau gosse, sans cœur. Mais tu n'aimes pas assez le fric.

– Non. Je n'aime pas les putes.

– Menteur.

Le jeune flic se penche vers elle. Elle détourne le regard, attrape son verre, sirote un peu de champagne et se dresse sur ses escarpins à talons pointus, aussi hauts que ceux de la blonde au bar. Wilde et Sinclair la suivent du regard. Elle porte une sorte d'imperméable noir en matière plastique, tenu à la taille par une ceinture nouée, qui lui couvre à peine les fesses. Sinclair adresse un clin d'œil à Simon qui fait mine de ne pas les voir en remplissant sa flûte.

La musique assourdissante baisse en même temps que la lumière de la boîte diminue. Gloria Gaynor s'efface devant une insupportable rengaine française que les radios ont diffusée en boucle tout l'été. Les rares danseurs passent du déhanchement à l'enlacement. La blonde à talons compensés hésite entre les deux flics des Cabarets. Elle choisit le gilet bordeaux.

Simon vide et remplit son verre. Deux fois avant que la brune aux cheveux courts ne revienne vers lui.

– Il faut que j'y aille. Je vais prendre un taxi.

Il finit leurs deux verres et se lève.

En haut du grand escalier, un videur en costume noir leur ouvre la porte sur les Champs-Élysées : « Bonne soirée, monsieur Kaspar, bonne soirée, mademoiselle. »

– Je t'emmène.

– Non, je n'ai pas besoin de toi.

La fille se met à courir. Trois foulées pour la rattraper. Il lui saisit le poignet. Elle se débat, crie. Le plat de la main de Simon s'abat sur sa joue droite. Le revers sur la gauche. Silence.

Elle s'accroche à lui, son front appuyé contre sa poitrine. Ses larmes mouillent sa chemise.

– Tu viens avec moi !

Elle lève la tête. La peinture de ses yeux dégouline sur ses pommettes rouges.

– Et tu t'arranges.

Ils marchent sans un mot jusqu'à la rue de Presbourg. Il lui tient la portière de la Renault 12, une des voitures de la brigade, la referme sur elle et vient s'asseoir au volant. Elle essuie son visage. Dans le miroir de courtoisie, à l'intérieur du pare-soleil, elle se redonne des couleurs.

– J'ai peur, Simon…

– Tout va bien se passer.

Le jeune flic sort de la poche intérieure de son veston quatre billets de cent francs que Lulu a tirés de sa « caisse noire » sans trop poser de questions. Ils ont noté ensemble les numéros sur procès-verbal.

– Tu les mets avec les autres. C'est tout. Tu fais comme d'habitude…

– Mais ?

– T'occupe. Tu fais juste ce que je te dis.

Elle ouvre son sac à main à longue bretelle et glisse les billets dans une enveloppe épaisse en papier kraft.

– Vous arriverez à quelle heure ?

– J'arriverai à 6 heures pétantes.

– Seul ? Putain, mais s'il a un flingue…

Simon a un petit rire, comme le crissement d'un gond rouillé.

– Embrasse-moi, murmure-t-elle.

– Non.

– Tu ne fais vraiment pas ça pour me sauver, alors ?

– Non, dit-il à voix basse.

Depuis deux mois, il prépare le coup. Grâce à Natacha. Gisèle Ponthieux. Vingt-six ans, ancienne serveuse de troquet à Orléans, montée à Paris pour les yeux noirs d'un beau parleur espagnol qui, après trois mois de ritournelle, lui a fait ravaler sa passion amoureuse à coups de cravache. Pablo Hernández. Contrainte à de furieux ébats collectifs que l'Espagnol avait pris soin d'immortaliser avec son Kodak, Gisèle s'était retrouvée face à un choix simple. Soit elle reprenait sa liberté, mais les meilleurs des dizaines de clichés seraient aussitôt publiés dans les revues pornographiques de ses bons amis éditeurs, quand les moins réussis trouveraient à coup sûr preneurs dans les sex-shops de Paris et peut-être même d'Orléans. Soit, seconde option, il remisait les photos au coffre, charge à elle de compenser les pertes causées par ce renoncement. Avec sa gueule d'ange et sa croupe, cinq ou six années de tapin suffiraient à solder sa dette. Ainsi était née Natacha, basée au 233, rue Saint-Denis. Lorsque, au début de l'été, l'inspecteur Simon Kaspar y avait effectué une vérif' infructueuse, elle avait vu dans les étranges yeux verts du jeune flic imberbe et brutal l'avenir proche s'ouvrir : la possibilité de son sauvetage et de sa vengeance.

Dans le siège en skaï de la R12, Natacha regarde défiler Paris par la fenêtre. Simon conduit en silence. Place des Ternes, boulevard de Courcelles, boulevard de Clichy. Dans la lumière défilante des néons des sex-shops et boîtes de striptease. Des portiers sur le trottoir racolent les promeneurs. Il contourne la place Pigalle et se gare rue Duperré. Minuit et demi. Au moment où elle s'apprête à descendre, il l'attire contre lui. Sans violence. D'un frôlement, il dépose un baiser dans son cou. Elle s'échappe déjà, sort de la voiture.

– Chambre 13, dit-elle.
– Je sais.
Il la voit marcher jusqu'au bout de la rue Duperré et prendre à droite la rue Fromentin.

Kaspar n'a rien dit de l'histoire à Rocher, il a tout juste livré quelques détails à Lulu pour qu'il lui sorte les billets. Nul ne sait à la brigade qu'il a choisi d'agir le lendemain, à la première heure. Pas un instant il n'a pensé aux éventuelles conséquences. Hernández seul a de l'importance.

Simon n'a pas eu grand mal à établir le pedigree du bonhomme. Le SATI, Service des archives et du traitement de l'information, lui a remonté ses principaux faits d'armes. Quarante-cinq ans, fils d'immigrés espagnols, trois condamnations pour proxénétisme à ses débuts, deux autres pour port d'arme et une dernière pour falsification de passeport. Un bon client. Mais rien depuis six ans. Rien non plus dans l'acte notarial et les registres fonciers laissant penser qu'il a des intérêts dans l'immeuble du 233, rue Saint-Denis. Ni les vigiles, ni les frangines n'ont d'ailleurs prononcé son nom lors de la vérification au début de l'été. Sauf Natacha. Dans un bar de nuit près de la place de la République. Elle avait d'abord proposé à Simon de monter dans sa chambre de bonne. Il avait refusé. Elle s'était mise à parler. Du système impeccable de « relevé des compteurs ».

Une fois par mois, à une date qui lui est transmise par son envoyé, elle a rendez-vous avec Hernández dans un hôtel de Pigalle. Jamais le même. La veille, elle doit y réserver une chambre et faire inscrire son nom dans le registre de la clientèle, comme la loi y oblige. Son vrai nom à elle. Une cliente ordinaire que le mac, lui aussi client ordinaire, rejoint à une heure précise avant de repartir au petit matin, l'enveloppe du mois en poche.

– Il te suffira de l'arrêter, avait conclu Natacha, péremptoire.

Pour ne pas la décevoir, sur le moment, il s'était gardé de lui répondre que ça n'était pas si simple, mais il avait réfléchi vite.

L'idée des billets numérotés lui était venue presque aussitôt. Oui ! Il allait pouvoir le serrer.

Il y a trois jours, Natacha lui a laissé un message à la brigade, le rendez-vous était fixé dans la nuit du 5 au 6, au Brébant, rue Fromentin. Simon devait venir la retrouver dans la soirée à la boîte.

Simon regarde sa montre. L'adrénaline ne monte pas encore, mais le champagne tape dans ses tympans. Il repasse son plan. Rien ne cloche. Il a évacué le doute qu'ont instillé, sans le vouloir, ses collègues du commissariat du quartier. Par acquit de conscience, il leur a demandé de vérifier le registre du Brébant, au motif d'un contrôle de routine. Ils ont même fait des copies. Pas de Pablo Hernández dans la liste. À la troisième lecture, Simon a identifié un Paul Hergebelle. P. H., les mêmes initiales et, à une près, le même nombre de lettres. Pablo Hernández, condamné pour falsification de passeport.

Cinq heures à attendre.

Il sort de l'auto, verrouille sa portière, puis celle côté passager. S'assure que les deux à l'arrière sont fermées aussi. La rue Duperré est calme. Il remonte jusqu'à la place Pigalle, traverse le boulevard. Quelques badauds devant les sex-shops. Les racoleurs adossés aux portes des clubs ne cherchent même pas à alpaguer la maigre clientèle d'une nuit de septembre. Rue Germain-Pilon, rue Véron sur la gauche.

« Le P'tit Coin », indique un néon rouge, faiblard.

Simon pousse la porte vitrée entrouverte. La lumière est aussi hésitante que celle de l'enseigne. Trois clients à moitié endormis devant des bouteilles de Slavia, une grosse femme trop maquillée accoudée au comptoir. Le jukebox est éteint. Simon traverse le troquet.

– François ? appelle-t-il par le passe-plat.

Un homme, la soixantaine, sort de l'arrière-salle, ébouriffé, la chemise froissée ouverte sur un estomac encombrant. Il se frotte rapidement les yeux qu'il lève sur le jeune flic.

– Putain, Simon, qu'est-ce que tu fais là ?

– Je passais.

Le vieux prend son visage entre ses mains, sourit largement.

– Ça fait longtemps… Tu as vu Nanou récemment ?

– Oui, samedi dernier.

Il secoue la tête.

– J'ai parfois l'impression de ne plus avoir de sœur.

Simon pose sa main sur son épaule.

– Tu peux me rendre un service ?

Le patron du P'tit Coin a un léger mouvement de recul.

– Tu devrais couper ta tignasse, ça fait mauvais genre pour un flic. C'est quoi, ce service ?

– J'ai un rencard dans le coin à l'aube, je voudrais juste pouvoir me poser un moment. Je peux me mettre dans ton bureau ?

– Jusqu'à 6 heures, c'est ça ? L'heure du laitier et des poulets…

Simon cligne des yeux.

– Tu connais toujours le chemin, fait le vieux en lui donnant une petite bourrade sur l'épaule.

Dans la pièce, un bureau en bois chargé de papiers, une armoire basse en métal, un demi-canapé en velours élimé. Trois photos encadrées sur le mur blanc couvert de salpêtre. Simon les connaît. François et Nanou, jeunes gens posant fièrement en habits du dimanche ; une autre au bord de la mer, quelques années plus tôt ; Nanou sur la troisième image, avec une jeune femme aux cheveux blonds, un bébé dans les bras. Il ignore l'âge qu'il peut avoir. Qu'*elle* peut avoir. Il sort machinalement son portefeuille. La photo en noir et blanc au bord dentelé. La femme aux cheveux clairs. Le visage flou de l'homme à l'arrière-plan.

Simon remise la photo et se laisse tomber sur le canapé. D'autres images lui viennent, souvenirs réels ou imaginaires.

Ne pas quitter le réel.

Il regarde sa montre. Il a quatre heures et demie devant lui. Sans se lever, il attrape le cendrier avec poussoir sur le bureau, allume une Gitane.

Deux heures encore à patienter.
Se reposer un peu.
Fermer les yeux et ne penser à rien.

Le canapé est trop court. Un bruit de verre cassé et un éclat de voix le font sursauter. Est-ce François qui a crié ? L'adrénaline commence à couler dans ses veines. Il passe une main sur son visage comme s'il voulait l'étirer davantage. Ses longs doigts sont comme un peigne dans ses cheveux emmêlés.

Simon rajuste sa cravate et son holster. Il sort du cagibi. Les mêmes clients, ou leurs semblables, dans la salle du P'tit Coin. Il demande un grand verre d'eau que le patron, de l'autre côté du zinc, lui sert dans une chope à bière. Il l'engloutit et adresse un clin d'œil à son oncle.

– Tu as dormi un peu ?

– Je me suis reposé et j'ai regardé tes photos.

– Moi, je ne les vois même plus.

– Elles m'ont fait penser à cette vieille photo que j'avais récupérée, celle avec le type derrière *elle*. Tu te souviens ?

Le vieux hésite.

– Ne me dis pas que tu cherches encore ? le réprimande-t-il.

Simon hoche la tête longuement.

– Non.

– À la bonne heure. Prends soin de toi et, quand tu vois Nanou, dis-lui…

Il marque une pause, hésite sur les mots qui ne sortent pas.

– Non, ne lui dis rien, murmure-t-il avec un soupir de lassitude.

Le jeune flic le salue d'un geste.

L'heure légale approche. L'étau sur son front se desserre, l'effet du verre d'eau. Quelques mouvements d'assouplissement des bras et de la nuque remettent son esprit en alerte. Il n'en a plus pour longtemps à poireauter.

Six heures moins le quart. Simon redescend la rue Duperré, allume une autre Gitane. Longues bouffées. Il écrase le mégot devant l'entrée du Brébant. Il a l'assurance que l'hôtel est resté ouvert la nuit entière.

Six heures.

Il pousse la porte en verre. Une veilleuse éclaire faiblement un étroit couloir jusqu'à l'escalier. Sur la gauche, le comptoir. Derrière, au mur, le tableau de clés. Presque toutes sont accrochées. Pas celle de la chambre 18. Une tête se lève, bouffie, les yeux rouges. Le calibre dans la main, Simon pose son index en croix sur ses lèvres, met son insigne de flic sous le nez du gardien de nuit pétrifié. D'un geste précis, il débranche le téléphone à cadran sur la tablette et saisit le registre. Paul Hergebelle, chambre 16. Gisèle Ponthieux, chambre 18. Pas de changement.

– Le passe, vite, et pas de connerie.

Ses yeux sont une menace plus vive que le flingue.

L'autre bredouille un non tremblant, et sort d'un geste lent de sa poche de pantalon une clé en métal jaune.

Premier étage. Un autre couloir, une autre veilleuse. Du papier peint à grosses rayures. Le tapis rouge sur le parquet amortit le bruit de ses pas. Il avance vers les deux chambres, au fond, en vis-à-vis. Un doute. Natacha lui a-t-elle bien dit que c'était toujours lui qui venait la rejoindre ? Pas un bruit. En bas non plus.

Agir maintenant.

Un tour de la clé jaune suffit à ouvrir la porte. La lumière du jour éclaire à peine la chambre. Simon appuie sur l'interrupteur à droite du chambranle. Dans la vibration du néon blanc au plafond, Hernández se dresse d'un bloc. Son regard se fige sur le 7.65 à moins de vingt centimètres de son nez, sans voir l'homme qui le braque sur lui. Il ne voit pas non plus le poing qui s'abat au creux de son estomac. Gisèle n'a pas esquissé le moindre mouvement. Simon se détourne de son buste nu.

– Ferme la porte et habille-toi ! lui dit-il.

– C'est quoi ce bordel ? hoquette Hernández, recroquevillé sur le lit.

– Police, répond mollement Kaspar.

– Bon dieu, on peut plus se payer une pute, râle le mac toujours à la recherche d'oxygène.

Son accent espagnol est peu prononcé. Simon recule de deux pas vers la chaise, dans le coin de la chambre, secoue le pantalon en lin bleu clair, en vide les poches au sol. Un jeu de clés et quelques pièces. La veste du costume est plus lourde. Un portefeuille avec trois billets de cent francs. L'enveloppe épaisse en papier kraft dans l'autre poche.

Simon donne un petit coup de sifflet admiratif.

– Va te faire foutre, connard. Je ne sais pas ce que t'a vendu cette pute, mais ce sont mes économies.

– Habille-toi aussi, dit-il en lui jetant son pantalon.

Le flic empoche le larfeuille* et l'enveloppe, attend que Hernández ait fini de mettre ses vêtements, s'approche lentement de lui et lui vrille à nouveau le plexus solaire.

Le maquereau reprend sa position fœtale, la bouche ouverte mais sans pouvoir sortir un cri.

– Tu as raison, mon Pablo, il ne faut jamais faire confiance à une pute.

Gisèle a remis l'uniforme de Natacha, le maquillage en moins.

Simon range son calibre, tire les mains du proxénète nouées sur son ventre, lui accroche les bracelets* aux poignets. La douleur froisse encore le visage du maquereau. Celui-ci parvient cependant à dessiner un sourire sur sa grimace. Une promesse.

– Bravo, poulet. T'as tiré le gros lot des emmerdes…

Le nid ennemi

Jeudi 6 septembre

Il laisse passer deux rames à la station Place de Clichy avant de réussir à se glisser dans un train bondé. Ligne 2 jusqu'à Barbès-Rochechouart.

André Servent n'arrive pas à savoir pourquoi l'adresse lui est familière. Il est pourtant certain de n'y avoir jamais mis les pieds. Il descend le boulevard de Magenta. Des années qu'il n'est pas revenu dans le quartier de son enfance. Les avertisseurs des voitures mêlés au vacarme de la foule sur les trottoirs lui font accélérer le pas. Sur la droite, il bifurque dans la rue du Faubourg-Poissonnière.

Il pousse la porte cochère du 173. Quatrième étage sans ascenseur. Porte face. Sous le petit bouton de porcelaine blanc, deux initiales : G. A.

Le bruit de la sonnette est à peine perceptible. Déjà des talons claquent sur le parquet de l'autre côté de la porte. L'homme ouvre, écarte les bras, sourire appuyé.

– Bienvenue, commissaire.

Son hôte a perdu ses cheveux noirs ondulés et troqué ses lunettes rondes, qui l'identifiaient sur les photos d'époque, contre de grandes montures rectangulaires.

– Nous nous sommes déjà rencontrés, il me semble ?

– Je ne crois pas, répond Servent.

– Je pense que si, mais c'était il y a trop longtemps, dit-il avec un ton un peu forcé. En tout cas, nous aurions pu, n'est-ce pas ?

– Sans doute.

Les deux hommes suivent le large couloir qui dessert la grande pièce de réception occupée seulement par deux fauteuils clubs en cuir abîmés et une vieille caisse en bois de marchand de vin retournée. Une bouteille de Ballantine's et deux verres de table ordinaires.

– Veuillez excuser l'ameublement, mais je viens tout juste de m'installer. Asseyez-vous, je vous en prie, ils sont vieux mais confortables, dit-il en désignant les fauteuils fatigués.

Sa voix résonne dans l'appartement vide.

– Vous qui savez tout, commissaire, vous connaissez cette adresse je présume.

– Je devrais ?

Servent éprouve un léger sentiment de malaise.

L'homme des initiales G. et A. secoue la tête.

– Ou bien votre mémoire commence à vous lâcher, ou bien vos fiches ne sont pas aussi bien renseignées qu'on le dit, fait-il dans un court rire grinçant. Dans les deux cas, ce n'est pas bon signe pour le chef de la police politique.

Son impertinence irrite Servent.

– Vous devez être mal informé, corrige-t-il en s'efforçant de marquer son détachement. Je ne suis nullement chef de la police et encore moins d'une police politique. Je n'ai jamais été qu'un simple serviteur de l'État.

– C'est vrai. Nous sommes pareils au fond, reprend-il avec un excès d'onctuosité.

Un flash apaise soudain le policier.

– Oui, cela me revient, dit-il en s'efforçant de ne pas laisser paraître son soulagement.

173, rue du Faubourg-Poissonnière. Jadis, cette adresse avait servi de quartier général au Rassemblement national populaire[1]. C'était alors déjà le domicile de Georges Albertini. Il

1. Le parti fasciste fondé en 1941 par Marcel Déat n'est pas encore complètement sorti des esprits. C'est que l'ancien journaliste de *L'Œuvre* et député SFIO n'a pas été en reste dans la surenchère collaborationniste : le Rassemblement national populaire estimait les débuts de Pétain et du gouvernement de Vichy plutôt timorés et se proposait d'appuyer l'Occupant nazi. Particularité : le parti agrège bon nombre de socialistes pacifistes de la SFIO, dont son fidèle second, Georges Albertini. Déat clôt sa carrière politique en 1944 comme ministre du Travail de Pierre Laval, avant de passer et de mourir dans la clandestinité (en 1955). Albertini, arrêté et jugé en France, avait lui été amnistié en 1948.

avait continué d'y habiter même après la fuite de Déat, avec les autres, vers Sigmaringen, à la Libération.

– En sortant de prison, c'est la seule chose que je tenais à récupérer. Il m'a fallu plus de vingt ans… Mais je ne vais pas vous raconter mes guerres.

– Non, j'en connais l'essentiel, le coupe Servent.

– Je connais moi aussi un peu les vôtres.

Albertini dévisse la bouteille de whisky et remplit à moitié les deux verres.

– Je crois que nous avons cela en commun.

Servent ne relève pas. Les deux hommes descendent l'alcool dans un même mouvement et une satisfaction semblable. Albertini les ressert aussitôt, lisse ses cheveux blancs et se penche légèrement vers Servent. Ses yeux frisent derrière ses lunettes.

– Je me suis permis de vous appeler parce que, s'il y a deux personnes dans ce pays qui mesurent la gravité de la situation, c'est bien vous et moi. Les Rouges sont à nos portes et…

– Non, monsieur, l'interrompt-il.

– Pardon ?

– Ils ne sont pas à nos portes, ils sont déjà chez nous !

Albertini se détend. Le mot lui convient.

– Vous avez raison et c'est justement parce que l'urgence n'a jamais été aussi extrême que j'ai souhaité vous voir. Je crois, modestement, que je peux vous aider.

Le policier n'aurait pas eu besoin de potasser ses fiches. Il sait le rôle et l'influence de Georges Albertini. Ses réseaux. Sa place à la direction de la banque Worms depuis son amnistie, les recommandations et subsides qu'il distribue généreusement au patronat, notamment à la Métallurgie[1]. Il n'ignore pas non plus

---

1. La Métallurgie désigne l'Union des industries métallurgiques et minières, confédération syndicale, historiquement la plus influente composante du patronat français. Et inexpugnable. En 1940, Pétain ordonna la dissolution de tous les syndicats. Tous furent liquidés, même le Comité des forges, à l'exception d'un seul : l'UIMM. Sa caisse, richement dotée, sert à financer toutes les actions visant à casser les grèves et les organisations ouvrières, communistes ou progressistes.

ses liens avec les Ricains, relation consentie et assumée, ni son soutien au syndicat Force ouvrière comme à tout ce que le pays peut compter d'anti-Rouges, qui font de lui depuis quelques années un des membres éminents de la Ligue internationale contre le communisme. Un homme très écouté. Début 1970, Marie-France Garaud et Pierre Juillet, les deux principaux conseillers de Pompidou, lui ont ouvert en grand les portes de l'Élysée. À la DST, Xoual est son principal récipiendaire. Servent ne l'a jamais croisé dans l'immeuble de la rue des Saussaies[1]. Il n'a pas cherché un instant à le rencontrer. Il était de toute façon convaincu que ses intermédiaires se chargeaient de faire circuler leurs informations réciproques, qui se recoupaient d'ailleurs dans les grandes lignes. Jusqu'à ce jour, malgré leur conscience commune du danger bolchevique et une même volonté à le combattre, le flic des services secrets et l'homme de l'ombre ont pris soin de garder leurs distances.

L'appel de Georges Albertini en début d'après-midi a d'autant plus surpris André Servent. Celui-ci ne peut s'empêcher de penser à cette rumeur qui fait d'Albertini un informateur privilégié de la CIA. Mais peu importe au fond, puisque son objectif est identique à celui des Américains et que la peste rouge se moque depuis bien longtemps des frontières. Éradiquer le mal vaut bien quelques compromissions.

Le commissaire sirote le whisky, tout en restant sur ses gardes.

L'autre se lève et se met à arpenter le salon en faisant à nouveau claquer les talons de ses chaussures vernies sur le parquet poussiéreux.

La nuit tombe.

---

1. Les murs de l'immeuble, les n°s 11-13 de la rue des Saussaies, aujourd'hui encore annexe du ministère de l'Intérieur hébergeant notamment la Direction générale et la Direction judiciaire de la Police nationale, sont chargés d'histoire. Ancien siège de la Sûreté nationale, il hébergeait pendant l'Occupation les services de la SiPo et du SD allemands, dont la Gestapo. Après-guerre, il loge la Direction centrale des Renseignements généraux (RG).

– Notre monde est fragile. Nos faiblesses sont les meilleures armes des communistes. Ceux de Moscou, Berlin ou Budapest. Marchais, Duclos, Séguy, Krivine, Defferre, Mitterrand, Rocard et la clique de laiderons qui empoisonnent nos existences ne sont que les suppôts de leur œuvre dévastatrice. La stratégie des bolcheviques est simple : profiter de notre apathie, de nos défaillances, de nos erreurs pour saper les fondements de notre société et la faire s'écrouler. Précipiter le déclin de notre monde pour imposer la tyrannie, telle est leur visée. Si nous ne les arrêtons pas aujourd'hui, ils gagneront demain.

Le policier aurait aimé avoir les mots. Comme s'il devinait ses pensées, Albertini lui adresse un petit sourire.

– Je sais que nous pensons la même chose. Ça ne date pas d'aujourd'hui. Mais vous, vous êtes un homme d'action. Biard est un lâche et Xoual, un mou. C'est pour ça que vous avez été choisi en haut lieu. Et c'est pour ça que je veux vous aider. Aider la France.

L'homme de l'ombre parle maintenant à voix très basse. Il passe rapidement sur ces histoires, ces affaires qui depuis deux ans font les gros titres.

– Nos faiblesses, dit-il en fermant les yeux dans un signe de rédemption. Qu'un ministre, fût-il le Premier, se soit arrangé avec le fisc, qu'un député se soit acoquiné avec des mères maquerelles et des voyous lyonnais, tout cela n'a rien de très glorieux, mais le mal est ailleurs. Du côté de ceux qui diffusent, répandent, propagent le poison mortel de la calomnie. Ces ennemis de l'intérieur sont d'autant plus redoutables qu'ils se dissimulent bien.

Servent s'est laissé à nouveau emporter par le discours lyrique d'Albertini.

– Je sais tout ça, finit-il par dire. Nous traquons les taupes partout et vous n'êtes pas sans savoir que nous avons obtenu quelques résultats.

– Je ne l'ignore pas, commissaire, comme je n'ignore pas non plus que vous faites avec les moyens qu'on vous donne. J'ai entendu dire que cela allait changer.

Servent marque un silence. Il s'efforce de ne pas montrer sa surprise.

– Ne soyez pas étonné que je sois au courant de certaines choses et laissez croire à Xoual qu'il est le grand manitou. L'essentiel est que vous ayez carte blanche et que vous obteniez des résultats. Vous n'ambitionnez pas de devenir directeur, commissaire ?

Une réponse serait inutile.

– Allons à l'essentiel, poursuit-il. Je vous l'ai dit, il y a ceux qui font commerce de nos misérables petites faiblesses et ceux qui les amplifient, les transforment pour nous détruire. Il nous faut liquider les premiers, mais ce sont les seconds nos plus dangereux ennemis. Et nous les connaissons, commissaire. J'ai lu vos notes et vos rapports. Les sous-marins du Parti communiste, les véritables agents du communisme international, s'appellent Gaillard, Angeli, Deligny, Clémentin, pour ne citer que quelques-uns de ces rats.

Une bouffée de chaleur saisit Servent. Albertini passe une main sur son front dégarni. La fièvre est contagieuse, se dit le policier. La pénombre a envahi le salon vide sans qu'ils s'en aperçoivent. Une autre dose de whisky. Les deux hommes lèvent leur verre. La gnôle descend maintenant avec la légèreté d'un sirop.

– Ils ont compris en haut lieu que c'étaient eux la menace, glisse enfin Albertini dans un souffle. Rien moins que des agents soviétiques, une entreprise de subversion, un groupe terroriste. Les détruire avant qu'ils aient fini leur nid. Au cœur de Paris. C'est là, dans leur boutique, qu'il faudra les débusquer. Le moment venu. Vous connaissez l'adresse, commissaire ?

– 173[1], rue Saint-Honoré.

1. Hasard, auquel le romancier ne peut échapper, l'autre adresse est aussi à un numéro 173.

La sanction

Vendredi 7 septembre

Un long couloir. Puis un autre sur la droite. Le deuxième étage, comme l'ensemble du 36, est un labyrinthe dans lequel Simon peine parfois encore à se repérer. Trois marches, un petit vestibule. Deux fauteuils avachis, une table basse en bois écornée. Et un coffre. Trois portes donnent sur cette salle d'attente. À droite, celle du bureau des crayons ; à gauche, celle de Lucien Raillard. En face, celle, capitonnée, du taulier. Au-dessus, une petite loupiotte. Rouge. Ne pas déranger.

Simon s'assoit en prenant soin de ne pas froisser son costume. Impossible de détourner les yeux du coffre, immense, qui occupe tout un mur. « Le patron veut te voir », lui a dit Rocher sans plus de précisions. L'affaire Hernández, évidemment.

La loupiotte passe au vert. Il appuie sur le bouton, la porte fait un déclic et s'entrouvre sur une autre porte capitonnée qui permet d'accéder à l'antre du commissaire Adrien de Filippis, chef de la Brigade mondaine depuis plus de huit ans. Exceptionnelle longévité dans cette fonction. C'est un ancien de la Voie publique, où il a fait tomber quelques malfrats et obtenu de beaux titres dans *France-soir*, *L'Aurore* et *Le Figaro*. Si, comme beaucoup de ses collègues, Simon passe régulièrement voir Raillard, c'est seulement la deuxième fois qu'il entre dans le bureau du patron.

– Kaspar ! lance celui-ci derrière son secrétaire Empire.

Presque aussi grand que Simon, mais deux fois plus charpenté, le visage taillé au burin, Filippis, la petite soixantaine, costume gris foncé, chemise blanche, cravate anthracite, ne semble pas avoir renouvelé son vestiaire depuis la fin des années 1950. L'imper beige et le feutre sont pendus au perroquet.

– Asseyez-vous, dit-il en se levant.

Simon hésite entre les deux chaises devant le bureau et le canapé en retrait. Il choisit une chaise, la plus proche. Filippis se tourne vers l'une des fenêtres étroites qui donnent sur la rue de Harlay et la place Dauphine.

– Je ne me lasse pas de cette vue. Ça doit être mon côté provincial. Lorsque j'aperçois Montand et Signoret, de l'autre côté de la place, je suis comme une midinette. Rosy Varte habite là aussi. Vous connaissez Rosy Varte ?

– Je ne suis pas sûr, monsieur…

– Vous devriez regarder « Au Théâtre ce soir », le vendredi, à la télévision.

Nanou n'en rate jamais une séance. Il lui a promis un jour de l'emmener à Marigny pour un enregistrement.

Le commissaire s'assoit, allume une Gitane, fait glisser devant lui une pochette cartonnée bleue et plante son regard sombre dans les yeux verts de son subordonné. Une pause avant le discours, se dit Simon.

Filippis est réputé dans la Maison pour sa capacité à perdre ses clients dans des circonvolutions verbales avant de les alpaguer avec une brutalité soudaine. Il sait mêler le verbe à l'action. Bon flic, mauvais flic dans la même personne. « Lorsque le taulier te convoque, c'est jamais bon », lui a dit un jour un vieil inspecteur en poste au commissariat du XVIIe arrondissement.

– Cela fait combien de temps que vous êtes parmi nous, inspecteur ?

– Un an dans quelques jours.

– J'imagine que vous avez compris que nous n'étions pas un service tout à fait comme les autres ?

Simon cherche rapidement le sens de la question. Il acquiesce d'un discret hochement de tête.

– Je n'en suis pas certain. Les cow-boys sont à l'Antigang et je ne voudrais pas que vous vous soyez trompé d'étage…

Il écrase sa cigarette dans un grand cendrier en verre, ouvre la chemise bleue et tourne rapidement, sans les lire, les feuillets dactylographiés. Simon croit deviner que ce sont ses procès-verbaux de l'interpellation d'Hernández.

– Je ne comprends pas, monsieur.

Filippis pose ses larges mains à plat sur le bureau.

– Je viens d'avoir le parquet. Le substitut Mazières est un ami. Il m'a confirmé que pour lui l'affaire était réglée. Autrement dit, il ne s'est rien passé hier matin. J'imagine que votre Espagnol est encore au dépôt. Vous l'élargissez et on passe à autre chose.

Bien que formulé d'une voix presque douce, l'ordre a l'effet d'un fluide glacial dans l'échine de Simon. Il se dresse comme par réflexe.

– Asseyez-vous, Kaspar, reprend le patron de la Mondaine sur le même ton. Vous êtes un bon flic, je ne vais pas faire toute une histoire avec votre descente de cow-boy. Je ne vais même pas vous blâmer puisqu'il ne s'est rien passé. Le coup des billets numérotés était d'ailleurs assez malin. Un peu facile, mais malin quand même…

Filippis affiche un sourire compatissant.

– Excusez-moi, commissaire. Je ne comprends pas. Hernández n'est pas un julot casse-croûte. Je suis persuadé qu'on peut remonter aux véritables proprios du…

– Je sais qui est ce type !

Filippis hausse légèrement la voix.

– C'est vous qui ne savez pas qui il est et c'est bien le problème. Si vous aviez contrôlé ses papiers, ni vous ni moi n'aurions perdu notre temps.

Simon repasse à toute vitesse le film de l'arrestation du maquereau.

Au Brébant, les quatre billets de cent francs dans l'enveloppe kraft sans ouvrir son portefeuille en cuir noir. Ses poches vidées en arrivant au dépôt, une carte d'identité trouvée sur lui avant de le jeter en cellule et de tirer le grand verrou en fer : Paul Hergebelle. Ce pseudo bidon, communiqué oralement au substitut Mazières. Le magistrat lui avait aussitôt donné son accord pour l'ouverture d'une procédure de flagrance.

L'interrogatoire, le refus d'Hernández de répondre et le procès-verbal de garde à vue tapé comme il se doit en six exemplaires sur sa Japy, laissant du blanc à chaque question. La gifle qu'il a manqué lui mettre pour lui effacer le sourire. Franchement il ne voit pas où est l'erreur.

– Je ne comprends pas, dit Kaspar.

– Avec un peu plus de rigueur, vous auriez remarqué une vraie carte au milieu des fausses. Une carte tricolore, avec trois grosses lettres dessus. SAC[1] ! Ça vous va comme explication ?

Il laisse passer un silence avec un soupir de lassitude.

Simon a l'impression que le bureau du taulier se met à tourner.

La honte et l'humiliation.

Il sait l'influence de la police parallèle du parti gaulliste, mais pas un instant il n'aurait imaginé qu'elle ait investi dans les hôtels miteux de la rue Saint-Denis. Rien dans le pedigree d'Hernández qu'il avait consulté aux archives ne laissait deviner son appartenance au SAC. Les six dernières années, vierges de toute condamnation et même interpellation, venant après un parcours judiciaire sacrément cadencé, l'avaient certes surpris, mais il n'avait pas eu l'idée de fouiller davantage le parcours du mac. Il mesure sa méconnaissance d'un monde dont il est censé saisir le fonctionnement, les codes, les coulisses.

Il ferme les yeux pour indiquer qu'il a compris.

Deux voix l'assaillent soudain. Natacha sur le chemin du Brébant. Marc Gerber devant le comptoir du Soleil d'or. Leurs mots qu'il avait balayés d'un revers : « Non », il ne voulait pas la sauver ; « Non », il ne s'était jamais senti coupable.

Effacer de sa mémoire le son et les images.

Ne pas laisser transparaître les sentiments. Jamais.

Surtout la honte et l'humiliation.

---

1. Le Service d'action civique ou SAC est officiellement une association réunissant la « garde des fidèles » du Général, celle-ci étant issue du service d'ordre du RPF, le parti de De Gaulle. Mais n'anticipons pas. Une dernière chose : le SAC est dirigé par Pierre Debizet, un nom que nous allons revoir.

– Allez, oublions cette histoire, reprend Filippis. J'ai quelque chose de plus important à voir avec vous. Quelque chose qui pourrait même vous valoir un bel avancement.

La carotte après le bâton ? Une demande à faire en contrepartie de son silence sur la compromission avec le SAC ? *Deal* inutile. Simon se moque bien des jeux tordus de son patron. En revanche, la perspective d'un avancement justifie qu'il laisse croire à Filippis qu'il en accepte les termes.

Simon se sent curieusement rasséréné. La honte et l'humiliation se sont évaporées par la magie de ces jeux de rôle qu'il affectionne tant.

Filippis semble lui aussi soulagé d'avoir clos le chapitre. Il se lève, ouvre un placard en acajou, prend une bouteille ronde sans étiquette et verse un liquide brunâtre dans un grand verre.

– Je ne vous en propose pas, c'est une potion spéciale que prépare ma femme. C'est très mauvais, mais apaise mes douleurs d'estomac.

Il retrouve sa place derrière son bureau, referme la chemise cartonnée bleue et boit d'un trait la mixture en fermant les yeux.

– Bien. Je souhaite que vous preniez du recul avec le groupe des Hôtels. Après l'épisode d'hier, ça ne sera d'ailleurs pas plus mal. Je veux que vous travailliez avec l'inspecteur Gerber. Si j'ai bonne mémoire, il a été votre mentor lorsque vous êtes arrivé, n'est-ce pas ?

Plutôt son parrain. Lorsque Simon avait débarqué à la Mondaine, Filippis avait chargé Marc Gerber de lui faire faire le tour de la Maison, ès qualité de grand ancien du groupe des Hôtels. En guise de présentation, il l'avait embarqué pour une « vérif' à la Bastoche » en compagnie de « Jésus », un vieux flic rondouillard doté d'une épaisse moustache noire. Il devait son surnom à son patronyme : Arthur Grandieu. Ce jour-là, en sortant d'un hôtel de la rue de La Roquette où les registres n'avaient rien révélé d'intéressant, Jésus s'était subitement enquis des diplômes de Simon.

– Tu crois qu'il a son CAP ?

– Demande-lui, mais ça m'étonnerait, avait répondu Gerber avec une petite moue de mépris.

Gêné, Simon était resté silencieux, n'osant dire qu'il avait une licence en droit et quatre années de pratique à la brigade territoriale de la rue Truffaut dans le XVIIe arrondissement.

– Tu vois, il ne l'a pas ! Il faut qu'il le passe et aujourd'hui même, avait tranché moustache.

Sans que Simon ait eu son mot à dire, les trois s'étaient engouffrés dans le troquet attenant à l'hôtel. Jésus avait commandé trois gewurtz, puis Gerber trois autres qui avaient cisaillé l'estomac vide de Simon. Ensuite, direction le bistrot des Trois Marches, derrière le 36, dans la Peugeot 403 du service. Le déjeuner s'était prolongé jusqu'au milieu de l'après-midi avant de se clore par des « douceurs » qui arrachaient le gosier. Simon avait perdu tout à fait le fil de la soirée jusqu'à ce qu'il reprenne ses esprits au Sexy sur les Champs, devant un spectacle de strip-tease exagérément lascif qui s'était conclu par un intégral furtif. Une nouveauté que la loi était censée réprouver, mais que la Mondaine tolérait. Dans les brumes alcoolisées, il avait entrevu que la bienveillance de Gerber et de Jésus aurait ses contreparties, dont il ignorait la nature. Finalement, il s'était réveillé le lendemain, dans son lit, des poignards dans le crâne. Ni Jésus, ni Gerber ne lui avaient donné de détails et il s'était bien gardé d'en demander. Les deux flics lui avaient simplement annoncé qu'il avait obtenu « brillamment » son CAP. Jésus était parti à la retraite à Noël et Gerber avait pris la direction du groupe de la Galanterie.

– L'expérience et la jeunesse, reprend le commissaire Filippis. L'affaire est un peu délicate…

Il laisse la phrase en suspens, comme s'il attendait une réaction de la part de Kaspar. Ses mots résonnent aussitôt comme une évidence.

La Belle Estelle de la rue Saint-Denis à la rue des Montibœufs, la fille du boulevard Pereire, celle de la rue du Théâtre. Nanou a raison, c'est pour ça qu'il a choisi d'intégrer la Mondaine.

– Oui, il m'en a parlé, s'empresse de répondre Simon.

Il se serait mis à pousser la chansonnette que Filippis n'aurait pas été plus surpris.

– Il vous a parlé de quoi ?

Le taulier écarquille les yeux. L'excitation de Kaspar disparaît aussitôt.

Il hésite un instant.

Répondre franchement.

– L'autre soir, par hasard, Gerber m'a parlé du meurtre d'une ancienne prostituée de la rue Saint-Denis, il voulait savoir si j'avais eu des infos... Je pensais que vous vouliez que nous travaillions ensemble sur cette affaire.

Les deux grandes mains de Filippis s'abattent sur le plateau du bureau en faisant sauter le verre vidé de sa potion.

– Qu'est-ce qu'il nous emmerde, Gerber, avec cette vieille pute ? C'est le boulot des cow-boys ! Vous n'y touchez pas, ni vous, ni Gerber, ni personne à cet étage, c'est compris ?

Il marque un silence. Déploie sa carcasse, fait le tour du bureau et vient s'asseoir sur la chaise près de Simon. Il sourit à nouveau.

– Cette histoire ne nous concerne pas. Je crois d'ailleurs savoir que Mercadier ne va pas tarder à la régler. Ça fera trois lignes dans *France-soir*. Restons concentrés sur notre mission.

Changement de ton, il chuchote presque.

L'affaire délicate qu'il veut lui confier, à lui et à Gerber, est d'une autre importance que le cadavre d'une vieille maquerelle. Dans les prochaines semaines, le ministre de l'Intérieur publiera une circulaire annonçant la fin des condés, ces laissez-passer spéciaux, autorisations formelles accordées par la PJ à des prostituées et à des proxénètes d'exercer leurs activités en échange d'informations. Filippis est convaincu que la décision a été prise à l'Élysée par des conseillers qui ignorent tout du travail de la police et qu'elle a été imposée à Marcellin. « La conséquence de ces abrutis lyonnais », maugrée le chef de la Mondaine. Depuis plus d'un an, l'affaire des bordels de Lyon secoue l'institution policière. Plusieurs grands flics locaux impliqués dans un réseau de prostitution vont être renvoyés devant le tribunal correctionnel. Le réseau aurait été couvert par un député UDR[1]. En déclarant pour la défense des policiers que « la prostitution permet de calmer d'éventuels violeurs », le préfet du Rhône n'a fait qu'attiser la détermination des cinq juges d'instruction. « Abruti de préfet », ponctue Filippis comme à lui-même. Il n'évoque pas les rumeurs de corruption à la Mondaine, ni les liens troubles de certains flics. Encore moins Ben Barka et Marković, affaires anciennes dont Simon a appris bien vite à ne jamais prononcer les noms.

– Ils veulent supprimer les condés, ils comprendront vite leur douleur. Mais en attendant, nous, on exécute les ordres. Je veux qu'avec Gerber vous informiez nos principaux cousins que le temps de la protection est révolu.

Évacuer la déception et la colère.

– Euh, pardon, mais chaque flic, chaque groupe a ses informateurs, je ne vais pas…

– Je ne vous demande pas d'aller débrancher tous les indics des collègues. Chacun s'en chargera et Lucien aura mission de vérifier que la volonté de Marcellin est appliquée, c'est lui qui tient le registre.

Les noms des filles qui ont reçu de la direction de la PJ l'« avis favorable » pour exercer leur activité sont répertoriés avec le nom du policier qui l'a demandé, en face sur la même ligne. La pute et son officier traitant. Depuis plus de vingt ans, les condés sont ainsi enregistrés. La plupart du temps, ils sont délivrés pour une durée limitée, mais sont renouvelables et surtout valables pour un secteur délimité, généralement un arrondissement.

– Ce ne sont pas les condés à trois sous dont je vous demande de vous occuper, reprend Filippis. Ce sont les pontes de la

1. L'UDR est le parti de la majorité présidentielle, pompidolienne. L'Union des démocrates pour la République est née en 1967 de la transformation de l'UNR, parti gaulliste historique. (Elle sera remplacée par le RPR de Chirac en 1976.)

balance que vous allez prévenir. Vous allez leur recommander de se mettre aux abris. Ceux qui nous sont les plus précieux… Vous qui sortez à peine de l'œuf, accompagné de *monsieur Loyal*, vous aurez la responsabilité d'exaucer le vœu de notre ministre. Sous mon autorité, cela va sans dire. J'ai expliqué la procédure à Gerber, vous verrez avec lui.

Simon n'a jamais entendu personne appeler Gerber par ce sobriquet. Il se demande ce que le patron sous-entend par là. Reconnaissance ou ironie ? Il essaie mentalement d'énumérer les « pontes de la balance », de se remémorer tous les condés validés en haut lieu, de visualiser la liste des bénéficiaires du « passeport » de la Mondaine sur tout le territoire de la Préfecture de police. Les tenanciers de maisons closes, officiellement fermées mais toujours en activité : Billy, rue Paul-Valéry, les tauliers du Montespan et de l'hôtel Saint-Georges. La Taverne du carrefour a tiré le rideau de sa devanture, pourtant la Mondaine sait qu'une porte dérobée permet d'accéder aux mêmes services que par le passé. Kaspar connaît vaguement les lieux et sait que les gérants des clandés* les plus prisés de la capitale sont des agents patentés des groupes de la Galanterie et des Hôtels. Il ne connaît pas la plupart d'entre eux, informateurs de luxe de la brigade, comme Fernande Grudet, dite Madame Claude, qu'il aurait croisée un jour dans la cour du 36 sans la reconnaître. Une année de service ne lui a pas encore permis de faire le tour des cousins et cousines de Paris.

– Vous ne gagnerez pas beaucoup d'amis, mais je ne crois pas que ça vous préoccupe, n'est-ce pas ? poursuit Filippis.

– Non, monsieur.

– Je suis certain que vous ferez un beau tandem et, si tout se passe bien comme je le pense, vous en serez récompensé.

Les questions se bousculent dans la tête de Simon. Déjà, Filippis se lève et lui tend la main.

– Ah, un dernier détail. Comme je l'ai dit à Gerber, je veux que vous me fassiez un point précis pour chaque condé. Et assurez-vous qu'Hernández a retrouvé le grand air.

Présentations

Le petit vestibule affiche complet. Laurent Gilenko, Stan Smith aux pieds, jean délavé et blouson en cuir marron, est debout, adossé au coffre. Face à lui, dans les deux fauteuils avachis de l'autre côté de la table en bois, une femme, la cinquantaine, abondante chevelure rousse, grandes lunettes teintées de bleu à la monture orange, et un homme, cheveux très bruns frisés avec un collier de barbe noire. Les deux se lèvent avant que Simon ait refermé la porte du bureau du patron derrière lui, moins pour saluer le jeune flic que pour être reçus à leur tour. La rousse, le visage pointu partiellement masqué par ses carreaux ombrés, porte une robe sans manches à fleurs rouges et jaunes, très décolletée, un collier de perles de nacre à triple tour. Ses bras sont maigres. Son parfum sature la salle d'attente. Elle paraît minuscule malgré ses talons à côté du barbu aux larges épaules, en costume sombre avec un pull beige à col roulé mal adapté à la saison.

Gilenko adresse un salut cordial à Simon. Depuis deux ans, il dirige les Stups, le groupe en vogue à la Mondaine. Il a acquis une notoriété certaine, conséquence du démantèlement de deux réseaux de trafic de cocaïne, mais surtout d'une série d'articles publiés en décembre 1972, à l'occasion d'une visite spéciale organisée par le ministère de l'Intérieur pour quelques flics, la plupart marseillais, au FBN, le Federal Bureau of Narcotics, à New York. L'occasion pour Marcellin de se rabibocher avec les Américains après les mises en cause de la police française dans l'affaire de la French Connection, et pour Laurent Gilenko l'opportunité de se faire mousser. Un coup de projecteur qui lui vaut aussi d'être dans les petits papiers de Filippis, toujours soucieux de se faire bien voir du ministère.

– Je vous présente l'inspecteur Kaspar, lance Gilenko aux deux autres. L'un de nos meilleurs éléments, et aussi un des chouchous du patron, n'est-ce pas Simon ?

Il adresse un clin d'œil à Kaspar, embarrassé.

– Hélène ! se présente la rousse en lui tendant une main maigre. Je n'ai pas le privilège de vous connaître. Adrien me cache ses poulains maintenant ? Inspecteur Kaspar dites-vous…

Sa voix aiguë et éraillée fait à Simon l'effet d'un crissement de craie sur un tableau de classe. L'impression qu'elle note soigneusement son patronyme comme pour établir une fiche de renseignement. Il lui répond d'un sourire en cherchant ses yeux derrière les verres fumés. La rumeur a beau courir que la Rouquine est une visiteuse assidue du 36 et de la Mondaine en particulier, c'est la première fois qu'il la croise. Il l'imaginait plus grande, plus jeune, plus séduisante aussi. Un malaise diffus s'empare de lui. Sans doute est-il dû à son regard introuvable qui semble le scruter.

Le barbu se contente de le saluer d'un mouvement de tête amical sans prononcer un mot. Il ne semble guère plus âgé que lui.

Gilenko ne fait pas davantage de présentations.

La loupiote au-dessus de la porte du bureau d'Adrien de Filippis passe au rouge.

À l'ombre du SAC

Un petit groupe d'avocats en robe dévale le grand escalier à l'arrière du Palais de justice et se dirige avec des éclats de voix vers la place Dauphine. La rue de Harlay est encombrée par les voitures. Un J7-Pie, sirène hurlante, sort du dépôt du tribunal et passe tout juste entre les deux files de véhicules en stationnement. Le bistrot des Trois Marches est déjà bondé.

Simon bouscule un client pour rejoindre Gérard Lesieur assis sur un tabouret haut au bout du zinc devant un sandwich et un demi. Il s'accoude au comptoir à côté de lui, glisse une pièce dans le distributeur en plastique rouge et prend une poignée de cacahuètes. Lesieur attend que Simon ait fini de gober ses arachides pour rompre le silence.

– Il t'a raconté quoi, le *bourreau de Béthune*?

Toute la brigade s'accorde à dire que Filippis a la carrure et la perversité du fameux catcheur rangé des rings mais à la célébrité intacte au 36, souvenir de son passage tonitruant à la fin des années 1960. Simon n'a vu de lui que des photos en noir et blanc avec sa cagoule.

Kaspar résume. Évoque seulement l'affaire Hernández.

– Putain, le môme, t'es con ou quoi ? Ton mac, il a un CV de barbouze long comme le bras, il a servi de rabatteur à Debizet pendant dix piges. Tu sais qui est Debizet au moins ?

– Évidemment, répond-il sans conviction. Je croyais qu'il s'était fait virer…

Lesieur secoue la tête. Si Jacques Foccart est le chef historique du Service d'action civique, Pierre Debizet est l'homme de terrain et des coups les plus tordus de la police parallèle du parti gaulliste. Écarté avec des dizaines d'autres activistes par Pompidou à son arrivée à l'Élysée en 1969 pour son rôle supposé dans l'affaire Marković, Debizet est pourtant progressivement revenu en cour.

– Ils ont vite compris qu'ils ne pouvaient pas faire sans lui et ses copains, reprend Lesieur. Pour traquer les cocos et trouver du pognon, Hernández est un partenaire idéal. Il remplit les valcazes* pour au moins trois députés de l'UDR entre Nice et Toulon, et pas seulement grâce à ses frangines. Il a même investi dans l'édition porno : magazines et cinéma. Les OBM ont pondu trois ramettes de notes blanches* avant l'été avec la liste des financiers, des acteurs et de la clientèle. Tu étais où, Simon, bon dieu ?

– C'est quoi déjà les OBM ?

– Arrête tes conneries, tu as voulu venir à la Mondaine, tu y es…

Lesieur marque une pause. Déride son visage.

– Outrage aux bonnes mœurs, dit-il en prenant le ton grossièrement pincé d'une vieille bigote.

Simon se détend aussi. Lesieur a une capacité naturelle à mettre de la légèreté dans les moments de tension.

– Tu sais que je fais partie du groupe des Julots, camarade ? Si tu étais venu me parler avant d'aller faire le zouave, tu te serais évité des emmerdes et on ne passerait pas tous pour des cons. Parce que t'imagines bien que ton mac, il ne va pas se priver de raconter comment il nous l'a mise profond…

– Il est au SAC, le taulier ? dit Simon, avec un temps de retard.

– Je n'en sais rien. Mais après ton coup d'éclat, on a dû rapidement lui faire comprendre en haut lieu qu'il avait intérêt à arranger le coup avec le mac. Ah, et puis, quand tu trimballes une pute, ne va pas te faire rincer par n'importe qui. Vu que les deux corne-culs des Cabarets n'ont rien à glander, ils bavent. Tu as vraiment du bol de t'en sortir sans dégâts, le môme.

Lord Sinclair et Danny Wilde.

Les images de Natacha dans la boîte défilent à nouveau. Simon les efface en fermant les yeux.

Gérard Lesieur finit son sandwich qu'il fait descendre avec une lampée de bière.

– Il t'a demandé quoi en échange ?

– Rien de spécial.

– Tu te fous de ma gueule ?

Simon perçoit un éclair dans ses yeux. Le masque de la colère s'abat sur sa bouille joviale.

Lesieur a dîné la veille avec Gerber, juste après son entrevue avec Filippis. Marcellin, les condés, la mission spéciale, Gerber lui a tout raconté.

Simon s'excuse, regrette. C'est la deuxième fois qu'il le fait dans la même matinée. Il explique sa confusion devant une situation à laquelle il ne comprend rien.

– Je crois que tu devrais voir Marco, fissa.

– Oui, tu as raison. Tu sais s'il a parlé de la Belle Estelle avec Filippis ? demande-t-il comme s'il voulait changer de sujet.

– Il ne m'a rien dit, pourquoi ?

– J'ai merdé. Moi, j'en ai parlé au taulier. Je croyais que c'était pour ça qu'il voulait me voir. Il est monté sur ses grands chevaux et m'a dit de ne pas y toucher et que de toute façon le dossier allait être rapidement bouclé par Mercadier. Tu es au jus ?

Lesieur fait non de la tête.

Simon hésite. Il aimerait lui faire une confidence, poussé par l'étrange besoin de se racheter aux yeux de son collègue. Il n'insiste pas sur le meurtre de la rue des Montibœufs et ravale son envie de parler de sa découverte sur celui de la rue du Théâtre.

– J'ai croisé la Rouquine en sortant de chez Filippis. Elle est moins fraîche que je ne l'imaginais.

– Je sais. Elle est passée prendre Gilenko avec son ténor.

– Son quoi ?

– Tu ne connais pas Placido Domingo ? Putain, mais tu ne connais rien à rien, se marre Lesieur. C'est un chanteur d'opéra.

Il est certain de ne jamais avoir entendu ce nom.

– Tu sais ce qu'ils venaient faire chez le patron ?

Lesieur hausse les épaules. Filippis est un dingue d'opéra et Gilenko serait sur un gros coup du côté de Pigalle. Rien de plus.

Le flic vide son demi, pivote sur le tabouret, observe Simon en légère contre-plongée. De profil avec ses joues glabres, Kaspar paraît encore plus jeune.

– Il faut vraiment que tu parles à Gerber pour cette mission autour des condés. Et oublie ces histoires de vieilles putes.

Simon hausse à son tour les épaules, le regard braqué droit devant lui. Hernández et les révélations de Lesieur accaparent son esprit.

– Tu ne te demandes pas pourquoi Filippis vous a refilé le bébé ? Pourquoi il ne se charge pas lui-même d'informer les cousins ? le relance Lesieur. Je ne te parle pas de nos indics à deux balles, ceux-là, il s en fout, chaque poulet va s'en démerder. Je te parle des puissants. Des puissantes surtout. Tu crois qu'il vient de dire à la Princesse qu'elle pouvait s'asseoir sur son condé et que si elle continuait son turbin il viendrait lui mettre les pinces* ?

Simon ne répond pas.

Le patron des Trois Marches s'excuse de ne pas l'avoir encore servi. Le coup de feu de midi. Le jeune flic commande un demi et se tourne lentement vers Lesieur.

– Tu veux dire quoi ?

– Que le taulier ne veut pas se salir les mains et qu'il vous a refilé le bâton merdeux.

Simon écluse sa bière et fait signe au patron de remplir à nouveau le verre.

– Je m'en tape de ces conneries.

Lesieur ne relève pas, descend de son tabouret et sort un billet de cinq francs. Kaspar pose la main sur son bras.

– C'est pour moi aujourd'hui... Juste une question, Gérard, c'est quoi son vrai nom à la Rouquine ?

– Je n'en sais rien. On l'appelle la princesse de Passy ou Madame Hélène... Ne me demande ni pourquoi, ni comment. Ce n'est pas ma cousine et c'est très bien ainsi. S'il veut, Marco t'en dira plus, il sait mieux que moi.

Moyens techniques

Mardi 11 septembre

Depuis qu'il a pris le contrôle de la SUBAC, André Servent n'a pas remis les pieds au 13 de la rue des Saussaies. Tous les bureaux sont éteints, sauf ceux du deuxième, sur la gauche, où travaillent les CAGY et les CARA, les groupes des sections hongroise et est-allemande.

Servent salue les deux gardiens et monte l'escalier en baissant la tête pour ne pas croiser le regard d'un collègue, même si à cette heure matinale une telle rencontre est peu probable. La veille, il a donné rendez-vous au commissaire principal Édouard Charbonneau à 6 heures tapantes. Le patron des services techniques a un peu regimbé.

Quatrième étage au fond du couloir. Un filet de lumière sous la porte. Il tend instinctivement l'oreille avant de frapper. Une voix avec un fort accent que toute la Maison connaît depuis des lustres. Celle de Georges Akhvlédiani. Un Estonien entré à la DST il y a bientôt dix ans après avoir été garde du corps du général de Gaulle. Surtout, il passe pour le plus fiable des traducteurs du russe. Servent avait oublié que Charbonneau gérait aussi l'équipe des traducteurs.

Il attend derrière la porte sans s'empêcher d'écouter. Une interception de document dont il ne comprend pas le sens. Il devrait dire à Charbonneau d'être plus prudent, les Rouges ont aussi des oreilles jusque dans l'antre de la DST. Akhvlédiani sort au bout de quelques minutes. La poignée de main est franche. L'homme a un visage lisse d'adolescent sur des épaules de déménageur serrées dans une veste à rayures trop étroite. Servent entre sans façon.

– Salut camarade Servent ! lui lance Charbonneau avec une petite moue ironique.

La soixantaine, la moustache grisonnante, Édouard Charbonneau a des faux airs de Brassens avec un accent du Sud-Ouest. Sa bonhomie extérieure disparaît dès le premier mot. Depuis une décennie, il dirige la logistique, prépare l'ensemble des opérations de la DST. De la location d'appartements à l'entretien des voitures de filoche et des camionnettes des PTT, en passant par les fausses entreprises de couverture, les appareils photos et caméras miniatures, bref la panoplie complète sans cesse modernisée. Et il n'est pas moins maître dans les techniques de branchement et d'écoute, compétence par excellence du commissaire principal Charbonneau.

– Je vais avoir besoin de tes services, Édouard, dit Servent.

Faute d'une réelle complicité, les deux hommes ont noué au fil du temps une relation essentiellement guidée par le souci d'efficacité et une commune détestation des Rouges. L'un se concentre sur ceux venus de l'étranger, l'autre sur les cocos domestiques.

– À toi de me dire tes besoins, camarade.

– Arrête avec tes « camarades ».

L'irritation de Servent amuse le maître de la sonorisation occulte.

– Détends-toi mon vieux. Tu sais que ça jase ici. Paraît que tu es en ligne directe avec Marcellin ?

– Et toi, tu as branché Brejnev? Sérieusement, je veux que tu me poses une série de bretelles*, mais j'ai surtout besoin que tu confies le job à tes mecs sûrs, pas des…

– Holà ! l'interrompt Charbonneau. Cela fait des mois que personne ne sait ce que tu fais, tu ne mets plus les pieds dans la maison, et t'arrives d'un coup au petit matin avec ta liste de courses pour me dire comment faire la tambouille… Ça ne marche pas comme ça, André !

Brassens peigne sa moustache avec son pouce et son index. Il fixe Servent d'un œil interrogateur.

– Tu m'expliques ?

– Rien à t'expliquer. En tout cas, pas maintenant.

Il sort de la poche de son veston une feuille de papier qu'il pose sur le bureau devant Charbonneau.

– Voilà ma première liste de courses, comme tu dis, ça ne devrait pas poser de problème.

Le patron des services techniques regarde rapidement le papier.

– En effet, dit-il avec une moue dubitative.

– Ce sont les hommes qui comptent, Édouard. Je veux que dorénavant tous les boulots qui viendront de moi soient exécutés par des hommes au-delà du fiable.

La voix de Servent tremble un peu.

Charbonneau replie la feuille et la remise dans le premier tiroir de son bureau.

– Xoual m'a prévenu que tu passerais me voir en me faisant comprendre que je ne pouvais rien te refuser. Sois tranquille, je ne te refuserai rien, je n'en ai pas la volonté et encore moins le pouvoir.

Il marque une pause, sort un paquet de Gauloises froissé, tire une cigarette un peu tordue à laquelle il redonne soigneusement sa forme. Il saisit une petite boîte sur son bureau. La Romande, allumettes paraffinées. Le flic allume sa clope et éteint la petite flamme. Un nuage gris s'élève lentement. Servent s'efforce de rester impassible.

– On se connaît depuis combien de temps ? Vingt, vingt-cinq ans ?... Tu sais qui je suis et tu sais que je ne te ferai pas d'embrouilles. Les cocos, je les ai dans le pif autant que toi.

– Il n'y a pas d'embrouilles, reprend Servent. Je fais mon boulot et…

– Écoute-moi, le coupe Charbonneau sur un ton soudain vif. Si tu passais plus souvent par ici, tu saurais qu'il y a des moments où il vaut mieux faire gaffe à ses miches.

Le nuage de Gauloise flotte devant son visage. Sa synthèse est froide comme un PV. Xoual est un faux cul et Marcellin un danger public. La ST est un service de contre-espionnage, pas une police politique.

Le commissaire principal recule dans son fauteuil, déverrouille le grand tiroir central de son bureau et en tire une liasse de feuilles. Au milieu une note de trois pages agrafées, récente. Charbonneau fait mine de la relire et résume.

Son auteur : Auguste Sauvignon, lui aussi commissaire et chef de la documentation, installé au dernier étage de l'immeuble. Depuis novembre 1944, toutes les informations collectées par les services de la DST sont entreposées, classées, organisées, conservées sur place. Ce domaine que Roger Wybot avait refusé de transférer au fichier central de la Sûreté nationale s'est transformé en un royaume sur lequel Sauvignon règne jalousement.

Destinataires officiels : Henri Biard, Guy Xoual et quelques chefs de service de la ST.

Destinataires officieux : Marcellin, Pompidou, accessoirement Messmer, même si à la DST, comme dans les autres services de renseignement, le Premier ministre est considéré comme quantité négligeable. Et pourquoi pas la presse !

Son objet : la préservation de l'œuvre du père fondateur. « En aucun cas, la DST ne doit être détournée de sa mission de contre-espionnage, aucune raison de police générale et encore moins de politique intérieure ne peut valoir pour légitimer son engagement », a écrit Sauvignon.

– On peut même penser que c'est le vieux qui lui a dicté cette phrase, ajoute Charbonneau sans ironie. Wybot a beau être à la retraite, il n'a jamais lâché la ST et entend bien que ça continue comme ça.

– Sauvignon aurait dû sauter depuis longtemps. Tout le monde sait que c'est un allié des Rouges, lance Servent.

– Non, tranche Charbonneau. Il a été proche de la SFIO à un moment, jamais du PC. C'est un homme de principes. Il était farouchement opposé à l'OAS, mais refusait que la ST la combatte, justement parce qu'il considérait déjà que nous n'avons pas à nous mêler de politique intérieure.

– Quelle connerie.

– Sans doute. D'ailleurs, Sauvignon ne parle pas de toi, ni de ta SUBAC. Tu fais ce que tu veux, André, mais au moins maintenant tu es informé de ce qui se dit dans la Maison.

Servent laisse passer un silence.

– Toi, tu en penses quoi ?

– Je ne fais que mettre en œuvre les missions. Les tiennes comme celles des autres, jusqu'à ce que je reçoive un ordre contraire, répond Charbonneau.

– Je peux compter sur toi ?

Le commissaire principal écrase son mégot dans un cendrier en métal. Toujours assis, il tend sa main au-dessus du bureau. Servent se lève et la saisit avec vigueur.

Premier repérage

Mercredi 12 septembre

Ses cheveux gris bouclés au fer, du blush sur les joues et les lèvres légèrement colorées de rose, Solange Servent porte un manteau en toile grise sur une robe mauve et des chaussures à petits talons carrés. Elle a mis plus d'une heure à choisir sa tenue. Elle avait oublié le plaisir qu'il peut y avoir à se lamenter devant une armoire pleine. Lorsque son mari lui a proposé hier de « faire un tour dans Paris », elle lui a fait répéter trois fois. « Maintenant que nous avons une cafetière électrique, il nous faut du vrai café », lui a-t-il dit dans un sourire.

Depuis des années elle ne quitte plus le XVe arrondissement, ne dépassant guère les frontières que constituent les rues de Lourmel, du Commerce, des Entrepreneurs et le boulevard de Grenelle. Le travail d'André a progressivement figé son existence dans ce quartier où ils se sont installés à la fin des années 1950. Si elle regrette parfois la monotonie solitaire de ses journées, pour rien au monde elle ne voudrait changer de vie. Elle a André et cela lui suffit. Trente-six ans de mariage au fil desquels les silences se sont peu à peu substitués aux mots pour devenir un langage qu'ils sont les seuls à parler.

Il lui a donné rendez-vous à 10 heures à la sortie du métro Pyramides.

Elle est en avance bien sûr. Un taxi le dépose juste à sa hauteur. Il y a longtemps qu'elle ne l'avait pas vu à la lumière du jour. Elle le trouve vieilli, inquiet. Elle se garde bien de l'interroger. Un sourire échangé. Solange s'accroche à son bras, il résiste, un peu gêné, mais se laisse finalement aller. Ils descendent l'avenue de l'Opéra, prennent la rue de l'Échelle, puis la rue Saint-Honoré sur la droite, s'arrêtent devant le numéro 256.

Une petite boutique à la devanture en bois vert. Maison Verlet, une des plus célèbres brûleries parisiennes.

– Tu connais cet endroit ? dit Solange visiblement étonnée.

– Non, mais je passe souvent devant et vu qu'on a une nouvelle machine, je me suis dit…

Elle lâche son bras.

– Tu ne te rends pas compte.

Servent regarde autour de lui comme pour vérifier que personne ne les observe. Il déteste être planté ainsi sans bouger. L'impression qu'elle va se mettre à pleurer renforce d'autant plus son malaise qu'il ne comprend rien à son émotion.

– Je venais ici avec ma grand-mère quand j'étais petite. Je devais avoir sept ou huit ans, dans les années 1920. On faisait le voyage depuis Montreuil toutes les deux. C'est incroyable, j'avais complètement oublié cet endroit, mais maintenant que je suis là, tout me revient.

Des passants irrités par leur immobilité les bousculent. Servent ne sait pas s'il regrette de l'avoir conduite jusqu'ici ou si l'émotion de Solange le touche.

– Bon, on entre ou on prend racine ?

Sous la verrière en demi-lune, un comptoir à tiroirs, des guéridons en bois encombrés de boîtes en métal de couleur. Les odeurs surtout les enveloppent. Des parfums de café, de thé, de chocolat aussi. Une serveuse en tablier bleu s'approche.

– Je te laisse choisir, prends ton temps, dit-il à son épouse.

André Servent sort de la boutique. L'air de la rue, malgré les gaz des voitures qui avancent au ralenti dans la rue Saint-Honoré, l'apaise. Il fait quelques pas sur le trottoir, s'arrête au Chiquito, y achète des Reinitas et une boîte d'allumettes La Romande, comme celle de Charbonneau. Il grille un cigarillo. Au bout de quelques minutes, il aperçoit Solange, un grand sac en papier marqué Verlet à la main.

– J'aurais pu y passer la journée, mais j'ai eu peur que tu t'enfuies. J'ai pris plusieurs cafés moulus, tu verras. On fait quoi maintenant, monsieur le commissaire ?

Elle a l'air légère, heureuse. S'il osait, il l'embrasserait sur la joue.

– On marche un peu ?

Ils avancent tranquillement jusqu'aux fontaines du Théâtre-Français. Au milieu du carrefour, un agent fait des moulinets avec ses bras en donnant des coups de sifflet couverts par les rafales de klaxons. Un détour par la rue de Rivoli, des dizaines de touristes s'agglutinent devant les boutiques de bibelots. « Moi aussi aujourd'hui je suis en vacances », lance Solange Servent, abandonnant son mari pour entrer d'un pas décidé chez un marchand de journaux. Un rapide aller-retour.

– Tu as vu ? dit-elle en lui montrant la Une de *Paris Match* : « Les Français sont-ils racistes ? »

– On va déjeuner ? propose-t-il, sans prêter attention au magazine qu'elle vient d'acheter.

Solange hausse les épaules et reprend son bras. Rue de Rohan, rue Saint-Honoré à nouveau. Le couple s'installe dans une modeste brasserie. Servent choisit une table avec vue sur l'extérieur. Solange aurait préféré être placée au fond de la salle.

– Tu es certain de vouloir déjeuner ici ? lui demande-t-elle en parcourant des yeux la carte des menus qu'un garçon vient d'apporter.

Écrit en lettres dorées sur la couverture en simili cuir marron : Spoutnik.

Servent secoue la tête sans répondre, commande deux steaks frites, une salade et un pichet de vin rouge. Un whisky pour patienter.

Une Renault Estafette bleue avec un toit surélevé, portant en gros le nom d'une entreprise de plâtrerie-maçonnerie, sort de l'immeuble en face. Une femme, blonde, la quarantaine, ferme précautionneusement les deux grands battants de la porte cochère derrière le véhicule.

Servent s'égare dans ses pensées. La radio a annoncé ce matin le possible raz-de-marée communiste aux élections cantonales à la fin du mois. Demain, jeudi, le président Pompidou inaugurera la tour Montparnasse. Deux cent dix mètres, le plus haut bâtiment de France. D'Europe aussi dit-on. Il repense à la vieille gare de son enfance, détruite à jamais pour laisser la place aux fondations de la tour. « Faire établir la liste de tous les propriétaires et locataires de ses bureaux », note-t-il dans sa tête. Il se demande si d'autres services ont déjà organisé la sonorisation du gratte-ciel.

Le serveur apporte les steaks, la salade et le pichet de rouge. Une autre camionnette passe sous le porche en face. La femme blonde ouvre et referme la porte. Servent entend à peine Solange lui faire le résumé des nouvelles de *Paris Match.* Les ratonnades à Marseille, la toile des jeans qui aurait été inventée à Nîmes au siècle dernier, la disparition du cirque Amar.

– André ?

Elle doit répéter son prénom avant qu'il réagisse.

– Ta viande va être froide.

– Je n'ai pas très faim, finalement.

Il sert du vin à sa femme, remplit son verre.

Solange repousse légèrement son assiette et regarde son mari. Son insouciance s'est envolée, le rose sur ses lèvres a disparu.

– Tu ne m'as pas proposé de déjeuner pour me sortir, n'est-ce pas ?

– Mais pourquoi dis-tu ça ? Ça n'était pas une belle surprise, la brûlerie ? se défend-il.

Elle sourit, d'un sourire triste.

– Tu ne connaissais même pas la Maison Verlet. Depuis deux heures on tourne dans la rue Saint-Honoré et tu choisis le Spoutnik comme restaurant…

Solange parle d'une voix douce.

– Tu m'as emmenée ici pour que je te serve de couverture. Tu aurais pu me le dire, ça n'aurait rien changé, j'aurais juste un peu moins mal maintenant. Mais ça n'est pas grave, tu le sais bien.

André Servent baisse les yeux.

Affaire manquante

Vendredi 14 septembre

Rocher adresse un clin d'œil à Kaspar. « Rendez-vous dans dix minutes dans le bureau de Lulu », prononce-t-il sur le ton de la confidence

Depuis trois jours, le chef du groupe des Hôtels n'a pas évoqué l'affaire Hernández. Personne d'ailleurs à la brigade ne lui en a reparlé. L'agent des Impôts qui a débarqué à la Mondaine lundi, après l'interpellation du mac, non plus. Simon lui avait pourtant promis un nouveau client à qui présenter la note fiscale. Effacée avant même d'avoir été rédigée… « Puisqu'il ne s'est rien passé ! », a conclu Filippis. Le déni tire de l'embarras, semble-t-il.

Simon se demande qui, dans la Maison, est encarté au SAC. Il écarte la question. Les affaires à tiroirs lui échapperont toujours.

Il avance dans le long couloir, prend le suivant sur la droite, parvient au vestibule avec le coffre. La porte de Lucien Raillard est grande ouverte. Cinq flics discutent à voix basse à l'intérieur de son bureau. Un groupe de trois, puis de deux les rejoignent. Les chefs de groupe, les inspecteurs de la Galanterie, des Hôtels et des Bonnes Mœurs. Simon se glisse difficilement parmi ses collègues et se cale dans un angle de la pièce bondée, juste derrière Gerber. « Je peux te voir rapidement ? » lui murmure Simon dans le brouhaha ambiant. D'un hochement de tête, Gerber acquiesce sans se retourner.

Raillard regarde sa montre à l'instant où Gilenko entre à son tour, une chemise à sangle sous le bras. Le patron des Stups force un peu le passage et vient prendre place à côté du numéro 2 de la brigade derrière son bureau. Lulu tape dans ses mains. Les trois coups du brigadier avant le lever de rideau.

– Messieurs, nous allons donner un coup de pouce à nos amis des Stups.

Gilenko prend la parole, souriant et sûr de lui. Simon remarque qu'il est le seul à porter un blouson. Un loubard au milieu des costards. Il l'écoute, mais a du mal à se concentrer. Un bon tuyau, une grosse opération demain soir à Pigalle. Gilenko a déjà tout organisé. Un de ses hommes fera un coup d'achat dans l'arrière-salle d'un club de strip avec le chef d'un réseau de trafiquants qu'il cherche à faire tomber depuis des mois. Il ouvre sa chemise à sangle sur le bureau de Raillard, étale ses notes, ouvre une carte grossièrement dessinée du quartier. Les détails de la souricière. Les chefs de groupe s'approchent. Kaspar reste en retrait. Gerber aussi.

Gilenko poursuit son exposé, fait mine d'associer les gradés à son plan, distribue les seconds rôles aux sous-fifres. Simon aura pour mission de déambuler à partir de 21 heures sur le boulevard de Clichy entre la rue Lepic et la rue Coustou et de repérer deux voitures. Gilenko lui fait passer sur un papier les numéros des deux plaques d'immatriculation à mémoriser. Une Mercedes-Benz, modèle SL R107, dont il ignore la couleur, et une 504 blanche. Les deux bagnoles se gareront ou déposeront leurs passagers à la hauteur du Sélect Club. Il passera aussitôt le mot à Girard, des Stups. Son rôle s'arrêtera là, mais il devra rester dans les parages pour prêter main forte, si besoin était, aux équipes qui taperont les trafiquants. Il ne saisit pas tout du processus. L'opération l'amuse sans l'exciter. Spectateur plutôt qu'acteur.

– Des questions, les amis ? demande Raillard.

Une kyrielle. Gilenko répond avec gourmandise. Simon écoute à peine.

– Tu as parlé d'un gros coup d'achat, beaucoup de fric ? lance Gerber, impassible et silencieux jusqu'alors.

Le murmure des apartés de la dizaine de flics s'estompe.

– Ouais, pas mal, sinon rien n'était possible. Les gugusses en question ne sortent pas pour cinq cents balles. Il vaut mieux qu'on ne se loupe pas si on ne veut pas en être de notre poche, répond goguenard le chef des Stups.

Hilarité générale un peu surjouée. Il est courant que faute de cash suffisant à disposition, les flics avancent un peu d'oseille pour monter des opérations de seconde zone. Simon relève que Gerber hésite à poser une autre question avant de renoncer.

Raillard clôt le dossier pognon. Les chefs de groupe sont invités à rester ; pour les autres, la séance est levée, ils verront plus tard avec leurs patrons respectifs les derniers détails.

À son bureau, Kaspar saisit le téléphone, compose le 690. Appel interne. « Je descends, je vous expliquerai », dit-il avant de raccrocher.

Il dévale l'escalier A entre les képis, les civils et les menottés, traverse la grande cour sur la droite. Une Renault 12 banalisée a cogné un panier à salade. Deux marlous, à l'intérieur du fourgon, le visage collé à la fenêtre grillagée, se marrent. Simon se dirige vers le fond de la deuxième cour et son bâtiment. Il en pousse la vieille porte qui grince en s'ouvrant sur une petite pièce, comme une salle d'attente. Vide.

Derrière la porte suivante, une vaste salle, des rangées d'étagères en métal encombrées de boîtes, et à l'arrière des réserves en enfilade. Le labyrinthe du SATI, le Service des archives et du traitement de l'information, renferme toutes les procédures de la PJ parisienne et des départements voisins qui dépendent de la Préfecture de police de Paris. Les flics connaissent la routine, chaque PV est tapé en quatre exemplaires avec papier carbone. Une feuille pour le service, une pour le juge, une pour le parquet, la dernière, rose, pour les archives. Classement, rangement, étiquetage des dossiers, les uns contre personnes dénommées, les autres contre X. Des dizaines de fonctionnaires s'activent dans la pénombre poussiéreuse du SATI.

Simon se dirige vers un homme penché au-dessus d'une table, occupé à trier des piles de documents. Celui-ci lève à peine le regard. Kaspar est soulagé de ne pas se retrouver face à l'archiviste qui lui a sorti le dossier Hernández. Il s'excuse de l'importuner, précise qu'il a appelé avant de descendre. Préventions d'usage quand on entre dans un service où les flics de terrain ne sont pas les bienvenus. Ceux de la Mondaine encore moins que les autres. L'homme, la cinquantaine, manches de chemise retroussées au-dessus du coude, lui demande de patienter un instant, il termine son classement.

– C'est pour quoi ? finit-il par demander à Simon en faisant un peu de rangement sur la table et en sortant un gros cahier noir.

– Je recherche une vieille affaire…

Simon est sèchement interrompu.

– Nom, service, numéro de dossier ! dit-il en lui tendant le formulaire à remplir.

Étape obligatoire pour pouvoir consulter une procédure.

Il se met à remplir la fiche, mais se ravise.

– C'est une vieille affaire sur laquelle j'ai très peu d'éléments, dit Simon timidement. Je n'ai pas d'auteur ni de numéro de dossier.

Il s'efforce de ne pas pointer ses yeux verts sur la mine grise de l'homme. Il aimerait susciter chez lui de la bienveillance, peut-être même de la complicité.

– Pas grave. Donnez-moi le nom d'une victime et une date. On va retrouver dans les dossiers contre X.

Les affaires non résolues.

– Janvier 1970, lance Kaspar.

Un silence. L'autre le regarde, entre curiosité et amusement.

– Au moins on est sûr qu'il n'est pas à la cave, rigole-t-il, en faisant allusion au sous-sol de la Préfecture de police, de l'autre côté du boulevard, rescapé de la grande crue de la Seine au début du siècle et où croupissent les vieux dossiers.

– Je connais le nom de la rue où les faits se sont déroulés, ajoute Simon.

– C'est « Réponse à tout », votre truc…

L'archiviste se marre devant l'incompréhension de Simon.

– Vous ne regardez pas la télé ? Lucien Jeunesse, juste avant « Télé Soir » ?

Simon est soulagé de le voir s'amuser, mais ne trouve qu'un rire forcé à lui retourner.

– L'histoire d'une femme assassinée.

– Flinguée ou surinée ?

– Une douzaine de coups de lame.

Les cheveux gris soigneusement tirés rebiquent sur la nuque de l'archiviste. Celui-ci se frotte les mains en regardant Simon, la mine plus renfrognée. Il paraît réfléchir.

– Vous êtes de la Mondaine ?

– Oui.

– Quel groupe ?

– Les Hôtels.

– Janvier 1970, vous avez dit ?

– Oui.

– Une gonzesse découpée en rondelles ? Dans le XVe arrondissement ?

– Je ne vous l'ai pas dit, mais c'était bien dans le XVe.

Il sent son cœur battre plus vite.

L'archiviste marque à nouveau un silence.

Simon se retient de l'attraper par le colback et de le secouer comme un prunier pour lui faire cracher ses infos.

– Jurgensen. Suzanne Jurgensen. Ça doit être le nom de votre cliente.

Cette fois, c'est l'envie de le prendre dans ses bras qu'il réprime.

– Formidable, dit Simon, vous vous souvenez de cette affaire ?

– Pas du tout, je n'en avais même jamais entendu parler jusqu'à hier ou avant-hier.

Simon est à peine surpris. Mercadier, Gerber. Ils ont évidemment fait le rapprochement du meurtre de la Belle Estelle avec celui-ci, et en ont récupéré le dossier. Ils ont fait leur boulot de flic. Peut-être même que Signol, à l'Identité judiciaire, a rapporté leur échange au flic de la Crim'.

Il regrette maintenant d'être descendu au SATI. Ses pensées s'emmêlent, dans la confusion où son esprit s'égare trop souvent.

– Le problème, mon vieux…

L'archiviste laisse sa phrase en suspens. Il lorgne sur la fiche que Simon avait commencé à remplir et semble prendre plaisir à la conversation.

– … Kaspar, Simon Kaspar. Moi, c'est Rabier, Paul Rabier. Je suis ici depuis presque dix ans. Le problème, inspecteur Kaspar, c'est qu'à ma connaissance Suzanne Jurgensen n'existe pas.

Il se montre satisfait de son effet. Du petit jeu du chat et de la souris, plutôt que « Réponse à tout », qu'il mène.

– Comment ça ?

Simon a élevé la voix sans le vouloir. Rabier ouvre ses mains devant lui en signe d'excuses.

– Il n'y a pas de dossier Suzanne Jurgensen, ni aucun nom approchant.

– Je ne comprends rien. C'est vous qui venez de me donner ce nom. Je ne le connaissais même pas. Maintenant vous dites qu'il n'y a pas d'affaire… À quoi ça rime, bon dieu ?

Le téléphone sonne. Rabier décroche le combiné, échange des propos que Simon n'écoute pas. Il raccroche, s'écarte de la table et, dans un mouvement théâtral de présentation de la salle des archives, désigne les étagères brinquebalantes.

– Voilà où nous travaillons, dit Rabier.

Kaspar n'avait pas remarqué la saleté au milieu du désordre. Ni les toiles d'araignée serrées comme des filets de pêche dans les angles au plafond, les taches noires d'humidité sur les murs jaunâtres boursouflés, les fils électriques comme des tresses le long des étagères surchargées.

– Un vrai bordel, poursuit-il. Pourtant, aussi curieux que cela puisse paraître, je pourrais vous retrouver en deux temps trois mouvements le plus petit braquage des années 1960.

Rabier épluche une liasse posée sur son bureau et en tire un formulaire. Il lit.

– Suzanne Jurgensen, 17 janvier 1970, 43 rue du Théâtre. Suivez-moi, mon jeune ami…

Kaspar lui emboîte le pas. Un grand meuble plein de tiroirs étroits. Des étiquettes sur chacun d'eux, des lettres par ordre alphabétique. Tous les dossiers font l'objet d'une fiche qui permet de retrouver les cotes des procédures rangées sur les étagères. Le système classique des bibliothécaires.

Rabier tire le casier « G-K ». Il fait défiler les fiches entre ses doigts.

– Jonaz, Justinien… dit-il. Votre Jurgensen devrait être entre les deux. Il n'y a rien ici qui puisse laisser penser que cette affaire ait existé. J'ai même vérifié que la fiche n'avait pas été mal classée.

Simon se concentre pour mémoriser les informations que Rabier lui a lues.

Suzanne Jurgensen, 17 janvier 1970, 43 rue du Théâtre.

– Mais qui vous a donné ces indications ? fait soudain Simon.

– Un collègue. Vous aimeriez que j'aille lui dire que vous vous intéressez vous aussi à ce cas ? Je vais vous dire un truc : ce collègue n'existe plus, vu que j'ai détruit sa feuille de demande de renseignement. Et pareil pour vous.

Simon baisse la tête. Gerber, Mercadier ou Signol ?

– Pardon, mais ne serait-il pas possible que le dossier ait été enregistré sans qu'il y ait une fiche… ou que la fiche ait été perdue ? C'est pas récent, et…

– Moins de quatre ans, ça n'est pas très ancien, jeune homme. Et puis surtout rien ne s'égare ici.

Rabier fait mine d'être contrarié.

– Vous imaginez bien que j'y ai pensé. Votre collègue était tellement sûr de son coup que j'ai passé la moitié d'une journée à revérifier. Je ne vous expliquerai pas comment, mais je crois avoir fait tous les dossiers du premier trimestre 70. Une tannée pour rien ! Elle n'existe pas, votre Suédoise.

– Pourquoi Suédoise ?

– Je ne sais pas, c'est plutôt suédois comme nom ?

Simon n'y avait pas pensé. Il remercie Rabier et se dirige vers la sortie. L'archiviste l'accompagne.

– Dites-moi, inspecteur Kaspar, j'ai à mon tour une petite question… C'est quand même curieux qu'à quelques jours d'intervalle deux flics viennent s'intéresser à une affaire fantôme qui date de trois ans, non ? C'est quoi, cette histoire ?

Simon n'a pas besoin de feindre la sincérité.

– Je n'en sais rien.

– Vous pourrez m'expliquer si vous savez un jour ?

– Sûr. Et si vous, vous retrouvez quelque chose…

– Ne comptez pas trop là-dessus, mais enfin, on ne sait jamais.

Le soleil est éblouissant. Il traverse la première cour, la seconde, passe sous le porche, traverse le quai, descend les marches. Quelques promeneurs sur le quai, au bord de la Seine. Il étouffe. Il a l'impression que sa vie est peuplée d'ombres fuyantes. Un visage flou sur une photo. Une mort tragique effacée des registres. Des souvenirs introuvables. L'air n'est-il empli que de silences et de mensonges ?

Ne pas se laisser emporter par les fantômes.

Simon relève la tête vers le grand bâtiment sombre et sale au-dessus du parapet. Il cherche sa fenêtre, celle à laquelle il lui arrive de se pencher quand il a besoin d'air. Celle qui donne du même côté que celles du bureau de Filippis, zyeutant Montand et Signoret.

Il pense au coffre géant dans le vestibule, aux secrets qu'il renferme.

Ne pas renoncer.

Jamais.

La superviseuse

Samedi 15 septembre

Du rouge, du jaune et quelques touches de bleu. Toutes les autres couleurs semblent s'être diluées dans la nuit de Pigalle. Des filles, le chemisier bien échancré et la cuisse affriolante, lancent des œillades et invitations aux badauds en goguette. Les videurs tiennent les portes à battants grandes ouvertes. Le Sphinx, le Narcisse, les Folies. Devant l'Atlas, une petite foule se masse avant la prochaine séance. Pas d'image sur les affiches, ni de noms de réalisateurs ou d'acteurs. Juste le titre : « Je suis à prendre ».

Simon marche lentement, les mains dans les poches. Il s'arrête au hasard, jette un œil aux devantures des sex-shops, fait mine de montrer de l'intérêt pour une donzelle. Deux travelos sur échasse entrent au Killer, suivis par un couple à l'allure impeccable. Instinctivement, le jeune flic repère les vendeurs à la sauvette, les arnaques à trois francs et la bosse de la boulette dans la poche intérieure du veston d'un gros bras assis sur le capot d'une Triumph rutilante. Début de bagarre au coin de la rue Lepic. Un samedi soir sur le boulevard de Clichy.

Kaspar fait le job qu'on lui a confié. Gilenko a réuni tout le monde encore cet après-midi, répété les consignes, résumé le plan. Moins détendu que la veille. Simon s'est concentré sur son propre rôle, *basta*. Gilenko s'est assuré qu'il a parfaitement mémorisé les numéros des bagnoles. Il lui a répondu en clignant des yeux. Le patron des Stups n'a pas insisté.

Une blonde à grosses boucles, maigrichonne, taille une bavette avec les deux videurs du Sélect Club. Ils la reluquent comme des clients. « Dommage, trop vieille pour toi », semble leur répondre le sourire de la fille. Malgré ses lunettes sombres, son visage lui dit vaguement quelque chose.

21 h 30. Simon Kaspar déambule entre la rue Lepic et la rue Coustou. Il décline deux invitations et se plante sous un porche pour allumer une Gitane. Un type en tee-shirt noir avec les bras de Cassius Clay semble garder la place qui vient de se libérer le long du trottoir devant le Sélect. Deux automobilistes insistent à peine pour y stationner. Le tee-shirt noir s'écarte. La Mercedes-Benz, SL R107, bleu métallisé, se gare. Le passager avant sort le premier, contourne la caisse et ouvre la portière arrière. Comme le chauffeur, il a la carrure du voiturier, le costume noir en prime. Un homme tout en blanc, de petite taille, cheveux de jais, en descend. Simon ne voit pas son visage. La 504 se gare en double file à la hauteur de la Mercedes. Un seul passager. La trentaine, les cheveux blonds longs, fixés à la laque, pantalon bleu clair moulant les fesses, terminé en pattes d'éléphant sur des godasses à plateforme hautes de dix centimètres. Avec son blouson en daim beige qui descend à peine à la taille et sa chemise à jabot blanche ouverte jusqu'au nombril, il a la panoplie des chanteurs à la mode qui font tomber les minettes en pâmoison. Son baise-en-ville en bandoulière tranche sur son élégance à la Sinatra ou à la Sammy Davis Jr.

La 504 s'éloigne déjà tandis que le Mike Brant de Pigalle s'engouffre dans le Sélect.

Kaspar écrase en vitesse son mégot, traverse tranquillement le boulevard et remonte l'allée. Une centaine de mètres plus loin, Girard a vraiment l'air de cuver sa vinasse sur le banc. Il propose une clope au faux clodo et fait quelques pas vers les vrais qui s'approchent. Deux sèches à chacun. Lorsqu'il se retourne, le flic des Stups a disparu.

Il déambule encore puisque consigne lui a été donnée de rester dans les parages. Il cherche du regard quelques collègues, aperçoit Gerber en discussion avec une pute, reconnaît deux autres flics des Stups. Il se dit qu'il aurait dû être plus attentif au dispositif de Gilenko. Il s'arrête devant un boui-boui coincé entre deux sex-shops, un peu plus haut sur le boulevard. Il commande une bière et la sirote à la porte. Une deuxième.

L'attente l'exaspère. Encore un samedi soir avec Nanou de perdu.

Il finit de descendre son demi lorsque des cris font une sorte de pétarade. Des crissements de pneus, des sirènes. Trois paniers à salade sur les chapeaux de roues. Chaos sur le boulevard de Clichy.

Les képis dispersent la foule. Simon s'approche, une main se pose sur son épaule. C'est Girard dans ses frusques de clodo.

– C'est bon, dit-il, tout est sous contrôle. On a quatre types à l'intérieur. Bien joué.

– On a fait quoi ? demande Simon.

– T'as pas suivi ? se marre le faux clopinard. Ce soir, on a acheté deux valises de coke et serré le chef de réseau avec son chimiste.

Simon n'a pas de mal à imaginer le costume blanc dans le rôle du trafiquant, mais peine à voir Mike Brant en chimiste. Cette fois, Girard s'esclaffe.

– Je vais lui dire que tu l'as pris pour Mike Brant. Tu n'as pas reconnu Malpeyre, notre acheteur ? Faut dire que ça fait des mois qu'il travaille son look. Une de nos copines lui a fourni le déguisement. Pas mal, non ?

Le baise-en-ville a servi à convoyer le pognon.

– C'est qui la copine du showbiz, si je veux des conseils ?

– T'inquiète, rigole encore Girard.

Ils aperçoivent Gilenko faire des moulinets avec ses mains à la sortie du Sélect, sept ou huit poulets autour de lui. Mike Brant a retiré sa perruque et perdu son baise-en-ville. Fin de la descente.

Kaspar n'a pas pigé grand-chose.

« Rendez-vous au 36 », lance le patron des Stups à ceux qui se sont rassemblés autour de lui.

Gilenko allume une clope. Gerber, légèrement en retrait, s'approche et lui fait un signe de la tête. Les deux hommes marchent côte à côte pour se mettre à l'écart. Leurs visages sont proches. Ils échangent quelques mots. Simon n'aurait jamais imaginé une telle complicité entre eux. Il se rapproche d'eux, parmi les passants. Le trouble s'ajoute à la curiosité. Il les épie.

Le chef du groupe de la Galanterie semble chercher quelqu'un du regard de l'autre côté du boulevard. Au bout de quelques secondes, il indique discrètement une direction à Gilenko. Les deux se mettent à marcher rapidement et s'arrêtent une centaine de mètres après le Sunset. Quatre types qui hésitent à franchir la porte d'un club de striptease empêchent Simon de voir à qui les deux flics s'adressent. Il s'avance un peu. Les quatre types finissent par se décider à entrer dans la boîte.

Gerber et Gilenko parlent avec une blonde de dos. Le patron des Stups descend le zip de son blouson en cuir et en sort le baise-en-ville de Mike Brant. Simon devine qu'elle lui demande de le rentrer. Gilenko refile la sacoche à Gerber qui passe la bretelle autour de son cou et planque la sacoche sous sa veste.

Kaspar ne voit toujours pas le visage de la blonde qui semble continuer de s'adresser à Gerber, qui lui tend une clope qu'elle visse à un fume-cigarette. Gilenko l'allume avec son briquet. La pute et ses deux laquais. Simon recule de quelques pas, comme pour prendre ses distances, mais sans cesser de les observer. Le chef des Stups salue la blonde presque avec déférence et repart à grands pas.

Le flic de la Galanterie bavarde encore un peu avec elle, avant de s'éloigner à son tour. Tranquillement.

Simon ne voit plus que la blonde, au milieu du trottoir, minuscule, un peu trop maigre, mais pleine d'assurance. Elle regarde sa montre, se tourne légèrement. Lunettes à verres fumés.

Elle paraît attendre.

Kaspar s'approche sans réfléchir, hésite.

Savoir avant de comprendre.

Il est à moins de deux mètres, fouille sa mémoire. Son regard se fait trop insistant. Elle tire une bouffée, envoie la fumée vers le ciel étoilé et fait un léger demi-tour sur elle-même. Ils sont presque face à face. Elle le regarde sans surprise de longues secondes et retire ses lunettes.

Simon se fige.

Une grosse voiture blanche s'arrête à leur hauteur. Elle passe devant Simon, lui adresse un grand sourire et s'engouffre à l'arrière de l'automobile.

Tandis que la voiture redémarre, Kaspar voit la Rouquine retirer sa perruque.

Deuxième partie

Condés et sonorisations

septembre-décembre 1973

La première de la série

Samedi 15 – dimanche 16 septembre

Deux heures du matin. Les machines à écrire crépitent dans tous les bureaux de la Mondaine. La plupart des flics sont sur les procès-verbaux de l'affaire du Sélect, les autres sont occupés aux habituelles procédures nocturnes, racolage, julots à la mie de pain, exhibitionnistes ou pratiques sado-maso. Gilenko et ses agents des Stups s'agitent au fond du couloir autour du costard blanc, le visage de travers, les mains verrouillées au dossier de sa chaise.

Simon se tient en marge de l'effervescence. Assis sur le premier banc, à l'entrée de la brigade, il fume une cigarette pour passer le temps qui court sans lui.

Un homme sans âge fait soudain irruption à la porte vitrée, les cheveux gris en bataille, des traces de sommeil sur les joues et un appareil Rolleiflex autour du cou.

– Le commissaire Raillard m'attend, déclare-t-il sans s'arrêter.

– Pardon, mais vous êtes qui ? hésite Kaspar.

– Fais pas chier.

Déjà il avance sur le lino en agitant une carte tricolore. « Presse » distingue Simon.

Lulu apparaît au bout du couloir, cravaté, rasé de frais et tout sourire.

– Cher ami, lance-t-il de loin.

– Putain, tu as vu l'heure ? répond le journaliste dans un grognement.

Le numéro 2 de la Mondaine l'a appelé une heure plus tôt avec la promesse d'un joli scoop s'il débarquait au 36. Lulu connaît Edmond de la Garenne depuis vingt piges. Chroniqueur au *Figaro,* « c'est un type sûr qui va nous faire un joli papier », a-t-il promis à son chef Adrien de Filippis.

Les correspondants de presse ont beau avoir un bureau au deuxième étage du 36, presque attenant à celui du Pacha, le directeur de la Grande Maison, leurs relations avec la Mondaine sont plutôt fraîches. C'est à la Crim' que les journalistes du *Figaro*, de *France-soir*, du *Parisien libéré* et de *L'Aurore* ont leurs entrées. Droit de passage permanent avec droit de regard sur les PV d'interrogatoire et les rapports de synthèse, à la condition toutefois que les articles soient à la gloire des héritiers de Maigret. La comparaison avec le héros imaginaire de Simenon est le trait de plume dont usent le plus régulièrement les scribouillards des faits-divers. Les flics de la Mondaine sont rarement mis en avant dans leurs feuilles, ou alors pour des épisodes peu glorieux. Huit ans après l'affaire Ben Barka, Souchon et Voitot, du groupe des Stups, sont toujours des boulets. On leur doit l'arrestation du Marocain devant la brasserie Lip, à Saint-Germain-des-Prés. Depuis, les rumeurs sur les frasques de leurs collègues et successeurs n'arrangent rien à la réputation de la brigade.

S'il se méfie comme de son premier cousin des « colporteurs de ragots », Filippis s'est laissé aisément convaincre par son adjoint de redorer l'image du service avec cette affaire du Sélect. Mais pas question pour le taulier de monter en première ligne : « Tu t'en occupes, Lucien ! »

Gilenko apparaît dans le dos de Raillard. Simon l'imagine déjà, tout fier, posant devant les sachets de cocaïne. Il se demande quel genre de plaisir on peut bien avoir à découvrir sa bobine dans le journal. Il devra penser à acheter la presse demain matin. Et ne pas oublier les piles pour son transistor.

– On va s'en jeter un ? entend Kaspar dans son dos.

– OK Marco, je prends ma veste.

Les deux flics longent le bâtiment de la Préfecture de police par le quai du Marché neuf. L'air est doux dans la nuit. « Je connais un rade tranquille », a simplement dit Gerber en sortant.

Ils marchent sans dire un mot. Le Petit Pont, le quai de Montebello, l'église Saint-Julien-le-Pauvre.

Simon remet son esprit en ordre, cette manie qui ne lui évite pas la confusion.

Gerber, parrain plus que mentor depuis que Simon a pris ses fonctions à la Mondaine.

Gerber et son sentiment de culpabilité pour le meurtre ancien d'une prostituée.

Gerber avec le patron des Stups, allumant la cigarette de la Rouquine sur le boulevard de Clichy, planquant la sacoche sous sa veste.

Gerber avec qui il doit faire équipe, pour l'étrange mission de Filippis, et qui n'a pas encore prononcé le mot « condés ».

Gerber silencieux à côté de lui.

Prendre le contrôle.

Simon entend le bruit que font quelques personnes égayées et le son d'une trompette. La rue Galande est sur la gauche. Le Caveau des oubliettes s'apprête à baisser le rideau. Sur la devanture est collée l'affiche d'une session de Percy Sledge. En mars, il est venu dans cette salle écouter Archie Shepp, deux sets en trio avec Bob Reid et Noel McGhie, avant un grand concert en quintet à la Maison de la Radio. Kaspar a ralenti le pas, Gerber se retourne vers lui.

– Tu connais ?

– Non, répond Simon.

Il a le phrasé du sax de Coleman Hawkins en tête. La réponse de Charlie Parker. *Ballads.* Le dialogue entre les deux. S'il le pouvait, il mettrait bien le vinyle sur son tourne-disque. Simon baisse le son.

Prendre le contrôle maintenant.

Il reconnaît la rue des Anglais. Devant eux, une double porte grise en arrondi. Gerber appuie sur un bouton de sonnette. Dans le noir de l'entrebâillement, un homme aux contours incertains passe la tête. Quelques mots à voix basse que Kaspar ne saisit pas. La porte s'ouvre. Un escalier en pierre, raide et glissant. Une musique, vaguement jazzy, monte du fond.

– Il y a de la place, dit l'homme devant eux.

Simon n'a toujours pas vu son visage. Il discerne dans un coin une table à l'écart.

– On sera tranquille ici, indique Gerber. Tu nous sers deux cognacs ? Et puis non, amène plutôt une bouteille.

L'homme sans visage s'éloigne. Une serveuse en jean et chemisier clair dépose un flacon de Bisquit à moitié plein et deux verres à whisky.

– Il a dit que si vous le finissez, ça vous coûtera bonbon.

Gerber fait le service. Sèche son verre d'un coup. Remet la dose et regarde Simon.

– Alors ?

– Joli coup ce soir, avec en prime une belle pub dans *Le Figaro*, lui concède Kaspar. Tu n'as pas voulu être sur la photo avec Gilenko ?

– Rien à foutre des Stups et de Gilenko. Ce mec veut tout pour sa gueule.

– Vous êtes potes, non ? ose Simon, sur un ton ingénu.

La question a l'air de surprendre Marc Gerber.

– Pourquoi tu dis ça ?

– Je vous ai vus discuter l'autre jour à la réunion avec Lulu...

– Ouais, comme ça.

Simon ne s'attendait pas à une autre réponse.

– OK, Marco, je m'en fous. Raconte-moi plutôt cette histoire de condés.

Simon pousse son verre sans y toucher, croise les doigts et pose son menton sur ses mains jointes. Ses yeux verts dans les billes noires de Gerber.

Le chef de la Galanterie hésite, mais se lance. Marcellin veut faire le ménage dans la Maison. Il a décidé que les poulets ne doivent plus fricoter avec les putes et les macs. Fini les condés et les scandales, comme celui des bordels de Lyon. Il veut une police propre. Irréprochable.

Kaspar songe soudain au coffre géant dans le petit vestibule près du bureau de Filippis. L'armoire aux secrets depuis 1944, dont la rumeur dit que seul le taulier a la clé. Trois décennies de magouilles, de notes accumulées sur les coucheries interdites, sur les députés à poil avec des colliers de chien, sur les ministres qui s'entourent de mignons, sur les épouses adultères et partouzeuses du beau monde. Plus d'un quart de siècle d'infos ou de ragots collectés par des flicards d'un autre genre que lui. « Un service pas tout à fait comme les autres », lui a rappelé le taulier l'autre jour.

Rester pragmatique.

– Si je comprends bien, résume Simon, il faut qu'on fasse le tour des clandés, des cabarets et des bars à putes de la ville pour les prévenir que Marcellin fait sauter leur couverture et que, si ces bonnes gens continuent leur business, elles risquent de se retrouver au gnouf comme des macs ordinaires.

– En gros…

– Et les flics sans informateurs, autant fermer la boutique et aller direct pointer au chomdu.

– On verra.

Simon inspire une bouffée de l'air épais de la boîte, s'allume une Gitane.

– OK pour la version officielle, s'agace Simon. Maintenant, la vraie raison de cette opération. Ou plutôt ses véritables objectifs.

Il dénoue ses doigts et recule sur sa chaise sans lâcher du regard Gerber.

– Tu as bien compris la raison et les objectifs.

– Les condés, c'est ta came, Marco, vingt piges que tu bosses grâce à eux. Que le patron te charge d'annoncer à vos meilleurs interlocuteurs que la partie de plaisir est terminée, c'est bizarre, mais c'est votre histoire. Moi, je n'ai que dix indics merdiques, et une pauvre pute que j'ai envoyée au casse-pipe… Qu'est-ce que je viens foutre dans ce merdier ?

Gerber desserre sa cravate à carreaux. Kaspar croit voir ses yeux rougis par la fatigue et l'alcool. La serveuse se signale à eux. Pâle et fripée. Simon la renvoie d'un regard.

– C'est moi qui ai donné ton nom. Tu es encore *clean*…

– Mais toi aussi, Marco, j'ai toujours pensé que tu étais le plus clean de la Taule, dit Simon avec tout ce qu'il peut trouver en lui de sincérité.

Il revoit Gerber allumer la cigarette de la Rouquine sur le boulevard de Clichy. Et Gilenko lui refiler le baise-en-ville.

– Tu l'as dit : ça fait vingt piges que je suis dans la Taule, j'ai forcément vu passer trop de choses…

Marco pousse un soupir de lassitude, soulève la bouteille pour en vérifier le fond. Encore deux doses, pas plus.

– Combien de condés ? demande Simon.

– Une quinzaine.

Nouvelle explication formelle de Gerber. Il retrouve de la contenance. Chaque année, les chefs de groupe transmettent les noms de leurs principaux cousins au patron de la Mondaine. Le gratin du trottoir et des lupanars. Filippis communique cette liste au Pacha qui la fait remonter à l'Intérieur.

– Cette fois, elle est redescendue, dit-il avec un sourire forcé.

– Seulement quinze noms ? s'étonne sincèrement Simon.

– C'est ce qu'il m'a donné.

– Et quand est-ce qu'on leur annonce la bonne nouvelle à tes cousins-cousines de la haute ?

– Dès que Marcellin aura publié sa circulaire. Ça ne devrait pas traîner.

Kaspar cherche un cendrier, écrase son mégot sur le sol en pierre, et observe son collègue. Les images de leur première virée lui reviennent. Les tournées de verres de blanc aux Trois Marches, le spectacle de nu intégral, Jésus en bonne fée dont il n'a plus entendu parler depuis qu'il est parti à la retraite.

– Et tu veux commencer par qui ?

– Je n'en sais rien.

Simon hoche la tête et sirote le cognac. Il se moque au fond de cette histoire de condés, des petites manipulations de Filippis et de Gerber. La confiance a disparu.

Il fait un effort soudain, il lui faut se concentrer sur l'essentiel, ces trois putes liquidées à l'identique. Le meurtre de la Belle Estelle qui a rendu furieux le patron de la Mondaine, celui de Sylvie qui tourmente le chef de la Galanterie et celui de Suzanne Jurgensen effacé des archives. Il a maintenant la certitude qu'il existe un lien entre ces crimes.

– Au fait, tu as vu Mercadier ? articule-t-il.

– La Belle Estelle ? Je crois que l'affaire est bouclée, répond Marco en se débattant avec son portefeuille coincé dans la poche intérieure de son veston.

– Ouais, c'est ce que m'a dit le taulier.

Gerber reste la main dans la poche.

– Comment ça ?

Simon repasse en accéléré la réaction de Filippis.

– Je lui ai raconté que tu avais fait le rapprochement avec une vieille histoire de pute surinée dans les mêmes conditions…

Il laisse la phrase en l'air, maintenant dégrisé.

Cette fois, Gerber ouvre en grand ses yeux noirs.

Pousser un peu plus loin.

– L'histoire dont tu m'as parlé l'autre soir au Soleil, la gonzesse qui se serait fait trucider comme la Belle Estelle il y a des années, poursuit Simon sur le ton le plus détaché possible. Sylvie, c'est ça ? Sylvie Jurgensen ?…

L'association du prénom que lui ont donné Gerber et Lesieur avec le nom livré par l'archiviste. Confusion volontaire.

Kaspar trempe ses lèvres dans le cognac. Il attend la réaction. Gerber finit par sortir tout à fait son portefeuille de sa poche.

– C'est quoi ce nom, Jurgensen ?

– C'est celui que tu m'as donné l'autre soir, je crois…

– Sûrement pas ! Je n'ai jamais entendu ce nom. À quoi tu joues, Simon ?

Kaspar hésite à son tour. Soudaine inversion des rôles.

Reprendre le contrôle.

– Elle ne s'appelait pas Sylvie la pute qui te tourmentait l'autre soir ? demande-t-il d'un air étonné. Tu te souviens, quand tu m'as fait la morale sur la culpabilité ? Je croyais que tu devais en parler à Mercadier ou à Filippis… Visiblement, tu ne te sens plus trop coupable. Ce ne sont que des putes au fond, n'est-ce pas ?

Gerber encaisse. Bien sûr qu'il a parlé de Sylvie à la Crim'. Une heure après, il était dans le bureau du taulier, qui n'a pas manqué de lui infliger son savon. Recadrage et mission spéciale. Comme pour Kaspar. Et l'affaire a été déclarée classée. Mercadier se démerde avec le cas de la Belle Estelle. Réglé ou pas, Marco s'en tape.

– Mais toi, pourquoi ça te travaille, cette histoire de putes ? s'étonne Gerber.

– À cause de toi, l'autre soir au Soleil d'or…

Marco passe sa main sur son visage, frotte ses yeux et s'approche de Simon.

– Je ne sais pas ce que tu cherches et je ne veux pas le savoir, mais si j'ai bien compris le message du taulier, il vaut mieux ne pas fourrer notre nez dans ce merdier. Toi et moi, on passe notre chemin.

Il marque une pause.

Kaspar a envie de le plaquer contre le mur de la cave. Il lui chante la même rengaine que Nanou, celle qui l'excède, « Il n'y a rien à savoir ».

Le chef de la Galanterie fixe Simon.

– Si tu veux savoir, la pute dont je t'ai causé, elle s'appelait Sylvie Leveaux, butée le 18 décembre 1968, rue Descombes, dans le XVIIe. Et oui, j'ai merdé… On a serré un type. Rien ne collait, mais il faisait l'affaire.

– Je pige pas. La Crim' n'a pas été saisie ?

– Si, mais la nana était une cousine, on avait bossé ensemble. Je faisais équipe avec Lesieur. C'est nous qui avons alpagué le mac trois jours plus tard. Un Arabe qui tâtait de la rapière. Il avait déjà lardé deux de ses michetonneuses.

Gerber se souvient de son nom : Ahmed Mekhloufi.

– Comme le joueur de foot, poursuit Marco. Et tant pis s'il était à Marseille du 14 au 19. Le gus avait le profil idéal. Et avec le bordel Marković, ça arrangeait tout le monde que le dossier soit bouclé fissa.

Simon connaît les grandes lignes de l'affaire Marković. Le garde du corps d'Alain Delon assassiné en septembre 68, la femme de Pompidou photographiée dans des partouzes, des montages-photos grossiers mais ça avait marché. Le scandale avait été à moitié étouffé dans l'œuf, des politiciens mis au rencard et quelques flics au placard.

Il pense encore au coffre dans le vestibule.

– Il y avait un lien entre le meurtre de ta pute et Marković ?

– Non ! Enfin, je ne crois pas, et je ne vois pas pourquoi. C'était une grande blonde, un peu sur le retour, pas du tout pute de luxe, mais une bonne cousine. En tout cas, elle ne jouait pas avec les politiques, ça je l'aurais su…

– Tu as fait quoi alors ?

– J'ai mis de côté les pièces pouvant laisser penser que Mekhloufi était à Marseille au moment du meurtre… Voilà, tu es content ?

– Mais pourquoi ?

– Je t'ai dit, personne ne voulait d'emmerdes et surtout pas avec une histoire de pute éventrée. Filippis avait croisé la nana deux ou trois fois et validé son condé pour une affaire de stups. Tout le monde était aux abris. Moi aussi. Lesieur m'a suivi.

– Et ton Mekhloufi ?

– Buté à Fresnes trois semaines plus tard par un copain de cellule.

Gerber pose ses mains à plat sur la table comme pour prendre appui, se lève difficilement en faisant levier avec ses bras. Simon saisit son poignet. Il le voit légèrement chanceler.

– Tu crois que je suis fier de moi ? Tu as dit l'autre soir que tu ne connaissais pas la culpabilité, eh bien tu as de la chance, Kaspar. Maintenant, si tu veux remuer la merde, vas-y, ne te gêne pas. Moi, je me tire…

Simon lâche son étreinte. Gerber glisse sans compter plusieurs billets sous la bouteille de cognac.

Les deux hommes sortent de leur coin, le patron de l'établissement les attend en haut de l'escalier et les reconduit jusqu'à la porte sans un mot.

L'air est toujours aussi doux.

– Allez, oublie les putes et pense aux condés, dit Gerber à Kaspar.

– On pourrait commencer par la belle Hélène, non ? Ça me démange de voir son boxon, depuis le temps que j'en entends parler.

– La princesse de Passy, corrige l'autre spontanément. Pourquoi elle ?

– C'est un condé de luxe, non ? Je l'ai croisée l'autre jour, dans la salle d'attente du taulier, avec Gilenko. J'imagine qu'elle n'est pas pour rien dans la descente de ce soir ?

– Possible.

– Je suis curieux de voir sa tête quand on va lui annoncer qu'on referme son parapluie à emmerdes.

L'affaire originelle

Le rideau de fer du Caveau des oubliettes a été tiré, la rue Galande est déserte. Une 3 CV camionnette crachote en remontant lentement la rue Saint-Jacques. Simon la laisse passer, traverse, contourne l'église Saint-Séverin pour rejoindre la rue de la Parcheminerie. Il est presque 5 heures. La fatigue s'est un peu dissipée.

L'odeur âcre de son studio jamais aéré l'agresse, puis le rassure. Kaspar dans sa grotte. Il tire le verrou, vide ses poches, défait son attirail, jette ses frusques sur le lit, met un disque. Monk au piano. Le saxo de Charlie Rouse. *Blue Monk.* La baignoire-sabot. La casserole d'eau, la plaque électrique, deux cuillères de Nescafé. Il passe une chemise blanche propre, un pantalon en tergal beige au pli impeccable. Le cognac frappe contre ses tempes. Un cachet d'aspirine effervescent dans un grand verre d'eau. Il s'assoit à sa table en formica, rapproche la chaise en bois, le buste raide comme à l'école primaire. Il sort son stylo et place son petit carnet devant lui. Il en tourne les pages. S'arrête à celle griffonnée l'autre jour et écrit juste en dessous :

Sylvie Leveaux, 18 décembre 1968, rue Descombes – boulevard Pereire, Gerber, Filippis, Marković, Mekhloufi – grande, blonde.

Il réfléchit un instant et note :

Suzanne Jurgensen, 17 janvier 1970, 43 rue du Théâtre – dossier disparu – Suédoise-Norvégienne ? blonde.

Danielle Simonnot, 26 rue des Montibœufs, août 1973 – Gerber, Mercadier, Filippis, Rachel.

PUTES-BLONDES.

L'aspirine finit de pétiller. Il descend le verre, le bol de café, les rince dans l'évier, range sa ceinture de poitrine dans le placard et en sort une grande cantine militaire.

Sous un fatras de vieux journaux, de manuels de droit, de carnets et de cahiers, des documents tenus par un gros élastique rouge.

Il dépose le paquet sur la table, tourne les feuillets jaunis, papiers manuscrits ou dactylographiés, sans y prêter attention. Il s'arrête sur deux pages agrafées. Un procès-verbal du commissariat du XVIIe arrondissement. Il en connaît chaque mot, les fautes de frappe et d'orthographe aussi.

Une femme a été retrouvée morte devant l'entrée de l'immeuble du 15, rue Laugier dans le XVIIe arrondissement, le 14 juin 1951 vers 5 h 30 du matin. La victime frappée de trois coups de couteau a été découverte par un habitant de l'immeuble qui sortait pour se rendre à son travail. Elle est décédée lorsque les pompiers et nos hommes sont arrivés sur place. Il s'agit de KASPAR Odile, née le 3 mars 1923 à Paris, domiciliée au 4, rue Brémontier, Paris XVIIe. Célibataire, secrétaire. Les auditions des habitants de l'immeuble du 15, rue Laugier et de ceux à proximité n'ont rien apporté de significatif. La jeune femme était inconnue dans le quartier et semblait n'y avoir aucune relation.

Il passe sur les PV suivants. L'interrogatoire d'Annette Kaspar, veuve de guerre, employée de bureau sans davantage de précisions, chez qui habitait la victime ; celui de François Vigneron, oncle d'Odile et frère d'Annette, tenancier de trois établissements de nuit dans le quartier de Pigalle. Un bref résumé de la courte vie d'Odile Kaspar, mère d'un garçon de cinq ans né de père inconnu. Des feuillets encore, des décisions de justice confiant la garde de l'enfant à sa grand-mère.

Enfin, le PV daté du 3 juillet 1951, celui qu'il veut relire. Une synthèse marquant la fin de l'enquête, signée de l'inspecteur Claude Richert.

Ce meurtre est probablement la conséquence d'une mauvaise rencontre liée à la vie dissolue de la victime, prostituée occasionnelle entre la porte Maillot et la place de l'Étoile, avenue de la Grande Armée ou dans l'une des rues adjacentes.

À la demande de renseignements faite au commissaire Gally, patron de la Mondaine, effectuée par un de ses subordonnés, ont été donnés les éléments suivants.

Il apparaît dans les informations communiquées verbalement par l'inspecteur principal Cazalbon que la demoiselle Odile Kaspar a été interpellée pour racolage par la brigade du Spéculum le 12 avril 1949, avenue de la Grande Armée, sans pour autant faire l'objet d'une fiche.

Dans son PV, l'inspecteur Richert ne se contente pas de l'information fournie par l'inspecteur principal Cazalbon. Il a encore pris la peine de récapituler et exposer avec une grande précision les circonstances de l'arrestation d'Odile Kaspar, comme s'il y avait eu là quelque chose de particulier à noter. Quelque chose d'étonnant.

Simon relit encore ce passage, il le connaît par cœur.

Le 12 avril 1949, *bizarrement*, la Mondaine envoie son groupe officiellement chargé de la répression des avortements clandestins faire l'une de ces nombreuses descentes habituelles à l'époque, depuis la fermeture des maisons closes, pour satisfaire à la volonté du pouvoir politique qui entend éradiquer la prostitution. Le simple fait pour une femme de se tenir debout à l'entrée d'un hôtel suffit à constituer le délit de racolage.

Odile Kaspar est conduite ce soir-là dans le panier à salade au 36, quai des Orfèvres. Son identité est enregistrée à son arrivée, ce qui explique qu'elle soit connue de la Mondaine. Sur le registre sanitaire, écrit encore le flic du commissariat du XVIIe arrondissement, son nom apparaît avec ceux de quatre autres « occasionnelles » : Maria Jedraziak, Corinne Benhaïem, Lucienne Goldfarb et Nadine Coussy.

Richert écrit après cette synthèse des faits qui lui ont été communiqués :

L'inspecteur principal Cazalbon dit n'avoir trouvé aucune fiche de signalement correspondant à Kaspar, Odile. Il indique également n'avoir gardé aucun souvenir d'elle, ce qui est bien naturel vu le flot de filles ramassées chaque nuit. Cependant, son nom n'apparaît pas non plus dans les registres de l'hôpital Saint-Lazare où les prostituées sont envoyées aux fins de visite médicale.

Grâce aux renseignements de Cazalbon, Richert avait pu faire interroger trois des filles ramassées avec Odile le 12 avril 1949. Toutes avaient affirmé ne pas la reconnaître. La police en avait perdu de vue une seule, la dénommée Lucienne Goldfarb. Jamais retrouvée. Elle aussi semblait avoir échappé au fichage administratif de la Mondaine. Impasse policière.

Simon remet l'élastique autour de la liasse, replace la cantine dans le placard.

L'inspecteur Richert avait fait ce qu'il avait pu. « Un bon flic dézingué par l'alcool et le crabe », lui avait dit le divisionnaire Daclin, son premier patron, lorsqu'il était entré dans la police, au commissariat de la rue Truffaut dans le XVIIe. Le taulier bienveillant connaissait son pedigree avant qu'il ne débarque. « J'ai besoin de tout savoir sur les gars qui bossent pour moi », lui avait-il dit le premier jour. C'est pour cela qu'il avait récupéré par l'entremise d'un collègue du XVIIe arrondissement les pages de la procédure de 1951. Il les avait discrètement refilées à Simon. C'est encore lui qui avait appuyé sa demande de mutation à la Mondaine. À la différence de beaucoup, Daclin était convaincu « qu'il ne faut jamais se priver de remuer la merde du passé ».

Dans son carnet, sous les mots *PUTES-BLONDES,* Simon note :

Odile K., 14 juin 1951, 15, rue Laugier.

Fuites chez les RG

Vendredi 21 septembre

En raccrochant, Servent se demande si Xoual l'a écouté. De toute façon il ne lui a rien dit de précis au fil. Comme chaque jour. L'appel quotidien est inutile. Depuis quelques jours, le numéro 2 de la DST se montre moins curieux, abrège rapidement leur échange, ne demande plus de rapport écrit. Précaution plutôt qu'indifférence ? Sans doute la conséquence des tensions internes à la DST dont lui a parlé Charbonneau. Il doit avoir le souci de ne pas froisser les vieilles barbes de la Maison, agents d'une autre époque qui ont les yeux figés sur le mur de Berlin alors que les ennemis prolifèrent à l'intérieur.

« Xoual est un mou », lui a dit Albertini. « Un faux-cul », selon Charbonneau. Servent pense plutôt que c'est un lâche, préoccupé de ne pas se salir les mains dans la mélasse rouge et la tambouille politique de Marcellin. Depuis leur rencontre, rue du Faubourg-Poissonnière, Servent a compris que son véritable patron, probablement celui à qui il doit de diriger ce petit groupe anti-cocos, n'est pas à la DST, mais quelque part entre la place Beauvau et le « Château ». Nul doute que Xoual s'accommode très bien du rôle que joue dans l'ombre Albertini.

Le chef de la SUBAC se moque de ces petits jeux.

Il se lève, contourne son bureau et entre dans la grande pièce voisine. Trois agents tapent sur des machines à écrire flambant neuves, deux autres, casque sur les oreilles, repassent un bobino sur un gros magnétophone. Servent s'approche d'eux. Le plus grand, la quarantaine, cheveux courts et collier de barbe parfaitement taillé, lui tend les écouteurs.

– Qui est-ce ? demande le commissaire en appuyant sur un bouton noir pour interrompre le défilement de la bande.

– Deligny, du *Canard*, répond le barbu.

– Et l'autre ?

– On n'en sait encore rien. À mon avis, ce doit être un type des RG.

Le commissaire revient dans son bureau, ouvre une des armoires métalliques, s'empare d'une bouteille de Four Roses et revient dans la pièce voisine. « Messieurs, en voici une que les Rouges n'auront pas », lance-t-il sans un sourire.

Une rumeur monte des cinq flics, un « merci patron ».

Servent s'éclipse. Il éprouve une étrange émotion. Presque de la tendresse pour cette poignée d'agents recrutés dans plusieurs services de la DST. Il a épluché leurs dossiers avant de les intégrer à la SUBAC. La dernière vague, débarquée la semaine dernière, installée à la hâte dans un autre appartement à l'étage au-dessus, a fait l'objet de moins d'attention, mais le patron des services techniques s'est porté garant de chaque homme. Conscience partagée de l'urgence de la mission à mener. Il a son unité de corps-francs pour combattre les ennemis de l'intérieur.

Le bruit continu des frappes à la machine le conforte dans sa conviction que le choix des hommes est le bon. Il s'assoit à sa table de travail, sort son gros dossier. *Canard enchaîné* écrit-il au feutre sur le carton. Des chemises à l'intérieur, plus ou moins épaisses, avec un nom en majuscules sur chacune d'elles. Fressoz, Angeli, Gaillard, Clémentin, Deligny, Rey, Cousteau, Cornevin, Gosselin, Cantin, Restoin.

Il ouvre celle de Deligny. Henri Deligny. Photos, coupures de presse. Au *Canard*, le rédacteur a couvert l'affaire Aranda, du nom de l'« Archange », Gabriel Aranda, obscur conseiller d'Albin Chalandon au ministère de l'Équipement. L'homme avait cru bon de prendre contact avec le journal et de balancer des histoires de marchés truqués et de commissions occultes. Les documents volés avaient été enterrés au pied d'un arbre en forêt de Fontainebleau, que Deligny avait exhumés. C'était il y a tout juste un an. Servent se remémore précisément l'histoire qui s'est terminée par l'inculpation d'Aranda.

Il feuillette un rapport des Renseignements généraux, bâclé comme d'habitude. Le commissaire se dit que Marcellin a commis une belle erreur en confiant la traque des Rouges aux RG. S'il l'avait missionné plus tôt, le danger ne serait pas aussi proche. Une fois encore, les politiques n'ont rien compris. Aranda n'était qu'un pion dans la stratégie des Cocos et Deligny un instrument du complot pour faire vaciller le pouvoir. Servent en cherche la preuve dans la chemise cartonnée. Il retrouve une note manuscrite, en parcourt les trois pages écrites au début de l'été par son agent infiltré au Larzac. Il a la conviction que Deligny, ce pseudo-journaliste qui désormais s'active pour le Larzac, est « un gauchiste à la solde de Moscou dont le projet est de détruire l'État et la société capitaliste en s'appuyant sur les luttes paysannes ». C'est pour ça qu'il a décidé de ne plus les lâcher, Deligny et tous ses copains de la feuille de chou. Il n'a pas eu besoin d'Albertini pour comprendre que le nid terroriste était là, au *Canard enchaîné*, dans cette officine maquillée en journal qui distille chaque mercredi son poison rouge. Servent a deviné qu'en le visant lui, il accomplirait son œuvre libératrice. Peu importe les ombres du passé, il va s'y prêter.

Servent range le dossier Deligny. Distraitement, il feuillette ceux d'Angeli et de Gaillard.

Il doit gérer son impatience. Coup de fil à Solange. Du rôti froid dans le frigo quand il rentrera.

Il ouvre la grande armoire dans son dos, derrière le bureau. Des masses de papier. Le travail minutieux des grandes oreilles de la SUBAC.

On frappe trois coups secs à sa porte.

– Oui, répond Servent en refermant l'armoire.

– C'est Hennich, Clément Hennich, lance le barbu.

– Vous voulez dire le contact de Deligny ?

– Oui, enfin, apparemment, au *Canard* ils vont sortir un article avec des retranscriptions d'écoutes qui ne sont pas passées par La Tour-Maubourg. Ce n'est pas Deligny qui est à la manœuvre, mais Angeli. Landreau arrive, il va tout vous confirmer dans le détail.

Le commissaire déteste la confusion.

– Entrez, prenez le temps de m'expliquer, dit-il sèchement au barbu fébrile.

L'agent d'interception lui fait un résumé de ce qu'il vient d'entendre. Ses mots sont à peine plus clairs. Servent s'efforce de remettre de l'ordre dans ce qui lui est annoncé.

Clément Hennich, haut gradé à la direction des RG, serait donc la taupe. Reste à savoir exactement ce qu'il balance aux journalistes. C'est Claude Angeli qui a mentionné son nom. Il s'apprête à publier un article racontant que des journalistes, des syndicalistes, des artistes et un responsable de la Ligue des droits de l'homme ont été placés sur écoutes. Son papier présenterait deux révélations majeures. Premièrement : ces branchements n'auraient pas été effectués par le Groupement interministériel de contrôle, la structure officielle, sous la tutelle du Premier ministre, installée boulevard de La Tour-Maubourg, à deux pas des Invalides. Ils seraient donc illégaux. Deuxièmement : l'une des écoutes serait frappée du tampon « Source secrète » avec une mention particulière : la lettre D. En substance, voilà ce qui a été dit.

Le barbu ignore le sens de cette mention. Servent ne lui explique pas qu'elle signifie que le compte rendu est destiné au ministère de l'Intérieur, à Marcellin en personne.

– Vous avez entendu parler de nous dans vos écouteurs ? lui demande encore le commissaire avec détachement.

– Non, pas une seule fois. Apparemment, tous les enregistrements qu'ils ont et leurs transcriptions proviennent des RG.

Servent fait mine de réfléchir.

– Beau boulot. Vous me mettez tout ça sur papier. Et vous m'envoyez Landreau dès qu'il rentre.

L'autre s'éloigne et referme la porte derrière lui.

Les RG-Marcellin-Deligny-Hennich-Angeli. Le commissaire refrène une douce euphorie.

Il tire de sa poche son répertoire téléphonique, l'ouvre à la première lettre de l'alphabet et compose le numéro.

– Bonsoir, c'est Servent. Pardon de vous déranger.

Albertini dîne avec des amis, mais bien sûr, il ne le dérange jamais. L'échange est bref. Rendez-vous à minuit au Balto, dans la salle à l'étage. « Vous connaissez, commissaire ? »

Servent raccroche sans répondre. Albertini doit jubiler à son tour. Servent évacue la bouffée de colère contre lui-même en pensant à la bouteille de Four Roses. Il va rejoindre les autres flics dans la salle voisine et fêter ça. La bouteille de bourbon est tout juste entamée.

Landreau, essoufflé, les cheveux en bataille, discute avec le barbu.

– L'ascenseur est en rade, je suis monté en courant, dit-il en s'approchant de Servent.

– Un verre de bourbon ?

Il accepte. Le commissaire saisit deux verres à côté de la bouteille, les remplit à moitié et lui demande de le suivre dans son bureau. Il referme la porte.

– Patron, je crois que j'ai chopé un truc qui va vous plaire…

Il a l'air satisfait sans être content de lui. Dernier arrivé à la SUBAC, beau gosse de trente-deux ans, célibataire, il a une motivation évidente. Servent se dit que le gamin a sans doute du talent. Du culot à coup sûr.

– On joue aux devinettes ou vous me dites tout de suite ?

Il a posé la question sur un ton presque badin.

Landreau s'envoie une rasade avec une légère grimace. Sa décontraction apparente, à l'opposé de la nervosité du barbu, amuse le commissaire.

– Philippe vous a raconté l'essentiel : les écoutes des RG…

Servent peut mettre un prénom sur le barbu. Information d'autant plus inutile qu'il ignore son nom.

– Je peux vous donner des détails, sinon j'ai un truc, je ne sais pas si c'est le plus important.

– Bon, vous la crachez, votre Valda ?

Landreau ne relève pas, pose le verre d'alcool sur le bureau et sort de la poche intérieure de son blouson de motard un morceau de papier épais replié. Puis un autre.

– Je pense que je pourrais récupérer une copie de l'article d'Angeli d'ici lundi, dit-il. Et puis regardez ça.

Il déplie la première feuille à la verticale et la tend au patron. La deuxième à l'horizontale.

– Putain ! crache Servent.

Les deux feuilles recouvrent sa table de travail.

Deux plans.

Le jeune flic sirote son whisky, le commissaire descend son verre d'un coup.

– Bon dieu, qui vous a donné ça ?

Le scénario

Vendredi 21-samedi 22 septembre

Il quitte les locaux de la SUBAC, remonte la rue Cambacérès jusqu'à la rue de La Boétie. Une 204 décapotable passe à tombeau ouvert. À l'arrière, deux femmes qu'il devine très jeunes, les cheveux au vent. Servent remercie le ciel de ne pas avoir d'enfant. Il hésite à prendre un taxi, choisit de descendre dans le métro. Station Miromesnil, ligne 9 jusqu'à Chaussée-d'Antin.

Fin de soirée à Paris. Le bruit et les lumières l'agressent. Il traverse le boulevard Haussmann. Le Balto est sur la gauche. Albertini ne lui a pas donné rendez-vous là par hasard. L'adresse, plus ou moins officielle, servait de bureau de recrutement à la Légion des Volontaires français contre le bolchevisme en 1942. Après la rue du Faubourg-Poissonnière, il a l'impression que l'ancien bras droit de Déat s'amuse à lui faire suivre un jeu de piste.

Le bistrot n'a pas été rénové depuis des lustres, fauteuils en velours usé, néons trop forts. Il monte directement à l'étage. Avachi sur une banquette, un cigare à la bouche, Albertini l'accueille avec un large sourire.

– Bonsoir, commissaire.

Un sentiment étrange saisit Servent, mélange de dégoût et de honte.

– J'espère que ça ne vous dérange pas que nous nous retrouvions ici ? Je n'ai pas été toujours fidèle aux femmes, mais toujours aux lieux.

Un désir brutal de lui mettre son poing dans la figure. Il s'assoit en face de lui.

– Même à la rue de Monceau ? demande Servent, en faisant allusion au siège, jadis, du Rassemblement national populaire.

– Ne soyez pas désagréable, lui répond-il sans se départir de son flegme. Les temps ont certes changé, mais nos ennemis restent les mêmes, n'est-ce pas ?

Albertini le regarde par-dessus ses lunettes. Un silence.

– Laissons tout cela, voulez-vous ? Que se passe-t-il, commissaire, qui motive ce rendez-vous fort plaisant, mais pour le moins inattendu ?

Servent sait qu'il lui faut composer avec lui.

– Un article va sortir mercredi avec des comptes rendus d'écoutes. Toutes hors des clous. Un type des RG serait un des informateurs du journal…

– Qui est-ce ?

– Hennich. C'est *Le Canard* qui va encore éclabousser.

– Vous en avez parlé à Xoual ?

– Non.

– C'est déjà un bon point. Et qu'en pensez-vous, commissaire ? J'aimerais vraiment connaître votre analyse en tant que chef de la police politique de la République française.

Cette fois, Servent ne relève pas la provocation.

– Je pense que l'article va faire l'effet d'une bombe. Ils ont la preuve que les écoutes remontent au ministre. La galerie va avoir de quoi s'amuser pendant quelques jours. On aurait tort de ne craindre que l'agitation politique à court terme. Cette histoire prouve surtout qu'un vaste complot est en train de se mettre en place et que *Le Canard* en est l'instrument principal.

Albertini acquiesce.

– Je suis d'accord avec vous sur la deuxième partie de votre analyse. En revanche, moi, voyez-vous, je prends ce que vous m'annoncez pour mercredi comme une chance…

Le conseiller de l'ombre attend un instant, comme s'il cherchait à évaluer son effet. Servent ne peut dissimuler sa curiosité.

– Je ne suis pas certain de vous suivre.

– Si nous prenions un verre…

Albertini se lève, se rend au bar, revient avec une bouteille de Ballantine's et deux verres. Servent patiente.

– Pourquoi une chance ?

Albertini descend la moitié de son whisky.

– Plus qu'une chance, une aubaine, reprend-il. C'est pour cela que nul ne doit être informé à ce stade, surtout pas Pompidou, ni Marcellin. Angeli doit pouvoir déverser sa boue tranquillement. Nos amis recevront la marée, cela devrait les aider à se réveiller, non ?

Une excitation soudaine le saisit.

– Vous ne devez pas bouger une oreille, commissaire. Le journal est en kiosque le mercredi, mais il sort de l'imprimerie le mardi matin, si je ne m'abuse. Il sera dans toutes les rédactions et les ministères l'après-midi même. Sonnez l'alarme quand plus rien ne sera arrêtable.

Servent écoute Albertini sans toucher à son verre. L'article va discréditer définitivement les RG. Pompidou aura la preuve que le ministre ne tient pas sa maison et que c'est à lui d'agir. De prendre les décisions qui s'imposent contre les Rouges, les gauchistes et autres partisans du désordre. Il ne s'agira plus de mettre des bretelles seulement aux pisse-copie, il va falloir cogner. Fort.

– Et pour ça, vous êtes le seul, conclut son conseiller. Le Président ne sera pas difficile à convaincre, j'en fais mon affaire.

Le commissaire avale d'un trait son whisky, et croise les bras sur sa poitrine. Il imagine Albertini, trente ans plus tôt, au milieu des légionnaires levés contre les bolcheviques.

– Cette fois, je vous suis, dit-il, serein. Mais je ne suis qu'un fonctionnaire. Si nous devons passer à la vitesse supérieure et cibler l'objectif que nous avons déjà évoqué, votre parole ne suffit pas…

– Laissons passer mercredi, et je vous transmettrai la parole divine.

– Et Xoual ?

– Qui ?

Albertini éclate d'un rire désagréable.

QG des écoutes illégales

Mardi 25 septembre

– Je vous appellerai vers 23 heures, à votre domicile, cela ne vous pose pas de problème ? J'imagine que vous ne doutez pas de votre épouse…

Albertini a accompagné sa boutade d'un petit rire grinçant. Le commissaire de la SUBAC a pris sur lui, une fois de plus, avant de raccrocher. Il se demande si Albertini se permet la même arrogance avec Pompidou.

Appel de Xoual. On vient de lui apporter directement de l'imprimerie un exemplaire du *Canard enchaîné* daté du lendemain. Le numéro 2 de la DST vient de découvrir à la Une l'affaire des écoutes. Xoual lui témoigne son soulagement, seuls les RG sont mis en cause. La Maison est sauve. « On verra demain comment tout ça retombe », dit-il. Servent a acquiescé et raccroché.

Le téléphone sonne aussitôt à nouveau. Charbonneau au bout du fil. Le patron des services techniques se bidonne. Depuis deux heures, c'est branle-bas de combat à l'Intérieur : les fils d'une sonorisation ont été découverts dans le bureau même du directeur de cabinet du ministre. Les installateurs ?… De vrais charlots. On n'a jamais vu une pose aussi mal faite. Il pérore. Le temps des « Tontons-Macoutes », comme *Le Canard* surnomme les RG, semble bel et bien terminé. « Fais gaffe à toi maintenant, camarade », se moque-t-il. Servent ne montre guère de surprise. De cette pose de micros sauvage dans le saint des saints, l'ordre a pu être donné par Marcellin, ce ne serait pas improbable. Le ministre est tellement suspicieux.

Servent dispose enfin du calme nécessaire à la relecture de l'article. Une pleine page. À trois détails près, il s'agit du même texte que celui rapporté la veille par Landreau. En décidant de ne pas le transmettre à Xoual, il s'est rangé à l'idée de respecter l'accord passé avec Albertini. Leur alliance est désormais irréversible.

Le patron de la SUBAC a du mal à se concentrer. En attendant les réactions suivantes, qui tardent, il parcourt le rapport sur les préparatifs de la nouvelle grande marche pour Lip, à Besançon, dans quatre jours. Il lit une note de synthèse sur les résultats des élections cantonales. Le recul des listes communistes est un leurre. Les socialistes et le fourbe Mitterrand sont en train d'avancer leurs pions.

Servent sort du tiroir de son bureau son répertoire et compose quatre numéros sur le cadran du téléphone. La ligne directe de Landreau. Il lui demande de cibler Mitterrand, rue de Bièvre, sans délai. Le jeune inspecteur note. « Et Demaison ? » ajoute-t-il. Le commissaire laisse un blanc. Impressionné. « Évidemment ! »

Après avoir reposé le combiné, il se lève d'un coup, va au coffre, bourré de chemises à sangles, en tire une bleue épaisse et la place dans une sacoche en cuir qui traîne à ses pieds. Il aura de la lecture en attendant l'appel d'Albertini dans la soirée.

Solange a mis la table. Impeccable comme tous les soirs, même lorsqu'il ne rentre pas dîner. Des escalopes de veau à la crème. Une bouteille de lalande-de-pomerol ouverte la veille. Servent chipote, descend trois verres de bordeaux. Elle débarrasse rapidement, allume le poste. Mardi soir. Il entend monter dans la pièce la musique du générique des « Dossiers de l'écran ». Il s'installe dans le canapé à côté d'elle, regarde le téléviseur sans voir, s'excuse de sa nervosité. Il attend un appel important. Elle répond d'un hochement de tête. Le commissaire se retire en ramassant sa sacoche.

La minuscule chambre de l'enfant qu'ils n'ont pas eu est aménagée en bureau. Sur les étagères, juste quelques livres posés à plat. Il ouvre la chemise bleue à sangle sur sa table de travail.

Le dossier Demaison. Le nom soufflé par Landreau.

En quatre jours, le gosse l'a bluffé par trois fois : avec les plans, puis en lui rapportant le brouillon de l'article d'Angeli, sans doute dérobé par un contact à l'intérieur de la rédaction, et ce matin encore en lui sortant comme une évidence le nom de l'avocat.

Servent se demande s'il ne vieillit pas. C'est lui qui aurait dû immédiatement associer Demaison à Mitterrand. À sa stupéfaction se mêle un peu de jalousie.

Le flic fait défiler les pièces d'archive, histoire de bien se remettre en mémoire des informations pour l'essentiel connues de tous.

Albert Demaison, résistant, adhérent du PC au lendemain de la guerre. Militant anticolonial, pro-FLN. Conseiller et ami de François Mitterrand. Fourré dans tous les coups tordus du chef du Parti socialiste.

Les documents font aussi état de son parcours d'avocat. Servent s'arrête sur deux notes trop brèves : « Demaison et l'affaire Ben Barka » et « Demaison et l'affaire Marković ». La première résume son rôle auprès de la famille de l'opposant marocain après sa disparition en 65. Une synthèse de coupures de presse sans intérêt. La seconde, très sibylline, précise juste qu'il a été le représentant du frère du garde du corps d'Alain Delon assassiné en 68. Même s'il n'a jamais travaillé sur ces affaires, Servent devine que le sous-texte des deux plus grands scandales depuis le retour de De Gaulle au pouvoir n'a pas échappé à la DST, qui a enquêté. Son collègue du dernier étage de l'immeuble de la rue des Saussaies, Auguste Sauvignon, chef de la documentation, détient forcément des informations sur le véritable rôle de Demaison. Sauvignon, dont Charbonneau lui a expliqué qu'il menait la fronde contre la supposée dérive politique de la Maison… Sauvignon, sympathisant socialiste.

Servent note mentalement qu'il devra s'employer à récupérer les archives Marković.

Derrière la porte du bureau, Solange lui dit qu'elle va se coucher, le débat des « Dossiers de l'écran » sur Christophe Colomb est trop ennuyeux. Servent promet de la rejoindre immédiatement après le coup de fil.

La suite du dossier relate, dans le désordre, les aventures de Demaison : ses clients de la pègre et du Milieu, l'argent, les femmes, l'opéra et les bordels, du moins les clubs échangistes comme les appelle l'avocat. Des noms alignés comme dans le Bottin mondain, d'autres parfaitement inconnus. Au milieu, une note blanche, dont les mots-clés sont : « Chirac – Bity – Demaison – *Le Canard* ». Trois pages. Datées de janvier 1972. Il se souvient de l'histoire. Jacques Chirac, poulain de Pompidou et jeune secrétaire d'État, a fait l'acquisition d'un château en Corrèze en réussissant par une subtile manœuvre à échapper au fisc. Rien de neuf jusqu'au troisième feuillet. L'auteur du blanc raconte alors, sans préciser son rôle, qu'un homme a joué l'intermédiaire entre Chirac et *Le Canard*, une fois l'affaire révélée par le journal. Demaison, l'avocat du journal, aurait-il été l'agent de liaison ?

Fressoz, Angeli, Gaillard, Deligny et les autres, Mitterrand et les Cocos d'un côté ; Chirac et les hommes au gouvernement de l'autre. Demaison au milieu, n'hésitant pas à aller au contact. Un avocat, c'est toujours moins souple et ça donne du fil à retordre.

La sonnerie a un bruit de clochette. Il répond à voix basse aux salutations sirupeuses d'Albertini. Le conseiller résume. La colère de Pompidou, l'emportement de Garaud et Juillet contre Marcellin. La panique à l'Intérieur après la découverte du branchement.

– Ça n'est pas vous, ça, commissaire ? demande-t-il sur le ton de la plaisanterie.

Il rit de Messmer qui compte les points à Matignon sans rien y comprendre. Le Premier ministre a manifesté pour seule préoccupation la question de savoir si lui aussi avait été écouté.

– Concrètement ? l'interrompt le flic.

– J'y viens, j'y viens.

Cette impression qu'Albertini s'amuse l'irrite.

– En tout cas, vous avez bien joué.

– Non, j'ai obéi à vos ordres, le coupe encore Servent.

La remarque met un terme au badinage.

– Le message est simple, reprend l'homme de l'ombre, d'une voix ferme. « Vous mettez le paquet pour que tout s'arrête, et vite ! » Tel est le verbatim du message et je ne suis que le messager. Voulez-vous savoir qui a prononcé cette phrase ?

Servent marque son impatience d'un silence.

– Dieu sur Terre ! Et sans que j'aie eu besoin d'insister.

– Ce qui signifie ?

– Que notre cible est désormais validée au plus haut niveau. Marcellin a sauvé sa tête, mais c'est sa dernière chance. VOUS êtes sa dernière chance. Si j'ai bien compris, il va vous convoquer pour la forme, histoire de vous faire croire qu'il tire encore les ficelles. Écoutez-le, mon vieux, cela sera suffisant.

– Quand ?

– Très vite… Le pigeon est peut-être déjà parti.

Albertini marque une pause. Servent croit l'entendre se servir un verre. Il pense au bordeaux dans le salon.

– Puis-je toutefois vous demander un petit service, commissaire ?

Encore une fausse question.

– Si vous pouviez avoir l'amabilité de me tenir au courant de la suite, je vous en serais infiniment reconnaissant.

Le flic esquisse un sourire amer en entendant le flot suivant de mots inutiles.

– Rien ne vous échappera, conclut-il.

– N'oubliez pas : « Vous mettez le paquet et vite ! », dit dans une imitation assez convenable de la voix de Pompidou.

Il raccroche.

Servent n'a pas le temps de se lever de sa chaise, un bruit de clochette retentit. Le téléphone plus rapide que le pigeon. Une voix de femme, la secrétaire du ministre. Juste quelques mots. « Vendredi matin, 6 heures. »

Pas de dossier

Mercredi 26 septembre

– Responsable : l'inspecteur principal Gerber. Adjoint pour l'opération : l'inspecteur Kaspar. Avec Lucien, nous veillerons à sa bonne exécution. Messieurs, les ordres sont les ordres. Il va nous falloir apprendre à faire de la police autrement.

Filippis termine son speech et s'éclipse.

« Pas d'indic, pas de police ! » s'exclame une voix que Simon ne reconnaît pas au milieu du troupeau de flics agglutinés dans le bureau de la Galanterie. « Y'a plus qu'à faire comme les RG, mettre des bretelles à tout le monde », rigole un autre en agitant *Le Canard enchaîné* du matin. « C'est simple. Plus de condés, plus de blancs. Moi, j'arrête ce soir. On verra bien leur réaction quand ils seront privés de leur pain quotidien. Je vous parie que dans deux semaines Marcellin et sa clique nous diront de tout refaire comme avant. » Danny Wilde sans Bret Sinclair.

Kaspar cherche des yeux Gerber. Il n'a pas mis les pieds au 36 depuis trois jours. Il a la liste avec lui.

La liste, cette putain de liste des condés à supprimer.

La liste de Filippis validée par le Pacha et par Marcellin.

Il ne pense qu'à la Rouquine, avec son ténor dans le vestibule, son fume-cigarette sur le boulevard de Clichy entre Gerber et Gilenko. C'est par la princesse de Passy, figurant forcément parmi les aristos de la balance, qu'il souhaite débuter. Il a pourtant du mal à imaginer qu'elle sera bientôt rayée des tablettes de la Mondaine.

« Rien ne colle », songe Simon. Il n'a qu'une envie, fuir l'AG minable des poulets frustrés. Les mots de Nanou lui reviennent en même temps que la frappe du piano d'Art Tatum. Bien sûr qu'il déteste ce métier, il aimerait toucher au but, en finir au plus vite.

Il descend l'escalier. Traverse la première cour, la deuxième, passe au pied du buste de Bertillon dans la salle d'honneur de l'Identité judiciaire. Une blouse blanche à l'accueil.

– Est-ce que Signol est dans les parages ?

Il prend sur la gauche, va jusqu'au bout du couloir, trouve le cagibi.

– Putain, mais qu'est-ce que tu fous là ?

Les cheveux toujours gras, mais rasé aujourd'hui.

Les yeux comme une menace, Kaspar attend en silence.

– Tu fais chier, murmure le blond en décrochant de la patère sa veste noire en velours côtelé.

Ils sortent par une porte sur le quai de l'Horloge, remontent le pont Neuf.

– Suzanne Jurgensen, ça te parle ?

– Bon dieu, Kaspar…

– C'est bien la pute de la rue du Théâtre ?

– Je n'en sais rien…

– Moi, je sais !

À la hauteur de la Samaritaine, la circulation est bloquée. Ils obliquent sur le trottoir de droite, traversent le quai de la Mégisserie. Simon attrape le bras de Signol, le serre au niveau du biceps.

– Je te paye une bière, lui dit-il.

Un rade au début de la rue des Bourdonnais. Kaspar ne lâche pas le flic de l'Identité judiciaire, le guide comme un aveugle jusqu'à une table d'angle au fond du bistrot, le pousse sur la banquette, s'assoit sur la chaise en face de lui.

– Mais qu'est-ce que tu me veux ? maugrée Signol.

Simon commande deux demis, attend qu'ils soient servis.

– Tu te démerdes pour me sortir le dossier Jurgensen. Ça ne va pas être compliqué, vu que c'est toi qui m'en as parlé. Tant que tu y seras, tu sors aussi celui de Sylvie Leveaux, 18 décembre 1968. Et vu que tu n'es pas débordé, tu rassembles ce que tu as sur la Belle Estelle. Elle s'est fait buter il y a moins d'un mois, ça sera une partie de plaisir.

Simon allume une Gitane. La fumée dans le visage de Signol.

– Qu'est-ce que je t'ai fait ? dit-il, presque implorant.

– Rien. Tu es juste une merde qui tabasse des frangines noires. En vrai, je m'en fous, mais pour toi c'est un putain de souci. Si je veux, quand je veux, je te fais pendre par les couilles dans la cour du 36. Alors c'est simple, tu me rapportes ce que je te demande ou tu te prépares à chercher du boulot.

– Va te faire foutre.

Simon fait tourner sa cigarette entre le pouce et l'index de sa main droite. Il l'approche du visage de Signol en même temps qu'il le saisit violemment par la nuque avec l'autre main. La braise est à quelques centimètres sous son menton.

– Crame-moi si tu veux, il n'y a pas de dossier.

Kaspar ne desserre pas son étreinte. Il fixe les yeux rouges de son collègue et y entrevoit une peur étrange. Il écrase sa clope dans le cendrier jaune, donne une bourrade sur l'épaule de celui qu'il relâche.

– Ça veut dire quoi : « il n'y a pas de dossier » ?

Signol reste figé dans la même position.

– Tu es vraiment dingue, Simon. Tu cherches quoi ?

Long silence.

– Laisse tomber ces conneries, reprend Signol. Qu'est-ce que t'en as à foutre de ces putes ?

Autre silence de Simon. Des clients arrivent dans le bistrot. C'est l'heure du déjeuner.

Signol hausse les épaules, comme un signe de renoncement. Il se décide à parler. L'autre jour, après leur discussion au Deux-Palais, il s'est mis, sans savoir pourquoi, à rechercher le nom de la fille. Il n'a pas eu de mal à le retrouver, il note toutes les affaires dans un cahier d'écolier. Une habitude dérisoire. Nom, date, bref résumé. *Suzanne Jurgensen, 17 janvier 70, 43 rue du Théâtre, prostituée, 12 coups de couteau.*

Signol se détend, boit une lampée de bière. L'histoire est vieille de trois ans, mais il n'a pas oublié. Une grande blonde, la quarantaine, dans un appartement moderne, plutôt chic. C'est vrai que les photos de la rue des Montibœufs collent avec son souvenir de celles prises rue du Théâtre.

– Tu l'appelles comment celle-là ? demande-t-il.

– Danielle Simonnot, la Belle Estelle pour les intimes, répond Kaspar.

Même genre, grande, blonde, plus vieille et moins chic. Simon l'avait croisée, mais peine à la visualiser. Il pense à sa fille qui a découvert son cadavre. Rachel.

– Comme un con, je suis allé au SATI, poursuit Signol. J'ai encore des potes aux archives. Je leur ai demandé de me sortir le dossier en douce, sans remplir la fiche officielle…

Les notes de Rabier, griffonnées sur un morceau de papier. Simon comprend : le flic dont l'archiviste avait refusé de donner le nom n'était ni Gerber, ni Mercadier. C'était Signol.

– Et alors ?… le relance Simon.

– Il a disparu.

Simon fait mine de l'apprendre.

– Comment ça disparu ?

Brève hésitation. Signol semble soupeser les mots qu'il s'apprête à prononcer.

– Le dossier a été retiré. Volé, si tu préfères.

Le jeune flic se penche vers Signol. L'empathie après la brutalité.

– Gilles, tu es sérieux ? Rien ne peut se perdre, il a dû être égaré.

Signol se redresse tout à fait sur la banquette, finit sa bière et essuie la mousse sur le revers de sa manche de tee-shirt.

– Non, inspecteur Kaspar, et j'en ai la preuve. Si le dossier avait été perdu, il serait quand même répertorié dans le fichier de recensement des procédures. Mon contact a vérifié, il n'y a rien. La fiche a été retirée.

Simon sent la cambrure de son dos se creuser, douloureusement. Il descend sa bière à son tour.

– Ça n'est pas très grave au fond, l'intégralité de la procédure judiciaire doit se trouver au tribunal. Au parquet, mais aussi, j'imagine, chez un juge d'instruction… Un juge a forcément été désigné, formule Simon comme on jette une perche.

– Non.

Signol prend une Gitane dans le paquet de Simon, en tire une bouffée et l'écrase aussitôt avec une moue dégoûtée. Il sort ses menthols.

– Tu m'as mis un rat dans le crâne… Depuis que je suis passé au SATI, cette histoire ne me sort plus de la tête.

Il semble maintenant soulagé de pouvoir parler. Son ex-femme travaille au greffe du tribunal. C'est depuis leur divorce qu'il voit des prostituées. Cela va faire dix ans ! Il ne s'est toujours pas remis de leur séparation. Kaspar le laisse s'épancher, maîtrise son impatience. Une autre bière ? Signol décline sa proposition. Il l'a appelée et elle a bien voulu vérifier l'existence de l'affaire Jurgensen.

– Elle existe, j'ai noté son numéro d'enregistrement au parquet. C'est au moins la preuve que je n'ai pas déliré, dit-il. Problème, il est noté que le dossier a été clôturé le mercredi 20 janvier. Trois jours après les faits commis. Sans qu'aucun nom de juge d'instruction n'ait été inscrit. Je peux te dire que trois jours après, l'enquête ne devait pas être bouclée. Je pense même qu'elle ne l'a jamais été.

– Putain, Gilles, ça ne tient pas debout ton histoire. Admettons que quelqu'un ait fait disparaître le dossier du SATI. Comment imaginer un seul instant que, après avoir ouvert une enquête pour meurtre, un procureur la clôture aussitôt sans la refiler à un juge ?…

Chaos dans la tête de Kaspar. Pour sa mère, ils avaient attendu dix-neuf jours.

– Tu vérifieras, ponctue Signol avec un geste d'indifférence.

Pour lui, il n'est plus question de remuer cette affaire. L'histoire pue trop, sans parler des similitudes avec la pute du XXe arrondissement.

– Il te reste deux possibilités, dit Signol. Les archives des services concernés : la Crim' et la Mondaine. Chacun a forcément gardé une copie… Bon courage à toi. Pour moi, c'est rideau !

Kaspar est tenté de lui demander d'aller faire un autre tour aux archives. Il y a aussi le dossier de Sylvie Leveaux qu'il faudrait sortir, s'il existe. Trop risqué. Quant à accéder à la documentation de la Brigade criminelle, cela lui est impossible. Inenvisageable de faire une demande officielle. En l'absence de relations fiables, il ne peut effectuer aucune consultation en douce.

Simon songe au grand coffre dans le vestibule de Filippis.

– Tu as raison, reprend-il. Je ne vais pas m'amuser à remuer la merde.

– Ouais, et au passage si tu pouvais me foutre la paix.

– J'essayerai.

La fille de la Belle Estelle

Paris a les tripes à l'air. Dans le ventre des Halles, des pelleteuses, des camions à benne, des monceaux de gravats, d'où monte le bruit assourdissant des moteurs dans les odeurs d'essence et de goudron. Le dernier pavillon Baltard a été démonté au début de l'été. Simon a lu dans *Le Parisien libéré* que la mairie de Nogent-sur-Marne l'a acheté pour en faire une salle de spectacle. L'ancien marché aux volailles accueillera désormais les cocottes de banlieue. Des Japonais auraient également acquis une toiture en métal. Tout le reste a été détruit. Pompidou renvoie au néant le centre de la ville pour construire un monde nouveau. Moderne.

Simon contourne le trou par la rue Berger. Rien ne s'efface vraiment, tout reste enfoui dans les profondeurs des mémoires. De la détermination suffit pour mettre au jour le passé. Et faire la peau aux croque-morts. Il allonge le pas après la Bourse du Commerce pour se rendre à la grande poste du Louvre.

Devant l'alignement des guichets, une queue s'est formée. Il adore cet endroit. Autant qu'il s'en souvienne, sa grand-mère venait y poster les courriers importants. Les documents administratifs ou les lettres dont il ignorait le contenu et les destinataires. S'il savait à qui en envoyer, il aimerait lui aussi en écrire. Un jour peut-être. Les trois cabines téléphoniques sont occupées. Une jeune femme blonde en mini-jupe écossaise sur des collants jaunes assortis à son chemisier, un mince foulard bariolé noué autour du cou, libère celle du milieu. Simon la regarde traverser le hall sur ses hauts talons carrés jusqu'à la porte en verre de la sortie.

Il entre dans la cabine. Un gros annuaire est posé sur la tablette en bois. Vingtième arrondissement. Par ordre alphabétique. *Simonnot D.* Il glisse une pièce de cinquante centimes dans la fente, fait tourner les chiffres sur le cadran. Deux sonneries.

– Qui est à l'appareil ?

Une voix presque enfantine.

– Bonjour, vous êtes Rachel Simonnot ? demande Simon d'une voix qu'il voudrait rassurante.

Un « oui » inquiet.

– Pardon de vous déranger. Je m'appelle Simon Kaspar, je suis de la police et j'aimerais vous parler, et vous rencontrer, si possible ?

La fille de la Belle Estelle ne répond pas. Simon s'excuse encore de la déranger.

– Vous avez du nouveau ?

Ses cordes vocales tremblent un peu.

Il voudrait ne pas la décevoir.

– Oui, peut-être.

– Vous avez arrêté les tueurs ?

– Non, pas encore, mais nous avançons. Je pense surtout que vous pouvez nous aider et c'est d'ailleurs la raison pour laquelle je me suis permis de vous appeler.

Il n'entend plus un son. Il se demande si la communication n'a pas été coupée.

– Mademoiselle ?

– Vous n'avez rien à me dire, en fait vous voulez juste me torturer, vous aussi…

La voix est soudainement dure.

Il s'entend balbutier, s'en veut de ne pas avoir préparé son appel.

– Mon aide ? C'est vous et vos collègues qui devriez m'aider, mais vous n'en avez rien à foutre d'une femme assassinée…

Elle s'interrompt. Simon entend ses sanglots et le nœud dans sa gorge. Il voudrait lui dire qu'il comprend, mais les mots sont impossibles.

Garder le contrôle.

– Je vous promets que je ferai tout pour trouver qui l'a tuée. Je la connaissais un peu, vous savez. Elle m'avait raconté un jour que dès que le périphérique serait inauguré, elle ferait le tour de la ville et filerait en direction de la côte. La retraite au soleil…

– À Cannes, murmure-t-elle.

Sa voix se détend. Il imagine sa tristesse, sa peur aussi.

Il lui propose de prendre un verre, prochainement. Elle n'est plus totalement réticente. Peut-être. À son retour. Elle part ce soir à la campagne chez des amis, il lui est impossible de rester dans cet appartement. D'ailleurs, depuis le drame elle loge chez une amie. Là elle passait juste pour prendre des affaires. Elle sera de retour pour la rentrée universitaire, après la mi-octobre.

– Donnez-moi votre numéro et je vous appellerai, dit-elle.

À ça aussi il aurait dû penser. Cela fait des mois qu'il doit faire installer le téléphone. Raillard lui a même reproché de ne pas être joignable en dehors du service. Lui donner sa ligne directe au 36 lui paraît trop risqué. Trouver une réponse, vite. Un expédient.

– Je peux vous le donner, mais je sais que vous ne m'appellerez jamais. Si vous voulez bien, c'est moi qui vous contacterai après la mi-octobre. Je comprends que vous ne puissiez pas rester dans l'appartement. Dites-moi où vous joindre d'ici là, au besoin ?

Rachel hésite… Elle sera chez son amie Béatrice.

Kaspar sort son Bic, note le numéro à la volée sur l'annuaire, à la page ouverte. Il déchire le morceau de papier. Elle doit y aller, maintenant.

– Ah, dit-elle subitement avant de raccrocher. Vous pouvez passer un message à votre collègue ?

– Bien sûr. Au commissaire Mercadier ?

– Non l'autre, le petit brun…

Simon cherche de mémoire qui à la Crim' peut correspondre à ces caractéristiques. Il les connaît à peine.

– Vous n'avez pas son nom ?

– J'ai oublié… Vous pourrez lui dire que, comme il me l'a demandé, j'ai fouillé dans les papiers de ma mère, notamment dans son vieux carnet de téléphone. J'ai trouvé plein de Sylvie, mais aucune Sylvie Leveaux. Désolée.

Simon encaisse.

Une femme s'impatiente ostensiblement devant la cabine.

– L'inspecteur Gerber ?

– Oui, quelque chose comme ça.

– Je lui dirai.

Une cible en cache une autre

Vendredi 28 septembre

L'huissier le conduit jusqu'au petit salon et se retire aussitôt. Il a une dizaine de minutes d'avance. Sur la table basse, les journaux de la veille. Les révélations du *Canard* ne sont pas remontées à la une des quotidiens, mais elles alimentent les éditoriaux. Servent a pris le temps de les lire tous. L'instrumentalisation par la presse de gauche était attendue, évidemment, mais la mollesse des titres de droite l'étonne. Il regarde sa montre. Une grande porte s'ouvre enfin, laissant passer la tête de Marcellin.

Le patron de la SUBAC se lève et entre dans le bureau du ministre. Politesses d'usage. La bouffarde est éteinte dans un grand cendrier en cristal. Marcellin ne s'assoit pas, ne le propose pas à Servent, marque une pause avant de se mettre à lui déverser un tombereau de mots à une vitesse que le flic peine à suivre. La révolution. La guerre ouverte. La peste rouge. Le ministre de l'Intérieur fait des petits pas autour de son bureau. Une cible. Celle par laquelle il pourra démasquer les traîtres, les lâches et les pourris, débusquer les agents provocateurs et agitateurs de tous poils pour en finir avec la vermine rouge.

– Ils ont tous échoué, vous êtes notre dernier atout avant le recours à l'armée, conclut-il sur un ton soudain apaisé.

– Excusez-moi, monsieur le Ministre, vous dites « une cible », mais j'en aurais plusieurs à vous soumettre.

Marcellin craque une allumette. L'odeur instantanée du tabac brun. Son regard frise au-dessus du fourneau.

– Vous êtes malin, commissaire, malin et prudent.

– Je suis un serviteur de l'État, monsieur, répond Servent en faisant mine d'être contrarié.

– Nous sommes de vieux singes, vous et moi, nous n'allons pas nous apprendre mutuellement à faire la grimace. Nous nous connaissons depuis longtemps et je sais très bien que nous avons au moins un point commun : vous haïssez les Rouges. Et sans doute depuis plus longtemps que moi… C'est d'ailleurs pour cela que vous êtes là où vous êtes. N'oubliez pas que j'ai créé pour vous un service sur mesure.

Il s'interrompt, tire sur sa pipe.

Servent n'est pas dupe, les nominations à la SUBAC lui appartiennent, peut-être même contre l'avis de Xoual et de Biard. Le ministre en fait une affaire qui ne peut être déléguée, il avait épluché son dossier avant de le choisir. Albertini l'avait probablement enrichi de quelques détails. Au fond, peu lui importe que tous deux aient labouré son passé, seul l'objectif présent compte.

La cible.

Servent regarde machinalement la grande pendule ronde derrière Marcellin. 6 h 22. Des fourmis dans les pieds.

– Asseyez-vous, je vous en prie.

Un soulagement. Marcellin s'affale dans son fauteuil en cuir.

– Je souhaite juste que la cible soit clairement identifiée, monsieur le Ministre.

– Mais non, mais non. Vous voulez que je prononce le nom de la cible et vous avez raison. Vous avez déjà entendu cette phrase : ne pas nommer les choses, c'est ajouter du malheur au monde, ou quelque chose d'approchant ?

Servent ne répond pas.

– Comme quoi, même les gauchistes peuvent parfois dire des choses intelligentes. Ne pas nommer la cible pourrait conduire à la rater.

– J'aimerais recevoir un ordre clair.

– Vous ne voulez quand même pas que je vous l'écrive ?

– Non, monsieur.

– Peut-être êtes-vous déjà en train de m'enregistrer ?

Le premier flic de France fait semblant de s'amuser de sa boutade. Il cale ses coudes sur son bureau et croise ses doigts devant lui. La position du pénitent dans les chapelles bretonnes, pense Servent.

– Commissaire, je veux que vous sonorisiez le deuxième et le troisième étage du 173 rue Saint-Honoré avant qu'un groupe de terroristes ne s'y installe, prononce Marcellin. Je mesure parfaitement le symbole que représente l'endroit pour tous ceux qui ignorent ou font semblant d'ignorer la réalité. Il y a des moments où la démocratie, pour être sauvée, doit prendre des chemins de traverse. Vous êtes d'accord avec moi, n'est-ce pas ?

– Oui.

– Bien. C'est pour ça que vous êtes chargé de cette mission.

Puis à nouveau, une déferlante de mots inutiles, les mêmes que ceux du début.

– Vous pouvez compter sur moi, dit simplement Servent.

– Je le sais, répond le ministre.

Le commissaire se lève.

– Attendez un instant, l'arrête Marcellin.

Il marque un silence, comme s'il soupesait ses mots. Parler ou ne pas parler ?

Servent lui trouve un air soudainement étrange. Différent en tout cas. Il attend. L'autre finit par se lancer.

Il évoque un point particulier. Très particulier. Presque une chose personnelle. Une autre mission, moins urgente, bien que plus spéciale. Il n'y a qu'à lui qu'il peut la confier. Servent pense aussitôt à ses états de services depuis des dizaines d'années, à son dossier administratif complété par Albertini. Il aimerait lui répondre qu'il ne peut rien lui refuser mais s'abstient. La mine affectée du ministre pique sa curiosité.

Marcellin sort de sa veste son portefeuille, puis un papier. La page déchirée d'un carnet. Il la déplie, la pose sur son bureau en la tournant vers Servent. « Regardez ça, s'il vous plaît. »

Servent lit et enregistre les noms. Il en connaît la plupart, au moins de réputation. Il y a des politiques, Couve de Murville en tête, Capitant ensuite – l'ancien Premier ministre et l'ex-garde des Sceaux. Des galonnés du SDECE, tous biffés. Un seul a son nom souligné de deux traits au feutre rouge. Un flic de la PJ.

Le commissaire lève les yeux vers le ministre.

– Je ne comprends pas.

– Vous comprenez au moins de qui et de quoi il s'agit ?

– Oui, enfin, je crois… Mais, pardon, monsieur le Ministre, en quoi cela peut-il concerner la SUBAC ?

– C'est à vous, commissaire, que je m'adresse.

Servent recolle en un instant les morceaux. Cela fait cinq ans que le Président de la République a lancé sa croisade vengeresse, exécuté tous ceux qui avaient voulu lui faire la peau à l'occasion de l'affaire Marković. Il n'en reste plus qu'un à n'avoir pas payé. Peut-être le plus dangereux.

Servent n'a pas le souvenir de l'avoir jamais rencontré. Ils évoluent dans des mondes parallèles.

– J'ai fait ouvrir une enquête interne, à la mi-août, poursuit Marcellin. L'IGS[1] a commencé à éplucher son réseau, mais l'intéressé a évidemment été mis au courant trois jours plus tard. Il verrouille tout. J'ai besoin d'un dossier solide pour lui faire la peau. Il n'y a pas grand-chose à attendre de l'IGS, ni d'ailleurs d'aucun service de la PJ.

– Et de moi ?

– Je suis persuadé que vous êtes le seul qui puissiez le faire tomber, commissaire. À votre façon. Et puis, vous n'êtes pas de leur monde, ni de leurs combines… Occupez-vous en priorité du *Canard* bien sûr, mais après réglez-lui son compte. Pour l'instant, les bœuf-carottes continuent d'investiguer, à leur rythme. J'espère recevoir leur synthèse dans les prochaines semaines. Dès que je l'aurai en main, je vous en ferai parvenir une copie.

Le commissaire relève qu'il vient de lui désigner clairement sa cible.

---

1. L'IGS, Inspection générale des services, familièrement « police des polices », a pour périmètre de compétence les services de la Préfecture de police de Paris.

Et ses amies ?

Dimanche 30 septembre

Nanou s'accroche au bras de Simon. Ils remontent les Champs-Élysées. Les rafales de vent, la nuit précédente, ont déplumé les arbres le long de l'avenue. Des voitures sont garées à touche-touche dans la contre-allée. Les terrasses vides, les journées déjà courtes, l'automne s'annonce. « Je voudrais te parler », lui a dit Kaspar. « Allons marcher », lui a répondu sa grand-mère.

Elle fredonne la chanson de Joe Dassin.

Il lui raconte Danielle Simonnot, Suzanne Jurgensen, Sylvie Leveaux. Elle se serre plus fort contre lui. Il s'efforce de parler d'une voix neutre. 1973, 70, 68, trois prostituées, assassinées dans les mêmes conditions atroces. Ces crimes portent la même signature. N'est-elle pas très semblable à celle de 51 ?

– *Elle* n'était pas une prostituée, lui rétorque doucement Nanou.

– *Elle* était quoi ?

Rien d'autre que ce qu'elle lui répète depuis toujours. Une fille perdue, après le chaos de la guerre et de la Libération, fille-mère à vingt ans, abandonnée par son amant. Plongée dans la douleur de la solitude, en proie aux tentations, emportée par le rêve de l'argent facile. Elle aura fait une mauvaise rencontre.

– Il n'y a qu'une coupable, Simon, c'est moi !

Il dégage son bras délicatement et la prend par l'épaule.

Il connaît par cœur chacun des mots de reproche qu'elle s'adresse à elle-même depuis un quart de siècle. Les mots de la culpabilité. Gerber se trompe, il connaît mieux que personne ce sentiment, lui en est prémuni, simplement.

– Non, Nanou. Ce n'est pas de ta faute, ni celle de François non plus. Je trouverai. . .

Le vent se lève à nouveau, froid. Une petite foule s'abrite dans la galerie du Point-show à côté du Gaumont. *L'Emmerdeur* à l'affiche, avec Jacques Brel et Lino Ventura. L'avenue est une enfilade de cinémas. Le Normandie, le Pathé Marignan, le Paramount-Mercury, le George-V. Un film d'horreur au Triomphe. *Les Démons de l'esprit.*

– Il n'y a rien à trouver ! Rien !

Presque un cri. Le couple qui vient de les dépasser se retourne pour les dévisager.

– Tu vas te perdre si tu continues. Je ne veux pas te perdre.

Elle murmure maintenant.

– Ne t'inquiète pas, lui dit-il aussi à voix basse.

L'immeuble Publicis est dégagé de la palissade des travaux. Il y a un an, l'incendie a tout détruit. Le drugstore doit rouvrir au début de l'année prochaine. Il promet à Nanou de l'emmener à la nouvelle inauguration. Elle sourit. Elle veut rentrer maintenant. Ils font le tour de la place de l'Étoile, traversent l'avenue de la Grande Armée. Simon a fait des dizaines de fois l'aller et retour jusqu'à la porte Maillot : avenue de Wagram, tout droit, jusqu'à la rue Brémontier.

– Une question, Nanou, une seule…

Un silence.

– Tu connaissais forcément ses amies, poursuit-il.

– Simon, s'il te plaît.

– Lucienne, ça te dit quelque chose ?

Elle semble réfléchir.

– Oui, peut-être. Une petite Juive ?

Kaspar se plante au milieu du trottoir, se dégage brutalement du bras de sa grand-mère.

– Tu l'avais rencontrée ?

– Non, je ne crois pas. Peut-être. Je t'en supplie. Arrête, arrête.

Il la prend dans ses bras, l'entend pleurer doucement.

– Tu te souviens de son nom ?

– Non. C'est important ? demande-t-elle.

– Peut-être.

Une cuisine rue de Bièvre

Lundi 15 octobre

Servent se tient debout derrière son bureau. Assis de l'autre côté : Joël Landreau, le jeune inspecteur talentueux, et Max Dejour, taiseux et fidèle, première recrue à la SUBAC.

– Ce sera sans doute la seule fois de votre carrière que vous aurez votre travail accroché au mur, profitez-en, lance-t-il sans rire au beau gosse en montrant les plans punaisés.

Costume en velours marron clair, chemise beige et cravate en soie à motifs jaunes assortie à la pochette, Landreau répond d'un sourire qui vaut remerciement. Un mois de salaire sur le dos, pense Servent. Dejour a lui aussi marié la couleur de ses vêtements, mais avec son teint et ses cheveux : gris et ternes. Le m'as-tu-vu et le passe-muraille. Deux bons flics.

Le commissaire désigne le plan en coupe verticale du bâtiment. L'adresse est inscrite en bas : 173, rue Saint-Honoré.

– Notre cible, répète-t-il. Vous avez deux mois pour agir avant que les journalistes ne quittent leur gourbi de la rue des Petits-Pères.

Ils doivent profiter des travaux prévus au futur siège du journal pour mettre en place le dispositif. Ils commenceront par surveiller l'avancée de la rénovation et des aménagements afin de pouvoir choisir le moment propice pour intervenir. Ils devront identifier toutes les entreprises du chantier. Établir un rapport complet sur le voisinage entre le Palais-Royal et la rue des Pyramides. Et tout savoir sur la bignole à l'allure sympathique.

– Allez faire un tour au Spoutnik, c'est juste en face, ajoute Servent.

Il marque une pause, s'assoit à son bureau, prend un stylobille, tourne les pages de l'éphéméride.

– Donnons-nous trois semaines pour mettre tout ça en place. Le lundi 5 novembre, je lance les grandes manœuvres. Appelons ça l'opération Palmes, dit-il en faisant une croix sur la page.

– Comment ça va se passer avec la section technique ? demande Dejour, un peu hésitant.

Servent fronce les sourcils. Cela fait plusieurs jours qu'il s'interroge sur la façon de mettre les maîtres de la sono à contribution sans qu'ils identifient la cible. Charbonneau sera nécessairement dans la confidence. Il aimerait évaluer la fiabilité de Xoual, peut-être même celle de Marcellin. Et comment associer Albertini tout en le gardant à distance ? Il doit encore trouver la bonne stratégie et imaginer les bonnes manœuvres. Il y a un fort paradoxe entre les coulisses troubles et complexes de sa mission et son exécution : sonoriser une salle de réunion et quatre bureaux, pour un service tel que la DST, n'est pas sorcier, le commissaire en a pleinement conscience.

– Ne vous préoccupez pas de l'intendance, répond-il sèchement.

Il se lève.

Landreau et Dejour l'imitent aussitôt et se dirigent vers la porte.

– Une chose encore, messieurs, les arrête le chef de la SUBAC. Je ne vous ferai pas l'injure de vous rappeler l'impérieuse nécessité d'une confidentialité absolue. Je voudrais que vous ayez en tête que nous préparons la plus grande opération de contre-espionnage depuis la fin de la guerre.

Dejour approuve d'un mouvement de tête et sort. Landreau hésite, regarde son patron comme s'il cherchait à décrypter son propos. Il passe une main dans ses cheveux et revient vers Servent.

– Vous me permettez une suggestion, commissaire ?

– Allez-y.

– Pourquoi ne pas associer la Division III ? Enfin, les associer officiellement, sans leur donner de précisions. La cible est un repaire de cocos en liaison avec l'étranger, il me semble…

Landreau esquisse un sourire ironique en haussant les épaules.

Il a parfaitement pigé les enjeux internes à la DST et la question de la légitimation de cette sonorisation. La Division III est l'unité chargée de la surveillance des activités des gauchistes au niveau international. La mettre dans le coup de la rue Saint-Honoré serait la garantie en interne que la DST reste dans le cadre de ses missions, qu'elle ne se dévoie pas dans une opération de police politique. Cependant, cela reviendrait à faire une entourloupe aux collègues. Pour la bonne cause, certes.

Le commissaire se laisse tomber dans son fauteuil, saisi une fois de plus par la vivacité d'esprit du gamin. Sous ses costumes de play-boy, il a l'étoffe des agents prêts à plonger dans les eaux les plus sales.

– Asseyez-vous encore un moment, lui dit Servent en lui désignant la porte que Dejour a laissée ouverte en partant.

Landreau va la refermer et se pose sur la chaise.

– Vous avez avancé sur la rue de Bièvre ? reprend le commissaire.

– Pas beaucoup pour l'instant. En revanche, j'ai des choses sur Demaison… Officiellement, il est l'avocat de nos « amis de la rue Saint-Honoré », mais c'est surtout leur agent. La feuille d'impôts de Chaban dans leur torchon, c'était lui. La semaine dernière, on l'a vu rentrer bras dessus, bras dessous, avec Angeli, rue de Bièvre, chez Mitterrand. Le lien des socialos avec les stals, c'est lui. Et quand il s'agit d'arranger les bidons de Chirac avec le fisc, c'est encore lui qui intervient en sous-main. En fait, dès qu'on ouvre un dossier, il est dedans. Et pas que dans le monde politique, dans le Milieu aussi. Je passe sur les putes, mais il faut quand même savoir qu'il a ses entrées dans un bordel de luxe du XVIIe couvert par la PJ.

Servent l'écoute, comme si le jeune flic lui apprenait quelque chose. Va-t-il en venir de lui-même à évoquer Ben Barka et Marković ?… Il n'a pas remonté le pedigree de Demaison aux années 1960. Première pointe de déception.

– Que suggérez-vous ?

La question du commissaire semble le sécher. Silence de l'agent qu'accompagne son mouvement d'une fesse à l'autre sur la chaise. Landreau lisse machinalement les manches de sa veste en velours.

– Je ne sais pas, difficile de mettre sur écoute un cabinet d'avocat. En plus l'homme est extrêmement prudent. Il vérifie sans cesse s'il est suivi. L'autre jour, j'ai craint d'avoir été repéré.

Servent pense au dossier qu'il a laissé chez lui, sur l'étagère. À Sauvignon, qu'il tient pour un ennemi personnel, qui ne le laissera jamais poser son regard sur *ses* archives sans qu'il ne se justifie d'une mission de contre-espionnage.

– Nous allons le filer autrement…

Le commissaire va prendre un dossier, en sort une liasse de feuilles.

– Quand j'ai pris la tête du service, j'ai fait sonoriser une première adresse, et pas n'importe laquelle, dit-il. À croire que personne dans la Maison n'y avait pensé.

Il lâche le nom : Georges Marchais, secrétaire général du Parti communiste. Ça s'imposait. Le dossier compile les comptes rendus d'écoute depuis décembre 1972. Servent tourne quelques pages devant Landreau.

Il y a ce script du 4 septembre dernier, il lit rapidement à voix basse, qui mentionne des rencontres régulières au domicile de Mitterrand entre les deux pontes de l'Union de la gauche. Pas de doute possible, ils préparent l'arrivée des chars soviétiques sur les Champs-Élysées, il faut toujours « dénicher le diable dans les détails », murmure-t-il dans sa barbe. Il s'arrête sur un passage. Dans une conversation récente avec un interlocuteur non identifié, Marchais raconte que le Premier secrétaire du Parti socialiste lui donne systématiquement rendez-vous dans sa cuisine, la faute aux travaux dans les autres pièces de son domicile.

– Il y a un autre détail, poursuit le commissaire. Noté dans cette écoute du 10 octobre. Marchais s'emporte auprès de son ami Juquin contre Mitterrand parce qu'il vient d'annuler leur tête-à-tête, prévu le 26 octobre. Il part quatre jours à la campagne, dit Servent en tapotant sur son bureau avec son index.

Un appartement sans occupants pendant quelques jours, laissé aux bons soins d'ouvriers… encore plus simple que la rue Saint-Honoré. Il lui laisse une semaine pour monter l'opération.

– Nous les aurons tous sous le même toit : Mitterrand, Marchais, Angeli et Demaison, se félicite Servent par avance. Vous vérifiez tout ça, je m'occupe du reste. Surtout, ne pas oublier la cuisine.

Aveux à l'improviste

Mercredi 17 octobre

Simon se lève d'un bond. À travers la fenêtre, la nuit encore. Il a dormi deux heures dans ses vêtements. Pas de rêve. Une sensation de vertige. Le vide autour de lui, des petites lumières qui meurent à tour de rôle, l'obscurité à l'intérieur. Il aimerait dormir encore un peu. Lui viennent des images en cascade plutôt que le sommeil. Gerber, Nanou, la Rouquine, Filippis, des femmes blondes éventrées.

Depuis trois semaines, il est poursuivi par l'impression que sa vie s'est arrêtée, qu'elle est suspendue au-dessus du néant, dans une solitude peuplée de rien. Cela fait trois semaines que le chef de la Galanterie n'est pas réapparu au 36. Il se dit qu'il aurait été hospitalisé à la Pitié-Salpêtrière. Il aurait eu des coliques néphrétiques aiguës, un rein endommagé. « Il est au vert chez lui, avant l'opération », a dit Lesieur. « Attendons son retour », a ajouté le taulier. Les condés peuvent bien bénéficier de quelques jours de sursis. Et puisqu'il ne fait plus vraiment partie du groupe des Hôtels, Lulu a proposé à Simon de prendre des congés. D'où son sentiment de flotter, voire de perdre pied.

Le dossier Jurgensen n'est toujours qu'un numéro de parquet au greffe du tribunal, Mercadier a lâché la rue des Montibœufs pour des crimes de meilleur genre. Simon n'a trouvé ni la force, ni le moyen de rechercher les éléments du dossier de Sylvie Leveaux. Quant à Nanou, elle ne se souvient toujours pas du nom de la « petite Juive ». Elle n'est même plus certaine qu'elle s'appelait Lucienne. « Rachel n'est pas rentrée », a répondu son amie Béatrice avant de raccrocher sans qu'il ait eu le temps de se présenter. Pas une fille de la rue Saint-Denis n'a revu Natacha.

Ne jamais renoncer.

Se ressaisir.
Agir.
Commencer par se lever vraiment. Retourner à la taule*.

Une douche, du café, des habits propres. La première Gitane de la journée. Les rues de Paris sont encore dans le noir. Le 36, escalier A, deuxième étage. Dans le couloir, toujours les mêmes immondices. Trois putes dorment affalées sur le banc, quelques flics fatigués derrière leur bécane* tapent les derniers PV de la nuit.

Simon emprunte le long couloir jusqu'au vestibule calme et silencieux, s'arrête devant le coffre immense. La porte du bureau des crayons est verrouillée. Sa serrure ancienne est facile à crocheter, elle cède. Contre le mur du fond, un meuble à tiroirs. Il en ouvre un, un autre, frissonne à chaque bruit de glissière métallique. Il les ouvre tous. Des documents sans intérêt. Et puis, l'excitation soudaine. Dans le dernier, des fiches. Classement identique à celui des archives du SATI. Le personnel de la Mondaine est classé par ordre alphabétique. Lettre G. Gerber, Marc. Né le 12 avril 1926 à Paris. Numéro de matricule, numéro de sécurité sociale. Domicile : 8, avenue de la Cigale à Asnières-sur-Seine. Un numéro de téléphone. Il sort son Bic et son carnet. Note l'adresse et les six chiffres. Sort du bureau.

Il parcourt le même chemin en sens inverse dans les couleurs incertaines du petit matin. De l'autre côté du pont Saint-Michel, des taxis stationnent devant Le Départ.

Simon monte dans le premier, une 504 gris métallisé, demande au chauffeur de patienter un instant, sort son bitumar, scrute le plan.

– Asnières, s'il vous plaît, à l'angle de la rue Magenta et de l'avenue de la Cigale.

Il se rencogne contre la vitre, remonte le col de sa veste en cuir marron. La doublure lui caresse le cou. La ville s'éveille au fil des rues. Il fait presque grand jour lorsqu'il arrive à Asnières.

Il descend rue Magenta, hésite un instant avant d'avancer dans l'avenue de la Cigale. Au 8, derrière un portail en fer et un muret, une maison en brique rouge sur deux étages. Un petit jardin bien entretenu, une GS blanche devant la porte du garage. «Jolie bicoque pour un flic», se dit Simon. Il surveille de loin, va et vient, grille des Gitanes en série. Vers 8 heures, une Citroën sort. Il devine une femme au volant, attend encore un peu et se lance.

Aucun nom sur la boîte aux lettres. Devant une cage de foot en modèle réduit et brinquebalante, sur la pelouse traîne un ballon en cuir. Gerber a-t-il des enfants? Il l'ignorait. L'hypothèse d'un changement d'adresse lui traverse l'esprit. Il ne voit pas d'autre entrée que celle du garage au rez-de-chaussée. Il fait le tour. Derrière la bâtisse, un escalier. Il monte les marches et sonne. Plus d'une minute passe. Simon se dit qu'il n'y a personne.

La porte finit par s'ouvrir. Gerber se tient dans l'embrasure, les cheveux parfaitement peignés, rasé de frais, chemise blanche, cravate à damiers, pantalon en tergal bleu. Un flic en convalescence? Seule fausse note: des mules en cuir noir.

– Simon?

Surprise contenue.

– Qu'est-ce que tu fais là?

– Je suis venu prendre de tes nouvelles.

Le chef de la Galanterie le laisse entrer et le conduit jusqu'à un grand salon.

– Tu veux un café?

– Avec plaisir.

Simon regarde autour de lui. Du papier peint aux murs, ses motifs géométriques passent en dégradé de l'orange au jaune. Deux fauteuils et un canapé en velours marron sur des supports en plastique blanc, une table basse ronde dans le même matériau. Une lampe cloche posée sur un tabouret. Sur le buffet long et bas, des fleurs artificielles; une étagère encombrée de bibelots et de photos, juste quelques livres. Dans un coin, un chariot à roulettes, avec plusieurs bouteilles d'alcool et d'épais verres à whisky. Kaspar pense à l'appartement de la rue Brémontier et à sa chambre de la rue de la Parcheminerie. Saisissant contraste.

Gerber revient avec deux tasses et une cafetière italienne fumante sur un plateau en métal.

– Comment ça va, Marco ?

– Un peu mieux, dit-il en versant le liquide noir et épais. Tu prends du sucre ?

– Non merci.

– Tu as trouvé facilement ?

Simon hésite, relève que Gerber a remarqué son flottement.

– Oui, c'est Lesieur qui m'a donné ton adresse.

Il secoue la tête avec une petite moue.

– Non, dit-il sans élever la voix.

Erreur de débutant. Donner une source, fausse de surcroît.

Ni Lesieur, ni Filippis, ni personne dans le service ne sait qu'il habite là. Mais Gerber n'insiste pas. Il affecte de se moquer de savoir par qui et comment il l'a trouvée.

– Qu'est-ce que tu viens faire là ?

Il a posé la question sans agressivité, comme pour ne pas briser le dernier lien de cette affection qu'ils ont partagée.

Entretenir un illusoire faux-semblant ou bien parler franc ? se demande Kaspar.

Le fauteuil est confortable. Il se laisse s'y enfoncer.

– Je te l'ai dit, juste savoir comment tu vas.

– Eh bien, je suis resté neuf jours à l'hosto pour ces saloperies de cailloux qui me bousillent les reins et je vais probablement devoir passer sur le billard. Je survivrai. Mais tu n'étais pas obligé de te déplacer, tu aurais pu m'appeler.

Du bruit dans le couloir, des petits cris étranges. Un garçon entre en pyjama bleu en éponge, une grosse tête, des petits yeux exorbités, un filet blanc au coin des lèvres. Il doit avoir entre douze et quinze ans. Gerber se lève, le prend par l'épaule, le raccompagne et revient. Simon entend les grondements de l'enfant trisomique.

L'étonnement doit se lire sur son visage. Ne pas montrer d'émotion, ne pas se laisser déconcentrer. Avancer quelques pions pour sortir de l'impasse, se dit Kaspar, mais sur quel côté ? Celui des condés, la mission de Filippis, la liste qu'il n'a toujours pas vue ? Celui de la Rouquine, le conciliabule du boulevard de Clichy, le baise-en-ville qu'il a glissé sous sa veste ? Ou bien doit-il avancer frontalement, en parlant du meurtre de Sylvie Leveaux, ou en évoquant sa demande de renseignements à la fille de Danielle Simonnot ? Il s'en veut de n'avoir pas préparé le tête-à-tête, encore une fois.

Gerber l'interrompt dans ses pensées.

– Au fond, je ne suis pas vraiment surpris de te voir là. Je crois même que j'attendais de tes nouvelles plus tôt. Et pour tout dire, je ne pense pas que tu te préoccupes vraiment de ma santé.

Il a un rictus ironique.

– Tu es venu me demander ce que je foutais avec Gilenko et la Rouquine, l'autre soir après la descente au Sélect. Je me trompe ?

Simon ressent comme un coup au creux de l'estomac. Il laisse échapper des borborygmes en guise de réponse.

– On t'a vu, le môme, dit-il sur un ton étrangement bienveillant. Tu es un bon flic, mais pas très malin et pas très discret. Si tu m'en avais parlé quand nous sommes allés boire un verre, rue des Anglais, je t'aurais évité le déplacement…

Kaspar remonte la bobine. La Rouquine sous sa perruque blonde lui adressant un grand sourire, se décoiffant sous ses yeux dans la grosse voiture blanche. La Rouquine qui l'avait salué quelques jours plus tôt dans le vestibule de Filippis. La mère maquerelle a évidemment raconté à Gerber qu'il était dans les parages et les observait. Qu'il avait vu leur manège. Comment a-t-il pu ne pas y penser ? Sa naïveté autant que son incompétence le désespèrent. Il n'est certainement pas un bon flic, pas un flic du tout, se dit-il.

– Alors, explique-moi, trouve-t-il finalement à dire.

Gerber jette un coup d'œil au chariot à alcools. Propose un verre à Simon.

– Un peu tôt pour moi, répond-il.

– Il faudrait que je boive deux litres de flotte par jour pour essayer de faire passer les cailloux, mais je n'y arrive pas.

Il va se servir un fond de whisky qu'il sèche avant de se rasseoir, pose la bouteille et le verre sur la table en plastique.

– Gilenko a pu monter son coup d'achat grâce à la Rouquine, pour la simple raison que c'est elle qui a financé l'opération. Qu'est-ce que tu crois qu'elle foutait chez le taulier quand tu l'as vue le mois dernier ?

Un autre fond de scotch.

Il lui fait la rapide biographie de la Rouquine, ancienne pute, patronne d'un hôtel près de la porte Maillot. Elle est la cousine privilégiée de la Mondaine, et ce, depuis bien avant qu'il y mette les pieds. Surtout, elle est informatrice pour tous les services, de la Crim' à l'Antigang.

– Je l'ai connue il y a trois, quatre ans, quand j'ai intégré le groupe des Hôtels. Elle fréquentait déjà la moitié du 36. Cela fait une éternité qu'elle travaille avec nous. En tant que chef de la Galanterie, je suis plutôt son interlocuteur, mais elle n'a pas besoin de moi pour passer ses tuyaux.

– Filippis ?

– Tous les tauliers la connaissent, c'est un secret pour personne. Avec lui, c'est spécial, ils ont un point commun, une passion. Ce sont des fous d'opéra.

Simon assemble les morceaux dispersés et cherche la colle logique au puzzle. Le ténor dans le vestibule, ce Placido Domingo dont lui a parlé Lesieur.

Gerber continue. La Rouquine est tellement dingue d'opéra qu'elle peut prendre l'avion et aller au bout du monde juste pour une représentation. Elle a baptisé son hôtel du nom d'un chanteur italien qui aurait été son amant, un certain Mario del Monaco. C'est l'hôtel Del Monaco, mais tout le monde appelle l'endroit par son adresse : le « 10 *bis* ».

– OK, c'est une cousine de luxe, mais…

– Meilleure que Claude. Elle ratisse plus large : les macs, les stups, mais aussi les braquos ou le terro. On dit aussi qu'elle a ses entrées au SDECE. Paraît qu'elle voulait être flic, c'est ce qu'elle dit en tout cas. Tu sais comment ils la surnomment à la Crim' ? « Vidocq en jupons ». Ça lui plaît.

– Tu as dit qu'elle a financé le coup du Sélect, reprend Simon.

Gerber engloutit son deuxième fond de whisky, en propose un à Kaspar. Nouveau refus.

– Il n'y a jamais assez de fric dans les caisses pour monter de grosses affaires de stups, pour faire des coups d'achat. Et pourtant, Marcellin veut des résultats. Sans desserrer les cordons de la bourse. Alors, il faut des astuces. La Rouquine donne des coups de main. Elle a du cash plein les coffres de son boxon*.

La mère maquerelle versant au pot de la Brigade mondaine l'argent que le gouvernement ne veut pas prêter.

– Gilenko était sur cette histoire depuis des mois, poursuit Gerber, ne me demande pas de détails sur son affaire, je n'en sais rien et je m'en tape. Ce n'est pas mon pote, ce type, contrairement à ce que tu m'as dit l'autre soir. Bref, il est allé voir le patron pour valider l'opération et surtout débloquer les fonds. C'est là que Filippis m'a sonné…

Le fric de la prostitution remplaçant celui de l'État pour démanteler un réseau de trafic de drogue.

– La pratique est illégale évidemment, immorale à coup sûr, mais surtout efficace, ajoute Gerber. Il faut bien. Des petits arrangements dont tout le monde s'accommode, le Pacha comme le ministère. Cela fait des résultats à frais nuls.

Simon pense au fric de la Rouquine dans le baise-en-ville de Mike Brant, la sacoche passant dans les mains de Gilenko à la sortie de la boîte.

– Et elle était devant le Sélect pour vérifier ce que vous faisiez de son argent ? lui lance Simon.

– Non, elle était là parce que ça l'amuse. Elle a l'impression de participer, d'être un peu flic, tu vois.

– Vous lui avez rendu tout le pognon ?
Gerber regarde Simon avec une attention soutenue.
– Tu veux savoir si on en a gardé ?
Kaspar ne répond pas.
– Demande à Gilenko.
Gerber passant la lanière autour de son cou, glissant la sacoche sous sa veste. L'image ne le quitte pas. Kaspar se demande pour la première fois si elle n'avait pas déjà été vidée de ses biftons.
– Qui est au courant de vos combines ? demande-t-il.
– Tout le monde au deuxième et je te l'ai dit, à peu près la moitié du 36.
– Et les étages au-dessus ?
– Tu veux dire quoi ?
– Le Pacha, le Préfet, Marcellin…
Gerber passe sa main dans ses cheveux.
– Je vais te donner une petite info pour que tu comprennes où tu es. Tous les quinze jours, la Rouquine a rendez-vous chez son coiffeur. C'est réglé comme du papier à musique parce qu'elle y retrouve une grande blonde. Elles se font la bise devant tout le monde et taillent le bout de gras au milieu du salon, même si l'autre est plus portée sur le show-biz que sur l'opéra. La dame en question est l'épouse d'un monsieur qui, en ce moment, a du mal à se défaire d'un vilain rhume…
– Accouche, Marco…
– Madame Claude. Pas Fernande Grudet, l'autre : Claude Pompidou.
Une sensation de vertige. Différente de celle qui l'a saisi à son réveil.
Simon regarde sa montre. Il est 9 heures. Il se dirige à son tour vers le chariot, prend un verre, se verse un peu plus qu'un fond de gnôle. Descente brutale et douloureuse, mais effet de chaleur immédiat.
– Cette fois, Kaspar, tu es vraiment à la Mondaine, lui assène Gerber.

Flics-putes-fric-politiques, forcément le Milieu en arrière-plan. Mieux que les tapineuses de la rue Saint-Denis, les macs et leurs hôtels miteux. La catégorie supérieure, avec blanchiment de fric pourri destiné à financer le SAC… La Mondaine telle que Daclin l'avait décrite à Simon : un univers interlope où le divisionnaire du XVIIe lui avait confirmé que c'était là qu'il trouverait peut-être des réponses à ses questions personnelles ; là aussi qu'il risquait de sombrer.

Le chef de la Galanterie est sorti du salon. Simon l'entend parler à son fils, ouvrir et refermer une porte. Il revient avec une feuille pliée en quatre et la tend à Kaspar. Il a refait la liste des condés. Quinze noms ou surnoms. Simon la lit et relit. N'y figurent ni la Rouquine ni Fernande Grudet.

– Ça veut dire quoi ?

– Je reviens lundi prochain, on va pouvoir commencer à bosser.

– On ne touche pas à ta copine, c'est ça ?

– C'est à toi de voir. Si ça ne te plaît pas, tu appelles le taulier et tu lui expliques que, vu que sa copine de l'opéra – parce que c'est quand même davantage sa copine que la mienne – n'est pas sur la liste des informateurs à rayer de la carte, tu as décidé de le faire toi-même ou de démissionner… Pas sûr qu'il le prenne bien, ni que t'aies un grand avenir dans la Maison. Mais si ta conscience te le commande, vas-y…

Simon se demande s'il a une conscience, lui qui n'est que jeux de rôle au-dehors et obscurité à l'intérieur. Les images qu'il renvoie aux autres ne cessent de le surprendre.

– Et dans l'hypothèse où je mettrais mon mouchoir sur quelques principes ?

– Dans ce cas je pourrais te faire passer ton bacho ? s'amuse Gerber.

– Mon quoi ?

– L'année dernière avec Jésus, on t'a fait passer ton CAP, tu te souviens, eh bien maintenant c'est le diplôme supérieur.

– OK…

– Si samedi soir tu n'as rien de prévu, ce sera le moment des véritables présentations.

– Tu veux dire, me faire rencontrer la princesse de Passy en son palais ?

– Quelque chose comme ça.

– Tu lui en as parlé.

– Non, c'est elle qui me l'a demandé. Elle est curieuse.

– De quoi ?

– De te connaître, j'imagine…

Ils conviennent de l'heure et de l'endroit. De nouveaux cris dans la maison. Gerber raccompagne Kaspar jusqu'à la porte sans lui demander comment il rentre.

Sous la pluie fine et piquante dans l'avenue de la Cigale, Simon fait défiler les mensonges, les siens et ceux de Gerber. Il se demande si Gerber essaye comme lui de chercher un peu de vérité dans leur discussion. Il ne croit pas à sa maladie, il s'est présenté à lui trop bien habillé au petit matin pour passer la journée dans ses pantoufles en cuir. Il ne croit pas non plus au baise-en-ville vide. Il est convaincu que Marco s'est embourbé dans le pognon de la Rouquine. Et ce n'était sans doute pas la première fois. La maison de banlieue est trop chic pour un petit flic.

Simon a remonté la rue Magenta. Il s'arrête dans un bistrot. Sandwich-rillettes sans cornichons pour apaiser la brûlure du tord-boyaux, à côté de trois ouvriers en bleu de travail, au zinc, devant des ballons de rouge. Le visage du garçon trisomique lui revient. Il se moque des tourments qui accablent le chef de la Galanterie. Il est un pion dans un jeu dont il ne connaît que quelques protagonistes : Filippis, la Rouquine, et combien d'autres encore ? Un pion peut-être aussi dans les meurtres des putes blondes…

Et si tout était lié, noué par une main maligne et inconnue ?

Une visite pour rien

Samedi 20 octobre

Une coupe au rasoir. Il se regarde dans le miroir. Il voulait se faire une gueule de flic… Sans ses boucles brunes, son visage paraît encore plus juvénile. Simon rajuste son nœud de cravate, enfile un manteau en laine à carreaux noir et blanc et sort de chez le coiffeur. Boulevard Saint-Germain, il hèle un taxi. Le brouillard ne s'est pas levé de la journée. Paris est saturé de voitures, il va lui falloir près d'une demi-heure pour arriver place Saint-Ferdinand, dans le quartier des Ternes.

Marc Gerber est appuyé sur le capot d'une voiture. Il reconnaît la GS aperçue devant chez lui, s'excuse du retard. « C'est à deux pas », dit le chef de la Galanterie engoncé dans un élégant pardessus noir. Les deux avancent dans la rue du Débarcadère. L'enseigne au néon verticale est éteinte. Deux arbustes encadrent la porte d'entrée. Une plaque en métal jaune sur la droite indique Hôtel Del Monaco. Au 10 *bis* de la rue.

Gerber ouvre le chemin, un couloir jusqu'à une double porte en bois sombre. Ils pénètrent dans un petit salon silencieux. Rouge. Rouge le papier des murs et du plafond. Rouges les deux canapés et les trois fauteuils. Même l'assise des tabourets en bois devant une sorte de plateau de bar. Un lustre et deux appliques de part et d'autre d'un grand miroir au cadre doré finement sculpté éclairent la pièce d'une étrange lumière jaune-vert.

Simon repère au fond sur la gauche un escalier en colimaçon. Sur la droite un rideau double en velours.

Gerber retire sa gabardine qu'il jette négligemment sur l'accoudoir d'un fauteuil.

Une femme apparaît derrière le rideau, robe noire courte largement décolletée, de hauts escarpins, des cheveux faussement blonds, les yeux cernés par un maquillage charbonneux sous des sourcils bruns étirés. Kaspar lui donne trente ans, peut-être dix de plus. Fatiguée.

– Bonsoir commissaire, dit-elle sans un mot pour Simon.

– Pas encore, pas encore, corrige Gerber en souriant. Je pense que Madame Hélène nous attend.

En ballottant de droite à gauche ses courbes moulées par sa robe noire, la fausse blonde se dirige vers le bar, saisit le téléphone et compose un numéro à trois chiffres. « Madame, le commissaire est arrivé. » Elle hésite, jette un regard désinvolte à Simon. « Oui, il est avec un jeune homme. » Elle raccroche.

– Madame Hélène descend dans un instant. Je vous sers une coupe, commissaire ?

– Volontiers.

Elle disparaît derrière le bar. Gerber a le temps de dire à Simon qu'elle s'appelle Marthe, elle est la femme à tout faire et gérante sur le papier de l'établissement. Maîtresse officielle de Monsieur Paul. Simon n'a pas le temps de lui demander qui est cet homme. La Rouquine écarte à son tour le double rideau rouge et traverse la pièce dans leur direction. Tailleur-pantalon marron à fines rayures blanches, veste croisée, foulard orange noué autour du cou comme un nœud papillon, grandes lunettes teintées de brun, un fume-cigarette à la main.

– Ah, voilà notre jeune ami, lance-t-elle de cette voix éraillée qui avait surpris Simon dans le vestibule de Filippis. Merci, mon cher Marc, de me l'avoir amené.

Gerber répond d'un sourire. Simon, qui n'a pas retiré son manteau, debout, se contente d'un mouvement de tête. Elle se plante devant lui, lève les yeux et le fixe avec une intensité qui le met aussitôt mal à l'aise. Il aimerait pouvoir lui ôter ses lunettes, mais reste figé, comme au garde-à-vous.

– Marthe ? appelle la Rouquine. Vous voulez bien débarrasser ce beau garçon.

La blonde arrive avec un plateau, une bouteille de champagne dans un seau et trois flûtes. Elle le dépose sur la table basse et aide Simon à retirer son manteau.

– Vous voulez bien nous servir, Marc ? dit la Rouquine.

Gerber s'exécute. Silence. Elle trempe à peine ses lèvres et, sous sa chevelure de feu, scrute Simon une nouvelle fois.

– Simon Kaspar, c'est bien ça ?

– Oui, madame.

– Alors, bienvenue, inspecteur, dans ma modeste maison. Sachez que désormais vous êtes ici chez vous, n'est-ce pas Marc ?

Gerber approuve en avalant une lampée de champagne. Elle tire une longue bouffée de son fume-cigarette et le pose en travers d'un grand cendrier en verre.

– Vous avez quel âge, inspecteur Kaspar ?

Le coiffeur, sa tête d'adolescent plutôt qu'une gueule de flic.

– Vous me trouvez trop jeune ? réagit-il en s'efforçant de ne pas laisser percer son agacement.

Il n'a déjà que trop le sentiment de l'humiliation.

– Non. On n'est jamais trop jeune, balaie la maquerelle.

Elle veut savoir son âge. Pour un peu elle lui demanderait sa date de naissance. Kaspar répond. Elle lui donne l'impression de réfléchir.

– Qu'est-ce qui vous a poussé à entrer dans la police, inspecteur ?

La question le cueille avant qu'il n'ait vidé sa flûte. Là, maintenant, il devrait se lever et lui dire tout de go que, sur décision du ministre de l'Intérieur, la protection dont bénéficiaient jusque-là les informateurs de la police, quel que soit le type de services rendus, est caduque. Que les activités illicites ne seront plus couvertes contre échanges d'informations et autres tuyaux. Qu'il repassera dans quelques jours pour s'assurer que pas une prostituée n'exerce ses talents dans l'hôtel ; s'il devait en trouver une en exercice, il ferait aussitôt fermer la taule comme un vulgaire bobinard de la rue Saint-Denis. Mentalement, il voit défiler la liste des condés et imagine la Rouquine claquant la bise à Claude Pompidou.

Ne pas lui laisser le contrôle.

– Peut-être le hasard, finit-il par formuler. Et vous, madame ?

Simon a l'impression que Gerber a fait un bond sur son canapé.

Madame Hélène a un petit rire spontané. Elle relève sur sa tête ses lunettes fumées. Des yeux bleus très clairs. Kaspar cherche à capter son regard qui se dérobe aussitôt.

– Il me plaît, ton poulain, dit-elle au chef de la Galanterie en se levant… Marthe, pouvez-vous venir un instant ?

Un bref aparté à voix basse entre la maquerelle et la blonde. Vraie pute et fausse gérante.

– Venez Simon, je vais vous faire découvrir quelque chose que, j'en suis certaine, vous ne connaissez pas.

Elle le prend par le bras, le mène vers l'escalier. Un autre salon. Des murs rouges, mais plafond vert, plus vaste, la lumière y est faible. Des canapés identiques, des coussins colorés. Ils montent au deuxième étage par le colimaçon, empruntent un étroit couloir plongé dans la pénombre.

La Rouquine pousse une porte entrouverte. Une chambre confortable, un lit, deux lampes de chevet, un fauteuil profond. Des tentures rouges. Un tableau sur chaque mur. Simon remarque que l'un d'eux, très grand, est recouvert d'un drap. Une sonnerie stridente retentit. La maquerelle décroche le téléphone posé sur le guéridon, répond qu'elle descend tout de suite. Elle s'excuse auprès de Simon et fait tomber l'étoffe qui dissimulait le tableau.

– Approchez-vous, lui dit-elle avant de s'éclipser.

Un miroir. Kaspar avance de trois pas vers la glace sans tain… Il recule d'un pas. Se rapproche à nouveau. Gêne et curiosité. Deux femmes inconnues. Deux hommes. L'un s'affaire pendant que l'autre s'habille.

Kaspar sort de la chambre sans remettre le drap à sa place, ni refermer la porte derrière lui. Il est pris par le dégoût et la colère. Il devrait se calmer, descendre posément l'escalier. Au rez-de-chaussée, la blonde est en compagnie de trois hommes d'âge avancé entourés de jeunesses accortes. Natacha aurait pu être l'une de ces trois putes, se dit Simon. De Gerber, il ne reste que le manteau sur un accoudoir.

Il traverse le salon et passe le double rideau rouge. Il débouche dans une sorte de bureau au décor identique à la pièce de réception. La Rouquine et Gerber terminent leur discussion. Elle se tourne vers Kaspar, lui sourit.

– Ça vous a plu, inspecteur ?

Ses yeux verts se plantent enfin dans les siens, transparents, l'espace d'un instant.

– Je suis confuse de devoir vous quitter, mais une urgence m'appelle. À très vite, j'en suis sûre…

Elle s'engouffre dans l'ascenseur.

Il se retient de la poursuivre.

– Madame Hélène habite au sixième. Appartement privé auquel de rares privilégiés ont accès, commente Gerber.

– Même moi, cela fait des années que je n'y ai pas mis les pieds.

Simon cherche d'où vient la voix inconnue qui a prononcé cette phrase. Dans le renfoncement de la pièce, un homme est assis à une table au-dessus d'un gros livre. Kaspar ne l'avait pas remarqué.

– Je te présente Monsieur Paul, dit Gerber.

Simon voit à peine son visage dans la pénombre. Il s'approche.

– Bonsoir, inspecteur Kaspar.

– Kaspar, dites-vous ?

Il reste penché sur son ouvrage.

Simon s'aperçoit que le gros livre est un album de timbres. Les traits de l'homme toujours courbé vers l'avant restent insaisissables. Simon a pourtant l'étrange l'impression d'être scruté, comme la Rouquine l'a fait.

– Tu connais toute la maison maintenant, nous pouvons y aller, lui déclare Gerber.

Les deux flics reprennent leurs manteaux. Au milieu de la pièce, un homme aux cheveux argentés anime avec quelques traits d'esprit la petite troupe de clients grossie par de nouveaux arrivants. Gerber se dirige immédiatement vers lui, qui ouvre grand ses bras dans un mouvement surjoué, mimant l'amitié de pacotille. Après l'échange des mots convenus, les deux font signe à Simon d'approcher.

– Voici mon jeune collègue Kaspar, dit Gerber. Simon, tu connais Me Demaison, l'avocat mais surtout l'ami de notre amie.

Le jeune flic fait mine que oui, le salue sans commentaire. Il ne l'aurait jamais identifié. Il n'a qu'une hâte, partir.

Nuit noire, brouillard épaissi. Les deux flics marchent côte à côte dans la rue du Débarcadère. Le froid humide rallume d'un coup la colère de Kaspar. Il met tous ses efforts à la contenir.

– C'est quoi ce turbin, Marco ?

– Quel turbin ?

– Tu m'as amené faire quoi, ici ?

– Rien, allez, je te reconduis.

Dans la GS blanche, ils roulent en direction de la porte Maillot, avenue de la Grande Armée.

– Elle voulait te voir, c'est tout. Maintenant tu sais à qui on a affaire…

Simon saisit le volant, le braque brutalement sans que Gerber ait eu le temps de réagir. La voiture cogne violemment le trottoir. Un cri de peur et de rage du chef de la Galanterie. Et le poing de Kaspar qui s'écrase sur sa mâchoire droite.

– Tu déballes tout ou je te fais la même tête que ton mongolien.

Derrière eux, plusieurs coups de klaxon protestent contre leur stationnement intempestif.

– Salopard, murmure Gerber.

Simon fait mine de le frapper à nouveau. Gerber ne réagit pas. C'est à peine s'il grimace, choqué par leur collision.

– Il s'est passé quoi, Marco ? Il est où le flic que je connaissais ?

– Il n'a jamais existé.

– Je t'ai vu embourber le fric après le Sélect…

– Je sais, elle me l'a dit. J'ai partagé avec les Stups et Filippis si tu veux tout savoir. Tu n'as vraiment pas pigé où t'étais.

L'image du parrain protecteur et bienveillant s'évanouit définitivement. Simon ne voit plus que celle, pathétique, du flic corrompu.

– Si, et je n'en ai rien à faire. Vous pouvez bien racketter toutes les putes de Paris que je m'en battrais encore les couilles. Je veux juste que tu répondes à trois questions.

La joue droite de Gerber prend des couleurs.

– Pose-les, qu'on en finisse…

– Pourquoi vous m'avez embringué dans cette histoire de condés ?

– Une connerie. Je pensais sincèrement que ça pouvait te valoir une promotion.

– Et tu m'as amené chez ta vieille pute, ce soir, pour me faire comprendre que condé ou pas, elle était intouchable ?

– Non, je te l'ai dit, la Rouquine voulait te voir. Elle m'a parlé de toi avant le Sélect, après que vous vous êtes croisés chez le taulier. J'ai même trouvé ça curieux. Surtout quand elle m'a dit qu'elle tenait à ce que l'autre soit là quand tu viendrais…

L'homme dans le recoin, le philatéliste, Monsieur Paul. Paul Tell, mari officiel de la princesse de Passy, proxénète par paresse et circonstances, amant régulier de la fausse blonde, violent par veulerie autant que par nature, résume Gerber.

– Je me suis dit que tu avais déjà dû les croiser, ajoute-t-il.

Simon réfléchit sans comprendre.

Des coups de klaxon le sortent de sa stupeur. La GS est toujours en travers de la chaussée contre le trottoir.

– T'as encore une question ?

– Rachel Simonnot…

Le temps se fige à nouveau. Simon croit voir Gerber pâlir. Cette fois, celui-ci ne cherche pas à esquiver.

Bien sûr qu'il a appelé la fille de la Belle Estelle, à cause des similitudes avec l'affaire Leveaux. Le meurtre de 68, c'est son fardeau, il lui doit son sentiment de culpabilité dont il s'était vanté devant Simon. Son appel a été motivé par l'irrépressible envie de savoir si les deux femmes se connaissaient. Une erreur, bien sûr. Il n'aurait jamais dû téléphoner à la gamine. Filippis avait donné des consignes. Les yeux noirs de Gerber sont soudainement très mobiles.

– Tu as peur de quoi, Marco ?

– De rien, je n'ai juste pas envie de me faire remonter les bretelles par la Crim' parce que je marche sur leurs platebandes.

– Y'a pas de platebandes. Ils ont laissé filer l'affaire Simonnot et ils n'ont pas ressorti la tienne. L'assassinat de la Belle Estelle a déjà été renvoyé aux oubliettes, comme celui de Sylvie Leveaux et celui de Suzanne Jurgensen, affirme Kaspar. Comme les affaires de bien d'autres putes, j'en suis convaincu.

D'un mouvement, Simon se renfonce dans son siège, pose son dos contre la portière. Une prise de distance en signe de paix.

– Tu as raison, Marco, c'était une belle connerie de me faire monter dans votre entourloupe avec les condés. En revanche, on pourrait être partenaires dans ces meurtres de putes. On était potes avant, non ? Pourquoi ne pas s'y coller tous les deux, en douce de la Crim' et de Filippis ?

Les automobilistes, bloqués autour d'eux, s'énervent. Gerber redémarre, dégage la voiture et la remet dans la circulation.

La tactique grossière de l'empathie après la brutalité. Kaspar se doute que Gerber n'est pas dupe de sa sincérité.

– Elle t'a dit quoi, la gamine ? lui demande Gerber.

– Elle n'a rien trouvé dans les affaires de sa mère qui ait un rapport avec Sylvie Leveaux.

Soulagement perceptible chez Gerber. Il marque un autre silence avant de se lancer. Évidemment qu'il y a un lien entre ces meurtres. Simon n'est pas obligé de le croire, mais il ignore ce qu'il y a derrière. Il a juste assez de pif pour savoir que ça pue. Il aimerait s'en tenir à la mission des condés.

– Si j'ai un conseil à te donner, oublie cette histoire de putes même si je sais que ça te tient à cœur… À chacun sa croix. Moi, c'est mon fils trisomique, toi c'est ta mère putain.

Gerber lui a retourné son coup. Kaspar éprouve une décharge électrique dans le dos. Ses poings serrés restent immobiles.

– Qui t'a parlé de ça ?

– Filippis.

Après l'affaire Hernández, au moment de la préparation de l'opération condés, il lui a dit : il faut protéger le môme, le meurtre de sa mère il y a vingt-cinq piges, tapineuse d'occasion, n'a pas fini de le perturber, etc.

Court-circuit dans la tête de Kaspar. Il s'empresse de reconnecter les fils. Avec le divisionnaire Daclin, il avait bien pris soin de monter son dossier personnel en mentionnant uniquement la date de décès de sa mère, le 14 juin 1951, sans faire état des circonstances. Lorsqu'il avait récupéré les éléments de la procédure pour Simon, le commissaire du XVIIe n'en avait introduit aucune trace dans son dossier administratif. Rien a priori n'expliquait que Filippis ait pu être au courant de son histoire familiale. Sauf s'il avait lui-même fouiné. Sauf s'il avait cherché parce qu'il savait déjà, se dit Kaspar.

– Si tu veux mon avis, il ne m'a pas dit ça pour que je le garde pour moi, ajoute Gerber.

– Qu'est-ce que tu veux dire ?

– Ta mère, pute ou pas, butée ou non, ce n'est pas mes oignons. Avec le taulier, ça n'est peut-être pas la même musique. J'imagine que s'il m'a raconté cette histoire, c'était pour que, d'une façon ou d'une autre, je te le rapporte…

– Un message ?

– Ça mon vieux, c'est toi qui sais…

Le contre-espionnage a bon dos

Jeudi 25 octobre

13, rue des Saussaies. Troisième étage. Une salle sans fenêtre.

Guy Xoual, sous-directeur de la DST.

Édouard Charbonneau, commissaire principal, chef des Services techniques.

Clément Millepieds, commissaire divisionnaire, chef du groupe de surveillance de la Division III.

André Servent, commissaire principal, chef de la SUBAC.

Une secrétaire dépose au milieu de la table ovale le plateau avec la cafetière en verre pleine, quatre mazagrans, autant de petites cuillères, et un bol en porcelaine rempli de morceaux de sucre blanc.

– Messieurs, commence Xoual, ça n'est pas à l'ordre du jour de notre petite réunion, mais si l'un d'entre vous a quelque chose à dire sur l'ORTF, je suis preneur.

Arthur Conte, le président de la Radio-Télévision, monopole d'État, vient tout juste de se faire débarquer par Pompidou. Il clame que par son éviction il a été porté atteinte à l'indépendance des journalistes. Officieusement, il lui est reproché d'avoir trahi le pouvoir et d'avoir fait de nombreuses concessions aux gauchistes. Charbonneau et Millepieds se tournent vers Servent.

– Un repaire de Cocos, répond-il sans évoquer les rapports que la SUBAC a pondus.

– Bien, bien. Venons-en à nos moutons : opération Palmes, reprend Guy Xoual, en lançant à chaque flic un petit mémo.

Ils le parcourent machinalement. Le numéro 2 de la DST demande à Servent de résumer.

Le 173, rue Saint-Honoré est le nouveau local d'un groupe de gauchistes, au financement international, probablement de

Moscou, à coup sûr de l'Est – les mots-clés pour le patron de la Division III. Il est vide à l'heure actuelle, en cours de travaux. L'emménagement est prévu aux alentours de Noël, sans doute avant. Il y a nécessité d'intervenir au plus vite. Voilà le cadre pour Charbonneau.

Le chef de la SUBAC a préparé son laïus. Albertini l'a rassuré : « Édouard est un vieil ami. » Malgré sa curiosité, Servent ne l'a pas interrogé sur leur amitié.

– L'idéal serait que tout soit en place début décembre, ponctue Xoual.

– J'imagine, André, que tu as autre chose que ces trois pages de synthèse.

– Landreau et Dejour ont déblayé le terrain. Ils ont récupéré les plans et des infos sur le planning des travaux, les entreprises ; ils ont ratissé le quartier et repéré les habitudes des voisins. Tout est à disposition.

Servent jette un regard à Millepieds. Crâne lisse, la cinquantaine, sec comme une trique, il tapote avec un stylo-plume sur le mémo refermé.

– Clément ? interroge Xoual.

Millepieds range le stylo dans la poche intérieure de sa veste, fait un rouleau avec la note de Servent et se tourne vers lui sans un regard pour le sous-directeur.

– Autrement dit, André, tu as besoin de nous pour pouvoir sonoriser un journal. Faire passer une opération de basse police politique pour du contre-espionnage. C'est bien ça ?

– Des Rouges à la solde de Moscou, intervient Xoual.

– *Le Canard enchaîné* !

– Oui, répond Servent.

– Merci de le préciser parce que je ne l'ai pas vu écrit.

Il fait cogner le rouleau de papier dans le creux de sa main gauche.

Dans le silence, Charbonneau fait une distribution de café. Servent se dit que l'idée de Landreau d'associer la Division III était une erreur, l'influence d'Albertini a ses limites.

– Vous avez lu les journaux ?

Plus que le limogeage d'Arthur Conte, c'est la guerre du Kippour qui continue de faire la une. L'attaque lancée le 5 octobre par les Égyptiens et les Syriens contre Israël se solde pour l'instant par un cessez-le-feu, décidé deux jours plus tôt. Les Soviétiques ne se privent pas de menacer d'intervenir aux côtés de l'Égypte. La menace rouge se fait toujours plus pressante, sur tous les fronts. Tout est concerté.

– Non, le coupe Millepieds. Laissons ce bordel-là au SDECE.

Michel Jobert, le ministre des Affaires étrangères, a déclaré que « tenter de remettre les pieds chez soi ne constitue pas une agression imprévue », façon de soutenir l'offensive égyptienne finissante. Et de lisser le poil des Rouges dans le sens de la légitimité de leur soutien aux Palestiniens.

Le flic se penche sur une sacoche en cuir à ses pieds. En tire *Le Figaro* du jour. Un entrefilet dans les pages internationales. Nixon est contraint par la justice américaine de remettre tous les enregistrements des conversations qui sont en sa possession. L'affaire des écoutes réalisées à sa demande, semble-t-il, au siège du Parti démocrate à Washington fait turbuler la Maison-Blanche.

– C'est à ce petit jeu que vous voulez jouer ? persifle Millepieds.

– Il y a des causes qui justifient la prise de risque, Clément, répond Servent. C'est pour ça que nous bossons entre professionnels.

– Bon sang ! Les RG ont déjà mis la moitié de la France sur écoute.

– Ils sont carbonisés.

– Et ça pourrait aussi nous arriver.

– Non, intervient Charbonneau. C'est une opération simple et sans risques.

– Et surtout, c'est un ordre, conclut Xoual.

Millepieds secoue la tête.

– Marcellin est un con dangereux, marmonne-t-il suffisamment fort pour que chacun l'entende.

Personne ne relève.

Servent note dans sa tête de vérifier les relations récentes du chef du groupe de surveillance de la DIII.

Xoual lève la séance. Il attend au plus vite un topo global pour l'opération Palmes. Objectif, début décembre, et que les hommes de Charbonneau et de Millepieds soient tous sur le terrain. Servent, lui, sera au commandement, à l'arrière.

Point-mort

Lundi 5 novembre

Depuis deux semaines, c'est le défilé au deuxième étage du 36. Les poulets des différents groupes passent à tour de rôle dans le bureau de Lulu pour lui rendre compte de l'application de la circulaire Marcellin. Raillard tient le registre des condés ordinaires, il compte les suppressions. En face du nom de chaque indic, celui de son « officier traitant », le flic qui lui a accordé une protection. Raillard trace des croix au feutre rouge devant les patronymes des balances désormais au rebut.

Grise mine et grève des blancs. Chômage partiel à la Mondaine.

Filippis fait passer le message que ça ne durera qu'un temps. Gerber et Kaspar servent à sauver les apparences auprès du ministère. En moins de dix jours ils ont réglé leurs comptes aux quinze condés de la haute. Ils n'ont pas évoqué une seule fois la Rouquine, la Belle Estelle, Sylvie Leveaux et Odile Kaspar.

Simon lit et relit les notes dans son carnet, jusqu'à l'hypnose.

Boulevard Pereire, rue Descombes, Sylvie.

Sylvie Leveaux, 18 décembre 1968, rue Descombes – boulevard Pereire, Gerber, Filippis, Marković, Mekhloufi – blonde, grande.

Suzanne Jurgensen, 17 janvier 70, 43 rue du Théâtre – dossier disparu – blonde, suédoise-norvégienne ?

Danielle Simonnot, 26 rue des Montibœufs – août 73, Gerber, Mercadier, Filippis – Rachel.

PUTES-BLONDES.

Odile K., 14 juin 1951, 15 rue Laugier.

Il ajoute :

Sylvie – condé : Gerber. Filippis connaît.
Suzanne Jurgensen – condé ?
Danielle Simonnot – La Belle Estelle – condé : Gerber ??

68-70-73… C'est forcément le même tueur. Comment pourrait-il en être autrement ? Le Louis-Joseph Philippe du XXe siècle. Et si c'est bien le même, pourquoi n'aurait-il pas commencé plus tôt, et même commis son premier crime vingt-deux ans plus tôt ? Pourquoi n'y aurait-il pas eu entre-temps d'autres crimes oubliés de prostituées blondes ? Dans ces affaires, quel a été le rôle des flics de la Mondaine, et le rôle de ceux de la Criminelle ? Indifférence ou implication ? Ces dossiers ont-ils été enterrés ou effacés ?

Simon ne s'explique qu'à moitié l'ordre de Filippis de ne pas toucher à l'affaire Simonnot. Il y a trop d'ombres en arrière-plan pour que ces meurtres soient simplement l'œuvre d'un détraqué. « Ça pue », a dit Gerber.

Gerber lui en a dit beaucoup avec ce mot.

Comment poursuivre cette nouvelle matinée désœuvrée ? Les nuits, il les a passées sans sommeil, en enfilade. Bars à putes et clubs de jazz. Un set bâclé de Dexter Gordon pour la fermeture à jamais du Chat qui pêche. La gueule d'un mac inconnu, écrasée contre un lampadaire rue du Caire. Soixante-douze heures dans un hôtel borgne de Pigalle avec deux Hollandaises ramassées au Dépanneur, à peine majeures. Il doit sortir de ces deux semaines dans le grand nulle part. Ses fantômes ont cuvé avec lui la mauvaise gnôle. Il doit avancer.

Il ressort le morceau de papier déchiré de l'annuaire, glissé entre les pages de son carnet. Il compose le numéro de téléphone de Béatrice.

– Bonjour, je cherche à joindre Rachel.

La voix ne lui répond pas. Il entend à distance : « … je suis sûre que c'est ton connard de flic », il ne comprend pas la réponse. Long silence dans le combiné.

– Allô. Qui est à l'appareil ?

Il reconnaît la petite voix enfantine. Plus légère. Inutile de chercher un mensonge pour la convaincre d'une rencontre. Elle prend l'initiative. 18 h 30 au café des Deux-Saules. Elle se doute bien qu'il connaît l'endroit, c'est à l'angle de la rue Saint-Denis et de la rue Rambuteau. « Je pense que je n'aurai pas de mal à vous reconnaître, dit-elle, j'imagine que vous avez une tête de flic. » Il n'a pas le temps de lui répondre. Des bips dans le combiné.

Le trou des Halles semble encore plus béant à la nuit tombée. Autour, quelques camions encore en mouvement, des grues gigantesques, immobiles, inquiétantes. Le quartier fait une impression sinistre.

Le théâtre-cinéma des Saints-Innocents, à côté, est fermé pendant la durée des travaux. Autant dire à jamais. Il a l'impression que le trou a englouti un monde. Il le contourne.

Au café des Deux-Saules, la salle est à peine animée. Il s'installe à une table, devant, d'où il peut observer les allées et venues. Une jeune fille brune entre, fait le tour d'un regard. Il lui fait un signe.

Elle s'assoit en face de lui.

– Vous n'avez pas une tête de flic, dit-elle avec une petite moue d'étonnement.

Elle ne correspond pas du tout à l'image qu'il s'était faite d'elle. Grande, les cheveux longs, une frange lui couvrant partiellement le regard, elle est habillée avec une harmonie de marrons calculée et soignée. Seule touche de couleur : un foulard rose, noué sur le côté. Simon fouille dans sa mémoire pour faire ressurgir l'image de sa mère, la Belle Estelle, mais il n'y parvient pas.

Il se rend compte qu'il ne s'est pas présenté.

– Je le suis pourtant. Inspecteur Kaspar. Simon Kaspar.

Rachel lui demande ce qu'il boit, choisit la même chose. Kaspar commande deux cognacs au garçon.

Il sent son regard derrière sa frange le dévisager. Il détourne le sien, mal à l'aise, ne sachant pas par où commencer.

Rachel parle la première.

– Vous vouliez me voir pour quoi, inspecteur Kaspar ?

La question semble traduire une vraie curiosité. Il hésite. Le serveur pose les deux verres ronds sur des soucoupes.

– Vous êtes de la Mondaine, n'est-ce pas ?

Elle explique qu'elle a noté son nom après son premier appel et a simplement vérifié. Facile, un appel au standard du 36 pour joindre l'inspecteur Kaspar. Comme elle ignorait son service, une dame anonyme lui a gentiment indiqué qu'il était à la Mondaine.

– Groupe des Hôtels, a-t-elle précisé, ajoute Rachel. Je vois vaguement ce que ça veut dire. En tout cas, il suffit d'avoir lu un *Maigret* une fois pour savoir que ce n'est pas vous qui vous occupez des crimes. Et puisque nous y sommes, j'ai eu Mercadier, commissaire ou inspecteur je n'en sais rien... Donc, inspecteur Kaspar, dites-moi ce que vous me voulez. Je suis venue pour ça.

Simon sent une fois de plus la douleur au creux de son dos. Il avale le cognac, essaie de diluer la tension en lui. Elle vide son verre à moitié. Il entrevoit ses yeux pour la première fois. Marron, presque orangés. L'alcool ne la fait pas grimacer.

Parler mais réfléchir avant. Vite.

– Vous fumez ?

– Oui, avec plaisir.

Il sort son paquet de Gitanes, lui tend une cigarette, allume les deux avec son Zippo, fait signe au serveur d'apporter un cendrier.

Mentir n'aurait aucun sens, il ne sait d'ailleurs même pas quel mensonge il pourrait lui sortir. Pourquoi ne pas déballer l'essentiel ? Progressivement.

– Je souhaitais vous dire des choses, mais je ne sais pas si je peux vous faire confiance…

Elle se marre. Sa bouche est large, son visage ovale, avec un menton carré. Trois petits grains de beauté parfaitement alignés au coin de son oreille gauche.

– Moi en tout cas, je n'ai aucune confiance en vous.

– Qu'est-ce qu'il vous a dit, Mercadier ?

– Rien. Enfin rien de nouveau. À mon avis il n'en a rien à foutre de ma mère.

– Je le crois aussi.

Il devine le froncement de ses sourcils sous la frange.

Avancer.

– Deux autres prostituées ont été tuées ces dernières années dans les mêmes circonstances, selon le même mode opératoire. Sans doute quatre. Peut-être plus. Pour l'instant, personne ne fait le lien entre ces affaires, alors j'ai décidé de mener ma propre enquête.

Réaction immédiate. Fin du badinage.

– Comment ça, personne ne fait le lien ? Vous me dites que ma mère a été tuée par un type qui trucide des femmes depuis des années et tout le monde s'en tape ?

– Ce sont de vieux dossiers, c'est compliqué. Mercadier est concentré sur le meurtre de votre mère, difficile de rouvrir des affaires anciennes…

Noyer le poisson dans le bocal trouble du 36.

Rachel regarde Kaspar avec plus de méfiance encore.

– Vous jouez à quoi ? Vous êtes flic ou détective privé ? C'est quoi la merde que vous venez me servir ? Ma mère est morte, il n'y a que ça qui a de l'importance.

Derrière sa véhémence, Rachel lui paraît tout à coup fragile.

Se jeter maintenant.

– Ma mère a été assassinée, elle était prostituée sans doute aussi. J'étais encore un enfant. Je cherche à comprendre ce qu'il s'est passé avec votre mère et les autres femmes…

Il a subitement une sensation d'épuisement, comme si ces mots, sortis d'un coup, l'avaient vidé. Sa tête tourne.

– Vous voulez dire que votre mère et la mienne ont été tuées par le même homme ? À trente ans d'écart ? Mais ça n'a pas de sens.

Il entend une pointe de mépris dans sa voix.

– En 1951. Ma mère est morte en 51. Deux autres ont été tuées en 68 et en 70, exactement comme votre mère. J'ai vu leurs dossiers. Le couteau, l'appartement intact, l'absence d'effraction. Je n'ai aucun doute, il y a un lien entre ces trois crimes, même si je n'ai encore aucun élément de preuve. Je connais l'identité de ces deux femmes. J'ai pensé que vous pourriez peut-être m'aider. Il y a peut-être des choses dans les affaires de votre mère…

– C'est pour ça que votre collègue m'a demandé si je connaissais Sylvie Lavaud ?

– Leveaux. Sylvie Leveaux, oui. Et Suzanne Jurgensen ?

Elle réfléchit un moment, en silence. Ces noms ne lui disent rien. Elle jette un coup d'œil à sa montre. Elle doit partir. Un rendez-vous avec des amis. Elle regardera dans les papiers de sa mère, dans son carnet d'adresses. Peut-être. Elle se lève, termine son cognac d'un trait. Une grimace cette fois. Simon trouve que son visage a changé. Il porte la marque de la tristesse.

– Je vous appellerai, dit-elle.

– Vous n'avez pas mon numéro et de toute façon je n'ai pas le téléphone chez moi.

– Alors, tant pis…

Elle lui tend la main par-dessus la table du bistrot. Kaspar ne l'attrape pas.

– Vous aimez le jazz ?

Elle a un imperceptible mouvement de recul. Un sourire, différent de celui avec lequel elle était arrivée.

– Ma mère m'en faisait écouter quand j'étais petite mais je n'y connais rien.

– Bill Coleman joue samedi au Caveau de la Huchette, vous connaissez ?

Elle est toujours debout au-dessus de lui, comme si elle attendait de voir jusqu'où il va aller avec ses phrases décousues. C'est un trompettiste formidable et la cave, un endroit magique. Joyeux.

– C'est samedi… à 20 h 30, au coin de la rue Saint-Jacques. Ça vous dirait que nous y allions ensemble ?

– D'accord.

Simon est désemparé par la rapidité de sa réponse. Il ne se pensait pas capable de lancer cette invitation.

Équipe en place

Mercredi 7 novembre

André Servent descend à pied la rue Saint-Honoré, côté numéros pairs, passe devant la Maison Verlet. Il est plus de 18 heures. Les voitures bouchonnent. Il fait une halte au Spoutnik. Il joue un peu des coudes pour se frayer un passage jusqu'au comptoir.

Whisky sans glace. Ballons de rouge et Pernod autour de lui. Prolos et cadres à touche-touche. Trois gars en bleu de travail et casquette de cycliste siglée Ripolin au bout du zinc près de l'entrée. Leurs éclats de voix autour de la piste de dés lui parviennent, partie de 421. Le patron leur ressert un jaune, l'un des trois lui fait signe que c'est assez pour aujourd'hui, il a encore du boulot en face. C'est Max Dejour, en salopette. Servent ne reconnaît pas les deux autres, des hommes de Charbonneau vraisemblablement.

Le commissaire descend le scotch et quitte le bar sans un regard aux trois flics de la DST. De l'autre côté de la rue une estafette est garée juste avant la porte cochère du 173. « Entreprise Danglard », en lettres rouges, « plombier-chauffagiste » en plus petits caractères bleus. Une adresse à Romainville, un numéro de téléphone. Juste derrière, une 4L du même établissement.

Un peu plus haut, Servent traverse la rue entre les bagnoles qui avancent à peine. Un coup de klaxon lui perce les tympans. Il se trouve à environ une cinquantaine de mètres de la fourgonnette. Il allume un cigarillo et jette un coup d'œil dans sa direction. Quatre types parlent avec la bignole blonde. Le plus jeune des quatre, blouson court bleu et noir en toile imperméable, semble lui faire du gringue. Un autre, la cinquantaine, manteau gris en laine avec col à fourrure, serre entre ses mains une tablette d'écriture à pince. Les deux derniers se tiennent un peu à l'écart, combinaisons de travail pareilles à celles de Dejour et ses copains. Landreau dans le rôle du contremaître, Cousin dans celui du chef de chantier. Jacques Cousin, de la section technique, une des pointures du service. Sylvain Lenglet ne doit pas être loin.

Charbonneau a tenu parole. Le plan se met en place. Ce sont bien les meilleurs qu'il a mis sur le coup. Ils se fondent dans le décor du quartier, ouvriers ordinaires chargés des travaux de finition, intervenant après le départ de ceux du gros œuvre. De nuit.

Deux photos

Samedi 10 novembre

Simon est arrivé une dizaine de minutes en avance. Il ne sait pas ce qui le rend nerveux. Revoir Rachel ou apprendre qu'elle a pris le temps de chercher dans les papiers de sa mère.

Elle est ponctuelle, souriante. Salutations empruntées. Le Caveau est à deux pas. L'escalier en pierre, les voûtes de la cave, la longue banquette contre le mur, les petites tables rondes et une dizaine de chaises de l'autre côté. Au milieu, l'espace encore vide pour les danseurs devant l'estrade. Il admire les micros, les fils de la sono, la batterie, avec seulement deux toms et une cymbale.

Simon et Rachel ont pris place dans un coin, avec vue sur la scène. Elle a posé son sac, retiré son manteau, le même que lundi, dévoilant un pull à col roulé, une jupe courte sur des jambes fines dans des collants beiges. La salle s'est emplie en quelques minutes.

Bill Coleman s'est installé, bugle posé sur sa cuisse. Maxime Saury se tient à côté de lui, à la clarinette. Derrière eux, au sol, quatre cuivres. *It's Wonderful,* en ouverture, pour chauffer la salle en douceur. La trompette après le bugle. Blues et swing dans un crescendo de folie. *Honeysuckle Rose,* pour mettre le feu.

Le premier set se termine dans un brouhaha mêlant cris et applaudissements.

– C'est fini ? demande Rachel.

– Non, juste une pause.

Kaspar propose de sortir. Devant la porte, cigarette à la main, du monde se presse.

– Vous avez trouvé quelque chose ? lance le jeune flic brutalement.

Elle tire une longue bouffée sur sa Gitane, le regarde à travers sa frange brune.

– Merci de m'avoir invitée, mais vous n'étiez pas obligé, j'aurais de toute façon effectué les recherches.

Elle écrase son mégot, ouvre son sac.

Simon voudrait s'excuser de son impolitesse, lui dire qu'il est heureux d'écouter du jazz avec elle, qu'il souhaitait une occasion de la revoir.

Elle a ramené sa besace devant elle et fouille. En sort une photo. Un spectateur les bouscule. Simon se déplace, s'adosse à un mur à l'écart de l'entrée du club. Elle se glisse à côté de lui.

Trois femmes sur l'image en noir et blanc. Elles semblent prendre la pose, style catalogue de La Redoute. Grandes, blondes, la quarantaine, élégantes. Simon regarde d'un peu plus près. Le fond est neutre, peut-être un drap tendu. Il retourne la photo. « Novembre 68. Casting CP », écrit au stylo.

– Elle, c'est ma mère, dit Rachel de sa petite voix, en désignant la femme du milieu. Je pense qu'elle, c'est Suzanne.

Elle indique la plus grande des trois.

– Comment le savez-vous ?

Elle reprend la photo. Simon remarque que la petite foule qui était sortie en même temps qu'eux est rentrée au Caveau.

Elle a plongé à nouveau la main dans sa sacoche. Elle en sort une deuxième photo. Elle la tend à Simon qui la saisit, brutalement.

Deux femmes tout sourire dans un bistrot, un verre à la main. Habillées et maquillées comme des prostituées. Il reconnaît Danielle Simonnot et la grande blonde. « Suzanne, juillet 68 », est-il écrit au dos.

– C'est tout ce que j'ai trouvé pour l'instant. Je ne sais pas si ça va nous aider beaucoup.

Il fait mine de ne pas relever qu'elle a dit « nous ».

– Si cette femme est bien Suzanne Jurgensen, cela veut dire qu'elles se connaissaient…

– Waou, sacrée déduction, commissaire. Je vous laisse les photos.

– « Casting CP », vous avez une idée de ce que cela peut signifier ? demande Kaspar.

– Non, aucune. Ma mère a toujours mis une sorte de frontière entre son travail et sa famille. Je crois que j'ai toujours su qu'elle se prostituait, mais elle n'en parlait jamais.

Il la regarde. Elle rit. Il sourit aussi.

– Nous ne retournons pas écouter la suite du concert ? J'avais pourtant l'impression que vous étiez très accroché par Coleman.

Kaspar s'excuse, la prend par le coude et l'entraîne vers la porte du Caveau.

– Je crois que j'aime bien le jazz finalement, dit-elle.

– Dans le jazz, la mélodie n'a pas d'importance. Il faut écouter ce que les musiciens racontent au-delà de ce que vous croyez entendre… C'est comme la vie.

La clarinette de Maxime Saury résonne en douceur au fond de la cave.

Les questions se bousculent dans la tête de Simon. Il choisit de les écarter. Il tient la preuve du lien entre Estelle et Suzanne, l'hypothèse que Sylvie soit la troisième blonde devient solide. Il a une idée de comment le vérifier.

Coleman a rejoint Saury pour une interprétation de *Saint-Louis Blues*. Ils enchaînent les morceaux. Swing au milieu de la cave. Rachel propose à Simon de danser. Refus gêné après un bref instant de panique. Il voudrait retrouver l'air du dehors.

– Merci pour cette soirée, dit Rachel en sortant du caveau.

Simon cherche ses mots. Il pense aux photos, qu'elle lui a remises, qu'il a glissées dans sa poche.

– C'est ici que j'habite, dit-il en arrivant à la porte de son immeuble. Je vais vous raccompagner au métro.

– Inutile, merci. Je vais chercher encore, lui souffle Rachel, comme si elle avait suivi le fil de ses pensées.

Une cible loupée

Mardi 13 novembre

La voix d'Albertini dans le téléphone est un peu plus tendue qu'à l'ordinaire. Le conseiller de l'ombre s'excuse de ne pas se déplacer et recommande à Servent d'en faire autant. Le centre de Paris est paralysé par la grève des taxis. Ils ont bloqué la rue de Rivoli, leurs véhicules interdisent l'entrée et la sortie du ministère des Finances. « Le siège du Louvre, s'agace Albertini, comme si nous n'avions pas assez de soucis avec les Rouges. » L'augmentation du prix du pétrole décidée par les Arabes après la guerre du Kippour a été répercutée à la pompe. « Giscard[1] n'avait pas vraiment le choix, poursuit-il, mais ça tombe mal. Moscou est en train de mettre le feu dans la région et attend l'étincelle pour que la situation s'embrase à Paris. »

Servent écoute son analyse géopolitique d'une oreille distraite, feuillette la note de synthèse de Landreau et Dejour. Les travaux au 173 de la rue Saint-Honoré sont en voie d'achèvement, il a les plans détaillés des bureaux et le déroulé de l'opération qu'ils ont prévue, minute par minute, avec les noms des agents de terrain. Essentiellement des hommes de la section technique. Quelques lignes seulement mentionnent le groupe de Millepieds.

– Vous serez en situation d'intervenir quand, commissaire ? l'interrompt Albertini dans sa lecture.

– Très vite.

1. Valéry Giscard d'Estaing est le « locataire » de l'aile du Louvre qui héberge alors le ministère de l'Économie et des Finances ; le jeune ministre d'État, dans ces fonctions depuis juin 1969, sous la présidence de Pompidou, essuie avec le choc pétrolier de fin octobre 1973 – l'Arabie saoudite refuse de livrer du pétrole aux États-Unis, soutien d'Israël – les effets de la fin du système monétaire de Bretton Woods (dévaluation du dollar et parité flottante).

– Bien. Je ne vous cache pas que j'ai senti ce matin une certaine impatience chez notre amie Marie-France.

Servent met une seconde à associer au prénom le nom, Garaud, celui de la conseillère de Pompidou.

– Je pense que nous poserons nos filets au tout début du mois.

– Parfait. Ne perdons plus de temps.

– Excusez-moi, mais connaissez-vous le commissaire Millepieds de la Division III ?

– Pas très bien. Pourquoi cette question ?

– Il est chargé de la surveillance de l'opération et constitue en interne la garantie que l'opération Palmes est bien une opération de contre-espionnage. Je ne sens pas chez lui un grand enthousiasme…

– Je m'en occupe. Ne vous faites pas de souci, cher ami.

Le chef de la SUBAC raccroche. Un trouble persiste, presque un doute qu'il est incapable d'expliquer. Tout se présente pourtant bien. Charbonneau a mobilisé ses meilleurs plombiers* et serruriers, tous sont maintenant connus dans le quartier. Couverture impeccable, opération simple. Trois heures de boulot tout au plus pour une sonorisation dont il est convaincu qu'elle marquera l'histoire de la guerre secrète contre les Rouges.

Il redécroche le combiné, compose un numéro.

– Clément, c'est Servent.

– Oui.

La réponse froide et sèche de Millepieds.

– Je viens aux nouvelles.

– C'est réglé avec Charbonneau. Tu vois avec lui.

Coupure nette.

– Édouard, c'est Servent. Des nouvelles de la DIII ?

– Ouais.

– Quatre types sur le coup : Laporte, Senna, Ragoni avec Delaplace pour mener le bal. Des bons. Clément a fait sa chochotte, mais ça devrait rouler…

Un silence.

– Il y a un souci ? reprend Servent.

– Il n'a pas identifié la cible ou plutôt a donné un objectif bidon. Dit plus clairement, les mecs de la DIII croient vraiment qu'ils vont se faire un groupe d'espions à la solde de Moscou.

– C'est le cas.

– Arrête ton char, camarade.

– En tout cas, c'est plutôt bien joué.

– Ouais, on verra… Toi, maintenant, tu restes en retrait. Tu peux laisser tes deux Zig et Puce avec mes gars, mais je ne veux plus te voir, ni t'entendre. Tu nous laisses bosser et je te fais signe quand on est prêts. Ça ne va plus tarder. Après, tu pourras esgourder autant que tu voudras…

Servent ne sait pas si le chef des services techniques l'a rassuré. Il se sert un verre de gnôle, grille un Reinitas.

Un quart d'heure d'absence.

Sonnerie du téléphone.

Charbonneau à nouveau. Un pépin rue de Bièvre. Il lui donne rendez-vous dans dix minutes au Saint-Laurent.

Le rade de la DST. Parties de flipper et pastaga. Charbonneau est déjà installé dans un petit box au fond de la salle.

– Tu n'as pas trouvé plus tranquille ? lance Servent.

– Je préfère qu'on me voie boire un verre avec un vieux copain plutôt que d'être surpris dans les couloirs avec le chef d'une unité fantôme, l'Andropov[1] de Marcellin.

– Ah bon, le KGB est devenu un service fantôme ?… C'est quoi le pépin rue de Bièvre ?

– Un électricien est passé il y a quelques jours au 22, officiellement pour finaliser les nouvelles installations des Mitterrand. Après sa prestation, il a pondu une note à EDF.

1. Depuis 1967, Iouri Andropov, l'ancien « diplomate » dans les pays de l'Est, en mode « poigne de fer », dirige le KGB.

Servent ne demande pas à Charbonneau comment il a intercepté cette note.

– Ses principales observations : « Bruit étrange au troisième étage près du bureau du propriétaire. Fréquence 45 MHz. Source localisée dans le faîte du toit, côté rue. » Tu vois le genre…

Le chef des services techniques concède que ses hommes ne sont pas descendus dans la cuisine comme l'avait demandé Servent.

– Ça veut dire quoi 45 MHz ?

– Qu'un émetteur retransmettant des conversations à distance a été détecté.

– Putain, merde.

– Comme tu dis. Deux types vont aller retirer le bousin avant qu'il ne soit trop tard. Demain ou après-demain.

– C'en est à ce point ? Mitterrand est-il au courant ?

Un garçon en tablier blanc s'approche de leur table. Charbonneau lui fait signe de déguerpir.

Oui, le socialiste sait qu'il est écouté, explique le chef de la section technique. Mais il s'en fout, il ne cherche même plus à planquer sa poule.

– C'est quoi alors le problème ?

– L'avocat !

– Demaison ?

– Oui, c'est lui qui a prévenu Mitterrand et c'est pour ça qu'un électricien est intervenu à son domicile. Apparemment, c'est la seule chose intéressante qu'on a chopée en quinze jours. J'aurai le compte rendu d'écoute demain ou après-demain. Je l'ai su il y a une demi-heure.

Le bruit du flipper résonne dans la tête d'André Servent. Les images rebondissent comme les billes de la machine. Incontrôlables.

– Ça veut dire que Demaison a une taupe à la DST ?

– Je n'en sais rien, André, je n'en sais rien. Ce type est dangereux, il s'immisce partout.

– Et il a toujours entretenu des liens avec les Rouges, ne peut s'empêcher d'ajouter Servent.

Les deux flics se regardent en silence. Albert Demaison, l'avocat du *Canard*. Il ne manquerait plus que la fréquence de 45 MHz chez Mitterrand se retrouve dans le torchon du mercredi.

– Tu penses débrancher quand ? demande Servent.

– J'espère demain.

Le chef de la SUBAC regarde autour de lui, aperçoit le serveur, se retient de lui demander à boire.

– Quoi qu'il en soit, on ne change rien à l'opération Palmes, conclut-il.

Soupçon sur la Mondaine

Mercredi 14 novembre

De l'autre côté de la vitre, dans son bureau, Rocher entreprend un costard-cravate ferré aux chevilles et aux poignets, encadré par deux flics des OBM. Simon connaît le type, c'est l'homme de paille de deux hôtels de la rue Saint-Denis. Le chef du groupe des Hôtels, le visage rouge vif, envoie une claque magistrale au costard.

Simon ne l'a jamais vu dans cet état. Sa colère l'amuse. Il écoute quelques instants. En plus des hôtels de passe, le type s'est lancé dans la photo salace pour publications pornographiques. Les OBM ont serré tous les modèles et découvert que sa propre fille, âgée de seize ans, prend régulièrement la pose et qu'accessoirement il l'envoie aux asperges*. « Quel porc peut faire faire la pute à sa gamine ? », hurle Rocher.

Kaspar poursuit son trajet dans le couloir. Il passe devant quelques filles déglinguées qui attendent leur tour sur les bancs. L'ordinaire au deuxième étage du 36. Il regagne son bureau, habité par la même préoccupation.

Elle est passée le voir chez lui hier matin. Une anecdote venait de lui revenir, elle l'avait complètement oubliée. Les faits remontaient à la fin août, peu de temps avant sa mort. Danielle Simonnot devait accompagner Rachel à un rendez-vous médical prévu de longue date ; mais, au dernier moment, elle n'était pas venue. Empêchement majeur.

Simon ne cesse de repenser aux paroles de la jeune femme, la veille, chez lui. « Je me souviens qu'elle m'a dit ne pas avoir le choix. Elle était désolée et un peu anxieuse. Elle devait aller à l'IGS. J'étais tellement en colère que je n'ai pas demandé de quoi il s'agissait. » Immédiatement il lui a demandé si elle en avait parlé à quelqu'un. « Non ! À personne. »

Il la revoit faisant le tour de sa chambre, annonçant qu'elle va repartir aussitôt. « Faites-vous installer le téléphone et aérez de temps en temps… »

Depuis qu'elle a disparu au bas de l'escalier, son esprit est accaparé par cette affaire d'IGS. Simon passe et repasse en revue les maigres éléments à sa disposition.

Trois prostituées assassinées entre décembre 1968 et août 1973.

Sylvie Leveaux, déclarée tuée par son mac, faux coupable buté peu après en prison – Suzanne Jurgensen, dossier disparu des archives, procédure judiciaire bouclée illico – Danielle Simonnot, enquête en cours.

Points communs :

– *mêmes circonstances = même meurtrier*

– *même allure : blondes, même âge, environ 45-50*

– *mêmes connexions ? Danielle-Estelle connaît Suzanne (photo dans le bistrot, juillet 68) – Estelle et Sylvie ont un condé signé par Gerber – Sylvie a un condé signé par Filippis.*

Questions :

– *Sylvie sur la photo ? datée novembre 68. Assassinée en décembre.*

– *« Casting CP » ? quel sens ?*

– *Quid du dossier de Suzanne ?*

– *Estelle a raccroché en mars 1973. Elle est convoquée à l'IGS en août. Quel flic la convoque ? Pourquoi ? Elle est tuée quelques jours après. Pourquoi Filippis lui interdit-il de toucher au dossier Estelle ?*

– *Gerber a fait le lien Sylvie-Estelle, puis abandonné la piste. Par peur ? Sur ordre ? De qui ? Filippis ?*

– *Pourquoi Filippis a-t-il ressorti et évoqué le dossier Odile K. ? Est-ce un message personnel qu'il lui a destiné* via *Gerber ?*

L'énumération rend les histoires plus concrètes, mais sa confusion reste toujours aussi grande, abyssale. Ces éléments tournent incessamment dans sa tête. Le lien est forcément là, entre eux.

Il fait un effort pour s'en détacher et se mettre à son vrai boulot.

Il replonge dans les fiches du service. Depuis qu'il fait sauter les condés, il n'a plus d'affectation permanente dans la brigade. Ce n'est pas vraiment une mise à l'écart, plutôt une intégration progressive à la Galanterie, lui a dit Raillard. Cependant, Gerber le garde à distance. Il s'occupe seul de vérifier que les indics démobilisés se tiennent à carreau. « Le Pacha attend de nous que les consignes ministérielles soient scrupuleusement respectées », a redit Lulu lors d'une réunion improvisée. Concrètement, après avoir été informés oralement, tous les condés ont reçu une mise en demeure administrative qui, même si elle n'a pas de valeur judiciaire, permet de mettre la justice en marche, de saisir le procureur et de les coffrer s'ils ne ferment pas leur établissement. Un clandé du XVIe est déjà tombé : sa mère maquerelle a été inculpée pour proxénétisme hôtelier.

Au jour le jour, Kaspar classe les fiches que le groupe des Hôtels et celui de la Galanterie continuent de produire. Des feuilles de papier jaunes. Format type. Renseignées de la même façon, dans le formulaire.

PJ numéro 505, en haut à droite. *Paris le…*, en dessous.

En haut à gauche, le tampon de la *Brigade mondaine*.

Renseigner avec discrétion et tous points de vue sur… Nom, prénom.

Demeurant à…

Six lignes libres.

Des noms inconnus ou entendus une fois, vaguement, suivis de la profession. Leurs secrets griffonnés en quelques mots : « Vicieux, subit des tortures jusqu'au sang » ; « se travestit en femme, adepte de la flagellation » ; « fréquente les prostituées, cherche des équipiers pour sa femme et jouit du spectacle » ; « fait l'écolier, fait des lignes, aime être fouetté en public » ; « fréquentation assidue des garçons. Les préfère jeunes » ; « sodomite », etc.

Il met à part les quelques fiches concernant des femmes, épouses adultères, partouzardes ou lesbiennes. Raillard veut que toutes les fiches sans rapport avec la politique soient laissées de côté.

Depuis trois jours qu'il les épluche, Simon n'en a guère trouvé que trois ou quatre visant des bourgeois ordinaires. Un prothésiste dentaire, un chirurgien, un ingénieur des Ponts-et-Chaussées.

Gerber se pose sur la chaise vide en face de Simon.

– Je sors de chez le taulier. Tu es mobilisé le 3 décembre pour sécuriser la fiesta du Baron à l'hôtel Lambert. C'est ta première, non ? Tu verras les détails avec Saintonge.

Michel Saintonge, le rouquin discret, l'adjoint de Gerber à la Galanterie. C'est lui qui dirige l'unité non officielle chargée d'assurer la tranquillité des soirées chic et des galas parisiens. Une tradition qui remonte aux origines de la Mondaine. Smoking de rigueur pour tous les flics en mission. Une première, en effet, pour Kaspar.

– OK, répond-il simplement.

– Le taulier m'a également dit que l'opération condés était maintenant terminée. Enfin, pour toi. Je m'occuperai seul du suivi et de la paperasse.

– Ah bon, c'est fini ? fait mine de s'étonner Simon. Vous avez débranché la Rouquine sans me prévenir ?

Le chef de la Galanterie a un petit sourire triste, cette mine bienveillante à laquelle Simon a longtemps cru.

– Je crois que ça serait pas mal que tu demandes ta mutation. Si j'ai bien compris, le taulier ne s'y opposera pas. Peut-être même qu'au passage tu peux prendre du galon.

Kaspar reprend son classement. Ministres, députés, hauts fonctionnaires. Le temps de donner du sens à ce qu'il vient d'entendre.

– Tu ne peux pas savoir comme je me sens bien ici, Marco. Je compte même y faire de vieux os. Mais toi, en revanche, ton avenir… Je t'avoue que je m'en inquiète un peu.

Une moue comme une menace.

– Quoi, mon avenir ?

Jeter une pièce et voir où elle retombe.

– Avec ce qu'Estelle a raconté aux bœuf-carottes avant de se faire buter, à ta place je me ferais du souci.

La pièce est en l'air.

Gerber, sans réaction visible.

– Tu joues un jeu dangereux, Simon, et en plus tu bluffes mal.

Lancer une deuxième pièce.

Kaspar se lève, farfouille dans la doublure de sa veste en cuir, en sort les photos. Il a plié la plus grande en deux pour qu'elle entre dans sa poche intérieure. Une rainure sur le visage de Danielle Simonnot. Il se rassoit et les tend à Gerber.

– D'où tu sors ça ?

Il observe Gerber, ses billes noires comme deux globes.

– Sylvie, Estelle et Suzanne... Regarde au dos. Visiblement nos trois putes étaient copines.

Il examine l'image rapidement, recto et verso.

– Je ne connais pas la troisième. Range ça.

Simon reprend les deux photos sans rien laisser transparaître de son excitation.

Le chef de la Galanterie vient sans le vouloir d'identifier Sylvie Leveaux. Simon connaît désormais le visage des trois putes, tient la preuve qu'elles étaient en relation. Il a la certitude qu'elles ont été assassinées par la même main. Forcément pour la même raison.

De l'autre côté du bureau, Gerber lui semble prêt à céder. Kaspar le fixe plus intensément. L'autre se lève doucement, prend la chaise par le dossier et vient se poser tout près de lui. Il approche son visage de son oreille.

– Tu ne sais rien, mon pauvre ami. Estelle n'est jamais allée à l'IGS.

– Comment tu es au courant ?

– Parce que Fournier, cet enculé de bœuf-carottes, me l'a dit. Je ne t'expliquerai pas comment, ni dans quelles circonstances, mais il me l'a…

Des éclats de voix dans le couloir étouffent son dernier mot. Ils entendent l'attroupement soudain autour de Rocher. Le chef des Hôtels vient d'envoyer le proxénète au tapis. Simon enregistre ce que vient de dire Gerber.

– OK. N'empêche que tu es sacrément dans la merde, Marco. Non seulement tu as l'IGS au cul, mais en plus ta cousine, huit jours après avoir séché la convocation des bœufs, se fait salement découper.

Il parle à voix très basse, sur le ton de la confidence, et détache chacun de ses mots.

– Je pense que quand ils vont apprendre que tu as salopé, il y a cinq ans, l'enquête sur le meurtre d'une autre pute, ça va les intéresser, poursuit Kaspar. Surtout que visiblement elles se connaissaient, les blondes…

Il tapote les deux photos posées devant lui avec son index.

Gerber recule sur sa chaise, hausse les épaules.

– Si tu veux me faire plonger parce que j'ai merdé en 68 avec Sylvie et envoyé un mac en enfer, ne te gêne pas, c'est du tout cuit. Mais je n'ai rien à voir avec l'affaire d'Estelle et je te le répète : reste à distance.

Simon remarque maintenant qu'il a les traits tirés, le teint très pâle. L'air malade. Il se rend compte qu'il ne parvient pas à le détester totalement.

– Alors pourquoi les bœuf-carottes voulaient l'interroger, elle, Simonnot, et pourquoi t'as l'IGS au cul ?

Le chef de la Galanterie lui adresse un sourire contraint, comme s'il le remerciait d'avoir posé ses questions à voix très basse. Il s'approche à nouveau du jeune flic. Simon sent son souffle dans le creux de l'oreille.

– Demande au taulier… La mère Simonnot, il la connaissait avant moi.

Gerber se redresse.

– Les bœufs, ça n'est pas moi qu'ils ont dans le pif.
– Qui ?
– Je te l'ai dit, demande au taulier.
– T'es mort, Marco.
– Oui, je sais, ça fait quinze piges.
Kaspar le regarde s'éloigner, le dos plus voûté que d'habitude.

Le jeune flic s'empresse de sortir son carnet. Au pied de ses dernières notes, dans la colonne *Questions*, il ajoute :
– *Estelle jamais allée à l'IGS. Pourquoi ?*
– *Vérifier Fournier. Le contacter ??*

À la suite de l'énumération des points communs, il précise une nouvelle connexion :
– *Estelle-Filippis ?*

« Il la connaissait avant moi », a dit Gerber.
Simon fait un effort de mémoire, se rappelle qu'au soir du meurtre d'Estelle, au Soleil d'or, en présence de Lesieur, Gerber lui a dit qu'elle était son indic du temps où il travaillait avec Mercadier, entre 64 et 67. Filippis est arrivé à la Mondaine en 65, peut-être fin 64, il ne sait pas exactement. Il aurait donc pu être amené à croiser, voire à fréquenter la Belle Estelle à l'époque où il dirigeait la brigade de la Voie publique. Les cow-boys de la rue surveillaient le domaine d'Estelle, Suzanne, Sylvie, Odile et les autres pour y réprimer toutes les formes de délinquance.
Après les cris, il entend que le costard-cravate qui prostitue sa fille passe à confesse.
Simon sort un gros bottin jaune d'un tiroir de son bureau, en tourne les premières pages, décroche le téléphone. « Bonjour, je m'appelle Simon Kaspar et je voudrais faire installer une ligne à mon domicile. »

Nihil obstat

Vendredi 16 novembre

Il s'est réveillé tôt, a quitté la chambre avec le transistor en prenant toujours soin de ne pas réveiller Solange. Il a réchauffé le café de la veille et s'est installé en pyjama à sa table de travail sans rien faire de précis.

Servent ouvre machinalement le dossier Demaison, le referme aussitôt. Au cours des quatre dernières nuits, il a passé du temps à le relire et l'éplucher. Labeur d'autant plus dérisoire qu'il ne sait pas ce qu'il cherche. Il peine à croire à l'hypothèse d'une taupe. Landreau était le seul à la SUBAC à connaître l'existence de la sonorisation du 22 rue de Bièvre et les hommes de Charbonneau sont irréprochables. Le commissaire se dit que l'avocat a peut-être simplement eu une intuition, un doute après une discussion avec son ami Angeli.

Le café est amer et déjà froid.

Servent allume la radio. Les grésillements dans le poste l'irritent comme chaque matin. Il tourne la molette, des petits craquements et des bruits de gorge jusqu'à ce que sorte un son clair. France Inter. Philippe Gildas débite les nouvelles du jour, la hausse des prix, le ministre de l'Économie Giscard qui doit recevoir les petits commerçants et artisans en colère. Les timbres coûteront également plus cher dès le début de l'année prochaine. Il écoute à peine jusqu'à une interview d'Hubert Germain, le ministre des PTT. Il a accordé un entretien exclusif au journaliste pour annoncer la création de cinq grands centraux téléphoniques souterrains dans la capitale et surtout l'ouverture de six millions de lignes d'ici à 1978. Le commissaire pense aux micros à installer, aux heures d'écoutes à enregistrer, décrypter, et à analyser tout ce travail que cela va représenter. Il se dit qu'il a fait son temps, le monde change décidément trop vite.

Solange frappe à la porte. Robe de chambre à fleurs et visage fripé par le sommeil et les années. Elle esquisse un sourire en guise de bonjour. Elle va préparer le petit déjeuner, emporte la radio dans la cuisine. Servent entre dans la salle de bain, se rase en s'efforçant d'ignorer le vieil homme gris dans le miroir.

L'odeur du café frais et du pain grillé le sorte de la douche. Un baiser sur le front de Solange. Elle a l'air surprise. Elle le lui rend, sur la joue, plus appuyé. Elle a beau le voir vieillir chaque jour, sa tendresse est intacte. Elle ne sait pas vraiment pourquoi, mais elle l'admire.

Dans le transistor, Philippe Gildas annonce la revue de presse. Alain Bédouet égrène les titres des journaux, les mêmes sujets que ceux de la radio. Un scoop dans *Le Parisien libéré*: « On apprend, dit le journaliste, que François Mitterrand, Premier secrétaire du Parti socialiste, a été victime de monte-en-l'air en début de semaine à son domicile, dans le Ve arrondissement de Paris. Mais que les supporters du chef du PS se rassurent, les cambrioleurs n'auraient pas dérobé le Programme commun, ils seraient repartis avec un manteau de fourrure. Maigre butin. »

Servent se lève d'un bond et se précipite dans son bureau. La ligne directe de Charbonneau.

– Tu as lu *Le Parisien*? répond d'emblée le patron de la section technique.

– Non, je viens d'écouter la radio.

– Ni vu ni connu. Terrain dégagé, camarade.

Servent ressent une douce chaleur. Il a l'impression d'avoir gagné vingt ans.

Arrangement avec l'IGS

Lundi 19 novembre

Les PTT l'ont prévenu, il va devoir attendre plusieurs semaines avant que sa ligne ne soit installée. Il a appelé Rachel chez son amie Béatrice d'une cabine du boulevard Saint-Germain. Deux fois. En vain.

Samedi, il est passé voir François au P'tit Coin. Il lui a montré à tout hasard les photos d'Estelle, de Sylvie et de Suzanne. Des putes qu'il aurait pu croiser, en leur temps. Leurs visages ne lui ont rien dit et il n'a pas posé davantage de questions. Le lendemain, avec Nanou, au parc Monceau, il n'a parlé de rien d'important.

La même cabine. Il inspire l'air glacé. Il a la certitude qu'il s'apprête à commettre l'erreur fatale. Malgré tout, il veut aller jusqu'au bout. Une pièce dans la fente, il compose les six chiffres sur le cadran. Le numéro du standard de la Préfecture de police.

– Bonjour, je cherche à joindre l'inspecteur Fournier à l'IGS.

Il a trouvé sa ligne directe dans l'annuaire de la PP, mais a préféré l'appeler de l'extérieur. Prudence dérisoire. Des bips en rafale dans l'oreille. Une autre voix de femme, une secrétaire. Simon répète.

– Qui le demande ?

– Simon Kaspar.

– Nous ne prenons pas les appels des particuliers. Si vous avez quoi que ce soit, vous pouvez…

– Je suis inspecteur à la Mondaine, l'interrompt-il.

– Ne quittez pas.

Fournier au bout du fil.

– Que puis-je pour vous, inspecteur Kaspar ?

Simon hésite. Il est trop tard pour raccrocher.

– Je vous écoute, dit le bœuf-carottes sans paraître impatient.

– Je vous appelle au sujet de l'affaire Simonnot. J'ai rencontré sa fille. J'ai récupéré des documents et je me suis dit que…

Il entend sa confusion et sa maladresse sans pouvoir les corriger, et le blanc à l'autre bout de la ligne.

– Vous n'êtes pas très clair, cher collègue. J'ai entendu parler du meurtre de cette femme, comme tout le monde dans la Maison. Mais qu'est-ce qui peut vous faire croire que ça me concerne ? Il me semble que la Crim' est sur le coup, non ?

Simon se dit qu'il ne s'est pas laissé le choix.

Il prend un peu d'air, s'efforce de parler net, explique qu'il travaille au groupe des Hôtels et qu'il connaissait la Belle Estelle. Il a croisé récemment sa fille, Rachel. C'est elle qui lui a dit que sa mère avait été convoquée à l'IGS quelques jours avant d'être tuée. Un collègue le lui a confirmé.

– Gerber ? demande Fournier.

Il ne répond pas.

– Et alors ? reprend le flic de l'IGS.

Simon se tasse dans la cabine, acculé par lui-même. Fournier est peut-être pote avec Gerber. Il est soudain convaincu que son appel va remonter illico au 36. Il anticipe, il va passer pour Kaspar-la-balance et voit déjà la fin de sa brève carrière. À moins que le bœuf, comme tous ceux de sa troupe, n'ait en tête de se payer la Mondaine. Depuis 65 et l'affaire Ben Barka, les trois quarts de la brigade ont déjà été passés à la moulinette. Son voisin de bureau a fait place nette depuis des lustres, sans doute rayé des cadres.

Il tente le coup.

– On peut se voir pour se parler ? lance Kaspar d'une voix soudain ferme.

– J'allais vous le proposer. Au bureau ou en terrain neutre ?

Simon entrevoit tout à coup les yeux de Rachel derrière sa frange.

– Au café des Deux-Saules ?

– OK, j'y serai dans un quart d'heure.

À l'heure de l'apéro, au bistrot, les coudes s'alignent sur le zinc. En fond sonore, le tumulte du chantier, dans le trou. Simon ne repère personne avec une gueule de flic. Il s'assoit à la même table qu'il occupait avec Rachel. Un grand type avec un imper noir entre. Croisement de regards, reconnaissance tacite. Fournier a l'air malgré tout un peu surpris. Sans doute est-ce dû à son visage trop lisse, trop enfantin. Il retire son pardessus. Maigre, les joues creusées, une fine moustache noire, la cinquantaine classique : costume gris, chemise blanche à fines rayures, cravate large à gros motifs verts et jaunes.

Présentations inutiles.

– Puisque vous vouliez me voir, allez-y, dit-il déjà.

– Je peux vous demander pourquoi vous aviez convoqué Danielle Simonnot ?

– Vous pouvez, mais je ne vous répondrai pas.

– OK.

Kaspar déballe, un peu. Il évoque des rumeurs au sujet d'autres prostituées assassinées dans les mêmes conditions, ne donne pas de noms. Des affaires dont la résolution n'a guère donné satisfaction. Elles étaient toutes des indics de la Mondaine. Il a l'impression, depuis le premier jour, que le dossier de la Belle Estelle est enterré. Et puis il y a eu cet ordre ferme de ne pas y toucher.

– Par qui ? réagit Fournier.

Simon fait une petite moue, façon de dire qu'il ne citera personne. Demi-balance.

– Gerber est une merde qui n'a pas le pouvoir de donner des ordres, même à un blanc-bec comme vous. C'est Filippis, j'imagine.

Le silence de Simon vaut quitus.

Le bœuf sourit, commande deux verres de blanc. Simon remarque qu'il sent l'eau de Cologne et le tabac.

– C'étaient qui, ces putes ? le relance Fournier.

– Je ne sais pas précisément.

Le bœuf se cabre d'un coup. Il n'a pas de temps à perdre avec des minauderies de gonzesse. Il parle ou bien il se barre.

– De toute façon, ils veulent me dégager, finit par formuler tout haut Kaspar. Je les emmerde avec cette histoire et c'est pour ça que je vous ai appelé.

La tension retombe légèrement. Un rictus au coin des lèvres de Fournier, discrète marque de curiosité.

– C'est ça qui vous fait croire que votre taulier a des choses à cacher ? Vous voulez juste sauver vos miches, au fond.

– Non !

– Alors quoi ?

– Vous.

Les yeux du bœuf-carottes s'arrondissent au milieu de son visage maigre.

– Simple déduction, inspecteur.

Simon le fixe de ses yeux verts. Lui explique sa déduction. Sûr de lui.

La convocation de la Belle Estelle mi-août signifie qu'il y a eu ouverture d'une enquête interne. Forcément contre des flics de la Mondaine. Puisque la vieille pute est rangée des voitures depuis presque un an, le soupçon des bœuf-carottes ne peut porter que sur l'un de ses anciens protecteurs. Gerber était son contact, probablement depuis 1964 ; il pourrait être le premier visé ; sauf que, lui, Simon, a appris tout dernièrement que Filippis fréquentait lui aussi la Belle Estelle avant de débarquer à la Mondaine, du temps où il dirigeait la Voie publique. Ce qui n'est pas très étonnant, les deux brigades ont souvent les mêmes clients.

– D'après moi, c'est l'un ou l'autre que vous avez dans le pif. Peut-être même les deux. Votre rapidité à me rencontrer a d'ailleurs fini de me convaincre.

Fournier secoue sa tête maigre dans un mouvement que Simon croit être une marque d'admiration.

– Je peux aussi rentrer au bureau et taper un rapport de synthèse de notre conversation et le faire parvenir au 36, dit le flic de l'IGS en avalant son ballon de blanc.

Simon l'imite, essuie ses lèvres avec son index.

– Et moi, je peux filer au 36 raconter que je me suis fait alpaguer par un bœuf. Le même qui a déjà appelé Gerber pour avoir l'adresse d'une pute ou un truc dans le genre. J'ai assez d'imagination pour les convaincre que vous voulez foutre la merde à la Mondaine. La directive de Marcellin sur les condés a tellement mis les nerfs à vif qu'une étincelle ferait sauter la taule… Je ne suis pas certain que ça vous fera beaucoup avancer dans votre enquête.

– OK. On fait quoi alors ?

– On essaye de se faire confiance. Je peux vous aider à faire le ménage et vous m'aidez à trouver quelques petites infos.

– Par exemple ?

Simon sort son carnet.

– Une fille s'est fait buter le 17 janvier 1970. Si j'écoute ce qu'on m'a dit, selon le même mode opératoire que la Belle Estelle…

– Bon dieu, explose Fournier, allez voir la Crim', faites-vous remonter le dossier des archives !

– Le dossier a disparu, envolé. Pas de trace. Juste un numéro de parquet au Palais.

Le flic de l'IGS peigne sa moustache. À son tour, il sort un petit bloc de papier, demande à Simon de répéter, note.

– Là, ça peut rentrer dans mon champ de compétence… En retour, qu'est-ce que vous avez sur les relations entre Filippis et Simonnot ?

– Rien.

– Décidément, vous ne savez pas grand-chose. Mais, histoire que je ne sois pas venu pour rien et puisque nous nous faisons confiance, vous allez peut-être pouvoir me dire si la Rouquine a perdu son condé ou si elle est trop précieuse pour que sa protection saute.

Kaspar ne cache pas sa surprise.

– Pourquoi vous me parlez d'elle ?

Filippis est donc la cible des bœuf-carottes.

– Une vieille connaissance de l'IGS. Je me demandais si ça allait continuer ou si la directive de Marcellin passerait par elle aussi. Ça fait vingt ans que Madame Lucienne fait chanter le monde. En même temps, pour une amatrice d'opéra, rien d'anormal.

– Pas Madame Lucienne, c'est Madame Hélène, son surnom…

– Non, ça c'est pour la galerie, comme princesse de Passy ou Dona Flora dans les théâtres. Chez vous, à la Mondaine, c'est la Rouquine ou Vidocq… Son vrai nom, c'est Lucienne Goldfarb, petite pute juive devenue mère maquerelle. L'indic de Paris la plus mise à contribution, et la plus grande corruptrice de flics et du reste…

Simon ne l'entend pas finir le portrait. Assommé.

Surtout ne pas perdre le contrôle. Faire répéter.

– Comment dites-vous ?

– Lucienne Goldfarb. Paraît que toute sa famille y est passée, dans les camps, mais, elle, elle s'en est tirée.

– Visiblement elle s'en est tirée encore. À ma connaissance elle n'était pas sur la liste.

– C'est le contraire qui m'aurait étonné. Vous l'avez rencontrée ?

– Non.

Il ne sait pas pourquoi il ment. Simon aimerait écourter la conversation, prendre l'air.

Même si chacun doute de la sincérité de l'autre, les deux flics s'engagent à continuer d'échanger leurs tuyaux et se jurent mutuellement que cette rencontre n'a jamais eu lieu.

Kaspar sort le premier, tourne dans la rue Rambuteau. Il attend d'être assez éloigné du café des Deux-Saules pour se mettre à courir. Courir pour ne penser à rien.

Un condé n'a pas sauté

Vendredi 30 novembre

Les mêmes un mois plus tard, pour la dernière réunion préparatoire. Xoual, Charbonneau, Millepieds, Servent. Le chef du groupe de surveillance montre un visage plus détendu sous un crâne toujours luisant. L'opération Palmes est bien verrouillée. Début, lundi, à 19 h 30. « À 23 heures on devrait avoir plié les gaules », résume le chef des services techniques. Il y aura quatre hommes avec Cousin et Lenglet pour sonoriser les deux étages. Matériel dernier cri permettant d'enregistrer tout ce qui se dira dans les bureaux et même de se brancher en direct sur les conversations. Sept hommes sont mobilisés, côté Millepieds. Le commissaire Delaporte sera aux commandes du groupe. Une estafette et deux voitures radio stationneront rue Saint-Honoré. Laporte et Ragoni seront postés, en tenue d'agent de police avec talkie-walkie un peu plus loin sur le trottoir, à une cinquantaine de mètres de part et d'autre du 173. Pas de Landreau ni de Dejour dans le secteur. Encore moins de Servent.

– Vous restez sagement chez vous, commissaire, lui dit Xoual fermement.

C'est une opération de contre-espionnage, pas de police politique.

Servent hoche la tête.

– Juste un petit souci… prévient Millepieds, tandis que les trois autres se tournent vers lui. Je n'ai pas mon karatéka, dit-il sérieusement.

Ils se marrent. Le groupe de surveillance de la Division III a pour habitude de se déplacer avec un gros bras qui, en cas d'urgence, peut régler son compte à tout importun qui oserait se présenter.

– On fera sans, conclut Xoual.

Le numéro 2 de la DST attendra un rapport oral lundi, dans la soirée. Millepieds sera chez lui, Charbonneau, rue des Saussaies. Servent ne sait pas encore.

Levée de séance, décontraction partagée.

Aucun d'entre eux ne fait une allusion à la rue de Bièvre. Le chef de la SUBAC se demande si l'information est remontée. Probablement pas, il en aurait forcément eu un écho. Il se dit que Charbonneau est un bon camarade.

– André, l'arrête Xoual. Vous avez deux minutes ?

Le sous-directeur lui ouvre le chemin jusqu'à son bureau séparé de la salle de réunion par celui de la secrétaire. La grande pièce claire donne sur la rue des Saussaies. Aux murs, le papier bleu à motifs blancs est le même depuis des années. Le grand caoutchouc fatigué, dans un pot trop petit placé dans un panier en osier, a des feuilles poussiéreuses. Trois téléphones de couleur différente sur le grand bureau. Xoual propose à Servent de s'asseoir et s'installe dans son fauteuil en cuir noir.

– Vous auriez pu me tenir au courant pour la rue de Bièvre.

La phrase est formulée sans véritable reproche.

– Vous avez raison, je vous présente mes excuses, répond le commissaire dans un acte de contrition douloureux. Charbonneau a arrangé le coup.

– Passons. Mais dites-moi au moins ce que vous cherchiez chez Mitterrand ?

– En réalité, c'est davantage Demaison qui m'intéresse.

– En rapport avec l'opération Palmes ?

– Plus ou moins.

– Un ordre de Marcellin ?

– Plutôt une initiative personnelle.

Xoual hoche la tête, retire ses lunettes ovales et les essuie avec sa cravate.

– Il y a des choses dans cette Maison qui échappent à ma sagacité, commissaire, mais pas tant que ça…

Il n'ignore rien du rôle d'Albertini, il a même incité l'homme de l'ombre à se rapprocher de Servent. Ils doivent d'ailleurs dîner ensemble un jour prochain, le lundi soir, celui de l'opération. Il n'ignore pas non plus que le chef de la SUBAC voit le ministre de l'Intérieur en tête à tête.

– Permettez-moi de vous donner un conseil, lui dit encore Xoual. Soyez vigilant avec les requêtes de Marcellin. Je vous ai dit un jour, il n'y a pas si longtemps, que j'étais votre couverture absolue. Il me semble d'ailleurs l'avoir démontré avec l'opération Palmes. Mais n'oubliez pas que ma mission principale est de protéger cette Maison, coûte que coûte, contre nos ennemis, mais aussi contre nos amis. Et même si nécessaire, contre nos responsables politiques. Ils passeront, eux. Nous passerons, vous et moi, mais la Maison restera. Prenez garde à ne pas dériver vers des eaux qui ne seraient pas celles où la DST se doit de naviguer, commissaire, parce que là, je ne vous couvrirais plus.

Servent acquiesce, sans chercher à se justifier. Il repense à la feuille de papier déchirée que lui a montrée le ministre, témoin de la vindicte de Pompidou. Il avait presque oublié la mission étrange que Marcellin lui a confiée.

L'appel, une heure plus tard, de la secrétaire du ministre ne le surprend pas. Un motard est en chemin, jusqu'à la rue Cambacérès, pour lui remettre un pli. En mains propres, précise-t-elle. Servent ne doute pas un instant que cela a à voir avec la menace de Xoual. Le sous-directeur connaît à coup sûr les détails de sa dernière conversation avec Marcellin. Servent se dit qu'il est bien placé pour savoir que le secret n'existe plus.

Dans l'enveloppe vierge grand format, solidement cachetée, qui vient de lui être remise, quatre feuillets agrafés, et une autre enveloppe, plus petite, contenant une série de clichés en noir et blanc.

Paris, le 26 novembre 1973

En-tête : *Préfecture de police de Paris. Inspection générale des Services*

De : Monsieur le commissaire de police Serge Robert
À : Monsieur le Préfet de police de Paris.
Objet : Fonctionnement de la Brigade mondaine dirigée par le commissaire Adrien de Filippis.
Référence : votre lettre de mission n° 198-23ST du 20 août 1973.

En vous transmettant le présent dossier, j'ai l'honneur de vous rendre compte des premiers éléments de l'enquête administrative diligentée par l'IGS conformément aux instructions ci-dessus référencées…

Le circuit administratif normal. Le Préfet, tutelle de l'IGS, s'est officiellement substitué à Marcellin pour demander une enquête au sujet de Filippis. Dont le nom était souligné de deux traits au feutre rouge sur la page du carnet déchirée que Marcellin lui avait brandie.

Le chef de la SUBAC a envie de mettre le courrier à la poubelle. Il lit, malgré tout, ce qui s'apparente à un résumé des auditions de contacts de Filippis. Des prostituées pour l'essentiel. Sans intérêt. Dans la liste de ses relations, Servent connaît certaines personnalités, des politiques, des célébrités du spectacle, mais aussi quelques agents du SDECE. Parmi elles, aucun nom de la DST. Rien qui puisse impliquer le flic de la Mondaine dans l'affaire Marković. Le rapport ne fait d'ailleurs pas la moindre allusion à ce dossier. S'il n'avait vu la liste complète griffonnée, que lui a montrée Marcellin, avec les noms déjà barrés, il ne comprendrait rien à ce charabia.

L'auteur du rapport indique que les investigations vont se poursuivre.

Deux paragraphes ensuite, comme ajoutés au reste du document après sa rédaction.

Il apparaît que la Brigade mondaine, malgré la circulaire du ministre de l'Intérieur mettant un terme à la pratique des condés, continue de protéger un certain nombre de personnes se livrant à la prostitution. L'une d'entre elles a plus particulièrement retenu notre attention. Il s'agit de Lucienne Goldfarb, surnommée la Rouquine ou la princesse de Passy, tenancière d'un hôtel au 10 bis, rue du Débarcadère, dans le XVIIe arrondissement. En 1965, Mme Goldfarb avait été interrogée par l'IGS pour des soupçons de corruption de fonctionnaires, sans qu'aucun élément de preuve n'ait été découvert. Mme Goldfarb est l'informatrice depuis de très nombreuses années de plusieurs services de police et de renseignement. Des personnalités du monde politique, mais aussi de la chanson, du cinéma, du théâtre ont l'habitude de fréquenter son établissement. Plusieurs fonctionnaires de police, notamment de la Brigade mondaine, en sont aussi des habitués.

Le commissaire Filippis peut être considéré comme un proche de Lucienne Goldfarb et de l'avocat de celle-ci, Me Albert Demaison, dont il faut souligner qu'il a été le défenseur d'Alexander Marković, frère de Stevan Marković. Plusieurs sources ont rapporté qu'à l'époque Me Demaison avait d'ailleurs effectué un déplacement à Belgrade afin d'être désigné comme son avocat. Les conditions de ce déplacement, ainsi que les interlocuteurs rencontrés dans la capitale yougoslave, n'ont pas été déterminés, même si des noms de proches du maréchal Tito ont été mentionnés.

Les liens entre MM. Filippis, Demaison et Mme Goldfarb devront faire l'objet d'investigations approfondies.

Servent s'arrête un instant. La référence à Demaison a piqué sa curiosité, sans qu'il trouve un sens clair au fait qu'elle figure là, dans ce document.

Un dernier paragraphe.

L'inspecteur Fournier de l'IGS a recueilli, lundi 19 novembre 1973, le témoignage spontané mais informel d'un inspecteur de la Brigade mondaine : Simon Kaspar. Il affirme que Mme Goldfarb continue de bénéficier d'une protection illégale. L'inspecteur Kaspar a évoqué de façon allusive le triple meurtre de prostituées qui aurait été couvert par la Mondaine. Ses propos étant très confus, il s'agit de prendre ses déclarations avec précaution. Néanmoins, l'inspecteur Kaspar, qui paraît vouloir régler des comptes, est susceptible de nous fournir des informations aussi bien sur le fonctionnement de la Mondaine que sur Adrien de Filippis, mais aussi sur les liens de celui-ci avec Mme Goldfarb et Me Demaison.

Il s'avère en effet que Simon Kaspar, alors même qu'il a affirmé ne jamais avoir rencontré Mme Goldfarb, se trouvait récemment – selon des sources présentes sur place – au 10 bis, rue du Débarcadère en soirée, à un moment où était présent l'avocat Albert Demaison.

Servent relit les derniers mots de ce dernier paragraphe. Il a tout à coup la conviction que le rapport de l'IGS peut avoir un intérêt. Un jour peut-être. Il regarde les clichés. Le policier de la DST devine la main des RG, plutôt que de l'IGS, derrière l'appareil. Sans doute s'agit-il de documents rajoutés par Marcellin afin qu'il visualise ses cibles. Saisis au téléobjectif la Rouquine, Filippis, quelques flics ; la porte d'entrée du bordel de la rue du Débarcadère. Et deux photos de l'inspecteur Kaspar, de face et de profil, façon Bertillon : on dirait un gamin de quinze ans, imberbe. Il a un regard étrange.

Opération Palmes

Lundi 3 décembre

15 heures

Un ciel limpide et un froid de gueux. Simon remonte le boulevard de Sébastopol avec Michel Saintonge. Au numéro 3 de la rue Nicolas-Flamel, l'enseigne annonce Jean-Jacques Cérémonie, le loueur attitré de la Mondaine. L'adjoint de Gerber salue un homme à l'entrée, en costume noir et cravate rouge, et se dirige vers l'escalier en bois brillant au fond de la boutique. Des dizaines de chemises en pile sur les étagères, des costumes dans les penderies. À l'étage, un vieux en queue-de-pie et œillet rouge à la boutonnière est assis derrière une petite table. « Je vous attendais », dit-il. Il attrape une housse grise de costume et la donne à Saintonge.

– Voyons voir le jeune homme.

– Mesures obligatoires, s'amuse le rouquin.

Le vieux déroule son mètre-ruban. Longueur des bras et des jambes, largeur des épaules, tour de taille.

– Vous auriez dû venir plus tôt. Pour aujourd'hui ça sera du prêt-à-porter, le sur-mesure, ce sera pour la prochaine fois, regrette-t-il.

Il revient à sa table, prend un carton, note les mensurations, demande le nom et le prénom de Kaspar et va chercher un smoking noir. Simon l'essaye. « Impeccable », lance le loueur. Très inconfortable avec l'arme de service.

– Tu vas t'y faire, s'amuse Saintonge.

Il lui remet une chemise blanche à col dur, un nœud papillon rouge, des chaussures vernies pour compléter la panoplie. Le jeune flic se regarde dans le grand miroir.

Méconnaissable.

16 heures

André Servent gare sa 403 devant l'entrée du 48, rue de Longchamp. Il a trouvé l'adresse de la boutique dans l'annuaire, suffisamment loin de ses quartiers pour ne pas risquer de croiser une connaissance. Sur la devanture, en lettres peintes, s'affiche « Soir de fête – Perruques et postiches ».

– Je suis à la recherche d'un déguisement passe-partout, mais avec lequel mes amis ne puissent vraiment pas me reconnaître, précise-t-il à la vendeuse.

Dans une arrière-salle, elle lui fait essayer une perruque brune et une grosse moustache noire. Il ajoute une paire de lunettes larges en écaille. Il fourre le tout dans un sac en papier.

18h30

Kaspar, Saintonge et six autres poulets de la Mondaine en smoking passent la grande porte de l'hôtel Lambert, à la pointe de l'île Saint-Louis. Deux éléphants en carton-pâte grandeur nature les accueillent au milieu de la cour pavée, avant qu'un maître d'hôtel en habit ne leur montre les lieux.

– Les invités arriveront à partir de 20 heures. Si vous souhaitez prendre une petite collation, vous avez un buffet à votre disposition dans cette salle, leur déclare-t-il en leur indiquant l'endroit.

Simon sort de sa poche la note que Raillard leur a donnée, à chacun d'entre eux, et qu'il n'a pas encore regardée. Soirée costumée sur le thème du bal oriental organisée par le baron Alexandre de la Berruyère. Une centaine d'invités.

19h30

– Tu es sûr que ce n'est pas dangereux, s'inquiète Solange.

Servent bougonne. Elle ajuste encore un peu sa perruque, fait deux pas en arrière, le regarde et éclate de rire. Il râle.

– Dis-moi au moins si je suis reconnaissable.

– Même moi je ne suis pas sûre que ce soit toi.

Elle a du mal à se contenir. Avec ses faux cheveux noirs épais, sa moustache, les lunettes, le costume en velours côtelé qu'elle lui a déniché il ne sait où et le vieux foulard en soie bordeaux qu'il n'a mis qu'une fois il y a vingt ans, le commissaire a l'air d'un vieux VRP de province en goguette dans la capitale. « C'est sans danger », lui a-t-il promis.

Il ne sait pas à quelle heure il rentrera. Elle n'a pas posé de questions. Servent a fait passer le message à Xoual qu'il serait à son bureau en fin de soirée.

Il appelle un taxi.

20h30

Kaspar est posté à l'entrée de la galerie d'Hercule. Le maître d'hôtel leur a indiqué que son décor avait préfiguré celui de la Galerie des glaces. Il n'a jamais mis les pieds à Versailles et se moque bien des talents des architectes et des peintres de Louis XIV. Il aperçoit dans la cour de l'hôtel Lambert deux Noirs torse nu déguisés en serviteurs, juchés sur les faux éléphants. Ils tiennent haut, à bout de bras, dans le froid, d'énormes torches, pour éclairer le défilé des invités, grimés en princesses, sultans et autres Shéhérazade.

Saintonge vient vers lui, une coupe de champagne à la main.

– Il y a pire comme mission, tu ne trouves pas ?

– C'est vrai, sourit Simon.

– Tu as vu qui est là ?

– Non, avec leurs masques et leurs tuniques…

– Putain, Kaspar, tu es vraiment à l'ouest… Regarde là-bas, c'est Jeanne Moreau avec Belmondo.

Il fait la liste des célébrités. Dalí et Amanda Lear, le baron de Rothschild, telle tête qui lui rappelle un acteur. Bardot était prévue, mais s'est décommandée.

– Tu as salué le *bourreau de Béthune* ?

– Le taulier est là ? s'étonne Simon.

– Évidemment, mais pas en service. Il est arrivé il y a dix minutes avec la Princesse. Tiens, zyeute dans le coin, dit Saintonge en indiquant la direction d'un léger coup de menton.

Filippis, sans déguisement, en smoking, au milieu d'un petit groupe, s'adresse à un sultan accompagné de trois jeunes créatures couvertes de djellabas bariolées mais transparentes. Il aperçoit la chevelure d'argent de Demaison. À côté de lui, une femme dans une robe longue bleu nuit, chevelure rousse abondante sous un voile de tulle blanc. La mère maquerelle de la rue du Débarcadère. Simon ne peut s'empêcher de voir en elle la tapineuse ramassée le 12 avril 49. Lucienne Goldfarb, la petite Juive, l'amie d'Odile Kaspar.

21 h 30

Le taxi s'arrête à hauteur de la Comédie-Française. Servent remonte tranquillement la rue Saint-Honoré. Un gardien de la paix avec un talkie-walkie autour du cou est en faction au coin de la rue de l'Échelle. Il en aperçoit un autre un peu plus haut.

Il entre au Spoutnik, s'installe à la table où il avait déjeuné avec Solange. Vue sur la rue. Il vérifie discrètement que sa perruque est bien accrochée, passe deux doigts sur sa moustache, ajuste ses lunettes. Il commande un whisky pour faire passer le stress. À la hauteur du 173, la camionnette stationne. Il repère les deux voitures de surveillance. Sans regarder la carte, il demande qu'on lui apporte le plat du jour et un demi de rouge. Un autre whisky.

21 h 50

Un gardien de la paix pousse la porte du Spoutnik et commande un Picon-bière. Servent réprime un mouvement de colère.

22 h 15

Un café avec un cognac, pour terminer. Servent regarde sa montre. Le calme d'un lundi soir rue Saint-Honoré. Il remarque un homme sur le trottoir d'en face. La camionnette le cache un peu. Il semble s'être arrêté à la hauteur du porche. Il revient sur ses pas. S'arrête à nouveau. Lève la tête vers les étages. Au zinc, le flic en tenue s'enfile un deuxième Picon-bière.

Servent se lève de sa chaise en faisant mine de s'étirer, bouge un peu pour mieux voir l'entrée du 173.

L'homme, la quarantaine, rondouillard, dégarni, barbe grise, reluque les étages. Servent lève les yeux à son tour. Il y a de la lumière au troisième qui filtre sous les rideaux tendus aux fenêtres. À travers on voit des ombres chinoises s'animer. Le barbu a disparu. Il a dû entrer sous le porche.

Servent se poste au comptoir. Demande un dernier cognac et l'addition, un nœud dans le ventre. Il ne quitte pas des yeux la porte du 173.

Le talkie-walkie, à la ceinture du policier à côté de lui, se met à grésiller. Il entend : « Allô, allô numéro 2, allô… »

– Oui, ici numéro 2.

« Putain, qu'est-ce que vous foutez, bordel… Suivez le type qui vient de sortir. On décroche. Sauve qui peut. »

Le flic détale, dérape en sortant. Servent le regarde remonter en courant la rue Saint-Honoré du mauvais côté. L'homme barbu s'éloigne dans le sens opposé.

Le toit du Spoutnik s'abat sur la tête du commissaire. Il laisse un billet sur sa table et quitte le bistrot en essayant de retenir son pas, il voudrait ne pas courir. Il dépasse le gardien en faction, visiblement agité, le talkie-walkie devant la bouche.

Et Servent *l*'aperçoit, de loin au niveau de l'avenue de l'Opéra. Il accélère, se met à filocher le barbu sans précaution. L'homme entre dans une cabine téléphonique de l'autre côté de la rue.

Le patron de la SUBAC passe devant celui qui gesticule au téléphone. Il s'éloigne sans le perdre de vue.

22h30

Simon tire sur une cigarette, assis sur les marches en face du jardin. Lassitude et ennui. La musique vaut bien les déguisements. Il pense à ce disque acheté il y a bientôt deux semaines qu'il n'a pas encore écouté. Le premier album de Keith Jarrett, le pianiste de Miles Davis. Il le mettra en rentrant sur son vieux pick-up.

Kaspar remarque le maître d'hôtel en jabador blanc qui se faufile sans grande précaution parmi la foule des convives, comme s'il y avait une urgence. Il le suit du regard par simple divertissement, le perd un instant, mais le retrouve en train de parler à l'oreille du faux sultan aux longs cheveux d'argent. Demaison hoche la tête et lui emboîte le pas. Ils traversent le grand salon, prennent le large couloir de l'entrée. Au fond, sur un guéridon en marbre blanc, le maître d'hôtel lui indique le combiné du téléphone décroché. L'avocat le saisit. Le passage d'une petite troupe de princesses ottomanes gâche la vue de Simon.

La conversation n'a guère duré, l'avocat raccroche déjà. Il retire aussitôt sa magnifique veste en soie rouge bordeaux brodée de fleurs. Smoking en dessous. Il semble soudainement nerveux, rappelle le jabador qui hèle deux serviteurs en sarouel et tunique noirs. Agitation dans le couloir. Demaison disparaît dans une petite pièce en retrait, revient avec un manteau et une grosse écharpe rouge autour du cou. Il regarde sa montre, impatient.

La curiosité gagne Kaspar. Filippis arrive à grands pas, Saintonge est à deux mètres derrière lui. Un bref échange. L'avocat et le patron de la Mondaine quittent à la hâte l'hôtel Lambert.

Simon laisse passer une minute avant de rejoindre l'adjoint de Gerber.

– Le taulier nous a quittés précipitamment, il y a un problème ? demande-t-il avec l'air aussi détaché que possible.

– Une urgence rue Saint-Honoré... Je ne vois pas trop quel clandé il peut y avoir dans le coin.

– Il n'a pas donné d'adresse ?

– Non. J'ai juste compris qu'ils se retrouvent au coin de l'avenue de l'Opéra.

Simon hausse les épaules, feint l'indifférence, sort sur le perron pour griller une Gitane. Il s'assure que Saintonge s'éloigne, en direction du bar et des invités, pour s'éclipser à son tour.

Les deux flics en tenue sur le trottoir le saluent sans le reconnaître.

23 heures

Assis sur le bord de la fontaine, face à la Comédie-Française, Servent ne lâche pas du regard le barbu. Après avoir passé vingt minutes dans la cabine téléphonique, il poireaute à l'angle de l'avenue de l'Opéra et de la rue Saint-Honoré. Il ne cesse de se tourner et se retourner dans tous les sens comme s'il se sentait en danger.

Le commissaire a eu le temps de voir déguerpir la camionnette siglée Entreprise Danglard, suivie par les deux bagnoles de surveillance. Il a hésité à se replier, comme ses hommes, avant de décider de rester sur place. D'attendre avec le barbu, en quelque sorte.

Car, côté DST, il sait par avance la suite de l'histoire : Xoual et Millepieds aux abris, les parapluies grands ouverts. Charbonneau peut-être aussi. Il pense aux Rouges qui ont encore gagné une bataille, aux traîtres qui leur ont permis la victoire. La colère l'envahit.

Une DS pile à la hauteur du barbu. Puis, derrière elle, une 204 et une Simca 1000 ralentissent, à une minute d'écart. Des hommes en descendent.

Servent les connaît tous. Roger Fressoz, le patron du *Canard*, Jean Clémentin et Gabriel Macé, les rédacteurs en chef. Claude Angeli arrive en courant. Un type inconnu avec un appareil photo autour du cou surgit près d'eux.

Le barbu semble expliquer ce qu'il a vu, mime des détails.

Le flic de la SUBAC enrage. Des voitures stoppent et s'agglutinent autour du groupe, *L'Humanité, Le Figaro, L'Aurore,* écrits en gros sur les portières. Le troupeau des journalistes se dirige maintenant à pied et en voiture dans la rue Saint-Honoré vers le numéro 173.

Fressoz, lui, n'a pas bougé du bord du trottoir. Un taxi s'arrête à sa hauteur. Le patron du *Canard* tend la main au passager en smoking qui s'en extrait. Albert Demaison. Les deux hommes se prennent dans les bras, visiblement émus. Un autre taxi s'arrête en double file. Fressoz l'accueille fraîchement. L'homme à la carrure de catcheur, en smoking lui aussi, rappelle vaguement quelqu'un à Servent, mais il ne parvient pas à l'identifier. Fressoz et Demaison marchent devant lui, ils rejoignent les autres au 173.

Servent poireaute encore quelques minutes et se met en mouvement comme un promeneur. Il va retourner au Spoutnik pour y descendre un dernier scotch.

23 h 15

Simon a dû traverser le pont de Sully avant de trouver un taxi. Une 404 de la compagnie Slota. Dans la voiture il a retiré son nœud papillon et ouvert deux boutons de sa chemise. Les quais, le pont Royal, quelques lampadaires éclairent le brouillard qui flotte sur le jardin des Tuileries. Il a demandé au chauffeur de l'arrêter au coin de la rue de Rivoli. Kaspar se rend compte qu'il a oublié son manteau à l'hôtel Lambert. Saintonge le lui rapportera peut-être. L'adjoint de Gerber doit faire une de ces têtes en découvrant qu'il a quitté son poste.

Le jeune flic marche sous les arcades de la rue de Rivoli. Pourquoi s'est-il mis à suivre Demaison ? Demaison et Filippis. Peut-être est-ce à cause de la surprise qu'a suscitée en lui cette complicité nocturne, entre l'avocat de la Rouquine et le patron de la Mondaine. « Il faut savoir faire confiance à son instinct », lui avait un jour rappelé Daclin. Simon se dit qu'il est peut-être en train de devenir flic, malgré lui. Un flic qui filoche son patron.

Il prend la rue de Rohan, s'arrête avant d'être au coin de l'avenue de l'Opéra et de la rue Saint-Honoré. Pas de Demaison ou de Filippis en vue. Il hésite, s'engage dans la rue Saint-Honoré sans savoir où il va, allume une cigarette. De loin, il aperçoit un tohu-bohu devant une porte cochère. Des voitures mal garées, des bagnoles de presse.

Il change de trottoir. Juste en face, il y a un bistrot. Il jette un œil à travers la vitre avant d'entrer. Trois pékins sont attablés, en train de finir de dîner, et un vieux à grosse moustache est appuyé au comptoir. Il pousse la porte. L'homme lui fait l'effet d'un provincial qui vient de débarquer de sa cambrousse. Non loin de lui, une blonde fait des messes basses avec le patron au-dessus du zinc.

La femme et le bistrotier le reluquent dans son smoking. Le moustachu a le regard plongé dans son verre de gnôle.

Il commande un double scotch.

La blonde sort. Il la voit traverser la rue et se mettre à discuter avec les journalistes qui font le planton devant la porte cochère.

– Qu'est-ce qu'il se passe là-bas ? demande-t-il au patron.

– On ne sait pas trop. C'est *Le Canard enchaîné*. Paraît qu'ils ont trouvé des plombiers qui posaient des micros.

– Des écoutes ?

– Ouais, un truc comme ça.

C'est à coup sûr pour ça que Demaison et Filippis ont planté les princesses et les émirs. Kaspar ne comprend rien à la situation, à ce que le taulier de la Mondaine fait dans une histoire de barbouzes. Quant à lui, ce qu'il fait là, à courir derrière les fantômes, il ne saurait dire si c'est plus clair. Il se demande si Lucienne Goldfarb est encore en tenue de Shéhérazade à l'hôtel Lambert ou si elle a repris son uniforme de mère maquerelle. Il fait signe au patron de le resservir quand il voit le vieux moustachu s'approcher.

23h30

Servent a chopé des bribes de confidences de la bignole au bistrotier. Un dessinateur vient de débusquer de faux plombiers. L'opération Palmes a foiré dans les grandes largeurs. Il essaie de rassembler les morceaux, avec la conviction que tout ramène à Demaison, l'avocat des cocos du *Canard*, de Ben Barka et de Marković. L'ami de Mitterrand. Celui qui a failli découvrir les micros de la rue de Bièvre.

Le flic de la DST aperçoit son reflet dans un miroir du Spoutnik, grotesque. Il demande qu'on le resserve encore, pour dissiper sa confusion, atténuer son désespoir.

Il sèche son dernier verre quand un gamin en smoking, débraillé, entre dans le bistrot l'air hagard. Il est persuadé d'avoir déjà croisé ce môme. Une gueule d'ado sur un corps d'adulte. Un regard étrange. Il l'entend poser des questions au patron, l'observe suivre la concierge du regard. Servent fouille dans sa mémoire à s'en faire éclater la cervelle, abîmée par l'alcool. Les photos dans l'enveloppe avec le rapport de l'IGS. La taupe des bœuf-carottes. C'est lui, le jeune flic qui traque en douce le patron de la Mondaine. Nouveau flash dans sa tête : Filippis, c'est l'homme en smoking qu'il n'a pas reconnu tout à l'heure avec Demaison et Fressoz. Le flic pourri que Marcellin lui a demandé de faire tomber. Un des comploteurs contre Pompidou.

Il remet tout en ordre. L'opération Palmes torpillée, Demaison surgi au cœur du sabotage, Filippis associé véreux de l'avocat des Cocos… Et ce jeune flic imberbe à leurs trousses, en filoche.

Le môme commande un autre verre. Servent se dit qu'il n'a plus rien à perdre. Il s'approche de lui et pose une main sur son bras. « Inspecteur Kaspar », dit-il à voix basse. Les yeux verts du flic brillent de fureur.

Troisième partie

Casting

décembre 1973-février 1974

Pas de place pour le hasard

Lundi 3 – mardi 4 décembre

La main sur son bras lui fait comme une décharge électrique, son nom prononcé à voix basse, un coup à l'estomac. Simon regarde le moustachu. Des yeux vitreux derrière de grosses lunettes. Il s'écarte d'un mouvement sec.

– Qui êtes-vous ?

– Un ami ou un ennemi, ça dépend de vous.

La douleur frappe le jeune flic dans le bas du dos, ça palpite dans sa poitrine. Le vieux fait signe au patron de les resservir. Les allées et venues se poursuivent au 173.

– Si vous attendez votre chef, vous perdez votre temps, il n'a fait que passer. En revanche, l'avocat est là…

– Bon dieu, mais qui êtes-vous ? redemande Simon.

– Je vous l'ai dit, je suis le type qui peut vous faire tomber ou qui peut vous sauver, c'est selon. Une sorte de collègue…

Servent sèche son verre.

Un bœuf, pense Kaspar. La traîtrise de Fournier. Comment expliquer sinon que ce type en filoche ait pu arriver dans ce rade avant lui ?

– Demaison et Filippis ont débarqué il y a un moment avec à peu près le même costume de pingouin que vous… Dites-moi ce qu'il se passe en face et nous serons bons amis.

Sa première phrase fait tilt dans la tête de Simon. Ce n'est pas lui, mais Filippis qu'il traque, voilà pourquoi il l'a précédé. Il remet les éléments en place, l'enquête des bœuf-carottes contre le taulier de la Mondaine évoquée par Fournier. Le poulet de l'IGS a évidemment cafté, il a relaté leur tête-à-tête, refilé sa photo et son identité.

Kaspar s'apaise un peu. Il repousse son verre plein et se tourne vers le vieux. Il le domine d'une tête. Il remarque sa moustache curieusement de traviole, donne furtivement un coup d'œil à la rue.

– OK. Je vous raconte si vous me dites à qui j'ai l'honneur de faire des confidences.

Il esquisse un sourire.

Le commissaire se force à réfléchir. L'arrogance de ce gosse aux yeux de serpent l'agresse. Il sent que l'alcool engourdit ses neurones. Trois types traversent la rue Saint-Honoré et entrent au Spoutnik. Le flic de la DST reconnaît aussitôt cette grande perche d'Angeli et le dandy Fressoz en compagnie du barbu dégarni.

Simon songe un instant que si Demaison est en face, il peut lui aussi débarquer à son tour.

Quitter le bar avant d'être totalement démasqué.

Il dépose deux billets sur le zinc et sort.

Servent hésite : cuisiner le gamin ou tendre l'oreille vers les trois Rouges du *Canard*. Il choisit de suivre Simon.

Personne ne leur prête attention quand ils franchissent la porte.

Ils remontent la rue à quelques mètres de distance l'un de l'autre.

Le froid saisit Kaspar dans sa chemise ouverte et sa veste de smoking. Il se rend compte qu'il n'a rien compris à ce qu'il s'était passé, le départ précipité de Demaison et de Filippis, « une urgence pour un clandé » selon Saintonge, l'avocat toujours sur place rue Saint-Honoré, le patron de la Mondaine qui ne fait que passer, le vieux en planque, vrai-faux bœuf-carottes.

Simon pense aux emmerdes à venir si Saintonge ne le couvre pas, à Lucienne la Rouquine qu'il a laissée en plan. Il se demande ce qu'il lui a pris de se mettre à leurs trousses, pourquoi cet instinct qu'il n'aurait pas dû suivre.

La colère l'envahit, contre lui, contre tous.

Il entend les pas du moustachu résonner sur le bitume derrière lui.

Servent le rejoint à la hauteur de l'église Saint-Roch. Simon sent ses ongles s'enfoncer dans son biceps. Il se retourne.

Frappe. Deux coups. Dans l'estomac. Retient le troisième au moment où le vieux s'affale. Il l'entend gémir, le relève par le col de sa veste. Ses cheveux noirs sur le trottoir. Il fait voler les lunettes en écaille, tire sur sa moustache bancale, le traîne derrière le kiosque à journaux près de l'église. Un troisième coup. Le vieux suffoque, glisse lentement le long du mur en bois de la cabane, trouve un peu de force pour pencher la tête sur le côté et vomit. Simon s'accroupit en face de lui. Il découvre un autre visage, dur et marqué, un mélange de peur et de rage dans les yeux. Le déguisement était réussi.

– Maintenant que le masque est tombé, vous pouvez peut-être vous présenter ? demande Kaspar. Je ne crois pas que vous soyez de l'IGS…

Le commissaire peine à reprendre son souffle, mais sent son cerveau fonctionner à nouveau. Il doit gagner du temps pour trouver la meilleure réponse. Il accentue une grimace de douleur et fait face à Simon.

– Je m'appelle André Meyrieu, je bosse en privé.

Il pense à son Unique accroché à sa ceinture, sous sa veste en velours, à sa carte tricolore dans son portefeuille, s'étonne que Kaspar ne le fouille pas. Un bleu, se dit-il.

– Un client m'a demandé de filer l'avocat… Une histoire de femmes… C'est mon créneau.

Son cœur a presque retrouvé son rythme et sa respiration, sa cadence ordinaire.

– C'est pour ça que je connais à peu près tous les flics de la Mondaine. Des plus vieux comme votre taulier, à vous, le jeunot.

Il essaye de se relever en prenant appui avec ses mains sur le sol. Simon le presse légèrement sur la poitrine pour qu'il reste dans sa position.

– OK, Sam Space… Et il se passait quoi dans l'immeuble en face ?

Servent n'a jamais entendu parler du détective de Dashiell Hammett, mais devine l'ironie.

– J'espérais que vous me le diriez.

Une voiture passe à toute blinde dans la rue Saint-Honoré. Une deuxième, une troisième. Simon aperçoit les logos des journaux sur les portières.

– Je crois qu'il vous suffira de lire la presse, dit-il.

La phrase est plus douloureuse qu'un coup dans l'estomac.

Kaspar se campe sur ses jambes, tend sa main droite pour l'aider à se relever. Un amateur, pense encore Servent. Au moment où le jeune flic le tire à sa hauteur, avec l'élan que lui donne ce mouvement, Servent écrase son poing droit sur son visage. Kaspar s'écroule. Le patron de la SUBAC tire son calibre 7.65 et prend celui de Simon.

– Tu as encore beaucoup à apprendre, gamin. Relève-toi, on va finir par croiser du monde si on reste là.

Servent ramasse sa moumoute et sa fausse moustache. Il attrape Simon titubant et le conduit dans l'impasse sombre qui longe l'église, le pétard sous son nez.

– Maintenant, tu racontes… Allez, je vais t'aider. Tu as passé la soirée avec ton patron, le commissaire Filippis et l'avocat Albert Demaison. Vu vos nippes, il devait y avoir du beau monde.

Simon a la tête qui tourne. Il sent son œil gauche se fermer et une goutte de sang couler le long de sa joue. Le froid le fait trembler.

– Je faisais la sécurité à un gala, à l'hôtel Lambert, avec des collègues de la brigade…

– Et après ?

Un silence. Servent pousse un soupir de lassitude.

– Il faut que tu t'allonges, petit… Je sais que tu filoches ton taulier et que t'es même allé le balancer à l'IGS. Dis-moi pourquoi tu t'es retrouvé ici avec lui et Demaison. T'es pas un Rouge, toi ?…

– Un quoi ? lance Simon.

Servent a un petit rire. Il recule d'un pas et vérifie que personne n'approche. L'impasse est plongée dans l'obscurité, la rue Saint-Honoré, déserte. Il imagine le chaos rue des Saussaies, le désastre de l'opération Palmes. Albertini, Marcellin, Pompidou déjà informés. Xoual et les autres à sa recherche, sans doute ont-ils déjà appelé Solange. Il doit ferrer le môme pour essayer de comprendre.

– Filippis est un pourri et Demaison aussi. Je sais que tu le sais. Si tu y mets du tien, on pourrait finir par s'entendre...

– Vous n'êtes pas un privé, n'est-ce pas ?

– On s'en fout de ce que je suis. Tu le sauras bien assez tôt.

Il range son flingue et lui rend le sien, en signe de paix. Kaspar se dit que le vieux a peut-être des informations à lui apporter.

Lâcher un peu de lest.

Il se met à lui résumer la soirée orientale, le coup de fil, l'aparté entre Filippis et Demaison, le départ précipité de l'avocat puis du taulier de la Mondaine, supposément pour un clandé rue Saint-Honoré. Et sa décision, sans raison précise, de les suivre, jusqu'à ce qu'il découvre l'attroupement devant le 173. La nécessité de ne pas s'exposer plus et son entrée au Spoutnik. Il ne parle pas de la Rouquine, ni des putes assassinées.

– Je ne sais même pas ce qu'il y a dans cet immeuble, conclut-il.

– Un nid de gens qui veulent notre perte, lâche Servent, amer.

Simon ne saisit pas le sens de sa réponse, mais veut bien le croire. Le commissaire se repasse des bribes du rapport de l'IGS. Il ne doute pas de la sincérité naïve et violente du jeune flic. Il a maintenant la conviction de pouvoir en faire un allié.

– Je crois que nous cherchons la même chose, reprend-il.

Simon hésite à lui rétorquer qu'il ne sait plus exactement ce qu'il cherche. Son œil est fermé, l'image du vieux, floue. Il a du mal à croire que sa quête cadre avec celle du vieux : trois prostituées assassinées, sa mère poignardée vingt-deux ans plus tôt, l'ombre permanente de Filippis et celle incertaine de Demaison, leur lien ancien avec la plus redoutable maquerelle de Paris. Il a la conviction que tout est lié sans savoir ni comment ni pourquoi, sans pouvoir en parler.

– Mais vous, vous cherchez quoi ?

Servent regarde le visage abîmé de Kaspar, lui rajuste sa veste de smoking et s'excuse pour les circonstances de leur rencontre. Soudain affable, il le félicite pour la vigueur de son poing, mais ajoute qu'il n'a plus l'âge de se bagarrer. Dans ses gestes, il y a comme l'ébauche d'une alliance.

– Filippis et Demaison sont des ennemis de la France. À nous deux, on peut les faire tomber, murmure-t-il.

– Rien à foutre de la France.

– Mais tu n'en as pas rien à foutre d'eux…

Kaspar réfléchit.

– Admettons. Et vous proposez quoi ?

– Tu inventes un bobard pour expliquer ton départ du gala et ton coquard, je te fais confiance. Tu te fais oublier au 36 et tu en profites pour lire les journaux et écouter la radio. Je te recontacte dans quelques jours…

– Comment ?

Servent hausse simplement les épaules.

Solange dort profondément. Elle n'a laissé aucun message griffonné sur la table du salon comme elle en a l'habitude. Apparemment, personne n'a appelé. Il retire ses frusques, prend une douche brûlante. Il ressent la douleur de l'hématome large comme deux mains sur son ventre, des courbatures dans les bras et les jambes, les écorchures à la jointure de ses doigts. Il entre à pas de loup dans la chambre, prend un costume et une chemise au hasard, s'habille et ressort. Il aurait pu laisser un mot rassurant à sa femme, mais dévale l'escalier.

Le froid est vif. Une Ami 6 blanche est garée juste devant la porte de son immeuble, un homme derrière le volant est apparemment profondément assoupi. Servent s'approche de la vitre. Landreau est emmitouflé dans une canadienne, la tête en arrière, la bouche entrouverte. Servent donne deux petits coups secs. Un sursaut en réaction. Le jeune flic de la SUBAC baisse sa vitre d'un coup de manivelle.

– Qu'est-ce que tu fous là ?
– Je vous attendais, patron.
– Tu es arrivé il y a longtemps ?
– Non.

Le commissaire est rassuré qu'il ne l'ait pas vu rentrer chez lui. Il contourne la voiture et s'assoit à côté de Landreau. Ils roulent vers la rue Cambacérès. Paris est encore vide.

Landreau lui raconte ce qu'il a appris.

Un type a frappé à la porte du *Canard* en pleine installation. Un connard lui a ouvert, ce qui a déclenché la panique dans l'équipe et le retour illico rue des Saussaies sans que les micros aient été posés. La suite est encore plus confuse. Xoual serait rentré en urgence. Il n'en sait pas plus, juste qu'il a donné un mot d'ordre à tous les agents sur place : « Personne n'était rue Saint-Honoré ce soir. » Le sous-directeur de la DST aurait personnellement passé à la broyeuse le cahier sur lequel ont été notées les allées et venues nocturnes des équipes.

– Qui t'a rapporté ça ? demande Servent.

– Un gars de Charbonneau, un pote… Il m'a appelé chez moi. J'ai cherché à vous joindre au bureau, mais ça ne répondait pas. Je suis passé, mais le planton m'a dit qu'il ne vous avait pas vu de la soirée…

Landreau marque une pause, se tourne légèrement vers Servent sans quitter des yeux la rue devant lui.

– Vous étiez où, patron ?
– Chez moi, répond-il trop vite.

Un autre silence.

– Je vous ai vu arriver il y a une heure. Sur le coup, je ne vous ai pas reconnu avec votre vieux costard en velours… Vous étiez sur place, c'est ça ?

La question est formulée sans reproche. Il n'en serait pas surpris, il a même pensé y faire un tour, mais s'est ravisé.

Ils empruntent le pont Alexandre III, l'avenue Winston-Churchill. À la hauteur de la station de métro

Champs-Élysées-Clemenceau, Servent lui demande de se garer et de couper le moteur. L'Ami 6 émet un petit hoquet.

– Oui, j'étais dans les parages et visiblement ils ont merdé. J'ai vu le type qui a frappé à la porte. Il n'était pas là par hasard. Les Rouges nous ont monté un traquenard.

– Vous pensez qu'ils ont une taupe…

– Je n'en sais rien. Mais ce que je sais, c'est qu'on va prendre un tombereau de merde sur la gueule et que tu dois te mettre aux abris.

Landreau voudrait protester. Le commissaire pose une main sur son épaule. Il a besoin de lui. En coulisses.

– Dans les prochains jours tu demanderas à quitter le service, de toute façon la SUBAC c'est fini…

– Mais vous allez faire quoi ?

– Je voudrais que tu fasses quelque chose pour moi…

– Bien sûr, l'interrompt Landreau avec une soudaine excitation.

– Et que tu le fasses sans chercher à comprendre ce que je vais te demander.

– Je comprendrai un jour ?

– Peut-être.

– Dites-moi ce que je dois faire.

– Que tu consultes tout ce que tu peux trouver à la documentation sur Demaison au moment de l'affaire Marković. 1968. Fais gaffe. Sauvignon doit être convaincu que nous ne travaillons plus ensemble, sinon c'est mort. Pour le reste, tu te démerdes. Je peux compter sur toi ?

– Je vous l'avais dit, ce Demaison…

– Oui, tu me l'avais dit, et c'est pour ça que je te demande de gratter encore.

– OK patron.

– Maintenant tu peux rentrer chez toi. Je finirai à pied.

André Servent regarde l'Ami 6 s'engager sur les Champs-Élysées. Il traverse l'avenue, longe les jardins de l'Élysée. La nuit est aussi épaisse que les ténèbres.

La marque du photographe

Mercredi 5 décembre

Simon sait qu'il rêve sans parvenir à se tirer du sommeil. Des corps de femmes blondes ensanglantés sur une scène de théâtre. Filippis, la Rouquine et Demaison au premier rang dans une salle vide. Un vieux flic, arme de service à la main, se dissimule dans l'ombre. Un cri dont il ne saisit pas l'origine le réveille enfin.

Kaspar est en sueur. Il regarde sa montre. Il a passé plus de vingt-quatre heures au fond du gouffre, sans qu'il se rappelle le moment où il y est tombé. Jamais il n'a dormi autant. Il se lève avec peine, chaque parcelle de son corps est douloureuse.

Retrouver ses esprits.

Revenir au réel.

Son seul souvenir est celui de Saintonge, dernière image avant de sombrer dans la nuit. Il avait fini par lui passer un appel depuis une cabine après avoir marché dans la ville jusqu'au petit matin. Il lui a servi son mensonge improvisé pour justifier sa disparition de l'hôtel Lambert : un rencard précipité avec une bourgeoise aussi bien gaulée que pleine de fric qui se termine en baston avec le régulier de la dame qui a débarqué par surprise. Un œil en œuf de pigeon. Rien de grave. L'adjoint de Gerber pouvait le réprimander avec bienveillance, il lui avait promis de le couvrir sans davantage de questions.

« Tu te fais oublier, tu lis les journaux et tu écoutes la radio », lui a dit le vrai-faux bœuf-carottes. Il a l'impression d'avoir passé un pacte avec une drôle d'ombre.

Son transistor est toujours sans piles.

Simon s'habille rapidement et sort.

À la maison de la presse, place Maubert, *Le Parisien libéré*, *L'Aurore* et *Le Figaro* sont en bonne place sur le présentoir à l'extérieur. Il tire *Le Canard enchaîné* tout en haut.

« Oh ! Marcellin, quelle Watergaffe ! » en gros titre. Quatre photos juste en dessous.

Il prend le journal sans l'ouvrir, donne un franc cinquante à la vendeuse. « C'est quand même scandaleux », lance-t-elle.

Simon traverse le boulevard Saint-Germain, entre dans le café du Métro, en face de Dodin Bouffant. Il parcourt la première page. L'article en bas à gauche :

« Lundi soir, vers 22 h 15, en passant devant le numéro 173 de la rue Saint-Honoré… »

Un frisson. Il reprend depuis le début.

Le titre : « André Escaro : "Ce que j'ai découvert" »

« Lundi soir, vers 22 h 15, en passant devant le numéro 173 de la rue Saint-Honoré… où se trouvent les nouveaux locaux où va s'installer le Canard enchaîné, *j'aperçois avec surprise de la lumière à une fenêtre du troisième étage. Je sais bien que les travaux sont en cours de finition, mais tout de même, à cette heure ! "Voilà, me dis-je, des ouvriers qui travaillent vraiment tard." Bizarre : une sorte de rideau noir a été accroché de façon sommaire au milieu de la fenêtre en question ; derrière, des ombres s'agitent. Juste en dessous, au second, des ronds de lumière se promènent au plafond comme si quelqu'un – des cambrioleurs peut-être – y braquait des torches électriques. Dehors, sur le trottoir, des policiers en uniforme, talkie-walkie en sautoir.*

J'entre, je monte l'escalier et j'arrive devant la porte palière. Je frappe. Une voix : "Qu'est-ce que c'est ?

– Le Canard enchaîné.*"*

Un type ouvre, ou plutôt entrebâille la porte : elle donne sur un couloir qui est plongé dans une semi-obscurité et où je distingue un autre type ; au bout du couloir, c'est le bureau de notre directeur et c'est là qu'on a l'air de s'affairer fébrilement.

J'interroge : "Vous travaillez la nuit ?

– Oui, il faut qu'on se dépêche car tout doit être terminé au 15 décembre.

– Et qu'est-ce que vous faites ?

– C'est pour le chauffage central…"

Tiens, tiens… Justement, il y a déjà trois semaines qu'il fonctionne, le chauffage central. Je commence à comprendre. Je pénètre dans la pièce éclairée, il y a là trois individus en combinaison bleue; je vois immédiatement qu'ils ont arraché des lames du parquet; au sol il y a tout un matériel, des boîtes de diverses dimensions, des câbles et… deux postes émetteurs-récepteurs.

"Vous travaillez pour quelle entreprise ?"

Mes interlocuteurs sont figés comme des statues.

"Ah, je ne me rappelle plus", balbutie celui qui m'a ouvert.

J'ai la sensation que l'atmosphère s'alourdit. Et qu'il est préférable (on ne sait jamais) que je m'éloigne.

"Quel est votre nom ?" me demande l'ouvrier. »

L'article se poursuit en dernière page.

« *– Vous le saurez demain.*

Et je me précipite dans l'escalier pour aller téléphoner et prévenir les copains.

Je suis maintenant dans la rue. J'entends, sortant du talkie-walkie d'un flic en faction, l'édifiant message que voici : "Allô, allô, numéro 2, qu'est-ce que vous foutez, bordel… Suivez le type qui vient de sortir. On décroche. Sauve qui peut."

Un peu plus tard, je reviens accompagné du directeur et des rédacteurs en chef du journal; cette fois tout est éteint. Nous entrons, nous allumons et procédons à quelques constatations. Certaines lames de parquet sont propres, d'autres couvertes de poussière; nous les soulevons et il n'y a plus rien; les câbles et autres fils ont été enlevés. Mais un trou a été percé sous le parquet. Au mur, du mastic tout frais. Le mastic enlevé, on constate que "cela" traverse le mur et se prolonge vers l'immeuble voisin.

À l'étage en dessous, c'est le bureau prévu pour les rédacteurs en chef. Au milieu de la pièce il y a encore un escabeau; au plafond deux trous minuscules. Avec un fil de fer on constate que ça correspond avec le trou percé à l'étage au-dessus.

Voilà.

Ah ! ceci encore : la concierge, quand je l'interroge, me confirme, c'est vrai, que des ouvriers sont venus ce soir pour travailler. Ils posaient des voilages… »

Déception de Simon. Tout le scénario s'est éclairé, mais il se moque des barbouzeries. Cela ne lui apporte rien, à moins que le ratage et son retentissement ne fassent affleurer de nouveaux éléments. Il prend la peine de lire un autre article.

« Micros, caméras invisibles, courriers interceptés.

Les Tontons-Macoutes de Marcellin »

par Claude Angeli

« Leurs collègues en espionnage politique les ont baptisés ainsi. Les "Tontons-Macoutes" sont aux Renseignements généraux les spécialistes des opérations délicates et dangereuses.

Parfois, ils installent un micro-espion sur une ligne téléphonique pour enregistrer des conversations sans passer par les tables d'écoute. Un autre jour, ils volent du courrier. Quelquefois ils photographient ou filment des personnes qui entrent et sortent d'immeubles. Mais ce ne sont pas là leurs missions principales. Car les "Tontons-Macoutes" ont mieux à faire. Par exemple, visiter clandestinement les appartements que leurs chefs désignent. Ou encore, opérations plus raffinées, installer des micros espions dans des bureaux à surveiller. C'était le cas dans la nuit de lundi à mardi, au nouveau local que l'équipe du Canard *va occuper dans quelques semaines.*

L'enregistrement de nos conversations ne suffit donc pas. Marcellin aurait aussi voulu savoir ce qu'il se dirait dans les futurs locaux du Canard. *On a vraiment affaire à des maniaques.*

Où ces policiers barbouzes sont-ils en activité ?

– à la Préfecture de police de Paris, dans "le groupe technique" des Renseignements généraux ;

– au ministère de l'Intérieur, dans la section "Moyens techniques" des Renseignements généraux ;

– au ministère encore, dans la Brigade opérationnelle centrale des Renseignements généraux ;

– à la DST, où l'on utilise parfois certains fonctionnaires pour surveiller des opposants au régime alors que ce service est, en principe, uniquement destiné à pratiquer le contre-espionnage. »

Kaspar renonce à lire les autres papiers. Il replie le journal, l'abandonne sur la table. Le clandé de la rue Saint-Honoré n'était autre que le siège du *Canard enchaîné* et le va-et-vient au 173, une opération d'espionnage. Il a perdu son temps à courir, en pleine nuit dans les rues de Paris, à la poursuite de son patron. Il regrette d'avoir abandonné la Rouquine et son poste qui lui permettait une observation si facile. Il repense aux coups donnés et reçus pour une histoire dont il n'a que faire. Il se fiche bien des journalistes, des espions, des Rouges et de Marcellin.

Mais que diable Demaison venait-il faire rue Saint-Honoré ? Et Filippis, parti à la hâte avec l'avocat de l'hôtel Lambert, pourquoi a-t-il fait le déplacement si c'était pour passer sans vraiment s'arrêter ?

Et le vieux au postiche, est-il de ces barbouzes dont il ne parvient pas à comprendre le rôle, allié ou ennemi ?

Simon remonte chez lui. Saintonge lui a accordé plusieurs jours, loin de la brigade, le temps qu'il se remette de ses ecchymoses. Il doit juste ne pas oublier de déposer son smoking chez Jean-Jacques.

Il effectue un peu de rangement dans le studio sans désordre et s'installe pour relire les notes dans son carnet. Il déplie le bitumar, repère les rues des Montibœufs, Descombes, Laugier, du Théâtre et du Débarcadère. Il reste figé quelques instants sur le plan, voyage immobile dans Paris, dans un parcours sans cohérence. Il sort les deux photos, balaie l'image virtuelle de Rachel venue subrepticement se glisser entre celles, réelles, des prostituées.

Suzanne-Sylvie-Estelle. « Novembre 68. Casting CP » est-il écrit au dos. Son regard est attiré par une sorte d'inscription à peine visible dans un coin. Des lettres minuscules d'un bleu très pâle, partiellement effacées. Il approche ses yeux jusqu'à ce qu'ils frôlent le papier. Un tampon. Il discerne la marque effacée d'un tampon. À coup sûr celui du photographe. Il va à la fenêtre, l'ouvre en grand pour faire plus de lumière.

St... Peut-être *studio. ... a... r...*

Et sans doute un *y* à la fin.

Un chiffre a été effacé devant. Il croit lire : *92 rue… ur…*

La troisième ligne a disparu.

Il recopie minutieusement les lettres qu'il pense avoir reconnues et se précipite dans l'escalier. Il s'aperçoit en déboulant dans la rue de la Parcheminerie qu'il n'a pas mis sa veste, court pour se réchauffer jusqu'à la cabine du boulevard Saint-Germain. Il compose le numéro de la ligne directe de Signol.

Une voix lasse de flic décroche à l'autre bout, à l'Identité judiciaire. Kaspar s'efforce de le rassurer.

– Pas d'embrouille cette fois, dit-il. J'ai besoin que tu m'aides à trouver un photographe, plutôt un studio photo. Je ne connais pas le nom mais il y a un *a*, un *r* et un *y* dedans…

Il n'a pas besoin de la réaction de Signol pour mesurer le ridicule de sa question.

– C'est con je sais, mais je n'ai que ça, s'excuse-t-il. C'est vraiment important, Gilles…

– Putain, pour que tu me parles sur ce ton, ça doit être du lourd, répond l'autre. C'est rapport à tes blondes ?

– Tu veux vraiment savoir ?

– Non ! Tu répètes ?

Simon épèle. Les lettres survivantes et celles effacées par le temps.

Signol semble réfléchir.

– À mon avis, ton photographe c'est Macary.

La rapidité et la précision de sa réponse laissent Kaspar sans voix.

– Je n'ai pas grand mérite à me souvenir des Macary. Des vraies vedettes au 36. Deux frangins, Richard et Serge. C'est moi qui ai fait les constates quand Richard s'est fait étendre, en 71 je crois. Rue de Courcelles. Il était passé de la photo à la vidéo…

Le *u* et le *r* de l'adresse au dos de la photo, pense Simon.

– Attends une seconde, reprend le jeune flic. Tu peux me résumer l'histoire ?

– Les Macary avaient un studio photo ordinaire au rez-de-chaussée et une boîte d'édition de bouquins porno en sous-sol. Le fisc leur est tombé dessus et ils ont dû fermer boutique. Ça avait fait pas mal de raffut à l'époque. Richard, c'était le plus vieux, le patron. Il s'est fait descendre pas mal de temps après. Trois balles dans le buffet. Règlement de comptes à OK Porno…

– Et l'autre ?

– Serge ? J'en sais rien. Mais tes copains devraient pouvoir te raconter les coulisses, c'étaient plutôt des potes de la Mondaine, les Macary…

Retour vers le passé

Lundi 10 décembre

Xoual face à Servent. Quelques minutes de tête-à-tête. Il annonce à son subordonné la dissolution immédiate de la SUBAC, avec rapatriement de ses agents dans leurs services d'origine, à la DST, et effacement de toutes les éventuelles traces de l'unité fantôme. « Il n'y a jamais eu de police politique dans cette maison. Il en va de la survie de cette institution », tranche le sous-directeur. Le commissaire est rayé des cadres opérationnels, sans affectation jusqu'à la retraite. C'est le prix de la lâcheté de Marcellin. Aux abris depuis une semaine, le ministre de l'Intérieur a juré ses grands dieux, auprès de la presse, qu'il ignorait tout de l'« opération Palmes ».

– Ça ne vous intéresse pas de comprendre ce qu'il s'est passé ? demande Servent entre colère et sarcasme.

Un sourire ironique lui est retourné.

– Il ne s'est rien passé, en tout cas rien qui vous concerne ! Vous n'existez pas, commissaire, vous n'existez plus, lui rétorque Xoual.

« Je suis votre couverture absolue », lui avait-il dit.

Le numéro deux du service de contre-espionnage le regarde en plissant les yeux derrière ses lunettes.

– Vous sortez de l'histoire, mon vieux… Ça ne devrait pas vous poser de problème, cela vous est déjà arrivé, me semble-t-il.

Le passé est brandi contre lui, comme une menace. Fardeau honteux. Misérable secret.

Servent hoche la tête.

Le gardien, à la sortie de l'immeuble de la rue des Saussaies, le salue. Au 14 de la rue Cambacérès, à sa sortie de l'ascenseur, il trouve la porte des bureaux de la SUBAC entrouverte. Il y a de l'agitation à l'intérieur. Des cartons et des sacs poubelles ont été entassés le long du couloir. La broyeuse à papier, dont il ignorait l'existence, tourne à plein régime.

Le commissaire pense aux documents qu'il devrait récupérer. Il hésite un instant, mais redescend par l'escalier.

Un sentiment inattendu de liberté.

Servent fait signe à un taxi juste devant l'entrée de la place Beauvau. Une 404 grise avec chauffeur à casquette s'arrête à sa hauteur. Direction le Palais de justice. Durant le trajet, il n'a en tête que deux sujets. Le premier l'obsède depuis une semaine. Le second lui est apparu quelques jours plus tôt en relisant le rapport de l'IGS sur Filippis transmis par Marcellin.

La relation entre l'avocat et la mère maquerelle.

S'il n'a pas progressé quant au rôle de Demaison dans le complot, le commissaire a récolté quelques informations sur Lucienne Goldfarb, dont un copain des RG a bien voulu lui dresser, au téléphone, un rapide portrait à partir de quelques notes tirées du fichier des indics du service.

Née en 1924 en Pologne, arrivée en France avec ses parents en 1931. Prostituée sans histoires connues, elle ouvre en 1958 un petit hôtel du côté de la porte Maillot, puis, quatre ans plus tard, rachète un établissement voisin pour en faire un bordel de luxe de trente chambres.

Indic de premier ordre de la Mondaine, de la Crim', de l'Antigang, en gros de tout le quai des Orfèvres, elle entretient des relations avec les RG, mais aussi avec le SDECE. Pas de contact identifié à la DST. Ce qui la verse du côté de l'espionnage plutôt que du contre-espionnage.

En 1965, elle a manqué de tomber, mais s'en est sortie sans dégât, comme le dit le rapport de l'IGS en rappelant l'enquête inaboutie pour « corruption de fonctionnaires ». Ses petites affaires ont continué tranquillement.

Rien de vraiment neuf par rapport à la synthèse des bœuf-carottes, si ce n'est un détail : Albert Demaison est son avocat depuis 1951. Ils sont inséparables depuis au moins vingt-cinq ans.

Le flic des RG n'a pas su expliquer à Servent pourquoi une telle précision de date. Lui aussi s'est étonné de cette mention sur la fiche de la maquerelle.

« Tu trouveras peut-être une réponse au Palais », lui a-t-il dit sans y croire.

La 404 s'arrête devant les grilles du tribunal. Servent montre sa carte tricolore à l'entrée du passage des avocats, cela fait un bout de temps qu'il n'y est pas venu. Les grandes marches de pierre, le hall, quelques robes noires et leurs clients, un couloir sur la gauche, une petite foule devant une cour correctionnelle. Il se dirige vers une porte discrète avant la salle des pas perdus, emprunte un escalier jusqu'au troisième étage. Le labyrinthe du palais. Deuxième section du Parquet. Action publique. Le bureau 123. Substitut du procureur Jean-Jacques Couturier. Un cagibi en sous-pente.

Servent a connu le magistrat au début des années 1950 à l'occasion de l'enquête sur la Banque commerciale pour l'Europe du Nord, qui servait d'intermédiaire dans le financement du Parti communiste français par l'État soviétique. La DST, qui disposait à l'époque d'un groupe financier, avait été au cœur de l'enquête décidée par le gouvernement pour attaquer les Rouges au portefeuille. Lors de la perquisition qui avait duré plus d'une semaine à la banque des Cocos, Servent et Couturier avaient sympathisé. Même détestation des bolcheviques. Un lien indissoluble.

Salutations chaleureuses.

– T'es au courant pour Bernard ?

– Qui ?

Le substitut ne croit pas à l'ignorance du policier, mais lui raconte les bruits qui circulent dans les couloirs du palais. Après la plainte du *Canard enchaîné*, une enquête judiciaire a été ouverte, et c'est le juge Alain Bernard qui a été désigné. Un faux mou. À en croire les dernières rumeurs, il aurait déjà identifié les plombiers.

– Ce sont des gars de chez toi, André !

Servent ne montre aucune réaction.

– Tu es dans le coup ?
– Non, je suis au placard.
– Ça n'est pas mes oignons…
– Et pour le reste ?
Couturier pousse un profond soupir et secoue la tête, mine renfrognée.
– Tu te rends compte de ce que tu m'as demandé ? Trouver une procédure vieille d'un quart de siècle dont tu n'es même pas certain qu'elle existe et sans date précise…
– Je sais.
– Mouais… Ce que tu ne sais pas, c'est que j'ai trouvé quand même.
Le visage de Servent s'anime. Celui de Couturier s'épanouit. Le magistrat est content de son effet.
Il a passé une journée entière au greffe du Parquet à éplucher le registre des plaintes.
– Je ne sais pas ce que tu cherches, mais j'espère que ça en valait la peine. En tout cas, tu m'en dois une…
Il ouvre un tiroir de son bureau, sort une feuille de papier avec des inscriptions manuscrites au recto et au verso et chausse de petites lunettes rondes.
– Ta cliente apparaît bien dans nos fichiers en 1948. Le 22 décembre 1948 exactement. Ce jour-là, une plainte a été déposée contre la dénommée Lucienne Goldfarb par un certain Maurice Rosenblum. Commissariat du XVIIe arrondissement. Ils n'ont pas noté le motif de la plainte, sans doute parce que ça ne devait pas être d'un grand intérêt. Elle a d'ailleurs été classée dès le lendemain.
– Il y a un avocat ?
– Non, en tout cas aucun nom n'est mentionné. Mais ce n'est pas fini. Le Maurice ne semble pas lâcher la Lucienne. Quelques jours plus tard, le 28 décembre, il dépose une nouvelle plainte, au commissariat du XIe cette fois. Même résultat : classée le jour même. Et comme ton histoire m'amusait, j'ai encore descendu un peu le cours du temps. C'est plus facile avec

le nom du plaignant. Eh bien, j'ai trouvé trois autres plaintes : le 6 mars 1949, le 12 septembre 1950 et le 18 janvier 1951.

Le magistrat marque une pause.

– Toutes les plaintes ont été classées sans suite. De deux choses l'une : ou ta Lucienne bénéficiait d'une sacrée protection, ou le Rosenblum était un maniaque qui s'amusait à déposer des plaintes sans fondement.

– D'après toi ?

– Je pense que s'il avait été dingue, il aurait fini par être poursuivi à son tour. Or, je n'ai vu aucune procédure qui l'incrimine. Je penche donc plutôt pour la première hypothèse : une protection de la fille. Encore faudrait-il savoir ce que ce type lui reprochait…

– Aucune idée.

Couturier aspire un grand volume de l'air tiède et poussiéreux de son bureau, se gratte machinalement le front et jette un œil à ses notes comme pour une dernière vérification.

– Pourquoi tu t'intéresses à cette bonne femme, André ? C'est quoi le rapport avec la DST ?

– C'est à Demaison que je m'intéresse. Il paraît que c'est son avocat…

– C'est vrai, laisse échapper Couturier.

Cette fois l'effet de surprise du magistrat irrite le flic.

– Mais tu viens de me dire qu'il n'était pas mentionné…

– Hé, t'énerve pas… Si tu me laisses finir, je t'explique. En 1948, 49, 50 pas d'avocat, pas de Demaison, rien. En revanche, il y a un truc inattendu dans le registre du greffe en face de la dernière plainte, celle du 18 janvier 51…

– Un truc ?

Couturier ajuste ses lunettes et se penche sur la feuille devant lui.

– En plus de la mention « classé sans suite », il est écrit « Me Demaison souligne que Mlle Goldfarb était mineure au moment des faits »…

– Ça veut dire quoi ? demande le flic.

Le magistrat lève les yeux vers son ami. Difficile de trouver une explication précise sans connaître le motif de la plainte. Il ne connaît pas d'article du code pénal qui donne l'impunité aux mineurs délinquants. À moins que…

– Le 5 janvier 1951, dit-il, une loi d'amnistie a été votée en faveur de tous les collabos qui étaient mineurs pendant la guerre… Ça pourrait justifier le dernier classement sans suite, celui du 18 janvier 1951. Classement à perpétuité. Mais cela suppose qu'elle ait eu moins de vingt et un ans à la fin de la guerre. Tu connais son âge ?

– Non.

– Et puis il y a quelque chose qui ne colle pas. Goldfarb, c'est un nom juif… Une Juive collabo, ça n'a pas de sens.

Servent approuve d'un mouvement de tête mécanique.

Il fait défiler les quelques infos que lui a communiquées son copain des RG et les bribes contenues dans le rapport de l'IGS.

Rapide calcul mental.

Née en 1924, elle avait vingt-quatre ans en 1948. Mineure jusqu'en 1945.

Ces années noires qu'André Servent a effacées de son histoire personnelle, même si Xoual, Albertini ou quelques autres se plaisent régulièrement à les lui rappeler. C'est autour de cette période que s'est noué le lien entre la petite prostituée et le jeune avocat qui deviendront la mère maquerelle intouchable et l'avocat puissant, mêlés à tous les coups tordus contre le pouvoir et la République.

Rien ne disparaît jamais tout à fait…

Il a maintenant la certitude que suivre les traces de la Rouquine et de son avocat va le plonger dans la noirceur.

Industrie pornographique

Mercredi 12 décembre

Dans son coin, derrière son petit bureau, Simon entend sans écouter l'échange entre Raillard et Gerber.

– Marco, tu pourras passer voir maîtresse Jeanne ? demande l'adjoint de Filippis.

– C'est quoi le problème ?

– Un nouvel amateur de chat à neuf queues. Un député, paraît-il, mais elle ne veut pas nous en parler au téléphone. Ça a l'air chaud, s'amuse Raillard.

– OK, je vais passer lui faire un bout de causette. C'est quoi déjà son adresse ? demande le chef de la Galanterie.

– 12, rue Le Châtelier.

Simon lève la tête dans un réflexe. Son regard croise celui de Gerber. Il replonge dans ses fiches. La rue Le Châtelier lui dit quelque chose sans qu'il sache pourquoi. Il attend que les deux se soient éloignés et sort discrètement son bitumar. Il situe l'endroit, près de la porte de Champerret, et comprend pourquoi le nom de cette voie minuscule lui est familier même s'il n'y a jamais mis les pieds.

Gerber enfile son loden noir.

Simon patiente, lui laisse prendre un peu d'avance et s'éclipse à son tour.

Parmi la cohue dans l'escalier A, il se fraye difficilement un passage, bouscule un képi, dérape et se rattrape à la rambarde, arrive enfin dans la cour principale. Il jette un regard circulaire. Des Simca 1100 flambant neuves ont été livrées la semaine dernière à la brigade. Il aperçoit Gerber claquer la portière de l'une des voitures. Un sprint. Kaspar se plante devant la bagnole au moment où elle démarre, donne deux coups sur le capot avec le plat de sa main, fait le tour et se pose à la place du mort.

– Putain, mais t'es complètement barjot, hurle le chef de la Galanterie. Casse-toi de là…

– Excuse-moi, répond Simon en essayant de reprendre son souffle, Lulu m'a demandé de t'accompagner.

– Tu te fous de ma gueule ?

– Même pas.

Gerber jette un coup d'œil oblique au jeune flic et lance la Simca.

C'est le milieu de l'après-midi et la nuit dégringole déjà.

– Paraît qu'il y a un souci avec la proprio d'un chat à neuf queues ?

– Mouais.

– Maîtresse Jeanne, c'est ça ?… Tu sais que grâce à toi je vais rencontrer ma première flagellante.

Ça n'amuse pas le chef de la Galanterie.

Son groupe est chargé de la surveillance des manieuses du martinet et de la roue, les spécialistes en jeux de torture. Quatre ou cinq maîtresses sado-maso, tout au plus dans Paris, font tranquillement commerce de leurs séances douloureuses. Elles informent régulièrement la Mondaine de leurs nouveaux clients.

Silence dans l'auto. Kaspar allume une Gitane, Gerber descend sa vitre, un vif courant d'air froid pénètre dans l'habitacle. Ils remontent le boulevard de Sébastopol. L'image de Natacha surgit subitement en Simon, comme une morsure, à la hauteur de la rue Blondel. Les grands boulevards sont ankylosés, le quartier de l'Opéra paralysé. Des coups de sifflets aussi stridents qu'inutiles sont dispersés par deux agents. Devant les vitrines de Noël des Galeries Lafayette, la foule se masse. Une demi-heure pour atteindre Saint-Augustin.

Simon profite des embouteillages pour tenter de renouer le dialogue. Il demande à Gerber s'il n'y a pas un autre chemin, dit ignorer où ils vont. « C'est direct », lui a répondu Gerber, après un temps.

– Ça va mieux ton œil ?

– Ouais, ça aurait pu être pire et puis ça ne fait pas de mal de prendre une dérouillée de temps en temps, s'amuse Kaspar.

L'autre ne relève pas. Personne d'ailleurs à la Mondaine n'a vraiment cherché à savoir. Le bobard servi à Saintonge a suffi à ses collègues globalement indifférents, peut-être même ravis de voir sa gueule éclatée.

– Raillard ne t'a pas demandé de venir, lâche soudain Gerber.

– Mais si, bien sûr.

– J'ai vu que tu nous écoutais. C'est la rue Le Châtelier qui t'a fait tiquer.

Simon ne répond pas. Il se demande jusqu'où Gerber a deviné ses intentions.

– Tu n'étais pas obligé de te donner autant de mal. Si tu m'avais demandé, je t'aurais amené…

La rue Le Châtelier, sur le plan, est à quelques pas de la rue Descombes, où Sylvie Leveaux a été assassinée le 18 décembre 1968.

– OK, excuse-moi.

Boulevard Malesherbes, avenue de Villiers. La circulation est redevenue fluide. À la hauteur de la station Wagram, au croisement avec la rue Brémontier, Simon aperçoit de la lumière dans l'appartement de Nanou. Sa maison. Il pense à son lit cosy et à son encrier en porcelaine.

– Tu connais le quartier comme ta poche, n'est-ce pas Marco ?

Le chef de la Galanterie répond d'un hochement de tête.

Place du Maréchal-Juin. Des voitures en double file autour du rond-point.

– Prends la rue de Courcelles s'il te plaît, je voudrais te montrer un truc avant…

Gerber s'exécute sans montrer de surprise.

Simon lui demande de s'arrêter plus haut, sur la droite. Devant un rideau métallique à la peinture écaillée, au rez-de-chaussée du 192. Pas de trace d'enseigne.

– Tu t'es trompé, Marco. Ça n'était pas rue Descombes où je voulais aller avec toi, mais ici. Tu connais cette adresse ?

Il n'a mis aucune agressivité cette fois dans sa voix. Gerber ne répond pas.

– Le studio des frères Macary. Ne me dis pas que tu ne te souviens pas…

– Et tu veux savoir quoi sur les frères Macary ? demande le chef de la Galanterie.

– Regarde.

Simon allume le plafonnier de la Simca 1100, sort une photo de sa poche. Celle avec les trois blondes. Il retourne l'image et pose l'index sous les traces du tampon bleu à peine visibles.

– Pas facile à déchiffrer, mais avec un peu d'attention tu peux lire *Studio Macary 192 rue de Courcelles.* C'est sans doute derrière cette porte que Sylvie et ses deux copines ont été photographiées, ajoute Simon en montrant la devanture fermée. Je parie que Richard était présent, mais apparemment il n'est plus possible de lui poser la question. Tu le connaissais, j'imagine…

Gerber attrape la photo. À la différence de la dernière fois, à la Mondaine, il prend le temps de la regarder. Les filles au recto, les traces du tampon et l'inscription manuscrite au verso.

– Je suis sûr que tu peux m'aider, Marco.

– Mais t'aider à quoi ?

– À rassembler les pièces du puzzle.

Les yeux dans le vague, comme s'il faisait un rapide voyage dans le temps, Gerber hoche la tête et lui redonne la photo.

– Viens, allons manger des huîtres, c'est moi qui t'invite… La maîtresse Jeanne peut bien attendre.

Kaspar se dit qu'il a peut-être visé juste.

Ils descendent de voiture. Simon remarque le bruit qui vient du périphérique, cette grande ceinture que rêvait de prendre la Belle Estelle avant de se retirer sur la Côte.

Les deux flics marchent jusqu'à la place.

Derrière une rangée d'arbustes chétifs, le restaurant Dessirier. Boiseries aux murs, lumières discrètes, nappes blanches parfaitement tirées, clientèle de luxe encore clairsemée. Gerber demande une place particulière, au fond de la salle, qui donne sur l'extérieur. Il commande deux douzaines d'huîtres et une bouteille de chablis.

– Tu as tort de t'entêter avec cette histoire, Simon…

– Laisse-moi juge, d'accord ?

– OK. Tu veux que je commence par quoi ?

– Commence par les frères Macary, répond Simon.

Gerber lui livre un résumé de l'histoire plus précis que celui de Signol. Richard, c'était l'homme d'affaires, et Serge, l'artiste. « Une fiotte », précise Gerber au passage, et un indic de choix pour le groupe des Pédés à la Mondaine. Il n'a pas souvenir des circonstances dans lesquelles les frangins ont basculé dans le commerce du sexe, mais, au milieu des années 1960, derrière la façade officielle de leur boutique, ils s'étaient lancés dans la photo de charme distribuée sous le manteau à Pigalle. Puis ils avaient donné dans la photo moins allusive avant d'en venir à l'édition de revues porno. En 1970, le premier numéro de leurs *Nuits parisiennes* était vendu 150 francs alors que le SMIC ne dépassait pas les 700 francs. Du lucratif. À l'époque, dans les sex-shops de la capitale étaient distribués des magazines bien moins explicites, courant peu les foudres de la censure. Bref, les Macary ont prospéré sous la protection bienveillante de la Mondaine, en contrepartie de la mise à disposition régulière du fichier de leurs abonnés.

Certes, de temps à autre, histoire de donner le change, quelques « saisies conservatoires » étaient organisées, mais pas de quoi perturber le business. Jusqu'à ce que le fisc leur tombe dessus, à la fin de l'année 1970. Rideau sur le studio Macary. Serge disparaît dans la nature, Richard se reconvertit dans la vidéo.

– Mais ça n'était plus la même mayonnaise, poursuit Gerber. Une guerre entre producteurs, une sombre histoire de vols de cassettes… L'aîné des Macary finit une balle dans la tête. Dans son appart', à côté, dit-il.

– Sylvie Leveaux bossait pour lui ? demande Kaspar.
– Elle date de quand, ta photo ?
– Il est écrit novembre 68 derrière...
Gerber fait descendre son huître avec le vin blanc.
– La dernière fois que je l'ai vue, c'était à cette période, oui, et nous étions exactement à cette table. Je ne suis pas spécialement sentimental, mais aujourd'hui ça me fait un peu bizarre. Ce soir-là, elle m'a dit...
Il semble soupeser les mots qu'il s'apprête à employer. Simon laisse filer le temps de sa réflexion.
– Quelques jours plus tôt, elle avait vu Filippis rue du Débarcadère...
– Comment ça ? l'interrompt Kaspar qui manque de renverser son verre de vin.
– Monte pas sur tes grands chevaux, ça n'a rien de surprenant. Sylvie était une régulière de la Rouquine. Elle faisait le tapin sur le boulevard Pereire et en général elle montait ses clients au 10 *bis*, c'est à dix minutes à pied, trois en bagnole. Quant à Filippis, je te l'ai déjà dit, c'est par lui qu'elle avait eu son premier condé, bien avant que je la connaisse. Rien d'extraordinaire à ce qu'elle le voie. Elle, mais aussi Danielle Simonnot. Non, ce qui m'avait étonné, c'est que, d'après Sylvie, il leur avait proposé de participer à un tournage ou quelque chose dans le genre.
– Un casting ?
– Elle n'a pas dit ça, mais oui, cela ressemblait à ça. Elle était tout excitée et prétendait qu'il y avait beaucoup d'argent à la clé. Elle m'a même dit qu'elle avait rendez-vous avec un avocat pour signer un contrat avec une avance de deux mille francs. Je n'y ai pas vraiment cru, elle avait beau être blonde, c'était plutôt une bombe désamorcée, la Sylvie...
– C'était quoi ce casting ?
– Top secret, m'avait dit la Belle Estelle... Au point où j'en suis, je ne vois pas pourquoi je mentirais. En 1968, ça ne peut pas être pour un film porno. Plutôt pour des photos, mais c'est

bizarre. Une fois de plus, Sylvie n'avait pas le profil pour ce genre de trucs, la Belle Estelle qui est sur la photo, non plus...

– La Rouquine et Filippis tremperaient dans ce genre d'affaires ?

– Je n'en sais rien, mais pour ce que je sais des deux, ça n'est vraiment pas le genre. C'est sans doute pour ça que je n'ai pas relevé. Pour moi, c'étaient des conneries, une dinguerie de pute.

– Sauf que deux mois plus tard Sylvie se fait trucider. T'en as parlé à Filippis avant d'envoyer Mekhloufi en taule ?

Gerber se ressert un verre de chablis, fait signe au serveur de lui apporter l'addition.

– Mais qu'est-ce que cette histoire de casting aurait eu à voir avec son meurtre ?... Et puis, j'avais déjà oublié. C'est ta saloperie de photo qui vient de m'y faire repenser.

Le garçon apporte l'addition dans une coupelle en porcelaine. Simon la prend avant que l'autre flic s'en saisisse, regarde le total et sort des billets de son portefeuille. Moitié-moitié.

– Je comprends mieux pourquoi tu parlais de culpabilité au Soleil d'or, le soir du meurtre de Danielle Simonnot. Ce n'était pas parce que tu avais compris que le même type avait buté les deux filles, mais parce que tu te sentais coupable de l'avoir volontairement laissé filer en 68...

– Je te l'ai dit, j'ai merdé...

– Non, tu n'as pas merdé. Tu as simplement voulu éviter les emmerdes avec le taulier et la Rouquine, parce que tu sais depuis le début qu'ils sont derrière cette histoire.

– Arrête tes conneries, Simon. C'est Lesieur et moi qui t'avons raconté qu'Estelle s'est fait trucider comme Sylvie.

Kaspar cesse d'écouter le chef de la Galanterie, remet un peu d'ordre dans sa tête.

Un casting de prostituées organisé par Filippis et la princesse de Passy.

Les trois filles photographiées par un protégé de la Mondaine.

Les trois éventrées à tour de rôle par la même main sans que personne au 36 ou ailleurs ne fasse le lien.

Le photographe, seul témoin du casting, buté dans un règlement de comptes.

Le taulier, en 68, se précipite pour faire endosser à un julot de seconde zone le meurtre de Sylvie Leveaux ; au mois de septembre 73, il donne ordre à ses hommes de ne pas mettre leur nez dans celui de la Belle Estelle, Danielle Simonnot.

Le dossier disparu de Suzanne Jurgensen.

– Il y a autre chose qui m'est revenu, dit Gerber.

Il hésite quelques secondes avant de poursuivre sa phrase.

– Sylvie m'a donné le nom de l'avocat avec qui elle prétendait avoir rencard pour signer le contrat…

– Demaison.

Aucune ligne installée

Samedi 15 décembre

Servent retrouve Charbonneau au premier étage du café de la Mairie, place Saint-Sulpice. La salle du bas est vide. Une poignée de main en silence. Le chef des services techniques de la DST se met à relater la guerre de tranchées entre la rue des Saussaies et la place Beauvau, la DST et le ministère de l'Intérieur, depuis dix jours. Marcellin se terre dans son bunker, il a fait savoir qu'il n'avait donné aucun ordre. Xoual assume. Biard a réapparu. Il a même écrit au juge d'instruction pour expliquer que plusieurs journalistes du *Canard enchaîné* sont des agents au service des pays de l'Est. Le magistrat aurait mis sa lettre au panier. Demaison, en sa qualité d'avocat de la partie civile, a demandé à ce que tous les agents susceptibles d'avoir participé à l'opération Palmes soient identifiés.

– Si le juge accepte, on est tous morts, lance Charbonneau.

– Moi je le suis déjà, murmure Servent.

– Je sais, je sais. Tu as été effacé. Officiellement, tu n'es plus dans l'organigramme depuis trois ans.

– Mon nom sent trop la merde. Ce sont pourtant eux, les pourris. Je me fous de mon cas personnel, le pire c'est qu'ils ont abandonné la France aux Cocos.

Charbonneau laisse filer, ajoute que Landreau ne passera pas au tourniquet. Il est intervenu pour qu'il soit affecté au groupe de la Yougoslavie. Servent le remercie.

Le chef des services techniques attrape sa sacoche en cuir mou, en sort un cahier à spirales qu'il feuillette rapidement.

– Je ne sais pas ce qu'a fait le type que tu m'as demandé d'identifier, mais tu auras du mal à le faire mettre sur écoutes…

– Pourquoi ?
– Il n'a pas le téléphone.
– Tu as son adresse au moins ?
– Oui.
– Tu as un topo ?
– Pas grand-chose. Un drôle de type, plutôt hors sol. Genre solitaire. Passé par le commissariat du XVIIe, entré à la Mondaine il y a un peu plus de douze mois.
– Il faisait quoi en 68 ?
– Il finissait son droit, mais visiblement se fichait du bordel. Pas de relations connues avec les Cocos. Ni avec quoi que ce soit de politique, d'ailleurs.
– Une famille ?
– À peine. Pas pédé, pas de femme non plus. Une sorte d'orphelin, élevé par sa grand-mère. Il a un CV épais comme une feuille de papier à cigarette, ton gugusse.
Charbonneau déchire la page devant laquelle il s'est arrêté et la donne au commissaire.
– Tu veux faire quoi avec ça, André ?
– Je suis convaincu que ce type peut m'aider à savoir ce qu'il s'est passé.
– Mais puisqu'on te dit qu'il ne s'est rien passé.

Il a punaisé le bitumar au mur. Simon fait des croix au gros feutre rouge.

Rue Descombes. Il ajoute *S. L.*

192, rue de Courcelles. *R. M.*

43, rue du Théâtre. *S. J.*

15, rue Laugier. *O. K.*

26, rue des Montibœufs. *D. S.*

Une autre, au hasard, sur l'avenue de la Grande-Armée.

Il dessine un rond au niveau du 10 *bis*, rue du Débarcadère, trace un long trait entre l'hôtel de la Rouquine et le dernier domicile de Sylvie Leveaux.

Simon regarde son plan bariolé.

Il voudrait s'en remettre à l'évidence géographique.

Il imagine la prostituée marchant sur le boulevard Pereire. Moins d'un quart d'heure à pied jusqu'au bobinard de la mère maquerelle…

Odile et Lucienne, à cinq cents mètres, gamines racolant entre l'Étoile et la porte Maillot, raflées par la brigade du Spéculum, embarquées avec une troupe de frangines jusqu'au dépôt du 36…

Odile couverte de sang sous le porche d'un immeuble à cinq minutes de chaque endroit…

Suzanne Jurgensen et Danielle Simonnot sont à coup sûr dans les parages, en route pour un casting, rue du Courcelles, au studio des Macary.

L'évidence géographique… Mais la temporalité des faits est bien trop disloquée. Il a la conviction qu'un lien existe entre les assassinats des blondes, mais rien qui puisse les rattacher à celui de sa mère. Sauf la proximité des lieux.

Et la Rouquine.

Lucienne Goldfarb, petite prostituée devenue millionnaire. Passée en vingt-cinq années de la fille ramassée dans le panier à salade à la « Vidocq en jupons », princesse des alcôves et femme intouchable.

Un flot de désespoir le submerge.

Il enfile sa veste en cuir, empoche ses clés en claquant la porte, descend dans la petite rue de la Parcheminerie.

Un homme se tient dans l'encadrement du porche face à son immeuble.

Simon met quelques secondes à le reconnaître sans ses postiches. Il n'est pas sûr d'être vraiment surpris. Servent lève les mains comme pour lui témoigner d'emblée qu'il vient en paix.

– J'ai obtenu votre adresse grâce à un collègue, dit-il. Je ne voulais pas vous déranger au 36. J'imagine que vous avez compris qui je suis ?

– Pas vraiment.

– Je peux vous expliquer. Mais peut-être pas ici…

Le commissaire tourne la tête à droite et à gauche.

– Si on peut éviter d'être vus ensemble, j'aime autant, dit-il.

Kaspar hésite, mais lui propose de monter chez lui.

L'appartement à peine meublé lui fait repenser au topo de Charbonneau. « Un type hors sol », lui a-t-il dit. Il remarque le plan de Paris au mur, les marques au feutre rouge. Simon lui montre la chaise et s'assoit sur son lit.

L'ancien de la SUBAC joue franc jeu.

– Je m'appelle André Servent, je suis plus ou moins commissaire à la DST…

– Pourquoi plus ou moins ?

– Disons que j'ai été mis sur la touche.

Il sort sa carte comme un gage de sincérité.

– Vous êtes un des plombiers qui voulaient poser des micros au *Canard*. C'est pour ça que vous faisiez le pied de grue dans le bistrot de la rue Saint-Honoré ? Moi, j'en ai rien à foutre de vos histoires et je n'y suis pour rien si vous avez foiré votre coup.

Servent ne peut retenir une petite grimace.

– Quelqu'un a fait rater l'opération et je veux le coincer.

– Mais qu'est-ce que je viens faire dans vos salades ? Je me tape de vos conneries d'écoutes et de communistes...

– Je vous l'ai dit l'autre soir, nous cherchons la même chose, le coupe le commissaire.

Kaspar se souvient de leur échange entre les coups, près de l'église Saint-Roch. Le vieux a accusé Demaison et Filippis d'être des ennemis de la France. Il n'a rien pigé à sa proposition d'alliance. Il repense aux aveux de Gerber, à la place qu'y ont l'avocat et le taulier de la Mondaine.

– Pourquoi pas après tout...

Servent lui tend sa boîte de Reinitas. Simon préfère ses Gitanes dans la poche de sa veste. Il allume sa clope et le cigarillo avec son Zippo. Les deux se font face dans un nuage de fumée grise et bleue.

Laisser venir pour ne pas perdre le contrôle, se dit Kaspar.

Le commissaire résume son plan.

– Premièrement, il y a Demaison. Il œuvre depuis des années à la déstabilisation du pouvoir. Ce qu'il s'est passé rue Saint-Honoré est la suite de beaucoup d'autres histoires. Je suis sûr, par exemple, qu'il a joué un rôle dans l'affaire Marković. J'imagine que ça vous dit quelque chose, Marković, à la Mondaine ? Une fausse histoire de cul.

Simon n'intervient pas.

– Ensuite, il y a Filippis, poursuit Servent. Je ne connaissais pas ce type jusqu'à ce que j'apprenne qu'il était lui aussi impliqué dans l'affaire Marković. Pompidou le tient pour un des acteurs du complot monté contre lui et son épouse.

– Quel rôle aurait-il joué ?

– Je l'ignore. Mais c'est justement là que nos objectifs convergent même si nos motivations sont différentes.

– Quels objectifs ?

– On va essayer de gagner du temps, inspecteur Kaspar. Je sais que vous êtes allé à l'IGS et que visiblement vous avez dans l'idée de vous payer votre taulier. J'aimerais d'ailleurs connaître vos raisons, mais je veux bien admettre que ça ne me regarde pas.

Simon a compris depuis longtemps que Fournier avait cafté leur rencontre, mais il se demande ce que Servent sait exactement.

– En vrai, je m'en moque, reprend Servent. J'imagine que vos motivations sont valables et ça me suffit. La seule chose qui m'importe, c'est de le faire tomber, lui, et Demaison. Parce que ce sont des alliés actifs ou objectifs des Rouges et, surtout, ce sont des ennemis de la France.

– Accessoirement ils ont aussi causé votre perte.

– J'ai passé l'âge de pleurer sur mon sort.

– Je ne vois pas comment je peux vous être utile.

Le commissaire écrase son cigarillo dans le cendrier posé par terre, se lève, se met à examiner ostensiblement le bitumar au mur qu'il n'a cessé de regarder au fil de la conversation.

– Je ne sais pas à quoi correspondent vos dessins et je ne vous cache pas qu'ils m'intriguent. Mais je vois au moins un gribouillis qui prouve que nous avons les mêmes intérêts…

Le vieux flic pose son doigt sur le rond au feutre rouge tracé près de la porte Maillot. La localisation de l'hôtel de Lucienne Goldfarb.

– Qui est cette femme, inspecteur Kaspar ? Pourquoi ce plan ?

Simon croit deviner de la sincérité dans les questions de Servent.

Se dévoiler ou pas ?

Un peu.

Il n'a rien à perdre.

Il lui raconte les meurtres des trois prostituées, sa conviction que Filippis et la Rouquine sont impliqués sans qu'aucun fait précis n'accrédite cette thèse. Il passe sur les aveux de Gerber, ne lui montre pas les deux photos, ni ne parle de sa mère. Servent note scrupuleusement tous les faits qu'il évoque dans son calepin.

– Demaison est l'avocat de la Rouquine, dit le commissaire…

– Ça n'est pas un secret, l'interrompt Kaspar.

– Ils se connaissent depuis 1951…

– Pourquoi 51 ?

– C'est à cette date qu'il apparaît pour la première fois comme son avocat. Une plainte classée sans suite.

– Quelle plainte ?

Servent s'étonne de la vivacité de la réaction de Simon.

Il lui explique qu'à partir de 1948 une série de plaintes a été déposée contre elle, mais le nom de l'avocat n'est mentionné dans les registres de la justice qu'à partir de 1951.

– Qui la poursuit ?

– Un certain Rosenblum, Maurice Rosenblum.

– Pour quels faits ?

– Ce n'est pas indiqué.

– Quel mois ?

– Mais pourquoi ces détails vous semblent-ils si importants ? demande Servent, de plus en plus surpris.

– Ça ne l'est pas, répond Simon.

Le commissaire regarde le jeune flic, n'insiste pas. Il ne parle pas de la mention relevée dans le registre au greffe du parquet, *« mineure au moment des faits »*.

– L'avocat, le flic et la mère maquerelle sont tenus par un lien sombre et puissant, inspecteur Kaspar. Ces trois-là se croient intouchables et ils ont peut-être raison, mais je suis convaincu qu'à nous deux, malgré tout ce qui nous sépare, nous pouvons les abattre…

Simon sent, malgré lui, que les mots du vieux font mouche. Il se souvient des discours parfois grandiloquents de Daclin qui lui redonnaient toujours le courage de ne pas renoncer. Trouver des réponses aux questions ou sombrer, l'avait prévenu le divisionnaire du XVIIe avant qu'il ne soit muté à la Mondaine.

– Oui, nous pouvons, murmure Kaspar.

Servent reprend son calepin, en déchire une page et y note rapidement quelques mots. Son adresse et son numéro de téléphone.

– Vous n'êtes pas joignable, mais moi je le suis. Si vous trouvez quelque chose qui nous permette de comprendre ce qui les lie, n'hésitez pas, inspecteur…

– J'ai demandé qu'on m'installe le téléphone, mais c'est long.

Le commissaire lui tend la main. Le jeune flic la serre avec franchise.

Servent jette un dernier regard au plan sur le mur, à l'appartement à moitié vide, il percera le secret qui agite ce garçon. Il sort sans plus de commentaires.

Simon attend qu'il ait descendu l'escalier.

Il attrape son carnet.

Il écrit.

Maurice Rosenblum!!!

Vérités en famille

Lundi 24 décembre

« Tu es fou », dit Nanou, radieuse, en traversant la grande salle du Train bleu, le buffet de la gare de Lyon, au bras de Simon. Elle admire les peintures murales, le « Lyon » de Dubufe et le « Marseille » de Saint-Pierre, au fond l'éclat lumineux du « Théâtre d'Orange ». L'établissement a été classé monument historique quelques mois plus tôt par le ministre des Affaires culturelles. Un garçon tiré à quatre épingles les guide vers un salon. Des hauts reliefs, des sirènes et des angelots couverts de poudre d'or, des lustres en bronze avec des coupelles en cristal. Le serveur les installe à une table près d'une immense fenêtre en arrondi avec vue sur les quais.

Nanou s'assoit sur la banquette en cuir, une dentelle du Puy sur le dossier. Au-dessus du siège, un filet à bagages en cuivre, reproduction fidèle de l'intérieur des trains de la Belle Époque. Simon se pose dans un fauteuil en face de sa grand-mère.

Trois couverts.

– Nous attendons quelqu'un ? demande la vieille dame.

– Peut-être…

Simon voit de l'inquiétude dans ses yeux bleus.

– Tu pourras signer le livre d'or après, si tu veux. Tu sais ce que Brigitte Bardot a écrit dedans ?

Elle hoche simplement la tête avec le même regard.

– « Teuf-teuf-miam-miam », dit-il avec un petit rire forcé.

– Dis-moi que ce n'est pas lui ?

Il commande deux coupes de champagne. Un autre garçon se présente à leur table, François sur ses talons. Costume à carreaux et cravate. Parfaitement coiffé. Simon se lève pour l'accueillir. Nanou met ses mains devant son visage. Le vieil homme s'installe à côté de sa sœur.

– Pourquoi tu me fais ça, murmure-t-elle.

– Et moi ? Tu as pensé à ce que ça me fait ? Vous vous êtes demandé si ça a de l'importance pour moi de savoir pourquoi les deux seules personnes qui me restent ne se parlent plus depuis vingt-deux ans ?… Un quart de siècle que vous me mentez.

– Je ne t'ai jamais menti, Simon.

– Ne pas dire la vérité, c'est un mensonge, Nanou.

– J'ai juste voulu te protéger.

– Non, vous avez d'abord voulu vous protéger, s'emporte Simon. Tous les deux à votre façon. Justement pour ne pas regarder la vérité en face.

Il regarde sa grand-mère et son oncle à tour de rôle. Son dos devient douloureux.

– Ne croyez pas que je vous ai invités pour vous réconcilier. Non, j'ai décidé d'en finir, ce soir, avec vos misérables petits secrets.

– Tu veux me tuer ?

– Si tu penses que la vérité est mortelle, je prends le risque…

– Arrête, Simon, intervient François.

Il acquiesce, il veut une trêve.

Au menu de Noël du Train bleu : foie gras et monbazillac, dinde aux marrons et côtes-de-Bourg, mousse au chocolat blanc et glaçage au chocolat noir.

Simon attend que l'entrée soit servie pour relancer la conversation.

– Bon, on commence par le début… Même si j'ai ma petite idée, lequel de vous deux m'explique pourquoi vous êtes brouillés à mort ?

Nanou se tourne vers son frère. François tartine son foie gras sur un toast grillé. Il s'interrompt et pose brusquement le couteau sur la table. Les verres tremblent.

– Ta grand-mère pense que tout est de ma faute, que j'ai entraîné Odile dans une mauvaise vie, que je n'ai pas su voir quand elle était en danger… C'est sans doute vrai. Elle était perdue, trop jeune et trop fragile pour s'occuper d'un enfant.

Nanou était là pour toi et moi je pensais que ça lui ferait du bien de sortir, de voir du monde, de vivre un peu. J'avais trois bars de nuit à l'époque, mais… Je l'adorais, Odile, elle était comme ma fille.

– Tu l'as jetée dans un monde infréquentable.

– Non, elle venait au P'tit Coin et au Casse-noix avec ses copines. C'est tout. Je ne l'ai jamais vue partir avec un type. Je n'aurais jamais imaginé… Ce sont les flics qui m'ont appris qu'elle faisait le tapin.

Son visage se déforme sous l'effort de retenir des larmes.

– Je te jure, Nanou.

Il voudrait la prendre dans ses bras, mais elle se dégage aussitôt.

Simon les regarde assis en face de lui. Le frère et la sœur, côte à côte sur la banquette, les visages ridés, fissurés en plein d'endroits comme si chaque douleur de leur existence avait laissé une empreinte. Ils ne sont guère différents des deux adolescents, heureux, photographiés au bord de la mer, mais une vie de souffrance et de secrets a passé entre l'image en noir et blanc, encadrée au mur du P'tit Coin, et cette soirée de Noël.

– Vous pouvez vous déchirer et régler vos comptes jusqu'à la fin des temps, je m'en moque, intervient Simon. Je veux juste savoir et comprendre. C'est pour ça que vous êtes là…

– Alors pose-nous tes questions, inspecteur Kaspar, dit François avec amertume.

– J'aimerais que vous rassembliez tous vos souvenirs sur Lucienne…

Nanou et François le regardent, interloqués.

– Je l'ai vue deux ou trois fois, soupire la vieille femme, je te l'ai déjà dit. Ta mère l'avait amenée à la maison. C'était une petite plutôt maigrichonne avec des cheveux roux. Une pimbêche avec des grands airs.

– François ? demande Simon.

– Lucienne, ça ne me dit rien, mais je me souviens d'une copine de ta mère qui était rousse, sauf qu'elle s'appelait Katia.

Katia la rouquine, c'était son surnom. Cette jeune femme venait au bistrot de temps en temps avec Odile, mais je n'ai pas grand-chose à dire sur elle. Un peu grande gueule c'est vrai, mais elle avait une vingtaine d'années. À cet âge-là, on a tous les droits... Tu cherches quoi, Simon, avec cette fille ?

– En 49, Lucienne et Odile se sont fait embarquer toutes les deux pour racolage avenue de la Grande Armée. Elles ont été transférées au 36, mais curieusement les flics de la Mondaine les ont laissées filer sans les ficher, ni même les envoyer à Saint-Lazare pour vérifier qu'elles avaient leur carnet de santé en règle. Aujourd'hui, la Rouquine tient un des plus grands bordels de Paris. Officiellement, c'est un hôtel. Le Del Monaco, 10 *bis*, rue du Débarcadère. Ça te dit quelque chose, François ?

Le vieil oncle est suspendu aux lèvres de Simon.

– Bon dieu, Simon, le 10 *bis*, c'est la maison de la princesse de Passy !

– Oui ! Tu connais ?

– De réputation. On dit que cette bonne femme tient tout Paris, qu'elle arrose tous les flics... Tu es certain que c'est la petite rousse qui traînait avec ta mère après la guerre ?

– Peut-être.

– Tu l'as rencontrée ?

– Oui.

Nanou est penchée sur son assiette, silencieuse, comme étrangère à la discussion.

François a le regard dans le vague. Simon l'imagine à la recherche de souvenirs, s'efforçant de comprendre.

Un long silence s'installe autour de la table. Ils écoutent le vacarme joyeux dans le restaurant.

– Tu penses qu'elle a quelque chose à voir avec la mort d'Odile ? reprend François.

– Elles travaillaient ensemble, sortaient ensemble, tapinaient ensemble... Ça fait pas mal de connexions, non ? dit sur un ton cinglant Simon.

– Elle a été interrogée par les flics, à l'époque ?

– Jamais.

– Pourquoi ne pas demander directement ?

Lui parler aujourd'hui ne servirait à rien. Un jour bien sûr, il l'affrontera. Lorsqu'il aura reconstitué l'histoire, démêlé les fils que la Rouquine a tissés, lorsqu'il aura trouvé l'origine de son incroyable conquête. Surtout les raisons de sa puissance, aujourd'hui.

Un serveur débarrasse leurs assiettes.

– Si tu l'as rencontrée, elle sait qui tu es ! intervient Nanou sortant soudainement du mutisme.

Simon et son oncle se tournent vers elle dans un même mouvement.

– J'imagine qu'elle connaît ton nom, poursuit la vieille femme en regardant fixement son petit-fils. Des Kaspar, je ne suis pas certaine qu'il y en ait beaucoup à Paris et, à moins qu'elle soit totalement idiote, elle a forcément fait le rapprochement.

Dans la tête de Simon, des images se reconstituent, en accéléré. Lucienne avec Odile rue Brémontier. Un gamin de quatre ou cinq ans dans les bras de sa mère, peut-être sur les genoux de son amie aux cheveux roux. Son prénom a forcément dû être murmuré devant elle… Il revoit leur rencontre dans le vestibule du taulier, les présentations faites par Gilenko. Puis par Gerber dans le salon rouge de son hôtel. « Inspecteur Simon Kaspar », avait-elle répété de sa voix aigre. Enfin, Monsieur Paul dans la pénombre, au-dessus de son album de timbres, et les deux qui l'avaient scruté à tour de rôle.

Nanou a raison, Lucienne Goldfarb sait qui il est.

Une nouvelle évidence le frappe. Ce n'est pas en fouillant les archives ou en épluchant les procédures que Filippis a découvert son histoire familiale. Il s'agit à coup sûr d'une confidence de la princesse de Passy. Il tient l'origine du message subliminal qui lui a été envoyé ensuite, *via* le chef de la Galanterie : « Nous connaissons votre histoire, inspecteur Kaspar », un signal lui intimant l'ordre de rester à distance… de la mort d'Odile Kaspar, de celles des trois blondes. Des secrets du flic et de la mère maquerelle. Le lien sombre et tenace dont lui a parlé André Servent.

– Nanou, tu sais quelque chose sur cette fille. Depuis la première fois où je t'ai parlé d'elle, tu as l'air terrifiée rien qu'à entendre son nom.

– Je n'aimais pas qu'Odile traîne avec elle.

Elle marque une longue pause que Simon et François se gardent d'interrompre.

À voix basse, elle débute. Sa première rencontre avec la rousse, elle la situerait en 1948, par une fin d'après-midi, quelques jours avant Noël.

Odile avait été embauchée un mois plus tôt dans une compagnie d'assurances, La Prévoyance, avenue de Villiers. Nanou se souvient qu'elle préparait le sapin avec Simon lorsque les deux jeunes femmes avaient fait irruption, affolées, dans l'appartement. Elle n'avait encore jamais vu Lucienne.

– J'ai compris qu'elles travaillaient ensemble, mais c'était très confus.

À la sortie du bureau, un homme les avait repérées à un arrêt de bus. Il s'était mis à hurler, puis à les poursuivre jusqu'à ce qu'elles se réfugient rue Brémontier. Odile répétait qu'il fallait aller voir la police, mais l'autre refusait, disait que c'était un fou, que les flics se moquaient bien de ce genre d'histoires. Puis elles s'étaient calmées. Ce soir-là, la rousse était restée dormir à la maison.

– *Elle* t'a raconté ce qu'il s'était passé exactement ?

– J'étais très inquiète, et puis il y avait toi…

– Nanou, c'était qui le type ? Tu lui as forcément demandé…

– Oui, nous en avons parlé le lendemain, mais ta mère ne m'a pas dit grand-chose. Elle affirmait qu'elle ne connaissait pas cet homme, qu'il avait surgi d'un coup et que c'était à Lucienne qu'il en voulait.

– Pourquoi ?

– Elle l'ignorait.

– Et après ?

– Je n'ai plus jamais entendu parler de cet homme. J'ai revu cette jeune fille rousse quelques fois, mais il n'a plus jamais été question de cet incident.

– Tu es certaine qu'elles ne t'ont rien dit sur le type ?

Sa grand-mère relève un peu la tête, les yeux humides. Elle glisse ses mains sous la table. Simon devine qu'elle dissimule un léger tremblement.

Un silence au milieu du tumulte festif du salon doré.

– Il y a quelque chose qui ne colle pas, Nanou…

Simon lui parle aussi affectueusement qu'il peut, tous ses muscles contractés.

– L'autre jour, la première fois que je t'ai parlé de Lucienne Goldfarb, tu te souviens de ce que tu m'as dit ?

– Oui, que ce nom me disait quelque chose…

– J'ai seulement prononcé son prénom.

– Et alors ?

– Tu m'as dit, mot pour mot : « Oui, la petite Juive. » À ce moment-là, j'ai vu de la peur dans ton regard. Comment savais-tu qu'elle était juive, Lucienne ?…

Un garçon s'approche. Simon lui fait signe de s'éloigner. Il glisse à son tour les mains sous la table et attrape délicatement celles de sa grand-mère. Elle lève les yeux vers lui, l'implore du regard d'arrêter les questions, de cesser de la tourmenter.

– Nanou, c'est le moment, dit-il.

– J'ai vu cet homme…

– Quoi ? intervient François.

Kaspar serre un peu plus fort les mains de sa grand-mère dans les siennes.

Elle lâche d'un coup un torrent de mots : un grand garçon brun, d'une vingtaine années qui leur serait tombé dessus quelques jours plus tard, alors que sa fille et elle faisaient leur marché rue de Lévis.

– Essaye d'être claire, s'il te plaît Nanou, l'arrête doucement Simon.

– Ce garçon cherchait Lucienne. Il nous a abordées. Il avait perdu sa trace après le fameux soir, mais il avait vu les deux filles se réfugier rue Brémontier. J'ai compris qu'il avait fait le guet les jours suivants au pied de notre immeuble… C'est comme ça qu'il a reconnu Odile.

– Il vous a dit quoi ?

– Il cherchait l'adresse de la Rousse, mais ta mère ne la connaissait pas. En tout cas, elle lui a dit qu'elle l'ignorait. Il était très agité, agressif, il nous a demandé si on était juives et si, comme elle, on avait couché avec des Boches. Je me souviens qu'il voulait savoir si on avait habité dans le XIe arrondissement pendant la guerre. C'était affreux, Simon, affreux.

– Pourquoi le XIe ?

Elle hésite. Relève un peu la tête.

– Je ne sais pas. Tout ça n'avait aucun sens…

– Tu as revu Lucienne ?

– Nous nous sommes croisées une ou deux fois, mais nous n'avons pas reparlé de cette histoire. Avec ta mère non plus. J'ai toujours pensé qu'il fallait oublier tout ce qui s'était passé pendant cette saleté de guerre. C'est d'ailleurs pour ça que j'avais conseillé à Odile de prendre ses distances avec cette fille et même de ne plus la revoir. Elle sentait la poisse. Elle avait quelque chose de dangereux dans le regard. Je crois que j'avais raison finalement.

Lucienne Goldfarb – juive – saleté de guerre. Kaspar cherche dans sa mémoire pour tenter de retrouver pourquoi cette association lui évoque quelque chose.

Fournier ! Le flic de l'IGS, aux Deux-Saules. « Paraît que toute sa famille a passé dans les camps mais elle, s'en est tirée », avait-il dit après lui avoir révélé son véritable nom.

Victime des nazis et collabo. Absurdité ou mauvaise compréhension de sa grand-mère, rectifie intérieurement Simon.

La dinde aux marrons, avec des petites pommes de terre rissolées, une sauce rougeâtre pour l'accompagner. Le serveur remplit les verres de côtes-de-Bourg.

Un léger étourdissement l'emporte un instant. Il attaque son plat.

Les deux vieux restent figés devant leur assiette, comme après un coup de massue.

– Et tu n'as pas pensé à en parler aux flics quand ils t'ont interrogée après le meurtre ? la relance Simon.

– Mais je ne savais même pas qui était cet homme… Et puis, tu ne veux pas l'entendre, Simon, mais je n'avais qu'une idée en tête à ce moment-là : te protéger. Contre tout.

– Tu penses que cela peut avoir un rapport avec le meurtre de ta mère, trois ans plus tard ? demande François une fois encore.

– Je n'en sais rien, répond Kaspar en mastiquant un morceau de volaille. Mais je le saurai.

Affaire résolue

Lundi 31 décembre

Simon s'est porté volontaire pour la permanence de la Saint-Sylvestre.

Il compose le 690.

Après trois interlocuteurs successifs, au bout du fil, la voix de Paul Rabier.

– Si vous cherchez toujours le dossier Jurgensen, je peux vous dire qu'il n'a pas réapparu, s'amuse l'archiviste.

– Non, j'ai un autre client aujourd'hui, mais je ne suis pas certain que ce soit un cas beaucoup plus simple. Je me suis dit…

– Que la bonne poire de Rabier pourrait vous donner un coup de main… OK, passez.

Matin calme entre les rayonnages du SATI.

Paul Rabier en costume de velours ocre et nœud papillon.

– Ne me regardez pas comme ça, blague-t-il. Je me suis mis en tenue pour ce soir…

Kaspar remplit le formulaire officiel. Nom, prénom, service. Pas de numéro de dossier, ni de date, ni de victime connue. En face de *Procédure contre…*, il inscrit : *Paul Tell. Proxénétisme.*

L'archiviste pousse un profond soupir en lisant la fiche :

– Vous êtes le roi des emmerdeurs. Je vais voir ce que je peux faire.

Simon ne lui dit pas que ce n'est qu'une intuition, qu'il n'est même pas certain de l'orthographe, ni même qu'il existe une procédure. Monsieur Paul, proxénète par paresse et circonstances, d'après Gerber. D'où l'idée qui a germé dans l'esprit de Kaspar d'une possible procédure contre le philatéliste officiellement marié à la Rouquine. « Elle tenait à ce que tu le rencontres », lui avait même dit en substance le chef de la

Galanterie. Simon se souvient aussi comment, lors des présentations officielles au 10 *bis*, l'homme avait levé les yeux de son album de timbres pour l'examiner longuement.

Il se dit qu'au pire Rabier aura perdu son temps.

L'archiviste note sa ligne directe. Il le rappellera dès qu'il aura trouvé quelque chose. S'il trouve.

Kaspar tue le temps à faire du rangement sur son bureau et dans ses tiroirs quand il aperçoit une agitation soudaine du côté du groupe de la Galanterie. Filippis en costume trois-pièces avec Gerber et Rocher. Raillard rapplique, fait signe à Simon de les rejoindre.

Le patron de la Mondaine leur annonce que la Crim' vient de choper le meurtrier de la Belle Estelle. Refroidi pour l'éternité. Il ne connaît pas les détails, il sait juste que Mercadier et ses gars n'ont pas eu le choix. Un adepte du surin à longue lame rapatrié d'Indochine en 1956, ancien gardien de l'hôtel de la rue Saint-Denis où travaillait Danielle Simonnot. « Affaire réglée », conclut simplement le patron de la Brigade avant de partir.

Simon cherche le regard de Gerber. Le chef de la Galanterie se détourne, prend son manteau, appelle Lesieur et sort. Kaspar les rattrape avant qu'ils aient franchi la porte de verre à la sortie de la Brigade.

– Marco ?

Son cri résonne.

Les deux hommes se retournent.

– Dites-moi les gars, le Viet de la Belle Estelle, ça ne vous dirait pas quelque chose ?

– Qu'est-ce que tu racontes le môme, répond Lesieur. La rue Saint-Denis, c'est plutôt ton domaine…

– Vous ne l'auriez pas croisé, par hasard, en 68, du côté de la rue Descombes ou du boulevard Pereire ?

Gerber affiche un visage livide, Lesieur des yeux exorbités.

Une voix dans le dos de Simon.

– Qu'est-ce qu'il s'est passé en 68, boulevard Pereire, inspecteur Kaspar ?

Filippis est planté au milieu du couloir, les pouces accrochés à son gilet, épaules de catcheur et traits burinés. Un petit sourire sympathique.

Ne pas baisser le regard.

Simon avance d'un pas.

– J'ai entendu dire qu'un meurtre ressemblant à celui de la Belle Estelle avait eu lieu en 68 et je me demandais si on ne pouvait pas rattacher les deux affaires…

– Ah bon ? Boulevard Pereire ? Ça ne me dit rien. De quoi s'agit-il, inspecteur ?

Simon marque un temps.

Faire face ou s'effacer.

– L'assassinat d'une prostituée, commissaire, le 18 décembre 1968…

Quelques secondes de réflexion.

– Non, je ne me souviens pas, répond Filippis, d'une voix détendue. Ça vous dit quelque chose, Gerber ?

Simon ne se retourne pas, entend à peine la réponse incertaine du chef de la Galanterie.

– Bon, je vais en parler à Mercadier, merci Kaspar. Meilleurs vœux, messieurs.

Le téléphone sonne sur le bureau de Kaspar.

L'échec de l'IGS

Rabier sans nœud papillon, la veste tombée et les manches de chemise retroussées au-dessus des coudes. Une épaisse chemise à sangle sur son bureau.

Kaspar est satisfait, son intuition était la bonne. *Affaire Paul Tell – 1965*, est-il écrit au marqueur noir.

– J'ai jeté un coup d'œil, dit l'archiviste, c'est amusant cette histoire de bordel. Bordel et flics, ça va souvent ensemble…

– C'est-à-dire ?

– Vous verrez bien. En tout cas, j'ai l'impression que vous voulez remuer la merde, inspecteur, et j'aime bien ça, surtout vu de ma cave… Mettez-vous là, poursuit-il en lui désignant une table dans un coin mal éclairé. Je pense que vous avez de la lecture pour quelques heures.

Kaspar aimerait pouvoir consulter tranquillement le dossier chez lui ou à l'écart des allées et venues, mais il est strictement interdit de sortir une procédure du SATI.

Il s'installe à l'endroit que lui a indiqué Rabier. Un tabouret inconfortable et une table bancale avec des vieux papiers et un annuaire. Il débarrasse un peu, pose la chemise à sangle, sort son carnet et son Bic.

Le dossier d'archives commence par la fin de la procédure. Octobre 1966. Paul Tell condamné pour proxénétisme hôtelier en qualité de gérant de l'établissement dénommé Del Monaco, hôtel sis au 10 *bis*, rue du Débarcadère, Paris XVIIe. Six mois de prison avec sursis, amende et interdiction de gestion. Du classique judiciaire.

La procédure a été ouverte le 18 décembre 1965 par l'Inspection générale des services, l'IGS.

Simon comprend la surprise de Rabier. Ça doit bien être la seule fois de l'histoire de la PJ que les bœuf-carottes ont été saisis d'une histoire de proxénétisme.

Il feuillette la masse des procès-verbaux avant de cerner la raison de cette anomalie. Vaguement.

En enquêtant sur Souchon et Voitot, les deux pourris de la Mondaine impliqués dans l'enlèvement et la disparition de Ben Barka en octobre 1965, l'IGS est remontée à un de leurs QG. Son adresse : 10 *bis*, rue du Débarcadère.

Sensation de vertige.

Le dossier mal ordonné semble avoir été consulté à plusieurs reprises.

Kaspar lit, relit, remet les documents dans l'ordre chronologique des dates des procès-verbaux. Il commence à prendre des notes. Son carnet risque de manquer de pages. Un archiviste qui passe près de sa table lui rapporte une liasse de papier pelure rose. Il se lance dans la reconstitution des faits tels qu'ils semblent avoir été mis au jour par l'IGS à la fin 1965.

Hélène Tell, Lucienne Goldfarb pour l'état civil, connue sous les surnoms de la Rouquine ou la princesse de Passy, est une des informatrices régulières de Souchon et de Voitot, deux agents de la Mondaine parmi ses diverses relations étroites à la brigade. Il ne relève pas les noms d'une autre époque qui ne lui disent rien.

Les registres saisis à la brigade dans le cadre de la procédure engagée contre les deux inspecteurs indiquent qu'elle a bénéficié d'un premier condé en 1947 sans que le nom du ou des flics qui le lui avaient accordé soit donné. Un autre condé lui a été accordé en 1958 et renouvelé en 1962. « Condé de taulière », écrit l'IGS.

Les bœuf-carottes soulignent que l'année 1958 correspond à l'ouverture d'un premier hôtel de passes, porte Maillot, et 1962, à celle du Del Monaco, 10 *bis* rue du Débarcadère. L'établissement luxueux de trente chambres, sur six étages, est fréquenté par des membres du Milieu, mais aussi par des personnalités politiques et des policiers. Pas de noms.

Une perquisition pour « proxénétisme hôtelier » et « corruption de fonctionnaires » est organisée. Elle a lieu le 20 décembre 1965. Quatre flagrants délits de prostitution sont constatés.

Une dizaine de personnes sont placées en garde à vue dans les locaux de l'IGS, dont Paul Tell et son épouse.

Pas un seul compte rendu d'interrogatoire de la Rouquine.

Un PV en date du 20 décembre 1965 indique qu'elle a été remise en liberté quatre heures après son placement en garde à vue. Aucune charge n'est retenue contre elle. *« Les documents communiqués par Me Albert Demaison, avocat de Mme Tell, attestent que celle-ci n'a pas de responsabilités dans la gestion de l'hôtel. »*

Suivent des procès-verbaux de prostituées, de clients, un notaire aussi. Sans intérêt pour Simon.

Après l'élargissement de la mère maquerelle, les bœuf-carottes se concentrent exclusivement sur Paul Tell dans la mesure où il est le seul à apparaître dans la paperasse administrative. Gérant de fait de l'hôtel de passes, il est interrogé à quatre reprises durant sa garde à vue avant d'être déféré devant un juge d'instruction. Kaspar parcourt les PV traitant de son statut officiel au 10 *bis*, de son rôle réel ou supposé à l'hôtel, de sa connaissance des faits de proxénétisme et retraçant son histoire personnelle. Il cherche à travers les questions des bœuf-carottes et les réponses du proxénète à dessiner un portrait du bonhomme.

Kaspar note sur les feuilles de pelure rose les informations dénichées.

Fils de bonne famille, du XVIe arrondissement, né en février 1925. Sans profession connue. Demeurant rue d'Ankara, dans un hôtel particulier, héritage familial dans le quartier de Passy. Marié à Lucienne Goldfarb le 17 mai 1954. Hélène, parce qu'elle déteste son véritable prénom. Leur rencontre remonte à la fin des années 1940, dans un bistrot du XVIIe.

Elle, secrétaire dans une compagnie d'assurances, lui plus ou moins étudiant.

Elle passionnée d'opéra, lui de philatélie.

Le couple s'installe à Passy, dans une résidence en face de l'hôtel de la princesse de Lamballe. Nombreux voyages à Rome, Milan, la Scala. L'opéra.

Jamais préoccupé par l'argent.
Il ignorait qu'elle se prostituait.

Simon se relit, et songe à ce qui n'est pas dans le dossier. Fin des années 1940, Lucienne secrétaire dans une compagnie d'assurances, sur le trottoir depuis longtemps puisqu'elle a décroché son premier condé en 47, rencontre son futur mari et proxénète. Odile, employée elle aussi à La Prévoyance et tapineuse d'occasion avenue de la Grande Armée, connaissait forcément Monsieur Paul. Quelles relations entretenaient les trois ? Paul-Lucienne-Odile.

Simon se lève de son tabouret d'un coup. Rabier vient vers lui tout sourire, une autre chemise entre les mains.

– Je ne sais pas ce que vous avez trouvé dans ces archives, mais vous avez les yeux d'un asticot dans un placard, rigole l'archiviste… Tenez, j'ai mis la main sur un autre dossier. Apparemment, il aurait dû être rangé avec, mais bon, l'essentiel est que j'aie remis la main dessus.

Il le tend à Simon et repart.

Paul Tell-Brigade mondaine, sur la chemise à sangle. Sans doute une annexe de la procédure principale. Des PV sont accrochés par un gros trombone. Il s'agit d'auditions de flics cette fois. Les dénommés Souchon, Voitot et quelques autres de la Mondaine, mais aussi de l'Antigang et des RG. Des interrogatoires brefs, dont un d'un ancien officier du SDECE. En quatre lignes, l'homme s'indigne de sa convocation. Kaspar note son nom : Jean-Claude Santucci. Dans les PV suivants, il est question de soupçons concernant des enveloppes et des cadeaux en tout genre. Pas d'audition d'Adrien de Filippis. À l'époque, il était pourtant déjà le taulier de la Mondaine. Pas de Marc Gerber non plus, qui devait déjà être au groupe des Hôtels.

« Malgré de nombreux témoignages anonymes, le délit de corruption de fonctionnaires n'a pu être établi », écrit le commissaire de l'IGS dans un ultime procès-verbal au sujet de Paul Tell.

Seule véritable découverte des bœuf-carottes, « Mme Tell-Goldfarb aurait versé sur ses fonds propres les premiers honoraires aux avocats de Souchon et de Voitot », dont les noms ne lui disent rien. Il attrape l'annuaire abandonné sur le coin de la table. Il trouve sans peine leur trace dans les pages jaunes. Ce sont aujourd'hui deux associés du cabinet Albert Demaison.

Simon regarde sa montre.

L'année va s'achever dans quelques heures. Il referme le dossier, plie en quatre les feuillets roses qu'il a noircis, les remise dans la poche de sa veste, dépose les deux procédures sur la table de Rabier et quitte les archives.

Son objectif inconnu lui semble soudain très proche, il sent la présence d'ombres noires autour de lui.

L'équipier du jour de l'An

Il y a la queue à la station de taxis près du café du Départ à Saint-Michel. Aucune voiture. Il traverse la place. Au coin de la rue Saint-André-des-Arts, Simon entre dans la cabine téléphonique. Il sort un papier froissé de sa poche, compose un numéro. Une voix de femme lasse. Il ne pense pas à s'excuser du dérangement, dit vouloir parler au commissaire Servent. Silence dans le combiné.

– Allô ?

– C'est Kaspar, il faut que je vous voie. Maintenant…

– Vous ne fêtez pas le Nouvel An à votre âge ?

L'image de Signol cerné par deux mastards en haut de la rue Saint-Denis lui revient en mémoire furtivement. Une autre nuit de la Saint-Sylvestre. C'était il y a une éternité.

– Je le célèbre à ma façon, mais si vous n'avez pas…

– Venez, l'interrompt Servent.

Il doit prendre la ligne 8 jusqu'à Commerce. Cinq minutes de marche ensuite.

Le métro est bondé, des passagers en habits de fête s'amusent à asperger les voyageurs de cotillons.

Troisième étage. Une seule porte sur le palier. Simon s'est ébroué pour faire tomber les derniers confettis de son manteau avant de sonner.

André et Solange Servent l'introduisent dans leur cocon. Une odeur de rôti de porc. Solange s'éclipse à la cuisine. La table est dressée dans le salon. Nappe blanche, assiettes en porcelaine peinte, verres à vin. Une bouteille de bordeaux a été carafée. Le poste de télévision est allumé. Pompidou, en gros plan, prononce les vœux. Simon remarque que son visage bouffi occupe presque la totalité de l'écran.

– Je crois que j'ai quelque chose pour vous, lance Kaspar.

– Demaison ?

– Oui.

Le commissaire tourne la grosse molette du téléviseur. Le président de la République disparaît dans un éclair blanc. Servent attrape une bouteille de whisky, remplit deux verres à moitié.

Simon sort son carnet et la liasse de feuilles roses. Servent disparaît un instant et revient avec son carnet.

Les deux flics face à face.

– Avant de commencer, je voudrais que les choses soient claires, commissaire. Je ne travaille pas pour vous. Je considère que nous travaillons ensemble. Nous collaborons. D'accord ?

Le vieux descend une rasade d'alcool. Dans la lumière trop vive de son appartement, ce gaillard imberbe lui paraît différent que lors de leurs rencontres précédentes. Plus froid et plus inquiétant encore que la première fois, quand il a fait les frais de sa brutalité, dans la nuit du 3 décembre.

– C'est moi qui vous ai proposé dès le début de faire équipe. Rien n'a changé. Même si j'ignore toujours ce que vous cherchez.

– Je ne suis pas certain de le savoir moi-même…

Kaspar triture ses notes.

– Si j'ai bien compris ce que vous m'avez dit la dernière fois, chez moi, c'est que vous êtes convaincu que Demaison cherche à déstabiliser le pouvoir…

– Oui, je pense qu'il travaille pour les Rouges.

– Demaison, Filippis et la princesse de Passy seraient derrière votre histoire foireuse de plombiers, mais aussi derrière l'affaire Marković, c'est bien ça ?

– Pour Marković, ce n'est pas moi qui le dis, mais Pompidou… C'est lui qui a mis Filippis sur la liste des coupables.

– Eh bien, je pense que les trois sont également mêlés à l'affaire Ben Barka. Au moins, l'avocat et la mère maquerelle, lâche Kaspar, avec une satisfaction visible.

– Qu'est-ce que vous racontez ?

Le flic de la DST repasse mentalement l'affaire de l'enlèvement de l'opposant marocain. La Mondaine, mouillée avec ses deux flics véreux directement impliqués. Demaison, agitateur du scandale en tant qu'avocat de la famille Ben Barka. Il est cependant certain qu'à aucun moment le nom de la Rouquine n'est apparu.

Comme il perçoit un point d'incrédulité dans le regard de Servent, Kaspar lui explique qu'il vient de consulter une procédure de l'IGS datant de la fin de 1965. Il lui fait le résumé précis du dossier Paul Tell, mari et couverture officielle de la princesse de Passy. Il lui précise que l'avocat est intervenu dès le début de l'enquête, qu'il lui a évité des ennuis judiciaires et qu'elle n'a même pas été interrogée. Preuve supplémentaire de son influence. Ou de sa grande habileté...

– La nouveauté, ajoute Simon, c'est que, d'après les bœuf-carottes, c'est la princesse de Passy qui a réglé les honoraires des avocats de Souchon et de Voitot...

– Ah !... Mais ça ne signifie pas pour autant qu'elle ait été mêlée à l'affaire, reprend Servent dubitatif.

– Même si les avocats des deux pourris sont aujourd'hui associés à Demaison ? Demaison n'apparaît pas, vu qu'il défend les Ben Barka, sinon il y aurait conflit d'intérêts. Mais si ses associés ont été des faux-nez, il aura été des deux côtés de l'affaire. De là à imaginer qu'il ait pu tirer les ficelles, avec la Rouquine...

Servent réfléchit.

Solange entre dans le salon. Simon remarque qu'elle s'est changée. Robe noire, maquillage léger. Elle demande à son mari à quelle heure il souhaitera dîner sans un regard pour Simon. « Plus tard », répond le commissaire. Elle s'éloigne, sans un mot.

Sorti de la pièce un instant, Servent revient presque aussitôt avec des dossiers. Il repousse les assiettes, les verres et les couverts, retire en partie la nappe blanche et dépose les documents sur la table débarrassée. Il remplit les deux verres de vin rouge et défait les liasses de papier.

– Vous connaissez l'affaire Ben Barka, inspecteur ? demande Servent.

– Pas vraiment.

Le flic de la DST lui donne une rapide leçon d'histoire.

29 octobre 1965. Deux flics embarquent Mehdi Ben Barka, figure de l'opposition au roi du Maroc, à l'occasion d'un banal contrôle d'identité devant la brasserie Lipp, boulevard Saint-Germain. Jusque-là, Simon connaît. Louis Souchon, inspecteur divisionnaire, chef du groupe des Stupéfiants à la Mondaine, et son adjoint Roger Voitot sont les deux agents qui l'interpellent. À l'époque, les Stups partageaient le même local que le groupe de la Galanterie, mais depuis, les deux groupes ont été mis à distance l'un de l'autre.

Dans la 403 de la brigade qui emporte le Marocain, il y a un indic du SDECE, un dénommé Antoine Lopez. Direction Fontenay-le-Vicomte dans l'Essonne, chez un autre truand. « Georges Boucheseiche ! Pas facile à prononcer, mais facile à se rappeler », souligne Servent. À partir de là, rideau sur Ben Barka, exécuté à coup sûr sans que le corps n'ait jamais été retrouvé.

Deux ans plus tard, la cour d'assises a condamné par contumace un ministre marocain à perpète pour avoir été l'instigateur de l'assassinat ; Souchon et Lopez ont pris huit ans, Voitot a été acquitté.

– Et la moitié de la Mondaine a sauté, complète Kaspar.

– Oui.

– Mais pas Filippis, précise Simon.

– Exact.

– Merci pour la synthèse. Mais quel lien feriez-vous avec la Rouquine ? s'impatiente le jeune flic.

Le vieux voit tout à la fois la fougue brutale de Simon et sa naïveté, une sorte d'incapacité à réfléchir au-delà de l'instinct. « Il n'est pas vraiment flic », se dit Servent en s'interrogeant une fois de plus sur ses véritables motivations.

– Voilà mon analyse…

Après la leçon d'histoire, le cours de Sciences-Po pour débutant.

– Ben Barka est l'ennemi du roi du Maroc et la France l'amie d'Hassan II. Le roi veut se débarrasser de l'opposant et Paris accepte de lui donner un coup de main. Une décision politique est prise sans doute en haut lieu. Par Foccart à l'Élysée ? Roger Frey à l'Intérieur ? Ou Pompidou à Matignon, qui sait ? Peut-être même de Gaulle, avance Servent. La question qui vient ensuite est celle de l'intendance. Qui a organisé le rapt ? Regardez bien...

Le commissaire cherche une feuille blanche dans son fatras de documents, se met à dessiner une sorte de schéma.

– L'enlèvement de Ben Barka est décidé par le gouvernement. L'opération est confiée au SDECE. Le SDECE tire les ficelles, mais ne veut pas se salir les mains. Il donne mission à un groupe de gangsters de monter le coup, Boucheseiche et ses hommes. Mais, pour le service de renseignement, il faut que l'opération se passe en douceur, raconte Servent. L'idée est que deux vrais flics vont cueillir Ben Barka à la sortie d'un restaurant, chez Lipp. C'est là qu'interviennent vos deux collègues de la Mondaine. Carte tricolore, faux contrôle d'identité, leur client monte dans la bagnole en confiance, direction l'abattoir.

Le commissaire reprend son schéma.

– L'affaire éclate, Demaison est désigné avocat des Ben Barka et va s'agiter avec son copain Mitterrand pour en faire une affaire d'État.

– C'en est une, non ?

Servent ne répond pas.

Les deux flics regardent le schéma griffonné. Simon prend le stylo et ajoute en gras : « La Rouquine ? »

– Deux hypothèses, répond le commissaire de la DST. Elle n'a rien à voir dans le merdier et paie les avocats, dans l'après-coup, parce que ce sont des habitués de son bordel...

– Peu probable quand on connaît sa relation avec Demaison, le coupe Kaspar.

– Soit, deuxième hypothèse, elle a servi en amont de courroie de transmission entre le SDECE et les deux pourris. La Justice a considéré que c'était le dénommé Lopez, indic de la Mondaine et du SDECE, qui avait joué ce rôle, mais j'ai toujours pensé que le chapeau était un peu grand pour le bonhomme… Cela pourrait être crédible si la princesse de Passy avait vraiment des contacts serrés avec les barbouzes de la Piscine, auquel cas Demaison n'est pas dans l'histoire, mais nous n'en savons rien…

– Attendez, attendez, l'interrompt Kaspar.

Il se met à parcourir fébrilement ses feuillets de papier rose.

– Santucci, ça vous dit quelque chose ? Jean-Claude Santucci…

Simon a l'impression que Servent est frappé par la foudre. D'un mouvement du bras incontrôlé, il envoie valdinguer son verre qui se fracasse sur le plancher. Du bordeaux s'est répandu sur la nappe blanche. Solange accourt, affolée, elle se met à éponger. Son mari, debout, étouffe de colère.

– D'où vous sortez ce nom, Kaspar ? dit-il sur un ton menaçant.

– C'est un type du SDECE, non ?

– Je le sais, nom de dieu ! Je vous demande qui vous a parlé de lui ?

Un ordre clairement énoncé.

Kaspar est porté par l'excitation, plus que par la crainte.

– On est toujours donnant-donnant, n'est-ce pas ? répond Simon faussement relax.

– Putain oui, faites pas chier.

Ce qu'il a à dire tient en quelques mots. Santucci a été brièvement interrogé dans la procédure pour proxénétisme hôtelier contre Monsieur Paul, fin 1965. Selon toute vraisemblance, il devait avoir ses habitudes au 10 *bis*. Rien d'autre.

Le commissaire, toujours debout, digère l'information. Simon a envie de le bousculer à son tour, mais attend qu'il ait retrouvé son calme. Il dissipe son impatience en descendant le verre qui a échappé à la bourrasque, le sien. Servent finit par se rasseoir.

– Santucci, c'est Bison 6, dit-il.

– Pardon ? Il va falloir être plus clair.

André Servent paraît ne pas entendre. Il s'empare d'un autre dossier. Sort immédiatement une feuille et la tend à Kaspar.

La feuille de carnet déchirée que lui a donnée Marcellin.

Simon parcourt sans vraiment lire les noms, tous rayés. Un seul n'est pas biffé, en bas de la liste, celui de Filippis, souligné de deux traits au feutre rouge.

– Je ne comprends pas…

– Ces noms sont écrits de la main de Pompidou. Il s'agit des gens qu'il accuse d'avoir trempé dans l'affaire Marković.

– Filippis aussi ?

– Le dernier « survivant » de la liste, vu que tous les autres sont barrés.

– Mais comment avez-vous eu ce papier ?

– Au mois de septembre, Marcellin m'a personnellement demandé de faire tomber votre taulier, justement parce qu'il était le dernier à n'avoir pas encore payé. Il avait missionné l'IGS pour la même chose, mais visiblement ça n'allait pas assez vite. Il pensait que je serais plus efficace. Vous savez, inspecteur, lorsque vous êtes allé voir les bœuf-carottes au mois de novembre, votre histoire les a intéressés justement parce qu'ils sont eux aussi sur Filippis.

D'un mot, Servent a tout remis en ordre. Il montre à Simon le rapport de l'IGS du 26 novembre, lui précise que c'est le ministre en personne qui le lui a transmis. Les circonstances de leur rencontre au Spoutnik dans la nuit du 3 au 4 décembre ne s'expliquent pas autrement, et c'est pourquoi il n'a eu aucun mal à l'identifier et à l'aborder.

Le commissaire fait le tour de la table et vient se camper derrière le jeune flic.

– Restons sur la liste de Pompidou. Regardez.

Il montre un nom avec son index. Barré mais parfaitement lisible.

Jean-Claude Santucci – SDECE – 1970.

Simon se lève à son tour, pour lui faire face.

– Je n'y comprends rien, commissaire…

– Moi non plus, mais nous allons trouver. Ça vous dirait de passer le réveillon avec deux vieux ?

Servent a rangé les dossiers. Solange a ramassé le verre brisé, passé la serpillière sur le parquet et changé la nappe sans un mot. Les trois couverts sont à nouveau disposés sur la table.

Elle a à peine réagi lorsque son mari lui a annoncé que Kaspar restait dîner. Simon a aperçu son air résigné et las. Il aimerait savoir s'excuser, il aurait dû l'aider à remettre les choses en ordre, mais il s'est contenté d'attendre qu'elle fasse le service.

– Vous n'avez pas de famille, jeune homme, dit-elle comme un reproche en prenant place. Pas de fiancée ?

– Arrête, Solange, l'interrompt gentiment Servent.

– Je suis sûr que le commissaire connaît tout mon pedigree, répond Simon en souriant.

– Même pas. Vous nous raconterez un jour si le cœur vous en dit.

Il engloutit le repas comme s'il était pressé de terminer. Ils échangent des banalités et des silences interminables entre les plats.

– Je vais vous laisser, finit par lâcher Solange.

– Non, nous allons nous installer dans le bureau, comme ça tu pourras regarder la télé tranquillement, corrige Servent.

Les deux flics à nouveau en tête à tête dans la minuscule chambre aménagée en bureau. Des étagères avec des masses de papiers, quelques livres. Servent a apporté une chaise du salon pour Simon. Il lui montre une enveloppe en papier kraft, épaisse, posée sur sa table de travail.

– Un collègue me l'a donnée cet après-midi. Des étrennes, en quelque sorte. Je ne l'ai pas encore ouverte… C'est un type de votre âge, mais exactement le contraire de vous, sauf peut-être dans la détermination. Ça m'amuserait de vous voir faire équipe, tous les deux, mais ça n'arrivera pas.

– Commissaire, qui est ce Santucci ? Quel rapport avec la Rouquine, Ben Barka et Marković ? Je nage en plein brouillard.

– Ne mélangeons pas tout. Il y a ce que je sais et ce que nous allons devoir chercher à savoir.

Le flic de la DST n'a pas besoin de paperasse pour faire le CV de Jean-Claude Santucci. Corse, la trentaine, enrôlé au SDECE à dix-neuf ans, à la fin de la guerre d'Algérie. Il a servi comme parachutiste. Officier des services secrets jusqu'en mars 1970, il est officiellement démissionnaire. En réalité, il a été viré à la demande expresse de Pompidou, c'est l'une de ses premières décisions prises à l'Élysée par le Président nouvellement élu, ce qui en dit long sur le personnage et le rôle qu'il le suspectait d'avoir joué dans l'affaire Marković.

– C'est-à-dire ?

– Santucci et deux autres agents faisaient partie de l'antenne parisienne du SDECE dite Bison 6. C'est lui qui, fin 68, aurait fait circuler des photos bidon mettant en scène la mère Pompidou dans des partouzes. Tout ça n'a rien de secret, il y a même eu un grand papier dans *Le Monde* l'année dernière. En revanche, son nom n'a jamais été cité dans l'affaire Ben Barka.

– Quel rapport avec la Rouquine ?

– Aucune idée. C'est vous qui venez de m'apprendre qu'ils se connaissaient. J'imagine mal le type aller au bordel. S'il a été interrogé, même rapidement par l'IGS, en 1965, c'est forcément qu'un lien existe, qui n'est pas récent...

Servent énumère à nouveau les faits qu'ils ont réunis ensemble. Selon les bœuf-carottes, Souchon et Voitot, les deux flics de la Mondaine, auteurs de l'enlèvement de Ben Barka en 65, avaient leur quartier général au 10 *bis*. Santucci, l'agent des services secrets qui avait monté le turbin sexuel contre les Pompidou en 68, avait donc depuis au moins trois ans ses entrées dans le clandé de la princesse de Passy. Filippis, protecteur de la mère maquerelle, est accusé par le Président d'avoir participé au complot contre lui. Demaison, pote du taulier de la Mondaine, défenseur depuis 1951 de la mère maquerelle, est aussi l'avocat des familles Marković et Ben Barka. Il est l'agitateur de toutes les affaires qui visent à déstabiliser le pouvoir.

– Il y a autre chose encore, ajoute Simon. Rien à voir avec Ben Barka et Marković. Vous savez, l'histoire des trois prostituées surinées dans les mêmes circonstances entre 68 et août dernier…

Le commissaire de la DST n'a évidemment pas oublié. Cette fois, Kaspar lui parle de ses dernières découvertes concernant la photo des trois blondes qu'il a su obtenir et les révélations de Gerber. Il s'agirait d'un casting porno, qui aurait été organisé par le taulier et la mère maquerelle. Demaison aurait eu à connaître l'existence de cette séance.

Servent enregistre ces dernières informations.

Les deux flics se sentent portés par l'évidence. Tout les ramène à la rue du Débarcadère. À la Rouquine.

– Vous avez trouvé des choses sur cette bonne femme ? demande Servent.

Simon égrène les éléments majeurs qui figurent dans la procédure contre son mari, Paul Tell. Un premier condé obtenu dès 1947, un condé de taulière en 62, quand elle ouvre son premier bordel du côté de la porte Maillot. Elle a déjà bénéficié de plus de vingt-cinq ans de protection policière. Et dans le métier, on sait ce que cela couvre de manipulations et de jeux d'influence.

Servent pense tout haut aux plaintes successives déposées contre elle à partir de 1948, toutes classées sans suite.

– Je crois que j'ai une idée de qui pouvait être l'homme qui la traquait après la guerre, lâche Kaspar d'une voix hésitante.

– Maurice Rosenblum ?

– Je n'ai pas de certitude, mais j'ai rencontré quelqu'un qui a croisé celui qui la traquait. Je crois même que cela s'est passé quelques jours avant qu'il ne dépose sa première plainte. Vers Noël 48.

– Et alors…

– C'est assez flou.

Le jeune flic propose une Gitane au commissaire qui la saisit. Il allume les deux cigarettes. La petite pièce s'emplit très vite de fumée.

– Je ne peux pas encore vous dire ma source, ni vous préciser les circonstances de cette rencontre. Je vous le dirai peut-être un jour, mais je vous assure que ça n'a pas beaucoup d'importance.

Il regarde Servent dans les yeux. Le vieux lui indique d'un clignement de paupière qu'il n'insistera pas.

– Mon témoin m'a rapporté que cet homme l'aurait accusée d'avoir donné des Juifs aux nazis pendant la guerre... Mais ça n'a pas de sens, le flic de l'IGS que j'ai rencontré m'a dit que toute sa famille était morte dans les camps.

Servent ouvre la fenêtre pour faire sortir la fumée. L'air froid lui donne un coup de fouet. À l'extérieur, des pétards, des cris, des coups de klaxon en farandole. Le commissaire pense à cette annotation dans le registre du parquet, en marge de la plainte de janvier 1951 : « *Me Demaison souligne que Mlle Goldfarb était mineure au moment des faits.* »

– Il a dit autre chose ? le relance Servent.

– Rien de précis. L'homme a parlé du XIe arrondissement comme si l'histoire de la Rouquine avait pu se dérouler dans ce quartier, mais selon ma..., selon mon témoin, rien n'était clair.

Le vieux flic de la DST ne montre pas de réaction.

– Je regarderai, dit-il, comme pour passer à autre chose.

– Vous étiez déjà à la DST, à cette époque ?

– J'ai été toute ma vie dans la police, répond Servent dans un sourire amer.

Il regarde sa montre.

– L'heure est passée... Je vous souhaite une bonne année, inspecteur Kaspar. En 1974, nous saurons !

Hanoi, le nom de la culpabilité

Mardi 8 janvier 1974

Quelques centimètres de neige se sont déposés sur le muret. Simon traverse le quai des Orfèvres en sortant du 36, prélève un glaçon blanc qu'il fait glisser comme on étale un onguent sur sa main blessée. Le froid l'apaise. Il a senti la douleur au moment même où il a entendu le craquement du nez du julot, une tête connue, que Lesieur, le groupe des Julots et lui ont surprise en pleine partie de poker-rami dans un appartement de la rue Montmartre. Il était en train de dilapider le pognon récolté par trois de ses gagneuses. Une certaine Yolande avait été ramassée dans l'après-midi pour avoir voulu fracasser la tête d'une laitue* avec son talon aiguille.

Au dépôt, elle n'a voulu causer qu'à Kaspar. Bien qu'il n'ait eu qu'un vague souvenir d'elle, il a accepté de lui faire la conversation, et la frangine s'est mise à déballer son ressentiment envers le mac qui, pendant vingt piges, lui avait promis des noces avant de jeter son dévolu sur une jeunesse tout juste majeure. Depuis, il lui reproche de faire deux fois moins d'oseille qu'elle. Surtout, le mac, surnommé « Eustache » en raison de sa passion pour le coutelier stéphanois, lui a entaillé profondément le décolleté, au point qu'elle est désormais condamnée à porter un col roulé pour ne pas faire fuir le chaland. Privée de son principal argument commercial et terrifiée à l'idée qu'Eustache finisse par lui régler son compte, Yolande s'est montrée toute disposée à envoyer le julot au ballon*.

C'est au moment où Eustache a fait mine de sortir son surin que Simon lui a éclaté le nez. Après qu'ils eurent ramené le mac au 36, Lesieur a conseillé à Simon de rentrer chez lui et de foutre la paix à Gerber. Il se chargerait avec son groupe des suites de la procédure.

Maintenant Simon traverse la place Saint-Michel, s'engage dans la rue de la Parcheminerie. Il pousse la porte de son appartement, toujours cette odeur de renfermé. Sous son pied, il sent quelque chose, une enveloppe blanche, sans rien écrit dessus. Rachel a dû repasser, peut-être qu'un autre détail lui est revenu. Il doit penser à relancer les PTT pour l'installation du téléphone.

Il décachette la lettre.

Une page manuscrite, recto verso, d'une petite écriture ronde, scolaire, parfaitement calibrée.

Simon voit la signature en premier.

Marc Gerber.

Simon,

Je vais passer sur le billard, saloperie de calculs, et je vais rester quelque temps loin de la brigade. Je préfère écrire plutôt que parler.

Je tenais à te dire quelque chose qui me met très mal.

Oui tu as raison, je connaissais le type qui a buté la Belle Estelle. C'est par lui qu'on a eu le tuyau sur Mekhloufi, le mac de Sylvie Leveaux. En fait, c'était un indic du taulier du temps où il était à la Voie publique. C'est lui qui nous l'a mis dans les pattes avec Lesieur. Tu connais la suite.

J'ai oublié son nom, mais on l'appelait Hanoi. Il faisait des « boulots » pour différents groupes, braquos et proxos. Un type dangereux mais qui, à ma connaissance, ne s'est jamais fait pincer. Après, je l'ai croisé de temps en temps, plutôt du côté de la rue Saint-Denis, mais c'est tout.

J'ai compris le soir du meurtre de la Belle Estelle que j'avais merdé. Plus que ça même…

Je tenais à te le dire, mais je te conseille une fois encore de rester à l'écart, ce truc sent vraiment trop le pourri. Et s'il te plaît, si tu as toujours l'intention de foutre la merde, laisse Lesieur en dehors. Il m'a suivi avec Mekhloufi, mais n'est pour rien dans tout ça.

Ah, j'oubliais. J'ai parlé à Mercadier. Il ne sait pas d'où vient le tuyau pour Hanoi. Un indic anonyme mais bien informé. Il a donné l'info comme quoi l'homme était prêt à tout, ce qui explique qu'ils ont dégainé un peu vite.

Voilà, cette fois je pense que je n'ai rien oublié.

Je suis sûr qu'on aurait pu bosser ensemble.

Salut,

Gerber

Simon s'aperçoit qu'il a laissé la porte de son studio ouverte. Le froid venu de l'escalier s'est engouffré. Il frissonne.

Sensation étrange, il éprouve une forme de pitié à l'égard du chef de la Galanterie. Pour sa lâcheté, pour sa culpabilité surtout. Ce fardeau dont il lui avait parlé la nuit où tout a commencé.

Kaspar relit la lettre. Il ne doute plus vraiment de la sincérité de Gerber, simple instrument d'une opération à laquelle il a participé sans chercher à comprendre. Désormais, au-delà de Gerber, il voit surtout l'ombre de plus en plus prégnante d'Adrien de Filippis planer au-dessus des meurtres des trois putes, mais il n'a toujours rien de concret qui puisse fonder sa supputation. Il bute sur « Casting CP » au dos de la photo des trois blondes. À coup sûr, une des clés du mystère.

L'appartement est glacial. Simon augmente l'intensité du radiateur électrique. Une sorte de grille-pain rouillé. L'odeur de poussière brûlée lui donne la nausée. Il se sert un fond de whisky qu'il avale à moitié.

Il ressort la vieille photo d'Odile avec l'homme flou. Il se dit que le meurtre de sa mère est probablement sans rapport avec ceux de Sylvie, de Suzanne et d'Estelle. Mais il est sûr que son meurtre à *elle* a un lien avec la Rouquine, quand elle se faisait encore appeler Katia. Avec Paul Tell qui n'était pas encore Monsieur Paul. Et avec Maurice Rosenblum, ce grand jeune homme brun en colère.

Ne pas renoncer.

Il n'a pas parlé d'Odile à Servent.

Le vieux flic de la DST comme un ultime espoir.

L'agent du SDECE

Mercredi 16 janvier

« Je suis content que vous m'appeliez, commissaire », lui a dit Georges Albertini au fil. Il n'aurait pas osé le contacter. Trop d'amertume et de déception, de lâcheté et de dégoût. L'homme de l'ombre lui a proposé de venir prendre un verre.

André Servent descend la rue du Faubourg-Poissonnière. Il a glissé à tout hasard dans sa sacoche en cuir l'enveloppe en papier kraft que lui a donnée Landreau, ces copies de pièces concernant l'affaire Marković récupérées au service de la documentation de la DST.

Albertini, traits plus tirés que la fois précédente, passe sur le fiasco de la rue Saint-Honoré. « La France est à un tournant », dit-il avec un sérieux et une gravité inédite pour Servent.

– Pompidou va mourir. Les vautours tournent déjà autour du cadavre.

– C'est à ce point ? réagit le flic, sans manifester une véritable empathie.

Depuis quelques semaines, des informations alarmantes circulent sur l'état de santé du Président.

Albertini l'a rencontré quelques jours plus tôt à son domicile, quai de Béthune. Il ne met quasiment plus les pieds à l'Élysée, sauf pour le Conseil des ministres le mercredi. Sa femme et son fils lui cachent encore la gravité du mal, mais il a compris qu'il risquait de ne pas pouvoir terminer son mandat. Messmer ne sait plus où il habite, Giscard organise les ralliements pour une élection qu'il espère proche. Quant à Chaban, il est convaincu que son heure est venue. Il achève le tableau avec les cinq cent mille chômeurs officiellement recensés et le prix de l'essence qui flambe.

– La France sera bientôt rouge, conclut-il, fataliste. Mais vous et moi avons l'habitude de perdre des guerres, n'est-ce pas ?

Servent ne relève pas.

– Je souhaiterais avoir vos lumières, monsieur, au sujet de Demaison…

– Ah, je vois que vous ne lâchez pas le morceau, ça fait plaisir, le coupe Albertini avec une bonne humeur tout à coup retrouvée.

– Plus précisément, Demaison dans les affaires Marković et Ben Barka…

– Oh là !… Vaste programme, comme disait l'Autre. Que puis-je vous dire que vous ne sachiez déjà ?

– Pensez-vous qu'il existe un lien entre Demaison et Santucci ?

Albertini hausse les épaules. Il va chercher la bouteille de Balantine's, remplit leurs deux verres.

– Demaison était au courant de bien des choses, c'est certain, et il s'est évidemment servi de la situation, mais je ne crois pas un seul instant qu'il soit à l'origine de l'opération contre Pompidou après l'assassinat de Marković. Je peux d'ailleurs vous dire avec certitude que le Président n'a jamais noté son nom dans son petit carnet noir. Ni d'ailleurs celui d'aucun homme de gauche.

Servent ne dit pas que Marcellin lui a donné la page déchirée du carnet.

Il attend la suite.

Le conseiller résume dans le détail ce que le commissaire sait effectivement déjà. L'assassinat du garde du corps de Delon, la rumeur de parties fines avec les Pompidou. Les vieux gaullistes qui sautent sur l'occasion pour discréditer Pompidou, un homme qu'ils n'ont jamais accepté et reconnu comme étant l'un des leurs, à qui ils reprochent pêle-mêle de ne pas avoir fait partie de la Résistance, d'être un banquier et un intellectuel. Ils ne voulaient surtout pas qu'il succède à de Gaulle. Pendant ce temps, Couve de Murville faisait mine de rien à Matignon, Capitant rigolait à la Chancellerie et envisageait même d'aiguiller l'enquête du juge vers les partouzes plutôt que sur la recherche du meurtrier de Marković.

– Une des clés de cette saloperie, ce sont les photos, poursuit Albertini. Et là, il n'y a aucun doute que c'est Santucci et ses copains de Bison 6 qui les ont fait circuler.

– Avec des complices ?

– Forcément…

– Du côté de la Brigade mondaine ? ose Servent.

– Aucune idée. Pourquoi cette question ?

– Juste une intuition. Santucci pourrait-il être impliqué dans l'enlèvement de Ben Barka ?

Albertini finit son verre.

– À quoi vous jouez, commissaire ?

– Je ne joue pas, monsieur, j'essaie de comprendre, de trouver des liens. Demaison est partout, dans toutes les affaires contre le pouvoir. Je me demandais si Santucci s'y trouvait aussi…

– En tout cas, son nom n'a jamais été mentionné. Il devait avoir vingt-deux ans à l'époque… Ce qui est certain, c'est que le SDECE a monté le coup, recruté Boucheseiche et les autres voyous et a manipulé les deux flics de la Mondaine. Comment s'appellent-ils déjà ?

– Souchon et Voitot…

– Ce n'est pas parce que Santucci est au SDECE et qu'il est mouillé jusqu'aux oreilles dans l'affaire Marković qu'il l'a aussi été dans l'enlèvement de Ben Barka. Si c'est le cas, je n'en sais rien…

Servent devine l'agacement d'Albertini.

Le conseiller de l'ombre se lève, fait quelques pas dans le grand salon sans meubles, façon de signifier qu'il perd son temps à évoquer de vieilles affaires, sans enjeu aujourd'hui, loin de ses préoccupations. Servent en vient à se demander, soudain, ce que l'ancien bras droit de Déat connaît réellement des coulisses du pouvoir.

– J'ai une dernière chose à vous demander, monsieur.

– Mais bien sûr, commissaire, si je peux vous aider. Je vous dois bien ça…

Un sourire. De nouveau affable.

Le flic se lève à son tour, sèche son verre debout, enfile son manteau et place la sacoche qu'il n'a pas ouverte sous son bras pour lui montrer qu'il ne va plus tarder à partir. Il réfléchit à la meilleure façon de formuler la question.

En deux temps.

– J'aimerais connaître votre opinion sur cette mère maquerelle qui se fait appeler la princesse de Passy.

Il lit toute la surprise dans le regard d'Albertini. Et son effort pour saisir les motivations de Servent.

– Je n'en ai pas, commissaire. Je ne fréquente pas les bordels.

Sec comme un coup de trique.

Le second temps.

– En réalité, elle s'appelle Lucienne Goldfarb. Je n'arrive pas à comprendre pourquoi son nom me dit quelque chose…

Albertini s'approche de lui, les yeux plissés derrière ses lunettes. Le commissaire sent son haleine chargée d'alcool.

– C'est peut-être à vos anciens amis que vous devriez poser la question.

La tension dans sa voix faussement bienveillante.

– Mais je ne suis pas certain que vous ayez grand-chose à gagner à remuer l'histoire, poursuit-il.

Plus qu'un trouble dans la tête de Servent. Dans la double remarque d'Albertini, il y a un indice et une menace.

– Bon sang, mais pourquoi les tient-elle tous ! s'exclame Servent dans un emportement qui surprend Albertini.

Un sourire étrange se dessine sur les lèvres de l'homme de l'ombre.

– Vous êtes certain qu'elle ne vous tient pas, vous aussi, un peu, commissaire ?

Jeu de dupes

Vendredi 25 janvier

Deuxième étage du 36. Conférence de presse improvisée devant le bureau des journalistes. Les correspondants de *L'Aurore*, de *France-soir*, du *Parisien libéré* et de l'AFP se tiennent debout, en demi-cercle autour de Filippis. Le taulier a la mine défaite. Le Pacha les rejoint au moment où Simon passe la porte en verre de la Mondaine. Climat étrange dans la brigade. Il y a seulement deux clients sur le banc dans le couloir, tandis qu'un petit attroupement s'est formé dans le bureau de la Galanterie. Pas un seul flic n'est derrière sa machine. Dans un coin, Lesieur avec Gilenko. Le flic des Julots se tourne légèrement, aperçoit Kaspar et se précipite sur lui. Il le colle violemment contre le mur. Saintonge les sépare. Simon reçoit des insultes et des menaces auxquelles il ne comprend rien. Le chef des Stups passe près de lui et crache à ses pieds.

Simon rajuste sa cravate, incrédule.

Le vide se fait autour de lui. Seul Raillard s'approche doucement, les yeux dans les siens.

– Marco est mort, dit-il à voix très basse.

Simon a l'impression que ses jambes le lâchent.

– Qu'est-ce que vous dites ?

– Il s'est pendu, hier.

Les mots restent coincés au fond de la gorge de Kaspar. Il revoit la lettre glissée sous sa porte il y a deux semaines. Un bruit lancinant dans les oreilles comme des acouphènes.

Ne pas se laisser aller à l'émotion.

Ne pas se sentir coupable. Ni responsable.

Gerber était corrompu.

Menteur.

Lâche.

Gerber a choisi.

Raillard attend que Kaspar récupère un peu.

– Gerber était un chic type et un bon flic. Les gars disent que depuis que vous bossiez ensemble sur les condés, il avait changé… à cause de vous.

« Je suis sûr qu'on aurait pu bosser ensemble. »

Les derniers mots de sa lettre. Un regret et un adieu.

– Je ne sais pas, je ne crois pas, balbutie Simon.

– Le patron veut vous voir.

– Pourquoi ?

– Allez l'attendre devant son bureau. Il est avec le directeur et les journalistes, il ne devrait pas tarder.

Raillard s'éloigne.

Simon se dirige comme un somnambule jusqu'à son bureau. Le long couloir, le vestibule, le bureau des crayons, le coffre, la loupiotte éteinte au-dessus de la porte capitonnée. Simon s'affale dans un des fauteuils. Raillard passe sans un coup d'œil.

Le souvenir de l'orage sur le pont au Change, l'appel de Lesieur devant le Soleil d'or, ne le quittent pas. Et la question de Gerber, qui lui revient sans cesse : « Tu sais ce que c'est la culpabilité ? »

Le téléphone dans la pièce à côté se met à sonner. Il décroche machinalement.

– Inspecteur Kaspar.

– Ah, c'est vous. Ici, Fournier à l'IGS. Condoléances pour votre collègue…

– Merci.

– Vous tombez bien. J'aimerais vous voir, inspecteur.

– Je ne suis pas sûr d'avoir plus à vous dire que la dernière fois.

– Je ne vois pas de quelle dernière fois vous parlez, répond le bœuf-carottes. Disons, en réalité, que j'aimerais non pas vous voir, mais vous entendre…

– Vous voulez dire que je suis convoqué ? demande Simon.

– Lundi matin, 10 heures, cela pourrait vous convenir ?

Filippis déboule enfin.

– Bonjour, Kaspar, suivez-moi.

Il se pose derrière son bureau. Froid et tendu.

Simon s'assoit juste en face de lui, l'échine raide, concentré.

– Pourquoi Gerber s'est-il fait sauter la tête, inspecteur ?

– Lucien m'a dit qu'il s'était pendu…

– Ne faites pas le malin, voulez-vous.

– Comment puis-je le savoir ?

– Parce que dans la Maison, tout le monde est persuadé que c'est à cause de vous.

– Je ne vois pas pourquoi.

Faire des réponses courtes.

Attendre l'ouverture.

– On murmure que vous êtes allé voir l'IGS parce qu'il aurait reçu du pognon d'un indic.

– C'est faux ! En revanche, je l'ai vu empocher de l'argent de la Rouquine, ça c'est vrai. Mais c'était son affaire, pas la mienne.

Il marque volontairement une pause.

– J'étais plus gêné par le fait que l'ordre de Marcellin de supprimer les condés ne s'applique pas à la Rouquine. Mais je n'ai jamais pensé que c'était de la responsabilité de Marco. Elle ne faisait pas partie de la liste, c'est tout.

– J'ignorais cet épisode, murmure Filippis qui ramène un bloc-notes devant lui et gratte quelques mots. Il n'y avait donc aucun problème entre vous ? Vous n'êtes jamais allé chez lui pour le menacer ? Vous ne l'avez jamais frappé ni accusé d'avoir enterré des affaires ?

Gerber lui a donc rapporté l'essentiel de leurs discussions et de leurs affrontements. Simon pense que le moment est venu. Il est rendu au point de bascule. Avancer ou reculer ? Dans les deux cas, c'est le saut dans le vide.

Il réfléchit à peine.

– Si !

– Si, quoi ? reprend Filippis plus fort.

– Oui, je l'ai menacé, frappé et accusé, répond Simon en essayant de se montrer calme et serein.

Kaspar voit la mâchoire crispée du taulier et ses poings durcis sur le sous-main en cuir de son bureau.

– Je peux savoir pour quelles raisons ?

– Oui.

Il sent la tension que suscite la sécheresse de ses réponses monter en flèche chez le patron.

– Je vous écoute.

– À cause du meurtre de la Belle Estelle et de celui de Sylvie Leveaux…

Kaspar laisse son motif infuser, attend la réaction de Filippis. Il se souvient précisément des mots que le taulier a prononcés dans le couloir de la Mondaine après l'annonce de la mort d'Hanoi, l'indic viet flingué par les hommes de Mercadier. Il avait parlé du meurtre d'une prostituée, donné la rue, la date du crime, mais pas le nom de la pute.

Le taulier est impassible.

– J'ai vérifié après votre esclandre de l'autre jour. Le boucher de la rue Descombes a été arrêté et condamné.

– Un type a été arrêté, mais pas condamné, lui réplique Simon. Buté en taule avant son jugement. Marco m'a dit qu'il n'était pas le bon assassin, qu'on lui avait fait porter le chapeau…

– Où voulez-vous en venir, Kaspar ? l'interrompt brutalement Filippis. Le cadavre de Gerber est encore chaud et vous l'accusez d'avoir truqué une enquête et envoyé un innocent à la mort ?

– Non, monsieur. Gerber se sentait coupable, demandez à son ami Lesieur ce qu'il en pense. Marco s'en voulait d'avoir obéi à des ordres.

– L'ordre de quoi ?

– De ne pas chercher le véritable meurtrier de la rue Descombes.

– Et l'ordre de qui ? poursuit le patron de la Mondaine avec un petit air méprisant.

Kaspar se demande jusqu'où aller…

Il pense au meurtre de la rue du Théâtre, le dossier disparu, la troisième blonde du casting organisé par lui, le taulier, et par la mère maquerelle. Il songe qu'il n'a même pas demandé à Signol les noms des flics qui avaient fait les constates à l'époque.

Ne pas parler davantage.

Ne pas perdre la maîtrise.

Rester patient.

– Je ne sais pas encore, monsieur, dit-il en baissant légèrement la tête.

Il a glissé le mot « encore » comme un défi.

Le silence lourd dans le bureau laisse à peine percevoir le bruit des voitures sur le quai des Orfèvres et dans la rue de Harlay. Filippis déploie ses grandes jambes, allume une Gitane, tend le paquet cartonné à Simon, se plante devant la fenêtre derrière son bureau, le regard fixe sur la place Dauphine.

– Je connaissais Gerber depuis des lustres, dit-il en se retournant vers Simon. C'était un très bon flic, avec ses travers, comme chacun de nous, inspecteur. Un garçon fragile, traumatisé par son fils handicapé. Vous étiez au courant ?

– Oui, monsieur.

– Il n'en parlait jamais, mais en souffrait beaucoup. Nous avons tous nos problèmes intimes et je comprends qu'avec votre histoire personnelle, ces meurtres de prostituées vous… disons qu'ils vous préoccupent.

Derrière son air faussement bienveillant de patron, il guette à son tour la réaction de Simon.

Trouver la bonne réponse, la bonne attitude.

– Mon histoire personnelle n'est pas une préoccupation, monsieur. Nous en avions longuement parlé avec le commissaire Daclin quand je suis entré dans la police et cela n'a jamais été un secret ni un problème…

Trop de mots, sans doute trop de fébrilité dans son ton.

– Bien sûr, bien sûr. Je suis comme votre ancien patron, je me moque bien de ce que font mes hommes en dehors du bureau, tant que cela n'interfère en rien dans leur travail et dans celui de la brigade… Laissez tomber ces vieilles histoires, Kaspar. L'affaire de la rue des Montibœufs est bouclée et, si j'en crois la Crim', celle de la rue Descombes aussi. Laissons Gerber en paix, voulez-vous ? Nous allons tous lui rendre un bel hommage. Vous pourriez même dire un mot, c'était quand même un peu votre mentor à la Mondaine, non ? C'est d'ailleurs pour ça que j'avais eu l'idée de vous associer pour régler ces histoires de condés… Pas une très bonne idée, visiblement.

« Laissez tomber ces vieilles histoires… » Conseil ou menace ?

Kaspar comprend que la séquence est close, premier round d'un combat dont ils savent tous les deux qu'il ne fait que commencer. Tout d'un coup, Nougaro chante en lui, sur le piano de Maurice Vander, il se voit dans la peau du jeune boxeur face au vieux « Kid marin ».

Simon fait mine d'acquiescer.

Filippis reprend la pose du taulier derrière son bureau, jette un œil aux notes qu'il a prises.

– Vous m'avez dit que Gerber n'avait pas signifié à la princesse de Passy que le temps des condés était révolu. Je n'étais pas au courant. Il faut régler cette histoire. Laissons passer quelques jours, que nous puissions tous faire le deuil, et je vous propose que nous allions tous les deux la voir pour lui faire comprendre que c'est fini ! Ça me sortira un peu. Qu'en pensez-vous ?

– Avec plaisir, monsieur, répond Kaspar.

Le gong du deuxième round a retenti.

Piéger le taulier

Lundi 28 janvier

Kaspar contourne le grand bâtiment de la Préfecture de police sans un regard à Notre-Dame. Il passe devant le « rat mort », la cantine de la PP au pied de la cathédrale, remarque qu'il n'a jamais poussé la porte du mess, d'horrible réputation culinaire, avant d'entrer dans la caserne à la silhouette trapue : le siège de l'Inspection générale des services.

Il présente son insigne à une secrétaire. Il suit les couloirs jusqu'au bureau de l'inspecteur Fournier. Le bœuf-carottes à moustache noire.

Après des salutations formelles, celui-ci fait glisser trois feuillets de couleur différente, intercalés de papier carbone, autour du rouleau de sa machine à écrire.

Audition formelle.

Nom, prénom, service.

– Connaissez-vous Lucienne Goldfarb, dite la Rouquine ou la princesse de Passy ?

– Oui.

– L'avez-vous personnellement rencontrée ?

– Oui, une fois.

Le bœuf lui fait préciser les circonstances.

– Conformément à la circulaire du ministre de l'Intérieur de septembre dernier, Mme Goldfarb a-t-elle été informée de la suppression des condés et que, par conséquent, elle ne bénéficiait plus de la protection de la Brigade mondaine ?

Simon lui explique que Filippis lui a annoncé, trois jours plus tôt, son intention de la prévenir. Fournier tape, puis interrompt le crépitement de la bécane. Il recule sur son siège.

– Puis-je vous demander un service, inspecteur Kaspar ?

– Tout dépend…

– Assisterez-vous à la rencontre entre le commissaire Filippis et Mme Goldfarb ?

– Il m'a proposé de venir avec lui.

– Dans ces conditions, pourriez-vous me prévenir après ?

– Vous voulez dire, vous confirmer qu'elle a perdu son condé ?

– C'est ça. Peut-être même que vous pourriez vous occuper personnellement de la mise en demeure administrative qui devra lui être signifiée et la lui faire parvenir dans les meilleurs délais…

Simon n'a pas de mal à deviner la stratégie du bœuf-carottes. Convaincus que la Rouquine n'a aucune intention de mettre un terme à son activité commerciale et persuadés aussi que Filippis n'entend pas lui appliquer réellement la circulaire de Marcellin, Fournier et l'IGS n'auraient plus qu'à se baisser pour les faire tomber. Tous les deux.

Kaspar en poisson pilote.

Il cherche son intérêt à jouer les agents doubles, se remémore la conversation avec Servent, la nuit de la Saint-Sylvestre. Pompidou est convaincu que Filippis a trempé dans l'affaire Marković, Marcellin a missionné l'IGS, puis un flic de la DST, Servent, parce que les bœuf-carottes n'allaient pas assez vite… Tout ça s'emboîte bien : il fait rouage direct, maintenant que Gerber n'est plus là.

Comprendre avant tout.

– Je peux en effet vous servir d'indic, avance Simon. Mais j'aimerais en retour que vous me donniez une petite information…

– Je ne suis pas certain que vous soyez en position de demander quoi que ce soit, inspecteur. Il me semble que vous aviez la charge, avec votre collègue Gerber, de faire la chasse aux condés, je me trompe ?

– C'est exact. En même temps, vous imaginez la satisfaction de vos patrons, du ministre et peut-être même du président de la République si vous réussissiez à envoyer Adrien de Filippis aux galères ?…

Fournier reste bouche bée. Le blanc-bec a les yeux qui brillent.

– Je connais la raison de votre enquête et je sais même qui l'a ordonnée, crâne un peu Kaspar. Mais, pour vous dire les choses franchement, je n'en ai rien à faire. Je suis prêt à jouer le petit jeu de l'informateur si vous me dites pourquoi vous aviez convoqué Danielle Simonnot au mois d'août dernier, huit jours avant qu'elle ne se fasse trucider.

Fournier retire d'un coup sec les feuillets du rouleau de sa machine à écrire, les déchire en quatre morceaux d'un geste théâtral et les laisse tomber dans sa poubelle.

– Je crois, persifle Simon, que nous avions parlé de confiance réciproque la dernière fois…

Fournier ouvre une chemise, en sort deux documents qu'il brandit sous le nez de Simon sans les lui donner à lire. Le premier est la lettre de mission datée du 20 mai 1973, officiellement venue du Préfet de police, en réalité du ministre de l'Intérieur, sur le « fonctionnement de la Brigade mondaine dirigée par le commissaire Adrien de Filippis ». Le second, la synthèse d'une enquête fiscale sur « le patrimoine de M. Adrien de Filippis ».

Fournier reclasse les pièces dans la chemise.

– Le rapport des impôts était joint à la lettre. Visiblement, c'est le fisc qui a commencé le boulot, s'amuse le flic de l'IGS. Rien de très intéressant, sauf une chose…

Il va à l'essentiel. Le patron de la Mondaine a des parts dans quatre sociétés civiles immobilières à Paris et dans le Sud. L'une de ces sociétés a attiré l'attention du fisc. Baptisée « La belle blonde », elle correspond à un appartement dans le quartier du Suquet à Cannes. Les deux seuls associés en sont Adrien de Filippis et Danielle Simonnot.

– Ne me demandez pas comment les agents des impôts ont fait remonter l'info, je n'en ai aucune idée. Dans le rapport, il est juste indiqué que la dame Simonnot est une prostituée, condamnée pour racolage à deux reprises, en 1962 et 1963. Lorsque nous avons ouvert l'enquête au mois de juin, c'était la première piste concrète que nous avions à notre disposition. Je m'en suis saisi. Voilà tout bêtement pourquoi j'ai voulu l'interroger…

Fournier précise qu'il est passé par Raillard qui l'a lui-même renvoyé sur Gerber comme étant le flic attributaire de son dernier condé. Il l'a d'ailleurs rappelé après que Danielle Simonnot ne s'est pas présentée à son rendez-vous. Difficile d'être moins discret, pense Simon. Il comprend comment le chef de la Galanterie a été au courant de la convocation de la Belle Estelle à l'IGS. Et il tient son explication aussi de la rumeur à la Mondaine d'une enquête des bœuf-carottes.

– Vous avez une date de constitution de cette SCI ? demande le jeune flic.

L'autre rouvre son tiroir, consulte la note des impôts sans la sortir.

– Avril 1969, pour avoir plus de précisions il faudrait se procurer les pièces. Là, je n'ai que le résumé du fisc. C'est important ?

Simon n'entend pas vraiment la question. Le taulier de la Mondaine, propriétaire à la mer avec une pute, ce qui fait de lui un mac comme les autres. Les faits semblent suffisamment clairs pour l'envoyer illico devant le juge, peut-être même au mitard.

– Vous pensez vraiment que la mort de cette prostituée pourrait être la conséquence de ma convocation ? lui demande Fournier. Vous m'avez parlé d'autres prostituées assassinées, il me semble, et d'un dossier disparu. Je n'ai pas eu le temps de bosser dessus, s'excuse-t-il presque.

Paresse ou incompétence ? se demande Kaspar.

Continuer à tirer les ficelles. Il a l'impression qu'il va pouvoir dévider la pelote.

– Je peux y aller ? Si j'ai quelque chose je vous appellerai, dit Simon.

– Vous avez compris que nous n'avons pas fait de PV aujourd'hui, inspecteur.

– Si vous pouviez également éviter de parler de moi à votre patron, comme c'était le cas dans son rapport du mois de novembre, cela m'arrrangerait…

– Je peux quand même compter sur vous pour le condé de la Rouquine ?

– Bien sûr !

La doublure

Vendredi 1er février

La DS break roule au pas le long de l'allée en ligne droite. Derrière, hommes et femmes marchent au rythme de la voiture funéraire. La foule des grands enterrements au « cimetière ancien » d'Asnières-sur-Seine.

Simon marche en bout de cortège. Lesieur lui a sèchement conseillé de se tenir à l'écart. Filippis est au premier rang, avec la femme de Gerber et son fils, à côté du directeur de la DST Biard, en uniforme, du Pacha et d'un conseiller de Marcellin. Toute la Mondaine à leur suite : les trois quarts des effectifs du 36. La Rouquine, chapeau noir à voilette, a pris le convoi en cours. Monsieur Paul avance derrière eux, au bras de Marthe. Kaspar a reconnu quelques clients de la Galanterie et des Hôtels, la plupart passés de mode.

– Je vous présente mes condoléances, inspecteur Kaspar.

Une voix connue dans son dos.

Servent s'excuse et vient à sa hauteur.

– La Grande Maison est agitée depuis quelques jours et j'ai beau être sur la touche, j'ai encore quelques antennes… Je me doutais bien que je vous trouverais ici. Vous n'êtes pas facile à contacter, dit le commissaire à voix basse.

– J'attends les PTT depuis des semaines, répond Simon sur le même ton.

Les deux suivent le mouvement.

– Je préfère ne pas trop me faire remarquer… Quand pouvons-nous nous voir discrètement ?

– J'ai également des choses à vous dire. Je dois aller demain rue du Débarcadère avec le taulier, murmure Simon sans regarder Servent.

– Ah bon ? Je suis curieux de savoir comment cela va se passer. J'ai promis à ma femme de l'emmener à la campagne ce week-end. Lundi matin, vers 9 heures, chez moi, ça vous est possible ?

– Oui.

Le convoi est à l'arrêt. Loin devant, Kaspar aperçoit des hommes en noir sortir le cercueil de la DS. Il s'écarte des personnes autour de lui.

– J'ai beaucoup réfléchi à vos histoires de photos. Vous pourriez me les montrer, s'il vous plaît ?

– Évidemment.

– En réalité, je suis aussi venu pour vous apporter quelque chose.

Servent plonge sa main dans la poche intérieure de son manteau, en tire une feuille pliée en quatre. Il tend à Simon le papier.

– Regardez-le attentivement quand vous serez au calme. Il n'y a pas d'urgence. Vous me direz lundi ce que vous en pensez.

Le vieux flic le salue d'une inclinaison de la tête, prend la contre-allée bordée de cyprès et disparaît du côté de la sortie.

Kaspar garde le papier dans sa main sans le déplier et en fait un petit rouleau.

Il attend un moment, observe les huiles de la PP et du 36 autour du cercueil.

Des images de Gerber lui reviennent en rafale en même temps qu'une colère dont il ne soupçonne pas l'origine. Un tourbillon de violence à l'intérieur. Il se demande s'il parviendra toujours à la contenir.

Une soudaine peur de lui-même.

Kaspar tourne brutalement les talons et remonte à grands pas la longue allée.

Dès qu'il a franchi la porte en fer du « cimetière ancien », il a l'impression de respirer mieux.

Le même chemin qu'à l'aller, en sens inverse. Il s'engouffre dans le métro.

La colère s'est apaisée. Il est épuisé.

Ligne 13. Il décide de descendre à Champs-Élysées. Pourquoi ne pas aller au cinéma ?

Kaspar s'étale un peu sur la banquette. Il remarque qu'il tient toujours, roulé dans sa main, le papier que lui a donné André Servent. Il n'éprouve aucune curiosité.

« Pas d'urgence », lui a dit le commissaire de la DST.

Simon finit par déplier la feuille. Il s'agit de la photocopie d'une photographie. Forcément en noir et blanc.

Lisibilité très moyenne.

Il se redresse et approche ses yeux de l'image.

Des hommes et des femmes, nus ou à demi nus dans ce qui doit être un grand salon cossu. Une vingtaine de personnes. Un grand type, complètement à poil, mais coiffé d'un chapeau melon sur un canapé moderne avec trois donzelles, apparemment occupées à le soulager. Deux brunes, à leurs pieds dans des ébats saphiques. Une soubrette, les fesses à l'air avec un plateau chargé de verres à champagne, semble se frayer un passage. Des adultes visiblement consentants, à l'aise dans leur plus simple appareil.

« Regardez-le attentivement », lui a dit le vieux flic.

Kaspar passe en revue chaque visage qu'il discerne péniblement. Tous lui sont inconnus.

Il s'arrête sur une scène à l'arrière-plan, dans ce qui lui semble être une alcôve. Deux balèzes debout, collés, serrés à une grande blonde. Il oriente la feuille de différentes façons pour essayer de mieux voir.

Le métro se remplit d'un coup à la station Place de Clichy. Simon, le regard planté sur la blonde aux seins légers, la quarantaine bien tassée, peut-être cinquante ans, les cheveux sur les épaules. Elle a une ressemblance incertaine avec la femme du Président.

Il comprend enfin l'image.

C'est une pièce du dossier Marković. Servent se l'est procurée en le reconstituant ; il s'agit de l'une des photos du complot organisé par Santucci et les autres pour laisser croire que l'épouse du chef de l'État participait à des partouzes.

Un flash dans la tête de Simon.

Tout à l'heure au cimetière, avant de lui donner la photocopie, le vieux commissaire lui a demandé s'il pourrait lui montrer les photos des trois blondes. C'est-à-dire le cliché pris en octobre 68 dans le studio des frères Macary.

« Casting CP ».

Simon se penche à nouveau sur l'image de la partouze en noir et blanc.

La fausse Claude Pompidou.

Il est certain de reconnaître Sylvie Leveaux.

Quatrième partie

Le pacte

février-avril 1974

Esquive à la Scala

Samedi 2 février

Il a essayé à tout hasard de joindre Servent, mais le téléphone a sonné dans le vide. La veille, il a passé la soirée à reconstituer le tableau politique de l'époque, autour de l'épisode du casting. Sans véritable résultat.

Il doit se préparer maintenant. Filippis lui a donné rendez-vous au 36, à 16 heures. À la brigade, il n'aperçoit que trois ou quatre flics d'astreinte. Permanence minimale. Les julots, les frangines et les dealers vont passer les deux prochains jours tranquilles. La mort de Gerber justifie bien une pause.

Le taulier ramasse Simon dans son bureau à l'heure dite. Les traits tirés et un sourire poli, feutre et imper ceinturé, il préfère prendre sa voiture personnelle plutôt qu'une bagnole de service. Un coupé BMW, noir. Ensuite, il rentrera directement chez lui.

Quarante minutes jusqu'à la rue du Débarcadère, dans la circulation dense du samedi. Kaspar se demande comment va se dérouler la rencontre avec la Rouquine. Le patron de la Mondaine contourne la porte Maillot. Les travaux sont achevés, mais le monumental Palais des congrès n'a pas encore ouvert ses portes. La grande tour prévue pour accueillir un hôtel non plus.

– Je ne suis pas sûr d'aimer ce que cette ville devient, dit soudain Filippis tout à coup mélancolique.

Étrange changement d'humeur. Il se met à ressusciter l'ambiance d'avant-guerre sur ce vaste terre-plein, quand il accueillait un parc d'attractions très couru, le Luna Park. Simon esquisse une moue intéressée, il n'en a jamais entendu parler. Les bâtiments ont resservi une dernière fois, provisoirement, pour des ministères, après la Libération. Au début des années 1950, c'en était fini de la fête et des divertissements, et la modernité a fini de tout effacer.

Il gare la BMW face au 10 *bis*, de l'autre côté de la rue. Retour au présent.

– Savez-vous pourquoi les policiers doivent se salir les mains ? dit-il en coupant le moteur.

– Non.

– Pour que les politiques et les juges puissent garder les leurs propres.

Il sort lentement de la voiture. Simon perçoit une forme de lassitude.

Dans le salon rouge, lumières basses, la princesse de Passy les accueille, accoudée au bar.

« Adrien ! » s'exclame-t-elle en apercevant Filippis.

Robe longue rose à fleurs rouges, fume-cigarette. Elle a interrompu sa discussion avec le grand barbu, à son côté. Simon reconnaît le chanteur d'opéra. Elle s'avance en tendant le bras devant elle. Le chef de la Mondaine s'incline et lui fait un baise-main. Elle formule un bonsoir distant à Kaspar, prend Filippis par le bras et l'entraîne vers le bar.

– Nous partons à Milan, dit-elle enjouée. L'avion est à 22 h 30. Placido chante lundi à la Scala.

– *Don Carlo*, avec Montserrat Caballé et Ruggero Raimondi. C'est Carlo Maria Giulini qui sera à la baguette. J'ai fait l'aller et retour pour venir chercher notre Princesse, dit l'homme d'une voix douce malgré son accent espagnol.

– Tu devrais nous accompagner, Adrien…

Elle se tourne vers Simon en tirant longuement sur sa cigarette.

– Et vous, jeune homme, vous aimez l'opéra ?

– Je ne sais pas, je ne crois pas en avoir jamais écouté…

– C'est mon père qui m'a fait découvrir l'opéra lorsque j'étais enfant. Y a-t-il plus bel héritage ?

– Moi, je n'écoute que du jazz, ne peut-il s'empêcher d'exprimer, et c'est à ma mère que je le dois.

C'est bien la première fois qu'il déclare devoir à Odile autre chose que de la colère.

La Rouquine le regarde intensément, sourit, puis s'approche de lui. Son parfum capiteux l'enveloppe soudain et l'indispose. Il aimerait échapper à son insistance. Il se force à sourire à son tour.

Un couple traverse le hall de l'hôtel. Une brune en mini-short à paillettes et cuissardes, au bras d'une sorte de VRP en costume écossais à martingale.

Placido Domingo meuble en commandant quatre coupes de champagne.

– Vous permettez, messieurs, dit-elle au ténor et au taulier en attirant le jeune flic à l'écart.

Elle s'assoit dans le canapé faiblement éclairé par un lampadaire cloche. Un autre couple passe. Un mauvais sosie de Jean Seberg avec un snobinard à veste blanche. La Rouquine fait signe à Simon de venir près d'elle.

– Je n'ai pas le souvenir que votre mère ait aimé cette musique de Noirs, dit-elle sur un ton très naturel.

Des syllabes s'emmêlent dans la tête de Simon, qui ne réussit pas à composer une phrase.

– Quoi ? parvient-il à émettre.

– Ne me prenez pas pour une gourde, inspecteur, le réprimande-t-elle gentiment. Vous savez parfaitement que votre mère et moi nous sommes connues il y a fort longtemps. J'ai d'ailleurs gardé un souvenir très précis de votre grand-mère. J'espère qu'elle est encore de ce monde ?

– Oui !

– Tant mieux. J'imagine qu'elle vous a raconté notre rencontre. Elle avait eu la générosité de m'accueillir. Cela ne s'oublie pas.

– Non, elle ne m'a rien dit, s'empresse de répondre Simon.

– Ça n'a pas d'importance. J'ai su qui vous étiez dès le premier instant où je vous ai croisé dans l'antichambre d'Adrien. Kaspar n'est pas un nom très courant, et vous lui ressemblez. Votre mère était plus qu'une collègue de bureau, vous savez. C'était une amie. La vie nous fait parfois de drôles de clins d'œil…

Elle l'observe, comme si elle attendait une question qui ne vient pas.

– En quoi puis-je vous aider, jeune Kaspar ?

Sa voix aigre, même basse, lui laisse comme une éraflure. Il cherche encore des mots, se dit que le moment est venu de l'interroger sur sa mère, ou bien sur Sylvie Leveaux, sur Marković et Santucci, ou bien sur Maurice Rosenblum…

Le sentiment de perdre le contrôle.

– Nous sommes venus avec le commissaire pour…

– J'ignore ce qu'il s'est passé, l'interrompt-elle doucement. Si je l'avais su, je l'aurais dit aux poulets, ajoute-t-elle d'un trait.

– Vous aviez été interrogée ? réagit-il encore une fois trop vite.

Elle éclate d'un petit rire aigu.

– Non, je n'ai pas été « interrogée », pour la simple et bonne raison qu'il n'y avait aucun motif pour que je le sois. Cela faisait déjà pas mal de temps que nous nous étions perdues de vue. Moi, j'avais rencontré Paul et claqué la porte du boulot d'esclave qui était le nôtre. Je n'ai su que longtemps après, par radio trottoir, ce qui lui était arrivé. Des filles trucidées par un client ou par leur mac, il y en avait fréquemment, c'est d'ailleurs pour cela que j'ai toujours voulu me mettre à mon compte.

Elle s'arrête un instant.

– Je vais vous faire une confidence, Simon. Vous permettez que je vous appelle Simon ?

Il le lui permet sans avoir à le formuler.

– Cela va vous étonner, sans doute, mais j'ai un fils, moi aussi. Plus jeune que vous et, dieu merci pour lui, ses grands-parents s'occupent de lui. Je le vois très rarement. Si je devais lui donner un conseil, un seul, ce serait de ne jamais chercher à remuer le passé. Il faut toujours regarder devant soi… Ce conseil, c'est à vous que je l'offre.

– J'essaierai de le suivre.

Toutefois il aimerait saisir un détail qui lui permettrait de savoir dans quel salon de l'hôtel, avec Filippis, elle a proposé à

Sylvie Leveaux de jouer la fausse Claude Pompidou. Il imagine les essais des prostituées, ressemblant plus ou moins à l'épouse du futur Président. Il croit voir Souchon et Voitot, Santucci, Demaison, assister aux prises de vue. Le lupanar, théâtre des complots.

Filippis et Domingo sont toujours au comptoir, Marthe, les seins à moitié à l'air, a repris le service. Il n'obtiendra rien d'autre de la Rouquine, il en a la certitude. Elle se relève et semble déjà vouloir les rejoindre.

Tenter de reprendre le contrôle.

– Le commissaire vous a prévenue de ma venue, n'est-ce pas ?

Elle prend un instant.

– Auriez-vous la gentillesse de m'offrir une cigarette ?

Il sort son paquet de Gitanes. Après l'avoir vissée à son porte-cigarettes, elle l'allume avec un briquet doré, puis lui passe le lance-flammes.

– Adrien ne me cache pas grand-chose, vous savez. Depuis le temps que nous travaillons ensemble, je suis pour lui une sorte d'adjoint.

Simon attise sa clope.

– Il vous a expliqué la raison de notre visite ?

– Non, mais allons la lui demander puisque ça a l'air si important, répond-elle d'un air enjoué, sans paraître curieuse.

De dos, les épaules carrées de Filippis semblent plus arrondies.

– Simon vient de me dire que tu avais quelque chose à m'annoncer, Adrien. Dépêche-toi parce qu'il faut que j'aille préparer mes bagages.

– Visite officielle, madame, dit-il sur un ton exagérément obséquieux.

– Accouche !

– Sur décision de Marcellin, tous les condés de Paris ont sauté depuis le mois de septembre. C'est valable aussi pour toi…

– C'est tout ?

Il écarte ses mains pour bien signifier que tout est dit.

– Concrètement, une mise en demeure administrative vous sera notifiée, dès lundi, spécifiant que, si des faits de prostitution devaient y être constatés, l'établissement ferait l'objet d'une fermeture administrative immédiate, récite froidement Simon, sans reprendre sa respiration. Et naturellement, des poursuites pénales seraient engagées contre les gérants et propriétaires de l'hôtel.

Il marque une pause.

– Je crois savoir que M. Tell a déjà fait l'objet d'une condamnation pour proxénétisme hôtelier en 1965…

Filippis foudroie Kaspar du regard.

– Elle est jolie, la nouvelle police, fait semblant de s'indigner la Rouquine.

– C'est une question de semaines, quelques mois maximum, tempère le taulier.

Filippis tient à minimiser. Et à ajouter son analyse circonstanciée. Son patron, Marcellin, est carbonisé depuis l'histoire des micros au *Canard*; quant à Pompidou, il a un pied dans la tombe. Leur foucade, car c'est bien à eux que l'on doit cette décision inopinée, n'aura qu'un temps, après eux tout va très vite revenir à la normale.

– Écoutez-moi bien, mes petits chats, l'arrête la princesse de Passy sans élever la voix. Allez dire à votre ministre et à votre Président que leur condé et leur mise-en-demeure-machin-chose, ils peuvent se les carrer où je pense. J'ai un avion à prendre, et une représentation qui m'attend, et je ne compte pas changer mes habitudes, ni dire à mes clients qu'ils ne sont plus les bienvenus parce que des politicards font n'importe quoi. Tu m'accompagnes, Placido ?

D'un vif mouvement, elle se dirige vers l'ascenseur, dans sa longue robe à fleurs, ses cheveux roux en auréole. Le ténor la rattrape à grands pas.

Simon sent son pouls battre dans ses tempes.

– Katia !!

Il l'a interpellée suffisamment fort pour que le salon tout entier se fige.

Elle n'a pas entendu son ancien surnom depuis des décennies, celui par lequel Odile l'appelait, quand elle traînait au P'tit Coin et au Casse-noix avec elle, ces bars de nuit que tenait François, son oncle.

Elle se retourne brusquement.

– Excusez-moi, madame Goldfarb, j'ai encore une petite question à vous poser…

Simon se dirige lentement vers elle. Il se demande qui, parmi ses employées, connaît son véritable nom.

– Je pense comme vous, madame. Marcellin peut aller se faire voir avec sa paperasse. Ce que j'ai à vous demander est plus personnel. Vous m'avez dit tout à l'heure que vous aviez été accueillie, un jour, chez ma grand-mère. Je crois que cela s'est passé en décembre 1948. Vous souvenez-vous des circonstances ?

Elle continue de le fixer. Il croit déceler chez elle un instant d'hésitation.

– Un homme s'était mis à me suivre, moi et votre mère. Nous nous étions réfugiées chez elle. C'était un inconnu et, par chance, je ne l'ai jamais recroisé. J'aurais parié que votre grand-mère vous avait raconté sa poursuite, qui avait effrayé Odile. À quoi jouez-vous, inspecteur Kaspar ?

– L'homme en question s'appelait Maurice Rosenblum, la défie Simon. C'était un jeune type qui habitait dans le XIe. Ce nom ne vous dit rien ? N'avez-vous pas une idée de ce qu'il vous voulait ?

– Non, je ne l'ai jamais entendu. Venez, Placido, nous n'allons pas rater notre avion pour ces bêtises. Prenez soin de vous, inspecteur Kaspar, lance-t-elle de l'ascenseur.

Kaspar salue Filippis, toujours planté devant le bar. L'œil égaré du taulier lui laisse penser qu'il n'a rien compris à la dernière séquence. D'un pas pressé, il sort de l'hôtel, remonte la rue du Débarcadère vers le boulevard Pereire. Il sort son paquet de Gitanes, cherche son Zippo au fond de ses poches, sort un briquet jaune et lourd. « ST Dupont » gravé sur le dessus. Celui de la Rouquine. Il allume sa clope et empoche la flamme.

Chienlit

Lundi 4 février

Solange est restée à la campagne depuis deux semaines. Elle a compris qu'il était préférable de le laisser seul. Politesse et discrétion. *Gentleman farmer* du XVe arrondissement, maintenant qu'il n'a plus de bureau à la DST, André Servent aime organiser ses journées à domicile et recevoir, pantalon en velours et col roulé pour tout costume. Et abreuvement au café.

Sur la table du salon, il a disposé ses piles de papier, des dossiers soigneusement classés.

Simon repère d'emblée, posées au milieu, trois photographies en noir et blanc. Même de loin, il sait que ce sont des images qui appartiennent à la même série que celle que le vieux flic lui a donnée vendredi au cimetière. Il s'efforce de ne pas se montrer trop impatient.

– Alors inspecteur, comment s'est passé ce rendez-vous avec la Rouquine ?

– Rien de très extraordinaire. Filippis lui a rapidement signifié qu'elle avait perdu son condé. Elle risque désormais de tomber pour proxénétisme hôtelier.

Il lui raconte brièvement la scène : le ténor, la Scala, le défilé des putes dans le hall de l'hôtel. Il n'évoque pas son petit numéro qui a ressuscité Odile, Katia et Maurice.

– Bien ! Avez-vous trouvé le temps de jeter un œil à ce que je vous ai donné au cimetière ? Ce n'est qu'une photocopie, forcément de mauvaise qualité, mais je crains malheureusement que nous ayons du mal à récupérer l'original…

– Je ne pense pas que ça soit nécessaire. J'ai vu ce qu'il y a à voir. Aujourd'hui, c'est à votre tour de regarder une image…

Simon sort de sa poche la photo des blondes, marquée « Casting CP », et la tend à Servent.

Le commissaire chausse de grosses lunettes, s'assoit et pose le cliché devant lui, sur la table, à côté des trois autres. Il passe de l'un à l'autre pendant de longues secondes avant de relever la tête, visiblement satisfait.

– Vendredi, je ne vous ai remis qu'une seule photocopie. Regardez les deux autres, lui dit-il.

Simon procède à l'examen. Il s'agit sans doute aucun de deux autres partouzes, dans deux autres lieux, avec des participants différents. Toutefois, sur chaque photographie, à l'arrière-plan, les deux mêmes balèzes, collés à une grande blonde. Dans la même pose. Serrés contre trois blondes différentes.

– Aucun doute, confirme Kaspar.

– Je suis d'accord, acquiesce Servent.

Sylvie. Suzanne. Estelle-Danielle.

Le commissaire disparaît un instant, revient dans la pièce, un plateau entre les mains sur lequel il a disposé la cafetière en verre, à nouveau remplie, deux mazagrans et une boîte à sucres en métal ayant servi précédemment pour des biscuits bretons.

Servent faussement détendu.

Simon crispé sur sa chaise.

– Nous avons la preuve que notre trio a monté le complot, se hâte Simon de conclure.

– Une seconde, jeune homme, répond le vieux.

Cette fois, la fougue de Kaspar l'amuse.

– Reprenons les choses dans l'ordre, vous voulez bien, inspecteur ?

Simon fait un mouvement de la tête. Le métier, c'est d'éviter les raccourcis et les interprétations trop hâtives, qui envoient dans le mur. Le flic de la DST va lui développer l'histoire des photos. Ils ne peuvent y couper. C'est toujours au compte-fils que l'on a une chance de débusquer ce que l'œil n'a pas vu du premier coup.

Après la mort de Stevan Marković, le 22 septembre 1968, l'enquête s'est orientée vers les relations du garde du corps de Delon. Amant de la femme de l'acteur, le Yougoslave s'était lié avec des comédiens, des chanteurs et des chanteuses, mais aussi avec quelques hauts fonctionnaires et hommes politiques. Très vite, dans les PV d'audition, on trouve mention de parties fines, auxquelles des personnalités connues auraient participé. Celles-ci auraient ensuite fait l'objet de chantage de la part de l'homme retrouvé mort.

Début octobre, le nom des Pompidou est cité une première fois. Ça remonte. Ça fuite. Il se murmure bientôt que Claude serait une des habituées de ces soirées spéciales. Au gouvernement, personne ne prend la peine de les alerter, à la DST. Pour les uns, vieux gaullistes, volonté de se débarrasser de celui qui n'est plus Premier ministre depuis quatre mois et qu'ils ne veulent pas voir succéder au Général, pour les autres, pure lâcheté. Autant de « traîtres » dont le futur Président de la République notera les noms, plus tard, dans son petit carnet noir.

C'est grosso modo à ce moment-là, se délecte le commissaire, que Bison 6 et Santucci entrent en piste. La barbouze rédige une note blanche attestant qu'une de ses indics aurait vu des photos très compromettantes de Claude Pompidou. La direction du SDECE prend l'info au sérieux, d'autant plus que très vite des images apparaissent vraiment. Plusieurs journaux en sont les destinataires. Pas un ne les publie, mais cela suffit à accréditer la chose.

La rumeur s'amplifie jusqu'à ce que, au début de novembre 1968, Pompidou finisse par être au courant de la manipulation, et lance la contre-offensive. On s'aperçoit alors qu'il s'agissait de montages.

Kaspar aurait pu perdre le fil. Pendant que Servent déroulait son exposé, il a établi sa chronologie parallèle, avec ce qu'il sait des rendez-vous de Sylvie Leveaux avec la Rouquine, Filippis, Demaison et les Macary. Grâce aux confidences de Gerber. Il avale son café tiède. Il aimerait pouvoir raconter au chef de la Galanterie cette nouvelle avancée. Lui et Servent ont la satisfaction de voir les pièces de puzzle s'ajuster impeccablement. Et le commissaire discerne désormais la forme des pièces pour lesquelles ils n'ont pas d'éléments de preuve.

Après les premières rumeurs des partouzes, la Rouquine et Filippis organisent le casting du meilleur sosie de Claude Pompidou. Le patron de la Mondaine fait le tour des filles qui ont le profil. Blondes, grandes, plus très jeunes. Elles ne sont pas si nombreuses. Il retient Sylvie Leveaux, Suzanne Jurgensen et la Belle Estelle. À Richard Macary, indic de premier ordre et déjà versé dans la photo porno, de s'occuper de la technique. La Rouquine n'a qu'à refiler ensuite les clichés à Santucci qui se chargera de lancer leur diffusion.

Le complot aurait pu fonctionner. Une fois éventé, il fallait effacer les traces laissées par les uns et les autres, et peut-être éliminer ceux, dans la confidence, susceptibles de jacter.

Kaspar galope au-devant de la reconstitution que vient de lui faire Servent et saute sur sa conclusion. Il lui raconte les épisodes qu'il n'a pas eu le temps de lui rapporter. Hanoi, qui vient opportunément de mourir, après Mekhloufi. Lui-même convoqué par l'IGS la semaine dernière. La dernière victime, la Belle Estelle qui s'est défilée devant les bœuf-carottes, huit jours avant de se faire éventrer et qui détenait des parts dans une SCI à Cannes avec le taulier.

Le vieux lui fait répéter calmement, pour prendre des notes à son tour. Le flic et sa bleusaille n'en ont pas fini avec leur tableau général des faits et des hypothèses.

Sylvie Leveaux est la première des trois victimes. Mac violent, adepte du surin à longue lame, et indic de Filippis, Hanoi se serait chargé du premier assassinat, ajoutant l'esthétique à l'efficacité. Avec la complicité plus ou moins volontaire de Gerber, le taulier met le crime sur le dos d'un micheton dont le compte est réglé rapidement en cabane.

Suzanne Jurgensen passe à la découpe un an plus tard, en janvier 70. Le sicaire laisse sa signature personnelle sans doute comme un message.

Danielle Simonnot, qui s'est payé un appartement sur la Côte d'Azur, est étendue avant de se retirer au soleil. Trois ans plus tard…

Tout d'un coup, le tableau n'est plus si complet, les deux flics doivent convenir que c'est de la dentelle mitée, trop de pièces manquantes.

– Vous pensez que Demaison tire les ficelles ? hasarde Simon.

– Je ne crois pas, lui répond Servent, avec une légère déception. Après le meurtre, en 68, il s'est précipité à Belgrade pour être désigné avocat de la famille Marković et avoir accès au dossier du juge. Même si on suivait l'allégation de votre collègue Gerber, qui pensait qu'il avait pu être au courant du casting, et donc de la fausse rumeur, cela ferait de lui, tout au plus, un agitateur, tendance manipulateur, oui !, mais pas l'instigateur.

Servent remplit à nouveau leurs mazagrans, sirote le café froid et repose sa tasse.

– Mais qu'est-ce que vous dites ? Nous savons qui a monté le complot, s'emporte Kaspar. Ces gens ont tué et sont sans doute prêts à le refaire encore.

– Nous n'avons pas de preuves, l'arrête sèchement Servent. Et de toute façon, ça n'est pas la question.

– Comment ça ? Ces gens sont des criminels…

– Oui, enfin, parmi eux il y en a, on ne sait pas, Kaspar, qui a décidé et pourquoi.

Simon se met à marcher en long et en large, les poings serrés, le dos soudain douloureux. Le vieux flic de la DST l'observe en allumant un cigarillo. Un gamin fracassé, ne peut-il s'empêcher de penser.

– On fait quoi, commissaire ?

– On réfléchit !

Servent regarde les dossiers sur la table. Ben Barka-65 et Marković-68. Il n'a plus besoin d'en feuilleter les pages, il voit défiler les noms. Des flics, des barbouzes, des pontes du 36 et de la Piscine, des gangsters et des sicaires, des putes et une mère maquerelle, son avocat, des ministres. Une gigantesque partouze. Sans sexe.

Bordel, le mot est trop usé. Ou dit autrement, un vaste mélange des genres. Fric et violence.

Pour le pouvoir.

Un monde de compromissions qui ne ressemble guère à celui que les politiciens, depuis leurs palais, dans les journaux ou à la télévision, prétendent soumettre à l'ordre et bâtir.

L'hypocrisie et le cynisme.

Il voit le monde réel dans les piles de paperasse devant lui.

Congé forcé

Simon descend à la station Odéon. Il coupe par la rue de l'Éperon, arrive au bout de la rue Saint-André-des-Arts et se met à courir vers le Quai. Taper au plus vite la mise en demeure administrative et prévenir sans délai Fournier.

Il se met à rêver que la fermeture du bobinard* de la rue du Débarcadère fasse un peu de pagaille entre le taulier et la Rouquine. Il grimpe les marches deux à deux, ne jette ni un mot ni un regard aux flics présents de la brigade. Il commence à frapper le courrier. Raillard surgit devant lui sans qu'il l'ait vu arriver.

– Adrien m'a raconté votre rendez-vous de samedi. Laissez tomber la mise en demeure, je m'en occupe.

L'adjoint du taulier s'assoit en face de Simon, derrière le bureau toujours vide.

– J'ai pratiquement terminé, je voudrais que ça parte aujourd'hui, dit Kaspar en continuant de taper sur le clavier.

– Je vous ai dit que je m'en occupais !

Simon lève ses deux doigts et fixe Raillard.

– Il se passe quoi, Lulu ?

– Rien de spécial.

Celui-ci se lève avec le sourire bienveillant qu'il lui a toujours connu. « Prenez des vacances, Kaspar », lui murmure-t-il à l'oreille avant de s'éloigner.

Simon décroche son téléphone. Compose un numéro. Pas de bonjour ni de présentation.

– Le message a bien été passé samedi comme prévu, mais il y a un problème…

– Lequel ? demande Fournier, à l'autre bout du fil.

– Ce n'est pas moi qui vais envoyer la mise en demeure.

– Et pourquoi ?

– On vient de me retirer la tâche. D'une certaine façon, je suis viré.

Le bœuf-carottes ne réagit pas immédiatement.

– Filippis ? finit-il par demander.

– Non, Raillard.

Fournier se met à rigoler, mais s'excuse aussitôt. Il est désolé pour Kaspar. Raillard ne rédigera jamais le courrier qui doit officialiser la fin du condé, la chose est entendue, mais ça ne change rien au plan.

– Dans un mois, on ferme le clandé de la princesse de Passy et on l'envoie aux galères avec votre taulier, s'amuse le flic de l'IGS.

– Pourquoi pensez-vous qu'il n'enverra pas le courrier à la Rouquine ?

Fournier rigole encore. Exaspérant.

– Vous n'êtes pas si bon que ça en définitive, inspecteur Kaspar. Raillard et la Rouquine, c'est aussi une vieille histoire. C'est lui qui lui a filé son premier condé, en 47.

– Vous en êtes certain ?

– Oui. Je l'ai découvert en épluchant le dossier de 65. Il y a deux jours.

Cette procédure de l'IGS contre Paul Tell, il en a pourtant eu lui-même connaissance puisqu'il l'a consultée aux archives. À aucun moment dans les pièces qu'il a lues, le nom de Lucien Raillard n'est mentionné. Alors quoi ?

Il finit par connecter. Voir le rapport. C'est après l'arrestation des deux agents de la Mondaine Souchon et Voitot que les bœuf-carottes avaient lancé leur enquête. Une vaste enquête. Le dossier Tell n'a jamais été qu'un morceau de cet ensemble.

– Vous avez tout le dossier ? demande Simon un peu bêtement.

– Je crois.

Nouvelle excitation fulgurante.

Mais deux ombres s'allongent devant lui, qui s'étirent sur son bureau. Il relève la tête. Lesieur et Gilenko sont plantés, là, à l'observer. Derrière eux, d'autres flics.

– Je peux vous rappeler dans un moment ? dit Kaspar à Fournier.

Le flic des Julots prend des dossiers sur le bureau de Simon et les jette avec un mouvement exagérément lent dans la poubelle. Le flic des Stups suit le fil de son téléphone jusqu'à la prise et l'arrache d'un coup sec du mur. Simon se dresse, arme son poing au moment où Raillard apparaît dans l'encadrement de la porte.

– Je ne crois pas que ce soit une très bonne idée, dit-il avec un grand sourire.

Kaspar tendu comme jamais.

Se maîtriser, se calmer.

Se maîtriser, se calmer.

Se maîtriser, se calmer.

Lesieur et Gilenko sont déjà repartis.

Simon ne voit plus que l'adjoint du taulier, le vieux flic copain de tous les autres. Le préposé aux tâches administratives, aux rapports et synthèses, à l'épluchage des dépêches. Le type qui distribue les clés des bagnoles de la brigade. Une vie passée à la Mondaine. Une vie de fichages et de compromissions.

– Je vous ai dit de prendre des vacances, Kaspar.

– Vous avez envoyé la mise en demeure à Lucienne Goldfarb ? lui rétorque le jeune flic.

Simon n'a reconnu ni sa voix ni son ton, déformés par l'adrénaline qu'il sent inonder ses veines.

– Je m'occupe de tout !

Chef occulte

Vendredi 8 février

Cela fait plus d'une demi-heure qu'ils discutent au téléphone, ils se sont échauffés tous les deux, et en sont venus aux menaces réciproques. Hors de question que Fournier lui montre le dossier de 65. Simon le prévient qu'il peut à tout instant prévenir Filippis et la Rouquine du piège que leur a tendu l'IGS. Le bœuf lui assène qu'il peut toujours choisir de tomber avec eux. Le jeune flic s'en fiche. Est-ce que pour autant ses efforts n'auront pas été un coup d'épée dans l'eau s'il laisse filer le principal acteur de la collusion ?

Fournier cède. Il accepte de lui faire un résumé de la procédure, mais Simon ne pourra pas la consulter directement.

Ils conviennent d'un rendez-vous, le plus éloigné possible de l'île de la Cité. Simon propose le lieu. Ce sera le P'tit Coin, le soir même à 20 heures. Aussitôt la conversation close, il appelle François et ne lui laisse pas le choix : il doit fermer son troquet pour lui, et cela va durer un bon moment.

Fournier est ponctuel. Il a prévenu son patron, le commissaire Robert, de la rencontre, sans lui préciser l'objet.

D'un regard, le flic de l'IGS fait le tour du bistrot.

– C'est quoi cet endroit ?

– Un indice, pour le jour où vous devrez monter un dossier contre moi, lâche-t-il avec perfidie.

Le bœuf ne pige pas, mais choisit de ne pas comprendre. Il embraye.

– Vous ne pourrez pas rester dans l'ombre bien longtemps, inspecteur Kaspar. Les grandes manœuvres sont lancées et vous ne couperez pas à l'interrogatoire, je veux dire un véritable interrogatoire.

– Je sais, l'interrompt Kaspar, je vous ai dit que je m'en fichais. On le fait maintenant votre PV, si vous voulez…

– Du calme, je vous préviens, c'est tout.

Simon passe derrière le bar de son oncle.

– Je peux en savoir un peu plus sur Raillard ? lance-t-il en servant deux scotchs.

– Ça n'est pas très clair. En fait, quand on lit le dossier de l'époque, on est porté à penser qu'il est le vrai taulier de la Mondaine. Même s'il ne bouge jamais son cul du bureau. Il y a débarqué en 46, a traversé les époques et gravi les échelons jusqu'à la place de numéro deux. Il a été l'adjoint des trois derniers patrons de la brigade. N'a jamais postulé pour prendre le pouvoir.

– On connaît son rôle dans l'affaire Ben Barka ?

– Blanc comme neige. Il a été l'un des premiers à passer au tourniquet de l'IGS. Il est celui qui a filé les clés de la bagnole de service à Souchon et Voitot, le jour de l'arrestation du Marocain boulevard Saint-Germain. Les deux agents lui auraient déclaré que c'était pour une opération de stups.

– Et cette histoire de condé de la Rouquine en 47 ?

– Moi, je ne sais que ce qu'il y a dans le dossier qu'ont nourri les collègues, rien de plus. Fin 65, lorsqu'ils ont débarqué à la Mondaine, ils ont fait le pedigree d'à peu près toute la brigade. Vu que Souchon et Voitot se faisaient arroser par la Rouquine, ils ont vérifié s'ils étaient les seuls dans ce cas. Raillard n'a jamais été vu rue du Débarcadère. Rien n'a laissé penser qu'il aurait entretenu une relation quelconque avec la mère maquerelle.

– C'est pour ça que son nom n'est pas cité dans le dossier Paul Tell ?

– Sans doute. En revanche, il apparaît comme le flic ayant attribué à Lucienne Goldfarb son premier condé. C'était en 47. Je n'ai pas vu le registre, mais de toute évidence, les collègues l'avaient consulté. Ils soulignent que la Rouquine se faisait alors appeler Katia.

Simon se demande si Odile, comme elle, s'était choisi un surnom, si elle jouait les indics et bénéficiait d'un condé. En avril 49, les flics de la Mondaine l'avaient laissée filer sans la ficher, ni l'envoyer à Saint-Lazare pour vérifier son carnet de santé.

Il lève son verre, trinque avec Fournier avant de descendre son whisky. Et songe à Servent, à sa conviction qu'il y a un lien entre les affaires Ben Barka et Marković. Il essaye d'imaginer les questions que poserait le commissaire de la DST à Fournier. Celui-ci est catégorique : il n'a rien vu dans le dossier des bœuf-carottes qui n'aurait pas été écrit dans la presse ou évoqué au procès.

– Un truc quand même, se ravise-t-il. Un truc bizarre. Il est mentionné qu'en septembre 65 l'hôtel du 10 *bis* rue du Débarcadère avait été placé sur écoutes. C'était un mois avant l'enlèvement de Ben Barka.

Il a sorti son calepin.

– Le nom de code était Orion 113. Orion, pour « oreillon » ; « 113 », pour le numéro de l'enregistrement.

– Elles disent quoi, ces écoutes ?

– On l'ignore.

– Je ne comprends pas.

– Dans le dossier, fin novembre 65, les collègues font une demande officielle au cabinet du ministre de l'Intérieur pour qu'on leur communique la transcription d'écoutes réalisées en septembre : Orion 113.

– Comment ont-ils appris leur existence ?

– Ça n'apparaît pas. Les bœuf-carottes ont aussi leurs indics…

– Qu'a répondu Beauvau ?

– Apparemment rien !

– C'était il y a huit ans, il doit rester des gars de l'époque à l'IGS…

– Non, je n'ai pas demandé. Premièrement, ces écoutes n'ont, a priori, rien à voir avec ce dont je suis saisi ; deuxièmement, Ben Barka, ce n'est pas un super souvenir, non plus, à l'IGS. Personne n'a vraiment envie d'en parler.

– OK, OK. Mais je ne pige pas un truc. Cette histoire a toujours été du ressort de la PP, non ? Pourquoi présenter la demande de communication au ministre de l'Intérieur et pas au Préfet de police ?

– Bien vu ! Vous suivez, s'amuse Fournier. Dans leur requête, les collègues précisent qu'Orion 113, les écoutes du bordel de la Rouquine, ont été ordonnées par la BCDRC, la Brigade centrale de documentation et de recherche criminelle. Une structure directement rattachée à Roger Frey, place Beauvau, et pilotée par un ancien de la DST.

Un tilt dans la tête de Simon.

– Vous connaissez le nom de celui qui signe la requête ?

Fournier regarde ses notes.

– Commissaire divisionnaire Pascal Coudé-Forestier.

Servent et Marcellin, la SUBAC et ses micros, la guerre occulte contre les Rouges. Le pouvoir change de visage, les méthodes de barbouzes demeurent. La phrase de Filippis, prononcée samedi dernier devant le 10 *bis*, trouve pleinement son sens : « Les flics se salissent les mains pour que les politiques gardent les leurs propres. » Les flics acceptent. Kaspar a beau avoir l'insigne, le flingue, il ne se sent pas vraiment flic. Aujourd'hui moins qu'hier.

Trois coups secs contre la porte vitrée du P'tit Coin le ramènent à Fournier et à François qui s'impatiente. « Cinq minutes », lui fait signe Simon de la main.

– Bon, on a fait le tour. La prochaine fois qu'on se verra, ce sera dans mon bureau, lui déclare Fournier.

Il lui explique le calendrier. Si tout se passe comme prévu, un juge d'instruction sera désigné après les perquisitions. La Rouquine devrait être inculpée à la fin du mois de mars, Filippis peut-être aussi.

Simon a encore quelques points à éclaircir avant de le laisser filer.

– Vous m'avez dit tout à l'heure que l'IGS avait reconstitué le pedigree de tous les flics de la Mondaine. C'est quoi celui de Filippis avant 65 ?

– Apparemment un bon flic.

– Et Raillard ?

Fournier pousse un petit soupir, paraît hésiter.

– Vingt-sept années à la Mondaine, vous imaginez ce que ça représente…

– Il a plus de soixante piges aujourd'hui. En 47, il n'était déjà plus un bleu-bite. Il était où avant ?

– Laissez tomber.

Simon change d'humeur. Il repasse de l'autre côté du comptoir.

– C'est Raillard que vous avez appelé quand vous vouliez convoquer la Belle Estelle au mois d'août ? C'est votre pote ?

– Pas vraiment, non… Vous voulez vraiment savoir ? Dans le temps, à la PP, il avait de bonnes relations avec les Brigades spéciales, l'ami Raillard. Ça vous parle ?

– Je veux bien un petit rappel historique.

– Les Brigades spéciales des Renseignements généraux traquaient les Juifs et les Cocos dans tout le département de la Seine. Ils bossaient main dans la main avec les Allemands.

– Raillard était collabo ?

– Demandez-lui. En 43, il était affecté au commissariat de Puteaux. J'imagine que ça ne vous dit rien non plus ?

– Non.

– Et Krasucki, ça vous dit quelque chose ?

– Évidemment, le type de la CGT.

– Ce sont les hommes du commissariat de Puteaux qui l'ont arrêté en 1943, parmi des dizaines de jeunes Juifs communistes, et envoyé à Auschwitz. Le coup de filet a eu lieu le 23 mars dans tout Paris. Beaucoup habitaient le XIe, rue des Immeubles-Industriels, foyer de résistance. Rien n'interdit de penser que Raillard ait été dans le coup…

Simon s'efforce de ne montrer aucune réaction. Il n'entend pas son oncle cogner une nouvelle fois à la porte.

– Je pense qu'il faut y aller, dit Fournier.

– Oui, oui.

– Rendez-vous un de ces jours pour régler son compte à la Rouquine et à Filippis, lui lance-t-il sur un ton badin.

– Oui, oui, bien sûr…

Le bœuf-carottes l'observe un instant, perdu dans ses pensées.

– Remuez pas trop la merde, Kaspar, celle-là est pire que les autres.

François a rouvert son troquet, il passe derrière le comptoir. Simon se précipite dans son petit bureau. La pénombre, l'odeur de salpêtre, les photos au mur. Il aperçoit les deux gros volumes bleus posés à plat sur une étagère, attrape celui du dessus.

Annuaire officiel des abonnés au téléphone. VILLE DE PARIS ALPHABÉTIQUE A-I.

Il le repose et prend le second. *J-Z.*

Il tourne nerveusement les pages. XIe arrondissement.

ROSENBLUM Maurice, *4 rue des Immeubles-Industriels.* Le numéro de téléphone.

Il déchire la page de l'annuaire, la fourre dans sa poche de pantalon. Rue des Immeubles-Industriels.

Samedi 9 février

Simon a tracé un nouveau cercle au feutre rouge sur le bitumar punaisé au mur. À l'autre bout de Paris. Il repère le métro le plus proche. Sur la ligne 1, direct depuis Châtelet.

Il descend à la station Nation, remonte le boulevard Voltaire sous une pluie fine et froide. La rue des Immeubles-Industriels sur la gauche. Elle commence par le numéro 17. Des bâtiments, aux façades strictement identiques. Des baies vitrées au rez-de-chaussée, des fenêtres en arrondis entourées de briques bleues à l'entresol et trois étages à la symétrie parfaite. Un mélange de pierre, de métal et de verre. Kaspar marche deux cents mètres tout au plus jusqu'à la rue du Faubourg-Saint-Antoine. Sur la gauche, le numéro 4, qui jouxte une boulangerie-pâtisserie.

En face, un bistrot. Animé. Il s'installe à une table, près de la fenêtre, observatoire convenable de l'entrée du numéro 4. Il commande un grand café-crème.

Une heure à suivre les allées et venues des passants. Une vieille femme tire un cabas à roulettes. Deux gosses sont sortis par la porte cochère. La vieille est revenue de ses courses dix minutes plus tard. Comment reconnaître Maurice Rosenblum ?

Un grand garçon brun d'une vingtaine d'années, lui a dit Nanou pour toute description. C'était en décembre 1948, il y a vingt-cinq ans. L'homme doit aujourd'hui approcher de la cinquantaine.

Une autre heure inutile.

Plutôt que de guetter, il devrait entrer dans l'immeuble. Son nom doit figurer sur une boîte aux lettres. Il lui suffirait de se présenter à sa porte.

Il n'en a pas la force. Est-ce la peur ; peut-être. Il ne peut pourtant pas rester là à attendre en vain qu'apparaisse l'homme dont il n'a jamais vu le visage.

Il se lève et se dirige vers le zinc, commande un demi. Le patron fait couler la bière avec un beau col blanc. Si Rosenblum habite la rue depuis trente ans, tout le quartier doit le connaître.

– Excusez-moi, dit-il à celui qui pose sa bière sur un sous-bock en carton et la pousse lentement devant lui, connaissez-vous Maurice Rosenblum ?

L'homme à la moustache grise fronce ses sourcils en broussaille.

– Je ne demande pas leurs papiers à mes clients, répond-il sèchement.

– Bien sûr, mais vu qu'il vit ici depuis toujours, je me disais que…

– Vous êtes flic ?

– Non…

– C'est vrai, vous n'avez pas la tête de l'emploi. J'ai jamais vu votre Rosenblum, mais si par hasard je le croisais un de ces quatre, je lui dirais qu'un blanc-bec cherche après lui.

Façon d'avouer qu'il connaît le bonhomme. Simon n'a pas perdu son temps.

– Je peux vous laisser mes coordonnées, comme ça si jamais…

Le bistrotier lui donne un petit bloc. Kaspar écrit son nom, son prénom, son adresse, et éprouve le besoin de se justifier :

– Je n'ai pas encore le téléphone. Ça fait des mois que j'attends les PTT.

Le patron hausse les épaules.

Provocations

Lundi 11 février

Sur son bureau, la vieille bécane et le téléphone, tout le reste a volé au sol et les tiroirs ont été vidés. Lesieur se tient près de la fenêtre, une cigarette au bec. Il l'observe d'un œil mauvais entrer dans la pièce. Les patrons ne sont pas là. Sait-il qu'il enfreint son congé forcé ?

Simon a bondi face à lui.

– Paraît que t'aimes frapper. Vas-y, cogne, fais-moi plaisir, le défie le pote de Gerber, en lui soufflant une bouffée de fumée au visage.

Kaspar sent sur lui les regards des autres flics de la Mondaine.

– J'en ai rien à foutre de toi, Gérard, lui répond-il à voix très basse. Mais je vais te dire un truc que tu devrais aller répéter au taulier et à Lulu. Marco m'a écrit une jolie lettre le 8 janvier, avant de se faire la malle. Il m'a tout déballé : Sylvie, Estelle et les autres… Il m'a aussi demandé de te laisser à l'écart de ce merdier. T'as pas la carrure. Si tu veux que je respecte sa dernière volonté, va falloir que tu fasses un effort.

– Des conneries. Il s'est buté parce que tu voulais le faire plonger ! hurle-t-il.

Kaspar se retourne. Son téléphone sonne. Il n'écoute pas les insultes qui le poursuivent et décroche. C'est Rabier au SATI. Trois jours qu'il essaye de le joindre. L'archiviste, un peu fébrile, le prévient qu'*on* a demandé à ce qu'il communique dans le plus bref délai la liste de tous les dossiers que Kaspar a consultés depuis qu'il a intégré la Mondaine. Il n'a pas encore transmis.

– Qui *on* ? Les bœufs ?

– Je n'ai pas le droit de vous le dire… Mais si ça peut vous rassurer, vous n'avez pas l'IGS sur le dos.

Il marque un temps d'hésitation.

– En réalité, j'ai déconné. Cette saloperie d'affaire Jurgensen, une fois de plus.

Simon lui demande d'être plus clair. L'archiviste lui explique qu'*ils* sont passés la semaine dernière pour vérifier qui avait fait remonter une série de vieilles procédures.

– J'ai parlé du dossier disparu, je pensais que c'était ce qu'ils cherchaient. Ils ont tiqué.

– Tiqué sur sa disparition ?

– Pas vraiment. Plutôt sur ceux qui ont cherché à le consulter. Je crois d'ailleurs que c'est pour ça qu'ils ont convoqué votre copain de l'IJ.

Simon encaisse, raccroche et compose aussitôt la ligne directe de Signol.

– Gilles, c'est Kaspar.

Des *bips* en cascade dans le combiné.

Sous-traitance

Vendredi 15 février

Après une série d'échanges laborieux, entre coups de fil depuis des cabines téléphoniques et absences de Servent, ils sont convenus de se retrouver en fin d'après-midi devant le troquet, rue Belgrand.

Il descend à Gambetta, longe un côté de l'hôpital Tenon, passe devant un bar à putes où il se souvient être passé il y a longtemps, avec deux flics du groupe des Julots. Un boui-boui coincé entre deux boutiques de pompes funèbres, à la hauteur de l'entrée des urgences. Il remonte sur la gauche par la rue du Capitaine-Ferber, aperçoit le bistrot au fond de la place, regarde sa montre. Il a une demi-heure d'avance. La rue des Montibœufs débouche là.

Trois mois qu'il n'a pas de nouvelles de Rachel.

Trois mois qu'il n'a pas osé la rappeler.

Il emprunte à tout hasard la rue. Trouve porte close au pied de l'immeuble de la Belle Estelle.

Retour devant le troquet. Servent grille son cigarillo sur le trottoir.

– Il habite à deux pas, l'interpelle-t-il.

Pour obtenir de lui un rendez-vous, Simon l'a appâté avec l'épisode « Orion 113 » évoqué par Fournier. Servent lui a promis qu'il chercherait à contacter Coudé-Forestier. Ils s'étaient connus à la DST à la fin des années 1950. Coudé-Forestier avait ensuite beaucoup œuvré contre l'OAS, par dévouement pour de Gaulle, plus que par conviction, et ils s'étaient perdus de vue. L'ancien commissaire divisionnaire est à la retraite depuis 1969. Grâce à Charbonneau, Servent a récupéré son numéro. Histoire de ne pas perdre de temps, il lui a d'emblée précisé le sujet de son appel et, à sa grande surprise, Coudé-Forestier lui a proposé de passer le voir.

– Il sait que je viens avec vous ? s'inquiète Simon.

– Oui, cela n'a pas l'air d'avoir de l'importance pour lui.

Une ruelle, un grand escalier. En haut des marches, deux rues pavées, étroites, entre de hautes maisons en brique. Derrière les grilles en fer forgé, des jardinets tristes et sombres en cette saison. Simon n'a jamais mis les pieds dans ces deux rues qui forment la « Campagne à Paris ».

Ils s'arrêtent devant le pavillon en meulière rue Irénée-Blanc. Trois marches jusqu'à la porte en bois et verre cathédrale.

Petit homme à lunettes rondes, le crâne dégarni, Pascal Coudé-Forestier leur ouvre et les fait entrer sans cérémonie dans une grande pièce cuisine-salon-salle-à-manger qui donne sur une terrasse. Les deux vieux évoquent en quelques mots leurs dernières années de service. Servent lui présente Kaspar d'une formule : « C'est lui qui a déniché Orion 113. »

Coudé leur propose de monter dans son bureau. Un escalier très étroit jusqu'à l'antre du retraité. Aux murs, des photos de lui avec des huiles, des diplômes encadrés. Un bureau en chêne devant la fenêtre, une armoire et trois chaises. Chacun prend place.

– J'avoue que ton coup de fil m'a sacrément surpris, commence l'ancien divisionnaire. Un : parce que ça fait une sacrée paille, deux : je n'imaginais pas qu'on me reparlerait un jour d'Orion… Vous savez quoi de ces écoutes ?

– Moi, strictement rien, répond Servent en se tournant vers Kaspar.

– La sonorisation par votre équipe d'un hôtel de passes dans le XVIIe en septembre 65, un mois avant l'enlèvement de Ben Barka.

– Pas mal. Quoi d'autre ?

– C'est tout. Si ce n'est un détail : le ministre de l'Intérieur, celui qui vous avait passé commande de ces écoutes, a refusé de les communiquer à l'IGS.

– Donc, vous ne savez pas qui nous avons enregistré, ni ce que ces enregistrements contiennent ?

– On peut imaginer que vous avez écouté la propriétaire.

– En vrai, vous ne savez rien, s'amuse Coudé-Forestier.

Le petit vieux leur propose un verre d'alcool. Cognac? Servent accepte aussi un cigare, Simon reste aux Gitanes. Coudé se réinstalle sur une chaise.

– Dis-moi, André, je ne voulais pas t'en parler, mais je ne peux pas me retenir. C'est à cause de cette histoire de plombiers que t'as été mis en préretraite?

– C'est ce qu'on t'a dit?

– J'ai appris que Marcellin t'a lâché.

Simon remarque la crispation soudaine de Servent.

– C'est pour cette raison que j'ai accepté de te recevoir.

– Comment ça?

– Disons que moi aussi, *ils* m'ont planté, et Orion y était pour quelque chose.

Simon hésite à intervenir, mais se dit qu'il ne servirait à rien de bousculer la vieille barbe de la DST. Attendre pour voir ce que son ressentiment peut lui faire déballer. Celui-ci coupe le bout de son cigare avec les dents, le trempe rapidement dans son cognac, le chauffe à la flamme d'un vieux briquet avant de l'allumer.

Sans un regard pour Simon, il raconte à Servent qu'il a été dégagé en 69 sur décision de Pompidou, exécutée par Marcellin. Son objectif: éliminer l'un des derniers pions qui pouvaient rattacher le nouveau Président à l'affaire Ben Barka.

– Mais il y a quoi dans ces écoutes? s'impatiente Kaspar.

– Vous pensez vraiment que je vais vous le dire?...

La chaise de Kaspar fait grincer le plancher.

– Dans ces conditions, je me tire... Merci de m'avoir confirmé l'existence de ces enregistrements, dit-il d'une voix froide en séchant son verre de cognac.

– C'est un cheval fou, ton jeune poulain, dit Coudé à Servent avec un petit rire enfantin. Restez avec nous, jeune homme, s'il vous plaît.

Simon se rassoit. Devine un clin d'œil entre les deux vieux, dans le bouillonnement de fumée en suspension.

Coudé-Forestier déplace son regard de l'un à l'autre.

– Je peux vous raconter et ça me ferait même plaisir. Mais à une condition, une seule : je veux savoir ce que vous cherchez.

– Nous sommes persuadés que la princesse de Passy, Demaison et Filippis ont joué un rôle dans l'enlèvement du Marocain. Ces écoutes Orion peuvent nous en apporter la preuve, dit Simon d'une traite.

– Et vous en feriez quoi de cette preuve ?

– Stop ! intervient Servent. Tu as mis une condition et une seule, Pascal…

Coudé se marre.

Les écoutes ont débuté le 10 septembre 1965. En effet, il avait reçu mission de Roger Frey en personne. Il n'avait de chef que le ministre de l'Intérieur et sans intermédiaire. Orion 113 rassemble les enregistrements jusqu'à la veille de l'enlèvement de Ben Barka.

– Les écoutes se sont poursuivies après ? s'étonne Kaspar.

– Elles n'avaient guère d'intérêt, se contente de répondre Coudé.

Les transcriptions d'Orion 113 attestent que c'est bien dans le lupanar de la Rouquine que Boucheseiche, truand et ancien collabo, a organisé l'enlèvement de Ben Barka avec la complicité d'Antoine Lopez, correspondant de la section 7 du SDECE, et les deux véreux de la Mondaine.

– Je vous passe les détails, dit Coudé-Forestier, tout a été déballé au procès.

– Mais toi, tu savais tout avant ? demande Servent tranquillement.

– Oui, mais je n'étais pas le seul avec Frey. Les feuillets remontaient en temps réel. Je faisais les envois : Sanguinetti, au cabinet de Frey, et Patault, à celui de Pompidou, à Matignon.

– Putain, ils ont laissé faire, explose Kaspar.

– La fougue d'un pur-sang, mais la cervelle d'une jeune pouliche, commente Coudé-Forestier, comme si Kaspar n'était pas devant lui.

– C'était une opération de vérification, n'est-ce pas ? reprend Servent.

– Exactement. Ils voulaient s'assurer que tout se déroulerait comme ils l'avaient promis aux Marocains et que personne ne déconnerait. Si cela n'avait pas été le cas, Frey m'aurait sans doute demandé d'intervenir autrement que de faire des écoutes… Dans sa logique, Ben Barka travaillait pour les Cocos, le KGB ou le StB, le service de sécurité tchécoslovaque. La France avait tout intérêt à ce que l'opération se passe bien.

– Et la Rouquine ?

– Je vais te faire deux confidences. Premièrement, on a sonorisé l'hôtel avec son accord. Deuxièmement : peu avant, elle avait financé l'achat d'explosifs qui devaient être utilisés au Caire. Ben Barka y séjournait, l'opération a finalement avorté, j'ignore pourquoi. Du coup, un autre scénario a été monté à Paris. Cette bonne femme, je l'ai peu connue, mais pour ce que j'en sais, elle n'a pas froid aux yeux et n'hésite jamais à se mettre au service du pouvoir et de la police.

Un blanc dans la conversation. Des images en cascade dans la tête de Simon.

– Et Demaison jouait un rôle alors ? le relance Servent.

– Non, aucun dans l'élaboration du complot, et je pense d'ailleurs qu'il ignorait tout de ce qui se manigançait, jusqu'au 25 septembre au soir… Après, c'est une autre histoire.

L'ancien commissaire divisionnaire croit ne rien avoir oublié, mais doute que son récit puisse les aider. Il avait interdiction de conserver aucune copie des écoutes. Pompidou a sûrement détruit toutes les traces d'Orion.

– Dès que ça a mal tourné, il a voulu faire croire qu'il n'était au courant de rien. En 65, la DST ne pouvait pas me virer, j'étais sous la protection de Frey. En 69, j'ai sauté dès que Pompidou est revenu aux affaires…

– Et l'Intérieur ?

– Il faudrait demander à Marcellin.

Servent fait la grimace.

Simon rassemble une fois de plus les morceaux. La princesse de Passy, en cheville avec barbouzes et voyous au service du pouvoir en 65. Il ne voit pas de liens possibles avec Marković, trois ans plus tard. Servent a fait fausse route.

– Lorsque, fin 1965, se met à rappeler Servent, l'IGS fait sa descente rue du Débarcadère, après que le scandale dû aux deux agents de la Mondaine a éclaté, les bœuf-carottes sont tombés sur un autre type qui traînait aussi chez la Rouquine… Un type du SDECE.

– Oui, Jean-Claude Santucci, complète Coudé-Forestier. Le salopard qui a fait faire ou circuler les montages photos des partouzes dans l'affaire Marković. C'était un gamin à l'époque, j'avais déjà entendu parler de lui parce qu'il avait été proche de l'OAS. Il était plus ou moins pote de Lopez. De mon point de vue, rien ne permet de penser qu'il ait été impliqué dans l'enlèvement du Marocain. On peut tout au plus imaginer qu'il était au courant.

Simon regarde Servent. Le commissaire fait une moue, comme s'il contestait cette manière de minorer l'information.

– J'ai une dernière question, ajoute Kaspar. La Mondaine a été mêlée jusqu'aux oreilles à l'affaire Ben Barka. La moitié de la brigade a sauté dans les années qui ont suivi. Comment expliquez-vous que Filippis soit passé au travers ?

– Vous m'avez parlé de ce type tout à l'heure, mais je ne vois pas qui c'est…

– Ben, le taulier de la Mondaine, à l'époque comme aujourd'hui.

– Mais non. Celui qui chapeautait Souchon et Voitot, c'était Raillard !

– Mais il n'a jamais été que numéro deux, ça fait vingt piges qu'il n'a pas mis pas les pieds hors du 36, dit Simon.

– Moi je vous dis que le vrai taulier, c'était lui. Il figurait à de nombreuses reprises dans les écoutes. Si je me souviens bien, Boucheseiche et les autres l'appelaient Chaton. Surnom que lui avait donné la mère maquerelle.

Le « vrai taulier ». Coudé-Forestier en arrivait à la conclusion de Fournier après sa consultation du dossier de l'IGS. Pourtant, selon les bœuf-carottes qui l'avaient interrogé, il ignorait tout de l'équipée de Souchon et Voitot. D'après Coudé-Forestier, il savait tout et en avait été la cheville ouvrière.

Raillard, complice des barbouzes et des truands, des tueurs à la solde du pouvoir.

Le divisionnaire marque une pause, se tourne légèrement vers Servent.

– Lucien Raillard, tu vois de qui il s'agit, André ?

– J'ignorais complètement qu'il était encore en service…

Simon n'en revient pas.

– Vous connaissez Raillard, commissaire ?

Il remarque sa pâleur soudaine. Sans doute l'effet conjugué de la fumée et du cognac dans le confinement du petit bureau.

– Nous nous sommes croisés en début de carrière. Un type de fiches et de dossiers…

– C'est ce qu'il fait depuis vingt piges, confirme Simon.

– Depuis bien plus longtemps, ironise Coudé-Forestier.

Kaspar associe immédiatement son allusion au rappel historique de Fournier. Son activité jadis au commissariat de Puteaux, auprès des Brigades spéciales des Renseignements généraux. Aux yeux de Simon, à part l'âge, rien ne rapproche le commissaire de la DST et celui de la Mondaine.

Deux flics, deux mondes.

Pourrissement

La voiture de Servent est garée porte de Bagnolet. Simon l'accompagne. Ils descendent en silence la rue Géo-Chavez, laissent infuser en eux les informations de Coudé-Forestier.

Le flic de la DST est perdu dans ses pensées. Il se remémore les allusions de Xoual, d'Albertini et de Marcellin à son passé comme autant de menaces. Le moment est venu d'y faire ouvertement face. Peut-être à cause du jeune flic qui marche à son côté. Ou grâce à lui.

– J'ai connu Raillard, dit-il.

– J'avais compris, murmure Simon.

– À une sale époque.

– Vous trouvez que celle-ci est propre ? Et celle d'avant aussi ? Moi, je crois qu'il y a des types qui pourrissent tout, tout le temps.

Servent va finir par aimer ce gamin aux yeux de serpent.

– Celle-ci était particulièrement dégueulasse.

– Vous êtes sûr que c'est l'heure des confidences, commissaire ? le coupe Kaspar, toujours à voix basse. Parce que si vous me balancez vos secrets, je vais me sentir obligé de vous raconter les miens et je n'en ai pas très envie.

Simon adresse un sourire doux au vieux flic. Ils passent devant trois tapineuses au coin du boulevard Mortier et de la rue Belgrand.

– Je vais broyer les couilles de Marcellin, dit Servent.

– Moi je vais faire un tour dans le XIe.

Kaspar et Servent se serrent la main.

– La prochaine fois, nous aurons plein de choses à nous raconter, résume Servent avant de monter dans sa 403.

Dalila

Samedi 16 février

Il est arrivé plus tôt que la semaine dernière. Une femme en tablier se tient derrière le bar, qui le hèle. Simon lui commande un café et demande timidement si le patron est là. « Raymond ! » hurle-t-elle.

Raymond rapplique, pull-camionneur vert bouteille, torchon sur l'épaule.

– Y'a le jeune homme qui te demande, dit la femme en montrant Kaspar avec son pouce.

Il lisse avec deux doigts sa moustache grise et sort un téléphone de sous le comptoir. La conversation ne dure que quelques secondes. Il se rapproche de Simon.

– Vous êtes un sacré veinard. Votre type est passé par hasard l'autre jour, je lui ai parlé de vous et il m'a dit de le prévenir dès que vous repasseriez. Il va pas tarder.

– Merci.

Moins de dix minutes s'écoulent. Un homme entre. Grand, mince, petite cinquantaine, des cheveux châtains courts et une barbe de trois jours. Le patron lui indique Kaspar d'un regard.

– Bonjour, je suis Maurice Rosenblum. Il paraît que vous me cherchez ?

Sec et distant.

– Oui, merci d'avoir répondu…

– Je peux savoir qui vous êtes ?

Simon s'est préparé à la question. Dire l'essentiel en peu de mots et ne pas lui laisser d'échappatoire.

– Je m'appelle Simon Kaspar. Vous avez croisé ma grand-mère un jour de décembre 48. Vous étiez à la recherche d'une fille rousse. Une prostituée. Aujourd'hui, cette femme est une mère maquerelle de premier plan. C'est à elle que je m'intéresse. Je suis flic, mais ça n'a rien à voir. Ou plutôt si, ça a tout à voir, mais aucune importance… Est-ce que nous pouvons nous asseoir et discuter ?

Il trouve sa synthèse correcte et efficace. Rosenblum ne montre aucune surprise.

– Vous voulez discuter de quoi ?

– De vous.

– Ça n'a aucun intérêt.

– Pour moi, si !

Rosenblum demande à Raymond de lui préparer des tartines et un grand crème. Il attrape un œuf dur sur le présentoir et se dirige vers une table au fond de la salle.

Simon peine à associer l'individu hystérique de 1948 sur le marché de la rue de Lévis, traquant Lucienne Goldfarb, avec l'homme calme devant lui.

– Vous n'êtes pas un flic du quartier, monsieur Kaspar ?

– Non, je travaille à la Brigade mondaine.

Un rictus exprime qu'il trouve ça logique.

– Je n'ai jamais vraiment aimé les flics, dit Rosenblum.

– Je crois que moi non plus.

– Ah bon ? C'est étrange…

Premier sourire partagé.

Ne pas perdre de temps en palabres.

Simon sort son carnet.

– Monsieur Rosenblum, vous avez déposé des plaintes contre Lucienne Goldfarb de 1948 à 1951, j'aimerais que vous me disiez pour quel motif.

– Demandez à vos collègues, ils les ont toutes mises au panier.

– Ben justement, c'est à vous que je demande quelles étaient vos raisons.

Rosenblum prend la demi-baguette beurrée et la trempe dans sa tasse. Il observe Simon en déchirant le pain avec ses dents.

– Je n'ai pas grand-chose à cacher, mais j'aimerais d'abord vérifier deux choses. Vos papiers, s'il vous plaît.

Simon sort son insigne et sa carte d'identité. L'autre semble relever chaque information.

– Vous pourriez me dire ce que vous savez, ça nous fera gagner du temps, ajoute Rosenblum.

– Mis à part ce que je vous ai dit et deux autres bricoles, je ne sais rien.

– Vous connaissez l'histoire de la rue, monsieur Kaspar ?

Il donne un petit coup de menton vers les Immeubles-Industriels, de l'autre côté de la vitre.

– J'y suis venu pour la première fois la semaine dernière. On m'a parlé de rafles et de coups de filet. Et d'une opération en mars 43 des Brigades spéciales, du commissariat de Puteaux, de Krasucki, de vous, de la Rouquine…

– Vous auriez dû travailler le dossier avant de venir me voir.

Rosenblum termine sa tartine, avale le fond de son café-crème, inspire profondément comme pour prendre de l'élan.

– Je ne vais pas jouer les faux-culs. Je suis un habitué de cet endroit. Raymond m'a prévenu aussitôt après votre passage la semaine dernière. Je me suis renseigné sur votre compte. J'ai quelques potes chez les poulets.

– Et vous avez appris quoi ?

– Rien de très intéressant, si ce n'est que vous ne semblez pas programmé pour faire une grande carrière dans la police.

Il regarde Simon intensément.

– Dites-moi ce que vous voulez, inspecteur Kaspar.

– Je vous l'ai dit, j'aimerais savoir pourquoi vous cherchiez en 48 à poursuivre celle qu'on appelle aujourd'hui la princesse de Passy. Pourquoi ces dépôts de plainte jusqu'en 51 ? Je voudrais comprendre comment elle est devenue la mère maquerelle la plus puissante de Paris.

– C'est tout ?

– C'est déjà pas mal.

Un homme traverse le bar à grands pas dans leur direction et s'arrête à leur table.

– Je vous présente Léon, mon frère, dit Rosenblum. Léon, voici Simon Kaspar, un poulet de la Mondaine qui s'est mis en tête de faire tomber la Rouquine.

Grand lui aussi, sans doute un peu plus jeune, les cheveux clairs, une dégaine d'artiste mal fagoté. Simon a vaguement l'impression d'avoir déjà vu son visage.

Maurice fait un résumé de la situation à son frère.

– Tu crois qu'on lui raconte ? dit-il.

– C'est toi qui décides, lui répond Léon avec une méfiance évidente.

Ils se lèvent, Simon les suit dans la rue.

– Ici, au 3, a habité Kajla Goldfarb, lui dit Maurice en montrant la porte cochère. Kajla, c'était son prénom. Je crois qu'elle en a souvent changé.

Maurice pousse la porte du numéro 4. Son appartement est au premier. Le salon donne sur la rue. En 43, les Rosenblum habitaient au troisième étage. Il a acheté cet appartement en 64. Pour rien au monde il ne quitterait l'immeuble et sa rue. Même si beaucoup ne sont plus là. Il cite les noms des familles qui n'ont pas eu la chance de regagner leur logement. Ici, c'était Yiddishland en plein Paris. Avant-guerre, la moitié de ses habitants, juifs, venait de Pologne ou de Lituanie. Ou de Hongrie ou d'Arménie. Ils travaillaient dans les ateliers installés au pied des immeubles, dans le textile, le bois, la menuiserie. Des ouvriers d'obédience communiste.

Léon, architecte, lui précise Maurice, a reconstitué l'appartement familial d'autrefois deux étages au-dessus. Lui, il pige à *Libération*. Simon ne remarque pas de traces visibles de femme ou d'enfant. Tout est parfaitement rangé. L'aîné des Rosenblum le conduit dans une autre pièce, un bureau où les livres s'entassent sur les étagères. Des photos, des objets. Au sol, des piles de documents, d'autres bouquins. Un fatras sur la table de travail autour d'une machine à écrire blanche.

Maurice s'assoit à son bureau, Léon se cale dans un coin contre un pan de la bibliothèque. Simon s'adosse à la porte. Vision périphérique.

Maurice reprend le fil. La guerre, les arrestations, les rafles et les coups de filet. Sur dénonciations. Très tôt, la rue a été un foyer de résistance à l'Occupant. Français ou étrangers, jeunes ou moins jeunes, beaucoup entrent dans les activités clandestines. Dès fin 40. Quand les communistes se réorganisent après l'été 41, quelques-uns les suivent ou se coordonnent avec eux, bien implantés dans l'arrondissement. Simon pense à Servent et à sa haine des Rouges.

– Vous avez entendu parler des FTP ? demande Rosenblum.

– Oui, les Francs-Tireurs et Partisans, dit Simon sans grande conviction. La résistance communiste.

– Et les MOI ?

Abyssale ignorance. Il s'excuse. Regard amer de Rosenblum.

– La Main-d'œuvre immigrée, inspecteur. Des étrangers, engagés dans l'action armée, eux aussi.

Maurice lui cite les noms les plus connus, que Kaspar n'a jamais entendus. Manouchian, Elek, Witchitz. Et ceux de la rue : Rajman, Lemberger.

En 1943, Maurice Rosenblum avait dix-neuf ans, Léon quatorze. Le 23 mars, des agents de la Préfecture de police bouclent la rue. Les Brigades spéciales veulent frapper un grand coup dans Paris. Des arrestations ont eu lieu. Pour mettre fin aux attaques à la grenade et aux assassinats d'officiers allemands. Léon passe au travers, Maurice est embarqué avec ses parents et beaucoup d'autres. Il prononce leurs noms, comme un hommage personnel… Des membres de la section juive de la MOI à Paris liquidés, et leurs parents capturés avec eux, par mesure de rétorsion, puis envoyés en camp. La prison de Fresnes pour Maurice, puis Drancy.

Le 23 juin 1943, le convoi 55 s'élance vers l'est. Les wagons emportent 1 000 Juifs, dont près de 200 ont moins de dix-huit ans. Destination Birkenau, annexe d'Auschwitz. Leurs parents ne sont jamais revenus.

Kaspar ose à peine respirer. Il remarque la tête basse de Léon, les yeux sur ses chaussures.

Maurice a été évacué en janvier 1945, il a atterri dans un autre camp « après une longue marche un peu pénible », ajoute-t-il avec une moue censée dédramatiser, mais que Simon ne comprend pas.

Un silence.

Simon se ressaisit.

– En décembre 1948, quand vous êtes tombé sur ma grand-mère, vous lui avez demandé si elle aussi avait balancé des Juifs. Vous cherchiez la Rouquine, n'est-ce pas ? Parce que vous pensiez que c'était elle qui vous avait dénoncés.

Maurice Rosenblum donne un coup d'œil à son frère.

– Votre famille n'aurait jamais dû être mêlée à cette histoire. J'en suis désolé.

Maurice était tombé par hasard sur Lucienne, un jour, dans le XVIIe, alors qu'il allait à un rendez-vous de travail.

– Elle avait changé, mais je l'ai tout de suite reconnue. Je me suis mis à la suivre, mais je l'ai perdue de vue cette fois-là. Je suis revenu dans le quartier. Et puis un jour, je l'ai accostée. Elle était avec une autre fille, votre mère n'est-ce pas ?

– Odile Kaspar, lui répond Simon.

– Elle s'est mise à crier, puis à courir. Elles m'ont presque semé. Je les ai vues se réfugier dans un immeuble. J'ai guetté. Elles n'en sont pas ressorties. Alors je suis revenu planquer plusieurs jours de suite jusqu'au moment où j'ai vu sortir son amie, avec une femme plus âgée et un gamin haut comme trois pommes… Vous voyez, nous nous sommes déjà rencontrés.

Simon coupe court pour revenir à son sujet.

– Pardon d'insister, dit-il, mais comment pouvez-vous être sûrs qu'elle est la responsable de ces arrestations ? J'ai lu dans un rapport de flics que toute sa famille a été tuée par les nazis. Ça n'a pas de sens…

– Elle a été vue le lendemain des arrestations en train de griller une clope avec deux flics dans la cour du commissariat de Puteaux pendant qu'un gars de chez nous passait à la torture, répond sèchement Léon.

– Nous avons reconstitué l'histoire, ajoute plus calmement Maurice. Dans la rue, tout le monde connaissait de vue Kajla-Lucienne, son petit frère Richard et ses parents, Sura et Fizel. Ils se sont installés au numéro 3 en 1931.

– Richard était de 29, comme moi, précise Léon. La rousse devait avoir cinq ou six ans de plus que lui.

Avant-guerre, les deux frères n'ont que peu de souvenirs avec elle, gamine plus grande, en marge de la bande des gosses. Une image d'elle avait frappé l'adolescent qu'était Maurice Rosenblum. Kajla avait déjà tout d'une jeune femme. Son père lui avait cousu une robe rouge écarlate. Étincelante. Elle était allée se montrer à toute la rue en clamant à qui voulait l'entendre que, le soir même, elle irait à l'Opéra.

– Je n'ai pas oublié le titre, *Samson et Dalila.* Nous nous étions moqués d'elle, ajoute Maurice.

Or, celui qui l'a initiée à la grande musique, l'homme qui l'avait introduite dans la merveilleuse histoire biblique où une femme découvre son pouvoir en terrassant le héros juif qui s'était dressé contre l'oppresseur, cet homme, son père, a été arrêté lors de la première rafle rue des Immeubles-Industriels, en août 41. Et déporté six mois plus tard.

En juillet 42, la mère et les deux enfants échappent à la rafle du Vel'd'Hiv, ils n'étaient pas chez eux. Dans les jours suivants, ils fuient Paris avec une autre famille de la rue et passent en Zone libre. Mais Lucienne ne veut pas rester dans ce gros bourg, pourtant réputé sûr, elle veut rentrer. En août 42, ils sont interpellés lorsqu'ils repassent la ligne de démarcation. Porteuse de faux papiers, Lucienne est emprisonnée pendant plusieurs semaines.

Sura et Richard, libérés immédiatement, sont de retour dans la rue, mais ils n'ont pas de chance. Quand Lucienne revient, elle ne loge pas chez eux. Elle apprend que son frère a été arrêté quelques jours avant, qu'il est à Drancy. Elle réussit à le faire sortir du camp et à le placer en orphelinat, mais une descente de police lui réserve quelques semaines plus tard le même sort qu'à tous les enfants : il partira pour la mort avant le printemps 43. Sa mère, elle, est arrêtée en février dans une rue du quartier. Elle ne saura pas que son fils est parti de Drancy le jour où elle y est transférée.

– J'ai revu Lucienne dans le quartier à cette époque-là exactement, en février 43, ajoute Maurice. Elle savait qu'avec les amis je ne restais pas les bras croisés. Elle nous a expliqué qu'elle était seule, sans plus personne. Elle voulait entrer dans la Résistance. Ça aurait dû me surprendre, parce qu'elle n'avait jamais montré d'intérêt pour notre situation et nos actions. Mais elle avait perdu toute sa famille… Quelques-uns parmi nous n'ont pas eu de méfiance. Elle a été présentée. Ce qu'on ignorait, c'est qu'elle était en cheville avec les flics.

– Vous voulez dire que dès fin 42 et avant février 43 elle était passée du côté des Collabos ? demande Simon abasourdi.

– Par la suite, on a appris qu'elle avait été arrêtée dans un hôtel à Puteaux. Avant de repasser dans le quartier pour se faire recruter. Une chose est certaine : de ce commissariat, elle est ressortie libre. Et on l'y a revue, comme je vous l'ai raconté. Nous ignorons ce qu'il s'est produit, mais c'est là qu'elle a choisi de nous dénoncer. Son retour dans le quartier, c'était pour rencontrer tous les chefs du réseau…

– Bon sang mais pourquoi ?

– Pour sauver sa peau de salope, tranche Léon.

– Il y a quelque chose que je ne comprends pas. Vous avez dit que, lors de votre arrestation en mars 43, c'étaient les Brigades spéciales de la PP qui avaient organisé la rafle…

– Oui, mais le point de départ, ce sont les infos concernant notre rue données par la rousse aux flics de Puteaux. Sans elle, rien ne se serait passé, s'emporte Maurice, d'une colère intacte trente ans après.

Simon songe à Odile sortant avec Lucienne des bureaux de la compagnie d'assurances avenue de Villiers. Il se demande si elle savait.

– Est-ce que vous la cherchiez depuis longtemps quand vous l'avez retrouvée en décembre 48 ?

– Non. Je l'avais oubliée, mais à partir de ce jour-là, c'est devenu une obsession.

– D'où les plaintes, ajoute Kaspar.

– Oui ! J'avais informé les camarades, du moins ceux qui étaient revenus. Nous avons très vite compris que la petite rousse, la fille du couturier, avait changé de catégorie.

– C'est-à-dire ?

Maurice rit pour la première fois. Franchement.

– C'est vous le policier, c'est vous qui devriez m'expliquer.

Il sort de l'armoire basse derrière lui un carton grand comme une boîte à chaussures. Simon songe à sa cantine au fond de son armoire. Maurice Rosenblum tire de son coffre à secrets un petit paquet de photos en noir et blanc, puis une liasse de feuilles de couleur incertaine. Léon passe derrière lui, examine les images. Simon remarque qu'il en empoche deux discrètement, pendant que son frère lui montre les bordereaux de dépôt de plainte et les signalements de classement sans suite.

– Toujours la même chose : au départ, des flics bien intentionnés, mais, après quelques jours, ils vous font savoir que l'affaire est close.

– Sans explications ?

– Jamais.

– Est-ce que le nom d'Albert Demaison vous dit quelque chose ?

– Oui. Il m'a contacté en 51. En tant qu'ami de Lucienne Goldfarb. Et résistant notoire. Il s'est présenté comme étant son avocat. Il y avait, selon lui, une incompréhension. Elle était prête à un arrangement. Inutile de vous dire que je lui ai répondu d'aller se faire voir… Il n'y est pas revenu.

– Ce que vous me dites, parle tout haut Simon, cela signifie que Demaison était au courant de vos plaintes. Donc, les flics avaient prévenu la Rouquine.

– Sans doute. Mais je n'ai pas lâché, reprend Maurice.

– Jusqu'en 51, corrige Simon, en se remettant en tête la séquence 48-51 : ce sont les années où Lucienne et Odile couraient ensemble les bars de nuit, dont ceux de François, et faisaient le tapin avenue de la Grande Armée, comme en ce jour où elles avaient été embarquées ensemble par la brigade du Spéculum. Odile Kaspar se prostituait aussi, ajoute-t-il de manière intempestive. Il est probable qu'elles aient fait le trottoir ensemble. D'après vous, savait-elle qui était Lucienne ?

Les deux frères se regardent interloqués.

– Votre mère n'a rien à voir avec tout ça, dit Maurice.

– Mais elle savait, non ? insiste Simon.

– Non ! tranche brutalement Léon.

– Pourquoi avoir renoncé à votre guerre judiciaire ? reprend Simon.

– Cela ne débouchait jamais, murmure Maurice, l'usure nous a eus.

– Ces gens sont prêts à tout, ajoute le plus jeune des Rosenblum.

– De qui parlez-vous ?

Kaspar pense à la farandole de fantômes qui les accompagnent, eux aussi. Les deux frères restent muets.

– Vous avez dit qu'elle avait été vue en train de fumer tranquillement avec deux flics dans la cour du commissariat de Puteaux. Vous savez qui étaient ces flics ?

– Pierre Piget, dit Maurice d'une voix ferme, ancien gardien de la paix, inspecteur chef de l'antenne de Puteaux à la BS2. Trois ans de détention provisoire à la Libération. Évidemment, travailler pour les Brigades spéciales, c'était un engagement volontaire. Il a obtenu un non-lieu, mais a été radié de la police.

– Et l'autre ?

– Aucune idée.

Orion 114

Vendredi 22 février

L'huissier avance à grands pas, mais il ne fait aucun effort pour le suivre. André Servent n'est pas pressé.

Il a tenu à entrer par la grande grille, a traversé la cour en levant bien la tête, a pris soin de prononcer distinctement son nom pour que ses interlocuteurs successifs le mémorisent bien : un flic en uniforme, une secrétaire et donc cet huissier qui le précède.

L'assistante de Marcellin l'attend devant la porte. Il n'a même pas besoin de patienter. Le ministre est assis à son bureau, vide, le coffre à sa droite, quelques cartons au pied du mur. Pas de bouffarde, mais une Gauloise collée aux lèvres.

– Bonjour, Servent, dit-il de loin. J'avoue que je m'attendais à avoir de vos nouvelles plus tôt.

– Vous regrettez que je ne sois pas venu avant, monsieur le Ministre ?

Marcellin semble hésiter, mais choisit de ne pas répondre à sa pique.

– Je suis quand même content de vous voir, commissaire. Je ne crois pas que nous aurons l'occasion de nous recroiser de sitôt. Vous avez été rayé des cadres et maintenant c'est mon tour. Direction l'Agriculture ! Sans vous ni moi aux commandes, les Rouges pourront dormir tranquilles.

– Je n'ai pas demandé à vous voir pour ça, monsieur le Ministre.

– Tiens donc, fait Marcellin en écrasant sa cigarette dans le cendrier. Et de quoi diable voulez-vous me parler ?

– De l'autre mission que vous m'aviez confiée en septembre…

Il sort de sa poche la feuille déchirée du carnet de Pompidou.

– Je suis venu vous faire mon rapport. Il y a quelques trous, mais je compte sur vous pour les combler.

– J'avais oublié, dit Marcellin en fronçant les sourcils, visiblement irrité. Laissez tomber, c'est de l'histoire ancienne.

– Il m'avait pourtant semblé que le Président en faisait une affaire personnelle.

– Le Président est mourant. Il ne met plus les pieds à l'Élysée. Il a d'autres préoccupations que Filippis. D'ailleurs, pour que vous n'ayez pas le sentiment d'avoir travaillé pour rien, sachez que je lui ai réglé son compte lundi dernier.

Effet de surprise réussi.

Servent se dit que quelque chose cloche. La soudaine volteface de Marcellin, l'éviction de Filippis. L'imminence de la mort de Pompidou semble tout bousculer.

– Je peux vous demander ce qu'il va devenir ?

– Je l'envoie à Rennes, à la direction de la PJ. C'est chez moi. Comme ça je l'aurai à l'œil, dit le ministre en détournant le regard. Affaire réglée.

Il se lève d'un petit bond. Servent reste assis dans le fauteuil en face de lui.

– Je crains que non, monsieur. J'ai accepté de disparaître et de me taire une première fois. J'ai été rayé des cadres, comme vous l'avez rappelé, pour vous avoir obéi. Je ne m'écraserai pas une seconde fois. Je vous propose donc de m'écouter.

Marcellin accepte à contrecœur.

Marković, le casting, les photos des partouzes, les trois prostituées assassinées. Filippis, la Rouquine et Demaison. Santucci. Le policier n'oublie aucun détail.

– Après ça, j'ai du mal à imaginer que le patron de la Mondaine puisse encore être nommé à la tête d'une direction régionale de la Police judiciaire, conclut Servent.

– C'est pourtant le cas. Il a demandé sa mutation et elle a été accordée. Si ça vous chante, vous pourrez en parler à Chirac, il sera là mercredi, à ma place.

L'idée de voir Jacques Chirac à la tête du ministère de l'Intérieur donne un frisson à Servent. En 65, il avait participé à l'établissement d'un solide dossier sur la relation du «jeune loup » de Pompidou avec une danseuse du Bolchoï en cheville avec le KGB. Surnommé « Georges » à la DST, il avait même multiplié, durant quelques mois, les voyages en URSS. Si l'affaire est tombée aux oubliettes, Servent, comme d'autres rue des Saussaies, lui conserve une profonde défiance.

– Dans ce cas, je compte sur vous pour lui transmettre ce que je vais vous dire, répond le commissaire. Je préfère qu'il l'apprenne de votre bouche plutôt que par la presse.

– Du chantage ?

– Non monsieur, plutôt la volonté de nous débarrasser d'un peu de pourriture.

– La pourriture, ce sont les Rouges ! s'emporte Marcellin.

– Si seulement… murmure le vieux flic.

– Allez-y, videz votre bile, qu'on en finisse.

Servent approche le fauteuil du bureau. Le commissaire regarde fixement le coffre derrière lui, avec le téléviseur posé dessus.

– Est-ce que vous emportez avec vous le dossier Orion ou est-ce que vous le laissez à Chirac ?

Coup de bluff.

Marcellin écarquille les yeux.

Le commissaire se dit qu'il doit pousser l'avantage.

– J'ai compris en lisant ces écoutes que Marković et Ben Barka sont les deux faces d'une même pièce.

– Vous les avez lues ? l'interrompt le ministre sidéré. Toutes ?

– Ce sont les mêmes protagonistes dans les deux affaires, poursuit le policier sans se préoccuper de la question. Les barbouzes, les flics de la Mondaine, la princesse de Passy et son avocat. Je suis sûr que les truands de 65 ne sont pas si éloignés de ceux qui ont fait le ménage après l'histoire des photos bidons. La différence, c'est que pour Ben Barka, toute la troupe était au service de Pompidou alors que, trois ans plus tard, elle a pour objectif de le liquider… Que s'est-il passé, monsieur le Ministre ?

Voûté dans son fauteuil, Marcellin ne lui semble qu'un pion, lui aussi. Bien qu'il ait été l'homme de la loi anticasseurs, de la chasse aux gauchistes et aux Cocos. Bien qu'il ait été le symbole affiché de l'ordre contre la chienlit. La semaine prochaine, il sera le ministre relégué aux comices agricoles et à leurs discours d'inauguration ; délégué au dialogue avec les éleveurs de porcs en colère. Le commissaire se dit que la place dans la hiérarchie ne change rien au fond.

– Vous bluffez mal, commissaire, se reprend Marcellin en lui tendant son paquet de Gauloises. J'ai eu un doute, l'espace d'un instant, mais vous n'avez pas lu les écoutes Orion. C'est d'ailleurs impossible, même Coudé-Forestier n'a pas de copie.

Chacun allume sa tige.

– Un bon flic d'une loyauté absolue, que ce Coudé. Ça n'était pas ma décision de le virer.

– Il le sait.

Marcellin concède à Servent qu'il mérite quelques explications. D'autant que, Pompidou parti, tout le monde se foutra de ces vieilles soupes.

Le dossier Orion, il l'a découvert en arrivant à Beauvau, début juin 68. Fouchet, son prédécesseur, éreinté par les Événements, ne lui en avait rien dit. C'est Roger Frey qui l'avait informé.

Le ministre se tourne vers le coffre derrière lui.

– Vous avez raison, commissaire, tout est là. Depuis plus de huit ans.

Il fait tourner les chiffres sur la molette. Le cliquetis du verrou. Marcellin se penche, fouille et sort une chemise à sangle. Deux pochettes à l'intérieur.

ORION 113 – 10/10/65-29/10/65 écrit au feutre bleu sur la première, la plus épaisse.

ORION 114 – 30/10/65-15/12/65 sur la seconde.

– Je vois dans vos yeux que Coudé-Forestier ne vous a pas parlé d'Orion 114, dit Marcellin. Ce type est vraiment d'une loyauté indéfectible…

Servent se souvient de la réponse évasive du divisionnaire lorsque Kaspar lui avait demandé si les écoutes s'étaient prolongées après la disparition du Marocain. Le ministre fait glisser la pochette devant le commissaire, qui en tourne aussitôt les pages. Il revient au début.

Il va lire attentivement Orion 114. Il s'efforce de mémoriser pour Kaspar.

ÉCOUTE 8

Hôtel del Monaco. 10 bis *rue du Débarcadère.*

3 novembre 1965, 20 h 02.

Lucienne Goldfarb appelle Albert Demaison.

LUCIENNE : *C'est en train de tourner vinaigre. Ils* (Souchon et Voitot) *sont interrogés depuis ce matin et apparemment ils vont tous passer au tourniquet. Il faut faire quelque chose* (elle est très énervée).

DEMAISON : *Je sais, je viens de raccrocher avec le proc. Ils sont à la Crim'. Mais l'IGS a ouvert une procédure, ils veulent lancer un grand ménage à la Mondaine.*

LUCIENNE : *Qu'est-ce que tu racontes ?*

DEMAISON : *Filippis a déjà été convoqué, mais vu qu'il est là depuis trois mois seulement, il a botté en touche, dit qu'il découvrait la Brigade. Ils vont lui foutre la paix, mais pour les autres…*

LUCIENNE : *Putain, mais c'est quoi ce bordel ? C'est comme ça qu'ils me remercient, ces salauds ? Trouve deux avocats pour Louis et Roger… Je te rappelle.*

Fin de la conversation

ÉCOUTE 9

Hôtel del Monaco. 10 bis rue du Débarcadère.

11 novembre 1965, 20 h 14.

Lucienne Goldfarb appelle Claude Pompidou, appartement Quai de Béthune.

Échange de politesses.

LUCIENNE : *Pardon de vous* (vouvoiement) *déranger, mais Jon* (un ténor canadien actuellement à Paris) *m'a demandé de vous passer un petit message. Il joue* Tristan (opéra de Wagner) *début janvier à Garnier et il adorerait que vous soyez là... Il s'y prend en avance parce qu'il tient par-dessus tout à votre présence.*

CLAUDE P. : *Oh ! c'est très gentil. Je suis un peu prise comme tu l'imagines* (tutoiement), *mais j'essayerai de venir, avec plaisir.*

LUCIENNE : *Vous verrez, ça sera grandiose, Karl Böhm dirigera. Jon en sera très heureux.*

CLAUDE : *Merci.*

LUCIENNE : *Excusez-moi, Claude, mais j'ai un petit service à vous demander. J'ai deux amis dont on parle beaucoup en ce moment dans les journaux, qui risquent d'avoir de gros ennuis, juste parce qu'ils ont voulu rendre service...*

CLAUDE : (Elle lui coupe la parole) *Je lui dirai.*

Fin de la conversation.

ÉCOUTE 17

Hôtel del Monaco. 10 bis rue du Débarcadère.

Le 18 novembre 1965, 19 h 23.

Lucienne Goldfarb appelle Claude Pompidou, appartement Quai de Béthune.

Répondeur.

LUCIENNE : *Je me permets de vous déranger au nom de notre amitié et de notre goût partagé pour les arts et la musique. Je ne remercierai jamais assez notre amie Sylviane de m'avoir fait vous rencontrer* (la coiffeuse de la rue Saint-Louis-en-l'Île). *Bref, vous allez me trouver culottée, mais ça ne vous surprendra pas... Les deux amis dont je vous ai parlé l'autre jour vont très mal. Je ne pense pas qu'on puisse laisser salir ainsi des gens qui n'ont fait qu'exécuter des ordres et servir leur pays... Mais le plus important est que vous n'oubliiez pas notre ami Jon.*

Fin de la conversation.

ÉCOUTE 36

Hôtel del Monaco. 10 bis rue du Débarcadère.

Le 1er décembre 1965, 21 h 45.

Lucienne Goldfarb appelle Jean-Claude Santucci.

Albert Demaison et deux autres personnes non identifiées écoutent la conversation.

LUCIENNE : *Quelles sont les nouvelles ?*

SANTUCCI : *Mauvaises. Ils sont tous aux abris, même chez moi* (le SDECE). *Cet enfoiré de Pompidou ne pense qu'à la succession et il tuerait père et mère pour ça… Chaton m'a chargé de vous passer le message comme quoi l'IGS aurait en tête d'ouvrir une procédure contre vous.*

LUCIENNE : *Merci, mon petit Jean-Claude, reste à l'écart de tout ça. Je vais avoir besoin de toi un de ces jours.*

Fin de la conversation.

Servent referme la chemise, sidéré.

– Vous parliez des deux faces d'une même pièce, je crois que vous avez votre réponse, commissaire…

– Mais qui est cette femme ?

– Vous devriez le savoir. En 43, vous n'aviez pas encore changé de camp, il me semble.

La phrase de Marcellin lui assène un coup derrière la tête. Non, il ne saisit pas l'allusion du ministre. Ne voit rien qui puisse lui rappeler la Rouquine. Mais le vieux flic sait qu'il n'a désormais d'autre choix que d'exhumer ce passé qu'il a mis tant d'énergie à enfouir.

– Vous comptez faire quoi maintenant ? le relance Marcellin.

– Donner un coup de balai avant la retraite totale.

– Je ne suis pas certain que vous ayez grand-chose à y gagner.

La même remarque qu'Albertini.

Histoire d'aubaines

Dimanche 24 février

André et Solange Servent sont assis côte à côte sur la banquette en cuir rouge dans un box de la grande salle de Chez Jenny. Le restaurant est plein.

– Bienvenue, monsieur Kaspar, lance le commissaire avec un large sourire. Je suis soulagé, je n'étais pas sûr que vous trouviez mon message. Il faut vraiment que vous vous fassiez installer le téléphone…

Sa femme lui adresse un petit signe amical.

Simon s'est étonné de l'invitation à déjeuner glissée dans sa boîte aux lettres. Depuis leur rencontre, Servent a toujours pris grand soin à ce qu'ils ne soient jamais vus ensemble et à laisser Solange à distance. Il trouve le vieux couple étonnamment détendu.

Choucroute et gewurtz.

– Aujourd'hui est une occasion spéciale, que je tenais à partager avec vous, inspecteur. Une sorte de départ à la retraite, officieux.

– Retraite, mais pourquoi ?

– Excusez-moi, inspecteur, l'interrompt-il. J'ai préalablement un certain nombre de choses à vous dire. Je crains qu'il ne vous faille m'écouter un bon moment. Je promets de ne pas vous faire perdre votre temps.

En sortant du bureau de Marcellin, Servent a immédiatement retranscrit tout ce qu'il avait mémorisé. Ensuite, il a une nouvelle fois épluché les dossiers, relu ses notes prises depuis des semaines. Il a rappelé Coudé-Forestier, l'a revu, le temps d'un verre de cognac avec un cigare.

Il a maintenant une vision précise de l'histoire.

1962. La princesse de Passy s'installe dans son nouveau lupanar de la rue du Débarcadère. Le 10 *bis* devient très vite le carrefour des vies parallèles. Prostituées, policiers, gangsters et services secrets s'y côtoient sans gêne. La Rouquine, qui déteste les julots, les petits marlous et les trafiquants de came, distribue ses tuyaux à la Mondaine au gré de ses intérêts. Les poulets réussissent grâce à elle de jolis coups, notamment les Stups. Autant dire que la Préfecture de police et le ministère de l'Intérieur font preuve de bienveillance à son endroit.

En dehors de son claque, elle se fait aussi des relations. Par l'entremise d'une ancienne tapineuse reconvertie dans la coiffure sur l'île Saint-Louis, elle devient copine avec la femme du Premier ministre. La première rencontre entre les deux femmes a eu lieu dans le salon luxueux de la poudreuse, à deux pas du quai de Béthune, explique le commissaire. Celle-ci s'était arrangée pour qu'il n'y ait pas d'autres clientes. D'après Coudé, la Rouquine avait acheté un caniche spécialement pour l'occasion. Elle savait que l'autre était dingue de ce genre de chiens.

Après avoir devisé de leurs clébards, la mère maquerelle, qui se présente comme tenancière d'un hôtel de luxe, fait dériver la conversation sur l'opéra, une des passions de Claude Pompidou. Elle lui promet de lui faire rencontrer le gratin du bel canto. L'amitié est nouée, prudente et distanciée, mais suffisante pour que l'épouse du Premier ministre finisse par lui donner son téléphone personnel.

Un souvenir surgit dans la tête de Simon. Gerber, chez lui à Asnières, avec sa cravate et ses mules moires, descendant des whiskys. C'était il y a quatre mois, autant dire une éternité. Il lui avait expliqué que, tous les quinze jours, la Rouquine avait rendez-vous chez son coiffeur où elle retrouvait une blonde. Un rendez-vous réglé comme du papier à musique. « La dame en question est une certaine madame Claude, mais pas Fernande Grudet. Claude Pompidou », s'était amusé le chef de la Galanterie. « Je te raconte ça pour que tu comprennes où tu es », avait-il ajouté. Un monde où les liens entre politique, proxénétisme et banditisme peuvent se tisser dans un fauteuil de shampouineuse.

– Elle sait quel genre d'hôtel la Rouquine dirige ? reprend Kaspar.

– Difficile de l'ignorer. Pour autant, elle ne se serait rendue qu'une seule fois rue du Débarcadère, justement pour y rencontrer des ténors. En général, elles se retrouvent au théâtre, et surtout chez la coiffeuse. Rien d'extraordinaire.

Servent continue.

1965. Le temps de la prospérité et de l'influence. À la fin de l'été, le pouvoir accepte de rendre un service au roi Hassan II : le débarrasser en toute discrétion d'un opposant. Roger Frey est à la manœuvre place Beauvau, Pompidou toujours à Matignon. On peut penser que de Gaulle est dans le coup, mais ça n'est pas certain. Mission est donnée au SDECE de faire plaisir à l'ami marocain. Mais les barbouzes de la Piscine ne veulent pas prendre trop de risques, ni se salir les mains. En accord avec le ministre de l'Intérieur, peut-être aussi avec le chef du gouvernement, la Rouquine est chargée de gérer l'intendance. Non seulement elle a l'argent, mais elle a sous la main les hommes pour faire le coup. La bande de Boucheseiche, collabos redevenus truands, et les poulets de la Mondaine. Le 10 *bis* devient alors le quartier général des comploteurs. Le pouvoir politique ne veut pas perdre le contrôle pour autant. Frey demande à un groupe de flics occulte de coller aux basques de la bande. C'est là qu'intervient Coudé-Forestier.

Dans un double jeu permanent, la Rouquine accepte de faire sonoriser son hôtel, dans le dos de ses complices. Tous les jours, Frey et Pompidou sont ainsi informés dans le détail de l'avancement des préparatifs. La mère maquerelle, elle, n'ignore pas grand-chose de la combine politique entre la France et le Maroc, souligne le flic de la DST.

Si l'enlèvement de l'opposant marocain se déroule comme prévu, tout dérape ensuite très vite. En quelques jours, la bande de Boucheseiche, l'intermédiaire du SDECE et les flics de la

Mondaine sont identifiés. La Crim' et l'IGS lancent le grand nettoyage. L'équipe du 10 *bis* explose.

– Et, comme à chaque fois, les véritables responsables attendent que ça passe ou ouvrent le parapluie, dit Servent.

– C'est ce qu'ils ont fait avec les plombiers du *Canard,* n'est-ce pas ? intervient Solange. Vous savez, dit-elle en s'adressant à Simon, il ne me raconte jamais rien et il croit que j'ignore tout, mais en fait rien ne m'échappe…

– Tu aurais dû entrer à la DST, lui répond le vieux flic. En fait, je crois que Marcellin m'a reçu parce qu'il se sent coupable. C'est un catho. Je suis convaincu que c'est pour cette même raison qu'il m'a fait lire Orion 114.

– Orion114 ?

– Ah, vous êtes réveillé ! J'avais l'impression que mon récit vous endormait…

Servent lui raconte son tête-à-tête avec Marcellin, la bombe politique que constitueraient les écoutes de Coudé-Forestier, le dossier 114 plus encore que le 113. Non seulement il s'agit là de la preuve que Matignon avait connaissance des coulisses de l'enlèvement de Ben Barka, mais surtout il établit qu'existe cet invraisemblable lien entre l'épouse du Premier ministre et la mère maquerelle.

– Lorsqu'elle appelle Claude Pompidou, la Rouquine sait très bien qu'elle est enregistrée. Elle fait passer un double message au Premier ministre : « Vous avez fait vos saloperies grâce à moi, gaffe à ne pas me lâcher, parce qu'en balance je m'y connais »…

– Sauf que ça ne marche pas… rétorque Simon.

– Oui et non. Souchon et Voitot ont commencé à passer à confesse. Alors, il n'était pas facile d'arrêter la machine judiciaire, mais en définitive, même si ça a tangué pendant quelques mois, même si quelques têtes sont tombées au SDECE et si la Mondaine a été vaguement ripolinée, le pouvoir politique ne s'en est pas si mal tiré. La Rouquine aussi. Certes, l'IGS lui est tombée dessus, mais sans vraiment lui causer des dégâts… vous connaissez la procédure. D'ailleurs, après la tourmente, tout a recommencé comme avant. Sans délai, elle s'est mis le nouveau taulier de la Mondaine dans la poche.

– Mais pourquoi ne va-t-elle pas au bout du chantage qu'elle a installé à travers Claude Pompidou ? À ce moment-là, en 1965, elle est en capacité de faire voler le gouvernement en éclats ?

Servent demande à Simon l'autorisation d'une pause pour manger sa choucroute qui refroidit. Il signale à Solange que Michel Galabru fait son numéro deux tables plus loin. Kaspar s'attarde sur une créature brune qui traverse le restaurant dans une blouse courte, avec des jambes interminables.

– Pour répondre à votre question, finit par dire le commissaire, je supposerais qu'elle a eu peur que les services secrets marocains ne lui fassent la peau. Ceux-ci n'auraient pu le refuser aux Français. Et puis, elle sait qu'elle peut tranquillement continuer ses affaires, alors pourquoi prendre des risques ? J'imagine qu'elle n'en a pas moins gardé une solide rancœur envers Pompidou et ses amis. Vous allez comprendre avec la suite.

Servent avale une gorgée de gewurtz.

La Rouquine rengorge donc sa rancune. Elle profite de son impunité renforcée pour faire de son établissement le plus célèbre claque de Paris. On y court, il s'y distille des confidences. Plus encore qu'avant l'affaire, des hommes politiques se mêlent aux putes, aux hommes d'affaires véreux et aux gangsters. Forte de ce réseau, elle ne se contente plus de servir d'indic à ses protecteurs de la Mondaine. Elle arrose de ses informations, recueillies dans les salons et les chambres du 10 *bis*, la Crim', l'Antigang, les RG. C'est l'époque où dans la Grande Maison elle acquiert le surnom de Vidocq en jupons. Elle devient intouchable. D'autant plus qu'elle n'ignore rien des guerres politiques souterraines : les détestations entre barons du gaullisme, entre les anciens et les jeunes, et surtout l'animosité contre celui qui attend la chute du Général pour s'installer à l'Élysée.

1968. La mort de Marković est une aubaine.

Cette nouvelle affaire est le produit d'intérêts convergents, affirme André Servent. La Rouquine, qui n'a pas oublié Ben Barka et ce qu'elle considère comme la trahison des Pompidou ; Filippis qui a vu la Mondaine décimée et Santucci qui hait de Gaulle et Pompidou. Vous ne le savez sans doute pas, inspecteur Kaspar, mais Pompidou a su attiser les haines. En janvier 1966, il a déclaré publiquement que « les services secrets, la police et le SDECE étaient coupables de complicité et de participation au crime », dans l'affaire du Marocain. Vous imaginez la réaction de tout ce petit monde.

Résultat, à l'automne 68, pratiquement la même équipe, celle qui était au service de Pompidou trois ans plus tôt, se mobilise pour provoquer sa chute : on divulgue une histoire de parties fines organisées par Marković. *Et cætera.*

La mère maquerelle pense que son montage est d'autant plus crédible qu'elle est persuadée que tout le gouvernement, et donc les ennemis de Pompidou, qui n'est plus Premier ministre, ont eu connaissance de ses conversations avec Claude, trois ans plus tôt. En toute logique, elle est persuadée que les transcriptions des écoutes réalisées chez elle en 1965 vont fuiter. Bref, que le scandale va éclater.

Mais elle ignore que Frey a laissé Orion au coffre et que personne n'en a de copie. Résultat, le coup des photos de partouze foire. Pompidou reprend la main. Et il se met à dresser la liste des comploteurs dans son carnet noir…

– D'où la décision d'effacer rapidement les traces compromettantes ? complète Kaspar. Voire d'éliminer les témoins, Sylvie Leveaux et les autres ?

– Exact.

André Servent repousse son assiette sans finir le chou. Il descend son verre de gewurtz et refait le service.

Simon se dit que les morceaux ainsi assemblés font une histoire probablement conforme à la réalité. Il n'éprouve pourtant que de la frustration, comme si aucun des problèmes n'était résolu. Servent l'observe et lui sourit.

– Je n'ai pas apporté de réponses à vos questions, n'est-ce pas ?

– Je ne sais toujours pas ce que je cherche, commissaire.

Solange pose sa main sur celle de son mari, comme un signal que Simon ne comprend pas.

– J'ai le sentiment que nous pouvons encore mutuellement nous aider, dit le commissaire. J'ai compris que vous vous intéressez à Lucien Raillard et vous avez compris que je le connais. J'avais oublié son existence jusqu'à ce que Coudé-Forestier me la rappelle.

– Mais, je ne vous demande pas…

Simon hésite, mais il ressent la détermination de Servent.

– Il va encore falloir que vous m'écoutiez, si vous voulez maintenant en savoir davantage sur Raillard.

La fille aux longues jambes traverse à nouveau la salle du restaurant. Il se rend compte qu'il a vu son visage sur une photo agrafée à une fiche du groupe des OBM. Il n'a pas retenu son nom, il s'agit d'un film plus ou moins porno qui doit sortir d'ici à la fin de l'année[1]. Le jeune flic se concentre et revient à André Servent.

– Excusez-moi…

– Aujourd'hui est une journée importante, je vous l'ai dit, et c'est pour ça que Solange est avec nous. Depuis trente ans, je vis dans la crainte que des gens comme Xoual, Albertini ou Marcellin me renvoient des saloperies au visage si je ne me plie pas à leurs desiderata. C'est fini. Je ne redoute plus que mon passé refasse surface. Et j'espère que ce que je vais vous dire vous aidera dans vos recherches personnelles.

Simon examine les deux vieux. Il voit une étonnante complicité entre eux. De la tendresse.

Fin 1941, André Servent entre au SPAC, le Service de police anticommuniste, une sorte d'ancêtre de la SUBAC. Six mois plus tard, il intègre les Brigades spéciales des Renseignements généraux. Elles ne recrutaient que des gradés, il n'a pas dit non. Il est envoyé à la BS2 du commissaire René-Jean Hénoque. Sa mission : traquer les communistes, les « terroristes ». Juifs souvent. Notamment ceux de la Main-d'œuvre immigrée, la MOI. Deux années de collaboration, zélée, avec les autorités militaires allemandes. Jusqu'à l'arrestation du groupe de Manouchian en novembre 1943. Un moment de bascule, sans qu'il sache expliquer pourquoi. À la botte des nazis, c'était fini

1. *Emmanuelle*, de Just Jaeckin, avec Sylvia Kristel. Le gouvernement s'est interrogé à l'époque sur une interdiction du film et a sollicité la Brigade mondaine pour avis. *Emmanuelle* est sorti en juin 1974, avec le succès que l'on sait.

pour lui. Début 1944, le flic a pris ses distances. À la PP, il s'est fait muter, se met au service de De Gaulle. Après-guerre, il travaillera pour Wybot, à la DST. Le temps de la rédemption est venu, mais l'oubli, impossible.

– Je vous raconte ma guerre, inspecteur, parce que c'est à cette époque-là que j'ai croisé Lucien Raillard. Plus précisément début 1943. Nous étions en pleine traque de la MOI et des communistes FTP. Depuis des semaines, on enchaînait l'organisation des filatures et la collecte des informations. La plupart du temps, nos cibles étaient des gamins. Entre janvier et février 43, je ne sais même plus pourquoi, nous avons reçu l'appui du commissariat de Puteaux. Il dépendait de la BS2. Des types très motivés, sous les ordres du commissaire Piget. Raillard était son adjoint.

Le 23 mars 1943 et les jours suivants, 57 personnes sont arrêtées dans le XIe, mais aussi dans d'autres quartiers de Paris. Krasucki en fait partie. Il sera expédié à Auschwitz, comme la plupart des autres.

Simon sèche le grand verre d'eau auquel il n'a pas encore touché.

« Elle a été vue le lendemain griller une clope avec deux flics dans la cour du commissariat de Puteaux », lui a dit Léon Rosenblum. Peut-être étaient-ce Pierre Piget, aujourd'hui effacé de l'histoire, et Lucien Raillard ?

– Voilà tout ce que je sais, inspecteur Kaspar. Je suis arrivé au bout du chemin. La princesse de Passy intervient quelque part à l'époque. Où et comment, je l'ignore. J'ai fait mon temps, conclut-il avec un sourire triste.

Il reste sur son insaisissable impression qu'il a entendu prononcer le nom de Lucienne Goldfarb dans une autre vie.

Simon réfléchit un instant.

– C'est grâce à elle, commissaire, que la descente du 23 mars 43 a eu lieu.

Simon s'attend à un déni virulent. Il ne reçoit qu'un silence. Interminable. Qu'il rompt.

– Je vous ai dit l'autre soir que j'allais faire un tour dans le XIe. J'y ai rencontré les Rosenblum. Je vous passe les détails. L'aîné a été arrêté ce jour-là. Il soutient que c'est Lucienne Goldfarb qui a balancé les jeunes Juifs communistes de Paris. Elle a les donnés aux flics de Puteaux qui bossaient avec les BS de la PP.

Servent entend les mots d'Albertini, « C'est peut-être à vos anciens amis que vous devriez poser la question », et ceux qui ont suivi, prononcés le même soir comme une menace : « Vous êtes certain qu'elle ne vous tient pas, vous aussi, un peu ? »

Le plat de la main de Servent s'écrase au milieu de la table. Un bruit de vaisselle. Des filaments de choucroute sursautent sur la nappe blanche. Des dizaines de paires d'yeux se tournent soudain vers eux. Ceux de Solange, terrifiée.

– Piget était un agent zélé, mais celui qui avait de l'ascendant sur le groupe, celui qui agissait par conviction et pas seulement par opportunisme, prêt à se bien voir du commissaire, transformé en gestapiste, c'était le jeune Raillard. Si pacte il y a eu, cela a dû être entre Raillard et la Rouquine, un pacte qu'ils n'auront jamais brisé, et qui aura permis, après le premier condé, en 1947, celui de taulière en 1962, puis les magouilles Ben Barka et Marković.

– Mais comment auraient-ils pu garder le secret toutes ces années ?

– Secret pour qui ? Pour vous ?... Savez-vous que la moitié des membres des Brigades spéciales n'ont pas quitté ou ont réintégré comme moi la Police après la Libération ? Des politiciens et leurs conseillers aussi... Vous êtes jeune, Simon, cela vous semble peut-être d'un autre temps, mais il y a quelques semaines, l'ancien bras droit de Déat expliquait à Pompidou comment se débarrasser des Rouges avant de me donner des ordres, dans le dos des chefs de la DST. Des ordres que j'ai suivis sans barguigner. C'est la discipline et la méthode auxquelles on a été formés. Toujours en vigueur. Et l'objectif n'a pas varié. Pourtant, je me dis qu'il y a un problème : on se met au service d'un nouvel ordre légal, mais les magouilles perdurent... En

1943, j'avais quand même du mal avec l'ordre légal allemand. On n'en est plus là, non ?

Servent marque une pause, regarde son épouse, lui promet qu'il en a presque terminé. Simon croit voir des larmes couler sur les joues de sa femme.

– Trente ans après la fin de la guerre, les rats s'agitent toujours dans les coulisses du pouvoir, et ils ne sont pas près de déguerpir. Pompidou va mourir, mais je vous fiche mon billet qu'Albertini murmurera encore à l'oreille du prochain Président. Papon n'est plus à la PP, mais il attend son heure[1]. Et d'où croyez-vous que viennent quelques-uns des meilleurs amis de Mitterrand ?... Vous ne m'écouterez pas, Simon, mais je vous demande de laisser tomber tout ça. Quelle que soit la justesse de votre quête, elle ne mérite pas votre sacrifice, car ils vont vous perdre. Je le sais.

Simon regarde le vieux flic et murmure un « merci », comme un adieu.

---

1. Maurice Papon a quitté ses fonctions de Préfet de police de Paris en décembre 1966. Au milieu des années 1930, il a débuté sa carrière de fonctionnaire au ministère de l'Intérieur. Peu après l'armistice de juin 1940, démobilisé et après quelques mois en Orient, il est appelé à entrer dans l'administration de Vichy. En juin 1942, il est nommé à la préfecture de Gironde, où il va organiser les rafles de Bordeaux, parallèlement à celle du Vel' d'Hiv. Il sera jugé en 1997 et condamné à dix années de prison. Entre-temps, il aura connu une carrière préfectorale ininterrompue, passant par l'Algérie, la Corse, le Maroc... En 1958, il est nommé Préfet de Paris ; c'est notamment sous sa responsabilité qu'est exercée la répression de la manifestation du 17 octobre 1961, à Paris, qui fait des dizaines de victimes parmi les milliers d'Algériens, hommes, femmes et enfants, qui défilent. Papon sera nommé ministre du Budget en 1978, sous la présidence de Valéry Giscard d'Estaing.

Du côté de la Crim’

Lundi 4 mars

Il punaise la photo à côté du bitumar. Les trois blondes pour le casting. Et celle de Suzanne Jurgensen et Danielle Simmonot dans un bistrot, un verre à la main. Celle de Sylvie Leveaux en arrière-plan d’une partouze.

Trois prostituées assassinées.

Au marqueur noir, il écrit en gros caractères:

Puteaux – 42-43.

Condé – 47.

Ben Barka – 65

Casting – 68.

Condé – 73.

À nouveau le vertige devant le mur blanc définitivement salopé par l’encre.

La sensation de s’enfoncer dans un marais sale et sanglant.

« Lorsque vous êtes dans une impasse, il faut toujours revenir au début », lui avait dit un jour Daclin. Le Soleil d’or sous l’orage, ou le café avec Signol, ou Rabier au milieu des archives…

Simon repense au dernier coup de fil de l’archiviste. *On* lui a demandé de communiquer tous les dossiers qu’il a consultés. *Ils* ont tiqué à l’évocation du dossier disparu, celui de Suzanne Jurgensen.

On et *ils*: Filippis ou Raillard? Peut-être les deux.

Si les tauliers de la Mondaine ont soustrait la procédure Jurgensen, celle-ci doit être soit définitivement détruite, soit soigneusement mise à l’abri. Le coffre. Il ne voit qu’un seul endroit sûr, à la disposition des deux. C’est une évidence, l’armoire forte dans le vestibule, à l’entrée du taulier, doit receler les pièces qui l’intéressent depuis des mois, si elles n’ont pas été passées à la broyeuse.

La cabine du boulevard Saint-Germain reste son centre d'appels préféré. Il compose un numéro.

Signol décroche et raccroche aussitôt.

Un autre numéro.

– Commissaire Mercadier, j'écoute.

– Je suis l'inspecteur Kaspar, nous ne nous connaissons pas…

– Je sais qui vous êtes, Marco m'avait parlé de vous.

Kaspar s'attend à ce que le flic de la Crim' s'arrête là.

– Et pas en mal, contrairement à ce que certains disent dans la Maison.

Mettre les émotions à distance.

– J'ai quelque chose à vous demander, commissaire…

Il laisse un blanc que Mercadier ne remplit pas, comme une invitation à poursuivre.

– C'est au sujet de prostituées blondes assassinées dans les mêmes circonstances que Danielle Simmonot, au mois d'août dernier.

– Allez à l'essentiel, inspecteur. Gerber m'a parlé de votre obsession et il m'a raconté aussi l'affaire Sylvie Leveaux. Ne comptez pas sur moi pour bouger une oreille.

– Je sais. Mais l'affaire Suzanne Jurgensen en 70 ?

– La troisième, c'est ça ?

– Marco vous en a parlé ?

– Vous aviez évoqué une troisième pute trucidée avec lui, n'est-ce pas ?

Simon se dit que c'est sans doute sa dernière chance.

– Cette femme a été assassinée le 17 janvier 1970, chez elle, au 43 rue du Théâtre. La procédure a disparu du SATI. Il semblerait que le dossier d'enquête ait été refermé par le parquet trois jours seulement après les faits.

Kaspar laisse sa phrase en suspens. Il a l'impression que Mercadier a pris des notes.

– Rappelez-moi dans une heure, lâche Mercadier.

Il se retient de faire un petit saut de cabri dans la cabine. Un flot de sentiments le submerge. Il regrette de n'avoir pas cherché plus tôt à joindre Mercadier, puisque toutes les brigades gardent une copie des procédures, en plus de celles transmises au tribunal et au SATI, mais le regret est effacé par l'espoir que le flic de la Crim' ne trempe pas dans les combines de la Mondaine, dont il a fait partie naguère. Si Mercadier accepte de faire quelques vérifications, c'est forcément la conséquence de ce qu'a dit de lui le chef de la Galanterie. Offrande à titre posthume. Marco figure au premier rang de sa petite troupe de fantômes.

Kaspar grille une Gitane sans sortir de la cabine.

Il regarde sa montre. Cinquante minutes seulement. Il rappelle.

– Vous êtes dans la Maison ? lui demande Mercadier sans préambule.

– Non, mais je peux y être dans dix minutes.

– Alors venez.

Simon court jusqu'au boulevard Saint-Michel par la rue de la Harpe. Traverse le pont sans ralentir. Le quai, le 36, l'escalier, il passe sans regarder devant la porte vitrée du deuxième étage. Grimpe au troisième. Il n'a encore jamais mis les pieds à la Crim'. Il demande le bureau du commissaire à un flic, au hasard, donne son nom et sa fonction. Le type le renvoie vers une secrétaire. Elle passe un coup de fil et lui indique la porte 310.

Kaspar reprend son souffle.

Mercadier est grand, des cheveux blonds coupés en brosse. La quarantaine. Un mince dossier posé devant lui. Pas de préambule.

– Qui vous a parlé de cette affaire, inspecteur ?

– Un collègue, monsieur le commissaire, en discutant de l'affaire Simmonot…

Mercadier fait tourner un stylo entre ses doigts.

– Vous cherchez quoi, inspecteur, à part les ennuis ?

Toujours la même accusation par anticipation… Servent, Rosenblum, la Rouquine, tous ont eu les mêmes mots. Après

Nanou, qui n'a cessé de lui répéter qu'il n'y avait rien à trouver. Après Gerber, qui lui conseillait d'abandonner immédiatement. Rester à l'écart. Et encore Servent, à sa manière.

Simon se retient d'exploser, cette fois, et de se récrier qu'il ne sait pas lui-même. Il dit qu'il a la conviction que les trois meurtres sont liés et qu'il cherche la vérité.

Comme un bon flic.

– Vous aviez vu juste, il est probable qu'il s'agit de la même affaire que celle de la rue des Montibœufs. J'ai appelé le parquet pour faire rouvrir l'enquête, mais je doute que le substitut du proc' suive. Cela fait quatre ans et le tueur est mort...

– Quelqu'un dans la Maison a voulu étouffer cette affaire comme celle de Sylvie Leveaux, l'interrompt Kaspar sans se soucier de prudence ni de ménager la hiérarchie.

– Vous êtes tel que Marco me l'avait dit, antipathique, mais pas que...

– Est-ce que je peux consulter le dossier ?

Simon a l'impression de faire tomber toutes les barrières.

– Vous savez que nous sommes dans une maison de verre, ici. Dans deux heures tout le monde saura que j'ai demandé la réouverture de l'affaire Jurgensen. Tout le monde saura que vous êtes venu me voir...

– *Ils* sont déjà au courant que j'ai demandé la procédure au SATI il y a plusieurs mois, lui lance-t-il...

– Marco ne comprenait pas que vous soyez prêt à tout perdre pour ces histoires de putes. Il disait que c'était à cause de la mort de votre mère.

– Cela n'a rien à voir ! le coupe Kaspar en se levant d'un bond.

– Vous avez cinq minutes.

Il lui tend le dossier posé devant lui. À l'intérieur, les photos prises par l'Identité judiciaire, celles qui étaient en possession de Signol : le cadavre éventré dans la baignoire, et des procès-verbaux de constatations ; quelques auditions de voisins. Sans intérêt. Une procédure famélique. Il note dans sa tête le nom du flic qui a effectué les premiers pas de l'enquête : commissaire Firmin Jeannot.

Entre les feuillets désordonnés un autre PV, une sorte de mini biographie de la victime. Vingt lignes tout au plus.

Kaspar lit. Il sent le regard de Mercadier de l'autre côté du bureau.

Ne rien laisser paraître.

Mémoriser.

Suzanne Jurgensen.

Fichée prostituée depuis 1946.

Mariée à Soren Jurgensen en mars 1939, ressortissant suédois naturalisé français, mort en février 41.

Simon n'a pas besoin de faire d'efforts pour se souvenir des premières lignes du PV.

Suzanne Sarah Berkowicz, née le 19 avril 1921, à Radom, Pologne. Arrivée à Paris avec ses parents en janvier 1929.

Déportée à Auschwitz en juillet 1943.

Simon referme le dossier et le rend à Mercadier qui ne l'a pas quitté des yeux.

– Alors inspecteur, cela valait le coup ?

– Je ne sais pas, monsieur… Le commissaire Jeannot fait-il toujours partie de la Brigade ?

– Non et il ne vous apprendra rien. Il est mort d'un cancer l'année dernière.

Simon s'apprête à quitter le bureau, quand Mercadier l'interpelle.

– Dites-moi, Kaspar. Marco m'a parlé d'une photo avec trois blondes. Vous serait-il possible de me la montrer ?

Simon fiche son regard dans celui du commissaire.

– Je pense que si vous réussissez à faire rouvrir l'enquête Jurgensen, elle constituera une pièce essentielle.

Elle s'appelait Sarah

Vendredi 8 mars

Il est adossé à la porte en bois du numéro 1. La nuit commence à descendre. La lumière est éteinte au premier étage du numéro 4, juste en face. Simon guette l'arrivée de Maurice Rosenblum. Il a passé une partie des trois dernières nuits à l'attendre, la trompette de Clifford Brown dans la tête pour rendre l'écoulement du temps moins pénible, des Gitanes pour occuper ses doigts.

Il aperçoit Léon Rosenblum au coin du faubourg Saint-Antoine. Une mallette en cuir à la main, des rouleaux de papier sous le bras, costume bleu pâle à pattes d'éléphant. Rien à voir avec la dégaine de la semaine dernière.

Simon traverse la rue et s'avance. L'architecte est à peine surpris de le voir surgir devant lui. Il lui explique que Maurice est parti pour quelques jours.

– Je peux vous parler cinq minutes ? demande Kaspar.

– De quoi ?

– De Suzanne Berkowicz.

– Sarah ? Mais qu'est-ce que vous lui voulez ? Elle est morte il y a longtemps, non ?

– Quatre ans. S'il vous plaît, accordez-moi un moment.

Léon lui propose sans enthousiasme de monter dans son appartement, au-dessus de celui de son frère. Léon jette ses affaires sur le sofa, défait sa cravate et sort de son attaché-case un magazine.

– Tenez inspecteur, je suis certain qu'un peu d'art déco ne vous fera pas de mal. On y parle de moi.

Kaspar prend la revue en papier glacé, en tourne rapidement les pages, jusqu'à un court article sur l'aménagement du front de Seine dans le XVe arrondissement, illustré par la photo de l'architecte devant une tour en construction.

Simon regrette l'absence de Maurice.

Le cadet des Rosenblum lui sert un verre d'alcool, en descend un d'une traite, le remplit à nouveau.

– OK, dit-il en tombant sur le canapé l'air épuisé.

– Suzanne Skurnik a été assassinée en janvier 1970 et j'ai la conviction, presque la certitude que la Rouquine est dans le coup, résume Simon. Je veux dire Lucienne Goldfarb. Je pense que le meurtre est lié à ce qu'il s'est passé ici en 43.

– Je vous l'ai laissé entendre l'autre jour, ces gens sont dangereux et puissants.

– Est-ce que vous ne voulez pas m'aider ?

– C'est ce que je suis en train de faire.

Léon avale son deuxième scotch, sort un paquet de Marlboro.

– Sarah habitait dans cet immeuble. Au deuxième. J'étais un môme. Elle devait avoir une dizaine d'années de plus que moi, mais j'étais dingue d'elle. D'ailleurs, tout le monde était fou de Sarah. Une vraie déesse.

– Elle connaissait Lucienne ?

– Bon dieu, mais c'est un interrogatoire, hurle Rosenblum en fracassant son verre sur le plancher. Vous vouliez que je vous parle, je vous parle. Si vous voulez jouer au flic, vous dégagez.

Kaspar réagit à peine. Il connaît trop ces accès irrépressibles de violence pour lui en vouloir. Léon baisse d'ailleurs aussitôt le volume.

– Elle voulait travailler dans la mode, c'est pour ça qu'elle s'est mariée à ce Suédois. Mais il y a eu la guerre, et Sarah est restée ici jusqu'à… La dernière fois que je l'ai vue, c'était un dimanche, ça m'a rendu malade parce qu'elle traînait avec un vieux. Je ne savais pas que c'était un des chefs de la MOI. C'était le 21 mars. Mars 1943.

Il se lève sans se préoccuper des bris de verre, va se servir un autre scotch tout en continuant à parler. Ses parents ne sont pas revenus. Il a appris des années après la fin de la guerre qu'elle faisait le tapin. Un gars du quartier l'avait croisée par hasard, un peu comme Maurice avec la Rouquine.

– Avait-elle été embarquée par les flics de la PP ou par ceux de Puteaux ?

– Elle était à Puteaux, il n'y a aucun doute.

Il n'a rien d'autre à ajouter et de toute façon il n'en sait pas plus. Simon le remercie, prend le magazine d'art déco qu'il ne regardera pas.

– Inspecteur, l'arrête Rosenblum. C'est moi qui ai convaincu mon frère d'arrêter la traque en 51, parce que j'avais compris que ces gens étaient prêts à tout.

Kaspar ne lui demande pas ce qu'il avait compris.

Linge sale

Mercredi 13 mars au matin

Elle lui dit qu'elle a revu François dans un café de la place des Ternes. Ils se sont beaucoup regardés sans trop se parler. Ils se retrouveront bientôt. À leur âge, il faut veiller à ne pas mourir seul. Elle dit aussi qu'il lui manque, ne serait-ce que pour le repassage de ses chemises.

Il entend des larmes étouffées dans sa voix.

Il raccroche le téléphone.

Il reste quelques minutes dans la cabine avant d'en ressortir.

Cela fait presque deux mois qu'ils ne se sont pas vus. Simon s'agace contre cette saloperie de culpabilité, aussi sombre que le fond du cognac de Gerber une nuit d'août au Soleil d'or.

Il remonte dans son studio, attrape son sac, y fourre son linge sale avec le magazine d'art déco, remise son attirail de flic dans le placard. Il jette un œil à son mur : le plan, les photos, les inscriptions au marqueur. Est-ce bien utile ? L'envie le prend de tout effacer, tout déchirer, tout détruire. Ne devrait-il pas emprunter un autre chemin, comme l'a dit Servent ? Il n'en connaît pas d'autre. Il retire délicatement la punaise qui tient la photo d'Odile et la glisse dans son portefeuille.

Sur le pont Saint-Michel, un parfum de printemps. Dans le métro, Simon pense à Fournier. Les bœuf-carottes iront-ils au bout de leur procédure contre la Rouquine ? Il descend à la station Villiers, remonte l'avenue, remarque les devantures de plusieurs compagnies d'assurances, avant d'arriver rue Brémontier.

Nanou lui ouvre dans une robe bleu foncé. Elle se colle contre sa poitrine sans dire un mot, le serre fort. Il pose un baiser léger sur ses cheveux blancs. Sa grand-mère recule, le regarde comme si elle admirait une œuvre d'art. Puis des mots en cascade pour combler le silence des dernières semaines. Elle ne lui demande pas à quoi il a occupé son temps. Elle le sait. Elle lui dit de s'asseoir, elle vient de préparer du café. Il se pose dans le sofa devant la cheminée fermée, observe chaque détail du décor immuable. Elle revient avec deux tasses fumantes.

– Tu as donc revu François ? dit-il.

– Oui et ça m'a fait plaisir même si j'avais très froid. La peur sans doute…

Elle se blottit une fois encore contre lui.

– Moi, j'ai rencontré le type du marché de la rue de Lévis…

Il sent Nanou se raidir sans changer de position.

Simon lui raconte leur conversation, en lui précisant que cet homme regrette aujourd'hui de lui avoir fait peur.

– Je savais que cette fille portait le mal. Une rousse…

– Nanou, s'il te plaît…

Il ne lui parle pas de Servent, ni de Filippis, ni de Raillard.

– Et nous allons manger quoi ?

– Je me le demande, dit-elle en se levant du canapé.

Simon se promet de ne plus la tourmenter, de faire en sorte que chaque moment passé ensemble soit concentré sur le présent.

Nanou va dans sa petite cuisine. Simon s'occupe de vider son sac dans le panier de la salle de bains. Deux semaines de linge à laver et à repasser, la prévient-il. Et il lui a apporté un magazine d'art déco, pour la divertir pendant la lessive. Il l'entend glousser. Retrouvailles heureuses.

Elle s'active un long moment avant de le rejoindre dans le salon. Menu surprise, dit-elle, mais il va falloir patienter. Une bonne heure de cuisson avant de passer à table. Elle apporte une bouteille de vin rouge, deux verres et le tire-bouchon. Simon regarde l'étiquette. Margaux 1972. Il lui adresse une petite moue en guise de compliment et s'occupe de servir pendant qu'elle feuillette négligemment le magazine.

Kaspar trempe ses lèvres dans le bordeaux.

Nanou pousse un petit cri, les yeux rivés sur le journal.

– Quoi ? lance Simon.

– Il n'a presque pas changé ! dit-elle, le regard toujours fixe.

Kaspar jette un œil par-dessus l'épaule de sa grand-mère. Le magazine est ouvert à la page qui présente l'aménagement du front de Seine, l'entretien avec Léon Rosenblum, la photo de l'architecte urbaniste. Une pointe dans le bas de son dos. Il repose brutalement son verre, tache le napperon blanc de la table.

– Qu'est-ce qu'il y a Nanou, tu connais ce type ?

La grand-mère pétrifiée.

– Léon.

– Quoi Léon, bon dieu ?

Elle se tourne vers lui mais ne semble pas le voir.

– C'est Léon. Je ne savais pas son nom. Tout gentil.

– Nanou, c'est le frère du type qui vous a alpaguées sur le marché, celui qui traquait la Rouquine.

– Hein ?

Son regard est maintenant hébété, elle tremble un peu. Kaspar lui prend le magazine des mains, s'arrête longuement sur la photo qu'il avait jusque-là ignorée. Il a l'impression, fulgurante, comme le jour de leur rencontre, que son visage lui a été connu.

– Nanou, il faut que tu me dises. Est-ce qu'il y avait quelque chose entre lui et Odile ?

Elle se met à parler de lui, Léon donc, ce garçon qu'Odile lui avait présenté. Il était très jeune, mais sa mère se disait qu'il pourrait peut-être l'épouser, et la sauver.

– Elle était amoureuse, ça se voyait.

– Il est venu ici ?

– Souvent. Mais il ne restait jamais très longtemps. Moi je les laissais tranquilles, je ne voulais pas les déranger, je m'occupais de toi.

– C'était quand ?

– Je ne sais plus.

– Enfin Nanou, réfléchis, c'est important ! hurle Kaspar.

Le cri de son petit-fils la ramène au présent.

– Il l'aurait tuée ? demande-t-elle.

– Essaye de te rappeler à quel moment ils se sont fréquentés.

– Je pense que ça a duré plus d'un an… Attends, oui je me souviens. Il est passé la prendre le jour de son anniversaire, le 3 mars. Ce serait le dernier. Tu t'étais mis à pleurer quand elle est partie avec lui.

Tout son dos lui fait mal. Ni l'un ni l'autre ne sentent l'odeur de brûlé qui vient de la cuisine.

Kaspar n'a jamais vu le visage de sa grand-mère aussi dur et creusé.

– Tu as toujours cette vieille photo ? lui demande-t-elle.

– Oui.

Il sort son portefeuille. Nanou prend la dernière image d'elle et la pose à côté du magazine.

L'homme flou vieilli de plus de vingt ans.

Demander des comptes

Mercredi 13 mars après-midi et soir

Simon se remémore les Rosenblum. Les sous-entendus qu'il n'a pas décelés, les regards échangés entre les frères à l'évocation d'Odile, les photos escamotées par Léon lorsque Maurice lui a montré les bordereaux des plaintes. Il sort du métro à Saint-Michel, se précipite chez lui, tire son holster du placard, l'ajuste à sa poitrine, empoche son insigne et ses menottes.

Ligne 1 jusqu'à Nation. Boulevard Voltaire. Rue des Immeubles-Industriels. Il fait doux. À l'angle du faubourg Saint-Antoine, quelques tables sont installées en terrasse.

Kaspar entre au numéro 4. Premier étage. Il appuie sur le bouton de la sonnette. Silence à l'intérieur. Personne non plus au troisième étage, chez Léon.

Il s'assoit sur les marches de l'escalier, allume une Gitane, la consume en quelques bouffées, l'écrase sur le paillasson, sort de sa poche intérieure la photo avec l'homme qui n'est plus flou. Il la glisse sous la porte.

Il redescend, sèche un whisky au bistrot, demande à Raymond s'il a croisé Maurice ces derniers jours. Ou Léon. Le patron lui répond « non ».

Trois heures à faire les cent pas de part et d'autre de la rue.

Pour rien.

La fatigue atténue sa colère.

Simon rentre.

Il s'endort avec sa quincaillerie.

Jeudi 14 mars

Plus un seul vestige des usines Citroën. À la place, un gigantesque chantier. Des tours en construction, d'autres déjà achevées. Il avance entre les pelleteuses et les camions. Keller, Mirabeau, Évasion 2000, les noms grotesques des édifices sont peints sur les palissades. Une gigantesque cheminée sortant du sol crache une épaisse fumée grisâtre. Simon tire de sa poche de pantalon la page du magazine qu'il a déchirée avant de quitter Nanou. Il montre la photo de l'architecte aux ouvriers.

Une matinée dans le capharnaüm de ce qu'ils appellent le Front de Seine.

Pour rien.

Simon s'arrête dans un bar. Commande un sandwich qu'il fait descendre avec un demi de bière. Il marche ensuite au hasard dans le XVe, pense à André Servent qui n'habite pas très loin. Il tombe sur une station de métro. Charles-Michel. Il regarde le plan. La ligne 10 jusqu'à La Motte-Picquet, puis la 6, directe jusqu'à Nation.

Le même parcours que la veille.

Les portes closes.

Il écrase une autre cigarette sur le paillasson du troisième.

Une bière.

Les cent pas dans la rue.

Une autre bière.

Les cent pas dans la rue.

Deux whiskys en fin d'après-midi.

La colère transformée en rage.

Des allées et venues encore, un autre mégot sur le paillasson.

L'envie de défoncer la porte.

Simon rentre.

Il s'endort avec ses vêtements et sa quincaillerie.

Vendredi 15 mars

Il se réveille et sort acheter *Libération* place Maubert. Il tourne les quatre pages illisibles et mal imprimées, cherche en vain la signature de Maurice Rosenblum, relève l'adresse du journal et le numéro de téléphone, indiqués en première page. Il jette la feuille de chou dans une poubelle.

30 rue de Lorraine, 75019. Tél. 202.90.60.

Il entre dans une cabine sur la place et compose le numéro. Personne ne décroche.

Il monte dans un taxi et s'endort. Il se réveille quelque part sur une avenue au milieu d'une friche industrielle. Le chauffeur lui dit qu'il n'aime pas venir par ici. « C'est même pire qu'avant avec les abattoirs. »

La rue de Lorraine, étroite. Déprimante. Pas d'enseigne au numéro 30. Un immeuble ordinaire. Une porte blindée. Simon sonne. La porte est déverrouillée de l'intérieur. Elle se débloque. Un sas minuscule. Une autre porte, peut-être moins blindée. Il patiente. Elle s'ouvre à son tour. Il pénètre dans une espèce de salon sombre avec des néons hésitants, un canapé en skaï déchiré, deux chaises brinquebalantes. Dans un coin, derrière une minuscule table, une jeune brune à cheveux courts lui fait signe d'approcher. Standardiste et réceptionniste.

– C'est le journal *Libération* ici ? demande Simon.

– Oui, pourquoi ?

– Je voudrais parler à Maurice Rosenblum.

– De la part de qui ?

Elle l'examine de haut en bas. Il se sent sale et froissé.

– Simon Kaspar.

Elle compose un numéro à trois chiffres.

– Serge, il est là Maurice aujourd'hui ?

Elle raccroche.

– Il sera là en début de semaine prochaine, dit la brune.

– Je peux savoir où il est ?

– Ça va pas, non ! Vous êtes flic ou quoi ?

Kaspar sort.

Il marche dans ce quartier glauque. Regarde le plan du métro à la station baptisée Laumière, et prend la ligne jusqu'à Jaurès. Dix arrêts jusqu'à Nation.

Le même parcours que la veille et l'avant-veille.

Il découvre un mot scotché sur la porte du troisième.

Écriture soignée de bon élève.

Kaspar, je serai là lundi soir à partir de 19 h. L. R.

Sous ses pieds, le paillasson est propre.

Il allume une cigarette, la grille rapidement et écrase le mégot.

Simon donne un énorme coup de latte dans le bas de la porte.

Il l'a légèrement enfoncée.

Il sent à nouveau sa violence aux frontières du contrôlable.

Il part en courant.

Samedi 16 et dimanche 17 mars

Simon dort, boit de l'alcool et fume.

Pendant deux jours.

Tous les fantômes sont de sortie. Odile, Estelle, Sylvie, Suzanne, Natacha. Gerber en tête de file.

Jeu de l'amour

Lundi 18 mars

Il met sa dernière chemise propre, son harnachement de flic, la veste en daim ample qu'il n'a pas sortie depuis le printemps dernier. Il fait quelques mouvements de bras pour être sûr de se sentir à l'aise.

Simon arrive rue des Immeubles-Industriels une demi-heure avant l'horaire qui lui a été fixé, sonne à tout hasard à la porte du premier étage. Des bruits de pas à l'intérieur. Surprise dans le regard de Maurice Rosenblum, souriant cependant. Le poing de Kaspar s'abat sur le visage du journaliste, qui recule en vacillant et s'effondre sur le plancher. Un autre coup. Il a la bouche en sang.

Kaspar le relève par le col, le traîne jusqu'à la petite pièce encombrée de livres, le frappe encore avec le plat de la main. Rosenblum s'écroule avec des petits gémissements. Simon renverse les piles d'ouvrages et de documents posés par terre, envoie valser le fatras sur le bureau et fait sauter d'un coup de talon la poignée de l'armoire basse. Il s'empare de la boîte en carton, la cale sous son bras et revient dans le salon en tirant Rosenblum par les cheveux, semi-inconscient. Il renverse au sol le contenu dérisoire du coffre et se met à trier papiers, bordereaux des plaintes, notes et lettres qu'il lit à peine. Les photos sont serrées par des élastiques. Il n'en trouve pas une avec Odile.

Un hurlement.

Kaspar se dresse.

Léon Rosenblum se tient dans l'encadrement de la porte qu'il a laissée ouverte. L'architecte figé avec une sacoche en cuir à la main. Simon sort son calibre, se précipite sur lui, le pousse violemment vers le milieu de la pièce et claque la lourde.

– Putain, vous l'avez tué, crie Léon en s'agenouillant près de son frère.

– Pas encore.

Maurice émet des petits râles.

– Vous êtes dingue, répète le plus jeune des Rosenblum en soulevant l'aîné contre sa poitrine. Il n'y est pour rien. Pour rien.

Simon lui assène une gifle qui le fait tomber à la renverse. Il s'assoit dans un fauteuil sans cesser de le braquer avec son arme.

– Vous vouliez m'expliquer, c'est le moment, dit-il en simulant le calme.

– Je ne sais pas.

Kaspar se lève tranquillement.

Une autre gifle, moins forte.

Il se rassoit.

– Je veux juste savoir pourquoi.

– Mais pourquoi quoi ? répond Léon en palpant ses lèvres tuméfiées.

– Pourquoi vous avez tué Odile Kaspar ? Après tout, vous aviez peut-être de bonnes raisons...

Simon parle avec détachement pour tenter de canaliser sa violence.

Léon lève les yeux vers lui avec une sorte de tendresse triste.

– Vous croyez ça ?

– Vous, votre frère, ou l'un des vôtres...

– Un Juif, vous voulez dire ?

Une provocation malgré sa gueule en vrac et son frère dans les vaps.

Simon se retient de le frapper à nouveau.

– Odile est morte à cause de moi, mais je ne l'ai pas tuée, Maurice non plus, souffle Léon.

– Relevez-vous ! ordonne Kaspar.

Léon s'exécute en titubant.

– Dans votre religion, vous ne passez à confesse que devant Dieu.

Léon ne répond pas.

– Aujourd'hui, on va dire que je suis Dieu, d'accord ?

Léon ne répond pas.

– Vous allez le laisser mourir ?

Simon ne répond pas.

– Lorsque vous avez laissé le mot au café d'en bas. Il a voulu vous voir, pour tout vous dire, mais je l'en ai dissuadé. C'est moi et moi seul le responsable.

– Il ne va pas crever, mais ramassez-le…

Léon relève difficilement son frère, l'allonge sur le canapé, sort un mouchoir blanc de sa poche et lui essuie le visage.

Maurice entrouvre les yeux, essaye de parler mais aucun son ne sort de sa gorge.

– C'est bon, il va remonter à la surface tranquillement…

Léon prend une chaise. Épuisé et défait.

– Rangez votre arme, s'il vous plaît, dit-il.

Simon baisse son calibre sans le mettre dans son étui.

Léon Rosenblum cherche un peu d'oxygène et se lance.

– Après l'épisode avec votre grand-mère, on a cherché à savoir qui était la fille avec elle. Comme Maurice ne pouvait pas prendre le risque d'être reconnu, je me suis mis à la suivre. J'ai découvert qu'elles étaient collègues de bureau et de trottoir. Nous avons su très vite qu'elle n'était pas mêlée au passé de la Rouquine.

– Vous avez compris comment elles s'étaient rencontrées ?

– Au bureau, chez l'assureur. La rousse parlait de fric, de fringues, de voyages… Elle s'est laissé entraîner, en tout cas c'est ce qu'elle m'a dit, plus tard.

Rosenblum s'interrompt, regarde Kaspar.

– C'était une fille fragile…

Kaspar rengaine son Unique.

– En avril 49, dit-il, les deux ont été ramassées pour racolage, mais elles ont été relâchées aussi sec. Avaient-elles un mac ou un condé ?

À la tête de Léon, Simon se sent obligé de lui expliquer ce qu'est un condé.

Léon ignorait cet épisode. À sa connaissance, elles bossaient toutes les deux en indépendantes. La Rouquine avait un studio, avenue de la Grande Armée, qui lui servait de logement et de lieu de travail. C'était là aussi qu'Odile faisait ses passes.

– Au 70, sixième étage, sous les toits.

Maurice Rosenblum reprend ses esprits, regarde sans comprendre son frère et Kaspar.

– C'est quoi ce bordel, dit-il, la voix déformée.

Léon s'approche de lui, l'embrasse sur le front.

– Tu avais raison, comme toujours. J'essaye de rattraper ce que je peux de mes conneries, lui glisse-t-il à l'oreille.

– Pas de condé, pas de mac ? reprend Simon.

– J'en sais rien. Elle m'avait parlé d'un flic qui venait régulièrement voir Lucienne, mais rien de plus.

Kaspar pense à Raillard. Pacte de 43, condé de 47.

– Il pense que nous avons tué Odile, dit Léon.

– Il a raison, répond Maurice.

Soupir douloureux, avant que Léon ne poursuive l'histoire d'Odile Kaspar.

– C'est moi qui ai eu l'idée de m'approcher d'elle. À l'été 50. Je me disais qu'elle nous permettrait de coincer la Rouquine autrement qu'en déposant des plaintes que les flics jetaient systématiquement aux oubliettes. Et puis, elle me plaisait bien.

D'abord avec un peu d'argent, puis avec du sentiment.

Il est beau, étudiant en archi, sûr de lui. Elle craque pour ce gamin de vingt ans qui se fait appeler Léon Vigier. Elle lui raconte sa vie triste, ce gosse dont elle ne parvient pas à s'occuper. Elle veut en finir avec cette saleté de trottoir. Il lui laisse entrevoir un avenir, mais fait en sorte qu'elle ne coupe pas le lien avec la Rouquine.

Odile est amoureuse de lui. Léon pense d'abord et avant tout à se venger de Lucienne.

Il précipite la manipulation, fin janvier, après le classement de la dernière plainte : les frères Rosenblum comprennent à ce moment que la loi d'amnistie pour les mineurs collabos blanchit pour toujours la Rouquine.

– Maurice a essayé de me dissuader, mais je ne l'ai pas écouté.

Léon se dirige vers un grand placard au fond du salon, sort une bouteille de whisky et se sert un grand verre sans en proposer un à Kaspar.

– J'avais loué un petit appartement rue Laugier. Une sorte de nid que nous étions les seuls à connaître. On y venait en cachette. Une nuit je lui ai raconté ce que Lucienne Goldfarb avait fait à ma famille et à beaucoup d'autres. Je lui ai dit ma volonté de la détruire. Bien sûr, j'ai menti sur les circonstances de notre rencontre, j'ai invoqué le hasard.

Il baisse la tête.

– Elle a tout cru.

La cause de Léon Rosenblum devient dès lors celle d'Odile Kaspar. Par amour.

– La Rouquine m'a dit qu'elles s'étaient perdues de vue à cette époque, ajoute Kaspar.

– Vous avez parlé de votre mère avec elle? réagit Léon, surpris.

– Oui.

– C'est vrai. Mais pour coincer la Rouquine il a fallu qu'Odile renoue. Elle s'est même remise à tapiner et à utiliser le studio de l'avenue de la Grande Armée. L'idée était de trouver une preuve dans les affaires de Lucienne.

Il sent monter en lui avec fulgurance la rage, à laquelle se mélange le dégoût. L'envie à peine résistible de lui fracasser le crâne. Il cherche à penser à autre chose. Ne trouve rien.

Chaque fois qu'elle montait, Odile fouillait dans ses affaires en prenant garde de ne pas être découverte par le nouveau petit ami de la Rouquine, installé dans le studio d'à côté. Et puis il fallait faire vite, Lucienne avait prévu de s'installer à Passy avec lui.

– Quelques semaines avant sa mort, Odile m'a dit se souvenir d'une photo que Lucienne lui avait montrée, dont elle était très fière, qui remontait à la guerre. Une photo avec trois hommes autour d'elle.

– Vous lui avez demandé de récupérer cette photo coûte que coûte, n'est-ce pas ?

Rosenblum ne répond pas. Il vide son verre.

– Le 14 juin 51, c'est cette photo qu'elle devait vous apporter ? demande Kaspar, la voix glacée.

– Je ne sais pas.

Simon se lève et s'approche de Léon, accoté au placard. Il a ressorti son Unique.

– Vous étiez sur place cette nuit-là ?

– Oui.

– Tous les habitants de l'immeuble ont été interrogés et aucun ne connaissait la fille poignardée dans l'entrée. Vous faisiez partie de ces gens ?

– Oui.

Simon recule d'un pas.

Il pointe son flingue sur le front de Léon.

Simon appuie sur la gâchette.

Clic.

Simon se tourne.

Simon vise Maurice assis sur le canapé.

Simon appuie sur la gâchette.

Clic.

– Je savais avant de venir que la seule façon de ne pas vous tuer était de ne pas charger le pistolet, dit-il en sortant.

Promotion

Mardi 19 mars

Il a dormi plus longtemps que d'ordinaire. Les coups donnés la veille lui ont fait évacuer une part de cette violence qui l'étreint chaque jour davantage.

Simon regarde son mur. Les graffitis au marqueur, les ronds, les croix et les lignes sur le bitumar, les photos. Il regrette d'avoir abandonné chez Léon Rosenblum la vieille photo d'Odile.

Il quitte son appartement, achète trois chemises blanches en coton, des caleçons et des chaussettes, dans une boutique sur le boulevard Saint-Michel. Revient se changer.

Le 36 lui semble étranger. Son bureau a été entièrement vidé. Il décroche le téléphone. Une secrétaire lui répond que l'inspecteur Fournier n'est pas joignable. Elle lui propose de prendre un message. Il décline. Il s'étonne de l'absence du bœuf.

Simon prend le long couloir jusqu'au vestibule. La porte du coffre encastré dans le mur lui paraît immense. La loupiotte est éteinte au-dessus de la porte de Filippis.

Il entre dans le bureau des crayons, demande s'ils ont vu le taulier.

– T'arrives de Mars, *la balance*? lui répond un jeune type qu'il n'a jamais vu.

Simon se jette sur lui, deux agents viennent les séparer avant qu'il ne le frappe.

– Bon dieu, Kaspar, entend-il dans son dos, qu'est-ce que vous foutez ici et qu'est-ce qu'on va faire de vous ?

Voix et regard bienveillants de Raillard.

– Je venais justement en parler avec le patron !

– Eh bien, parlons-en si vous voulez.

Kaspar hésite.

– C'est vrai, cela fait quelque temps que vous êtes en vacances.

Il prend Simon par l'épaule, l'entraîne dans le vestibule, sort un jeu de clés et ouvre la porte du bureau de Filippis. Le mobilier est intact, mais tous les effets personnels du patron ont été déménagés.

– Les temps changent, mais rien ne change vraiment. Asseyons-nous un instant.

Il se pose dans le petit canapé en retrait. Simon prend le fauteuil.

– Depuis le temps qu'Adrien voulait retrouver sa province, il a enfin eu ce qu'il souhaitait. Après neuf années à la Mondaine, il va diriger la PJ de Rennes. Il commence en avril, mais vu les circonstances, il a pris un peu de repos.

– Quelles circonstances ?

– Le suicide de Marco et ces fouilles-merde de l'IGS qui sont toujours sur le dos des flics qui bossent. Adrien a une belle promotion, vous ne trouvez pas ?

– Je ne sais pas…

– Ce que vous ne savez pas non plus, c'est que je suis le nouveau taulier.

Kaspar a beau avoir compris depuis quelques minutes ce qu'il lui annonce, il ne sait quoi répondre.

– Félicitations, finit-il par lâcher.

– Merci. J'ai eu quelques appuis, mais plus qu'eux, je sais bien que c'est Pompidou qui a décidé. Il a beau être mourant, faut croire qu'il tient encore le manche. À moins que d'autres ne le fassent pour lui… Quoi qu'il en soit, c'était difficile de refuser. Mais attention, dans la brigade, ça ne change rien. Je suis toujours Lulu. Commissaire Lulu, mais Lulu quand même…

Il rigole, donne deux grandes claques sur ses cuisses et se lève du canapé.

– Bon, en ce qui vous concerne, on en parlera tranquillement. Restez encore à distance, ça va se tasser… Je vous appellerai. Au fait, vous avez enfin le téléphone ?

– J'attends toujours des nouvelles des PTT.

Raillard se marre encore.

Kaspar pense à André Servent. Son apaisement d'être arrivé au bout du chemin, son désespoir de voir les rats continuer de gouverner le monde.

Passe d'armes

Jeudi 21 mars

Il demande au taxi de l'arrêter à l'angle de la rue Brunel et du boulevard Pereire. Il manque de tomber en descendant de la R16. Il sent que l'alcool n'a pas dilué l'adrénaline dans son sang. Il reluque les filles le long du boulevard, opte pour une brune en short moulant avec un blouson court. Il ne voit pas clairement son visage. Elle lui donne ses tarifs, il prend le service de luxe et lui indique qu'il connaît un petit hôtel juste à côté. La pute rechigne, explique qu'elle peut lui faire son affaire dans un passage tranquille où elle a ses habitudes, mais finit par céder. Il a beau puer l'alcool, elle a rarement des clients dans son genre.

Ils font quelques pas, tournent à gauche et remontent la rue du Débarcadère.

– Tu pourrais me faire un peu la causette, dit-elle.

– Je garde mes discours pour plus tard.

Ils arrivent à hauteur du 10 *bis*.

– Putain, tu m'emmènes chez la princesse de Passy, s'exclame la fille. T'es un mariole, toi.

– Pourquoi ? s'étonne Kaspar.

– T'es de la haute ? J'suis encore jamais tombée sur un micheton assez friqué ou assez célèbre pour me traîner dans ce genre de bastringue. Quand je vais raconter ça aux frangines…

Simon pousse la porte. Le décor désormais familier. Marthe à l'accueil. Salutations indifférentes.

– Je voudrais une chambre, dit-il.

– Vous avez une préférence ?

– Je vous laisse choisir. La Princesse est-elle là ? J'aimerais la présenter à mon amie.

La blonde ne répond pas mais s'éclipse.

– T'es dingue, s'exclame la brune en gloussant.

Il lui demande son prénom. Carole.

Kaspar grille une Gitane.

La princesse de Passy arrive au bout de quelques minutes. Talons aiguilles et smoking d'homme, fume-cigarette entre les doigts.

– Inspecteur Kaspar, dit-elle en écartant les bras comme si elle allait l'enlacer.

– Bon dieu mais t'es flic, hurle la pute.

– Mademoiselle, pas de scandale dans mon établissement, voulez-vous. Simon n'est pas un flic comme les autres. Je suis très heureuse de vous revoir.

– Je tenais à m'excuser pour la dernière fois.

– J'avais totalement oublié. Vous vous souvenez de mon conseil : ne jamais regarder derrière soi... Venez, nous buvons quelques gouttes de champagne avec des amis, je vais vous les présenter.

Ils prennent un passage derrière une tenture rouge jusqu'à un petit salon. Les mêmes couleurs, la lumière plus basse.

Simon compte quatre hommes et trois femmes avachis sur des canapés en velours autour d'une table basse en verre chargée de seaux à champagne. Il reconnaît le ténor, avec deux jeunesses, chacune la tête posée sur ses larges épaules.

– Messieurs, voici l'homme qui, j'en suis certaine, succédera un jour à notre cher Adrien, lance théâtralement la Rouquine. Retenez bien son nom, surtout vous, André... Vous vous êtes déjà rencontrés ? demande-t-elle à Kaspar.

– Je ne crois pas, répond Simon qui relève qu'elle n'a pas fait allusion aux dames présentes.

À coup sûr des prostituées, quantités négligeables.

– André Millet, chef de cabinet de ce cher Jean-Do, précise la Rouquine.

Kaspar ignore qui est Jean-Do. L'homme, la quarantaine très élégante, une blonde platine trop maquillée à côté de lui, se lève et lui serre fermement la main.

– Je ne manquerai pas de dire au préfet que j'ai fait la connaissance d'un des héritiers du commissaire Filippis, dit-il avec un petit sourire.

Le jeune flic percute. Jean-Do… c'est Jean Dominique Paolini, le Préfet de police de Paris. Simon se souvient de l'avoir vu, en uniforme, aux obsèques de Gerber.

La mère maquerelle poursuit les présentations. Georges Ferrandier, député et rapporteur d'une commission à l'Assemblée dont Kaspar ne saisit pas l'intitulé. Placido qu'il a déjà croisé. « Et vous connaissez Albert, bien sûr », termine-t-elle. L'homme de dos, chevelure grise, se tourne vers lui et lui adresse un salut.

La Rouquine s'installe dans un grand fauteuil, comme si elle présidait cette petite assemblée. Simon se pose à côté de l'avocat. Il demande à la brune en short d'aller prendre un verre au bar. Celle-ci s'éloigne en bougonnant.

La conversation semble reprendre là où elle avait été interrompue à l'arrivée de Simon. La fin imminente de Pompidou. Ferrandier raconte que la semaine dernière Debré, Chaban et Foccart ont déjeuné ensemble. Ils veulent demander au Président de se retirer. Jobert leur a fait savoir qu'il s'occuperait, si nécessaire, de formuler sa lettre de démission et de régler les détails. Le conseiller du Préfet de police ajoute que, d'après lui, tout devrait maintenant aller très vite. Pour Demaison, il n'y a qu'une question qui vaille, puisque la tombe du Président est déjà creusée : qui va lui succéder ? Les trois émettent des hypothèses. Le ténor, pour sa part, examine de près et à tour de rôle les deux donzelles.

Simon suit à peine la conversation, regarde la Rouquine qui le regarde aussi. Curiosité et méfiance réciproques.

– Et chez vous, Simon ? intervient-elle, mettant aussitôt un terme au petit tohu-bohu. Le départ d'Adrien ne crée-t-il pas trop de problèmes ?

Kaspar sent tous les regards sur lui. Même ceux des filles.

La question de la Rouquine agit comme une injection d'adrénaline. Il vide la flûte de champagne qui lui a été servie sans qu'il s'en aperçoive, sort son paquet de Gitanes, allume une cigarette.

– Le choc a l'air sérieux, s'amuse Demaison, pour combler le silence.

La douleur au bas du dos comme un aiguillon.

Il se dit qu'il est venu pour ça.

Ne pas reculer, maintenant.

– Vous avez raison, ça a été un choc. En tous les cas pour moi. Mais si j'ai bien compris, le commissaire avait ses raisons…

– Oui, il avait depuis longtemps envie de rejoindre sa chère province, complète la princesse de Passy.

– Non, je ne crois pas.

– Ah bon ! s'étonne Millet. Adrien vous a fait des confidences qu'il n'a pas partagées avec ses amis ?

– Peut-être, répond Simon, en le regardant dans les yeux.

Le chef de cabinet du Préfet de police se détourne, jette un œil à la Rouquine, impassible dans son fauteuil.

– Pour en avoir longuement parlé avec lui, le commissaire était fatigué, les enquêtes sur les meurtres de plusieurs prostituées ces derniers temps l'avaient beaucoup marqué. Et puis il y a cette histoire de suppressions des condés, voulue par Marcellin…

Un blanc. Kaspar attrape une bouteille de champagne dans un seau et remplit son verre. Il le descend d'un coup.

Regards interloqués des hommes.

Regards des putes tout à coup intriguées.

La Rouquine impassible.

– Tout le monde sait à la brigade que nous avons l'IGS sur le dos, n'est-ce pas, monsieur ? dit-il en s'adressant au collaborateur de Paolini.

– L'IGS n'est pas bien méchante, répond-il un brin crispé. Et puis la Mondaine a toujours été un service irréprochable.

Un murmure. Chacun relève le ridicule de sa réponse.

La Rouquine toujours impassible.

– Malgré tout ce qui a pu être dit, oui vous avez raison. Irréprochable…

Millet est rassuré par la réponse de Kaspar.

– L'essentiel, reprend-il, est que la nomination du commissaire Raillard ramène un peu de sérénité. C'est notre taulier depuis toujours. Un homme droit, proche de ses hommes…

– Ah, oui, s'empresse de confirmer le chef de cabinet.

Demaison se cale dans l'angle du canapé pour mieux observer le jeune flic.

– Je crois que vous le connaissez bien, madame ? poursuit Simon.

– Comme les trois quarts des poulets de Paris, répond-elle simplement.

– Si la Mondaine est entre de bonnes mains, nous pouvons dormir tranquille, intervient l'avocat en tapant dans ses mains, pour clore le chapitre.

Millet et le député qui n'a pas pipé mot embrayent pour changer de sujet.

Simon fixe la Rouquine.

– J'ai retrouvé dans les archives familiales une vieille photo…

Il écrase sa cigarette dans un grand cendrier.

Le chef de cabinet fourre son nez dans le cou de la blonde platine qui se met à glousser. Placido a jeté son dévolu sur la brune. L'autre regarde ses ongles rouges. Demaison, debout, semble prêt à intervenir. Ferrandier se demande ce qu'il se passe.

La Rouquine impassible.

– Une photo où j'ai cru vous reconnaître. Vous n'aviez pas vingt ans…

– Tiens donc, dit-elle sans plus de réaction.

Simon a l'impression de se cogner contre un mur.

Charger encore.

Improviser.

– Oui, vous prenez la pose avec trois hommes. Je n'aurais pas reconnu le commissaire Raillard, mais il y avait son nom écrit au dos de l'image.

– Rasseyez-vous, dit la princesse de Passy à Demaison, en lui prenant la main. C'est intéressant ce que nous dit l'inspecteur.

Je n'ai aucun souvenir de cette image. Les noms des autres personnes sont-ils également indiqués ?

Simon la trouve incroyablement calme.

Il pense aux frères Rosenblum.

Il pense à Odile Kaspar.

– Oui. Un certain Piget.

Millet sort le nez du cou de la blonde.

Kaspar croit voir la Rouquine serrer un peu plus fort la main de Demaison.

– J'aimerais beaucoup voir cette photo, inspecteur. Me la montreriez-vous à l'occasion ?

– Avec plaisir.

– Messieurs, il se fait un peu tard pour moi. Vous voudrez bien m'excuser… Albert, ayez l'obligeance de m'accompagner un instant.

Elle se retire avec l'avocat, se retourne après quelques pas. Crinière rousse, smoking impeccable, fume-cigarette au coin de ses lèvres rouges. Pour la première fois, Kaspar la trouve rayonnante.

– À très vite, cher Simon, lance-t-elle avec un grand sourire.

La vraie raison

Lundi 25 mars

Sur le formulaire jaune que Simon a trouvé dans sa boîte aux lettres, il est indiqué que les PTT passeront installer la ligne dans l'après-midi.

Trois coups contre sa porte.

Lucien Raillard en face de lui. Souriant.

– Commissaire…

– Bonjour Kaspar. J'avais dit que je vous ferais signe, comme vous semblez toujours réfractaire aux moyens modernes de communication, j'ai fait le déplacement.

– J'attends justement les PTT.

Simon s'écarte pour le laisser passer.

Le nouveau patron de la Mondaine fait du regard le tour de la pièce, s'arrête sur le mur avec le bitumar, détaille les photos des trois blondes et les inscriptions au feutre. Kaspar observe sa mine. Le commissaire se contente de hocher la tête, cherche où s'asseoir et se laisse tomber sur le lit qui émet un petit grincement.

Simon a l'étrange impression de le voir pour la première fois. Peut-être est-ce l'effet inhabituel d'une cravate vermillon. Son visage, avec ses grands yeux clairs et ses cheveux blancs abondants pour son âge, exprime toujours cette bienveillance qui fait sa popularité depuis des décennies à la brigade.

La vérité sous le masque.

Le faire tomber !

– Je ne vais sans doute rien vous apprendre mais nous avons l'IGS sur le râble et je tenais à vous prévenir que vous risquez de passer au tourniquet, commence Raillard. Ça ne devrait être qu'un mauvais moment.

– Je peux savoir sur quoi porte cette enquête ?

– Arrêtez un peu, répond-il avec une moue faussement boudeuse. Tout le monde sait que vous êtes allé cafter aux bœufs pour le condé de la Princesse.

– Je me contrefiche du condé de la Rouquine. Si je dois passer au tourniquet, je crois que je commencerai par leur parler de ça…

Kaspar s'approche du mur, décroche la photo des trois blondes, la donne à Raillard, qui jette un œil au verso avant de la lui rendre.

– Qui sont ces dames, inspecteur ?

– Au point où nous en sommes, commissaire, ne devrions-nous pas éviter de jouer à cache-cache ?

Il a la sensation de prendre le contrôle.

Simon a accumulé suffisamment de faits, de preuves pour acculer Raillard. Détruire le reste de sa vie et celle de la mère maquerelle, faire sortir tous les rats de leur terrier infect.

– Je ne vous suis pas, répond le commissaire.

La décontraction du vieux collabo l'agace.

– Ces dames s'appellent Danielle Simmonot, Sylvie Leveaux et celle-ci se nomme Suzanne Jurgensen. Ces noms vous disent-ils quelque chose ?

– Bien sûr. La Crim' a réglé son compte au tueur de la Belle Estelle il y a deux mois et, après votre esclandre avec Gerber, Filippis m'avait demandé de vérifier le dossier Leveaux. L'autre, j'avoue, ne me dit rien.

Simon fait sauter la punaise qui tient la photocopie de Servent, la montre à Raillard sans la lui donner. Le commissaire se lève du lit, sort des petites lunettes rondes de la poche-poitrine de sa veste et se penche sur l'image de la partouze.

Un petit sifflement admiratif.

Il allume une cigarette et va s'accoter entre les deux fenêtres de l'appartement pour mettre un peu de distance sans quitter Simon du regard.

Kaspar se dit que le préambule est terminé.

– Moi qui pensais que vous n'étiez pas doué pour l'enquête, je suis impressionné, dit Raillard.

– Souhaitez-vous que je vous montre les deux autres ?

– J'ai suffisamment vu d'horreurs dans ma vie pour m'épargner ce genre de choses. Et que comptez-vous faire avec ça ?

– Les remettre à l'IGS, ou à la presse. Pourquoi pas les deux, j'hésite encore.

– Mais pourquoi pensez-vous que cela me concerne ?

– Vous avez fait tuer ces trois filles, commissaire Raillard, peut-être même d'autres…

Simon hésite à évoquer Odile, choisit de la garder pour son assaut final.

– Vous êtes responsable de leur mort. Avec Filippis et la princesse de Passy, assène Simon.

– Diantre ! Et comment en êtes-vous arrivé à cette conclusion ?

Kaspar se sent de plus en plus à l'aise. Il allume une tige à son tour. Propose un café au commissaire en s'excusant de n'avoir que du soluble.

– Vous n'auriez pas plutôt un petit fond de gnôle ? demande l'autre avec un clin d'œil.

Simon le sert. Raillard se pose à nouveau sur le lit. Se cale dans le coin, semble chercher la position la plus confortable comme s'il se préparait à assister à un spectacle.

Irruption de la douleur dans le bas du dos.

Il descend le whisky et le regrette aussitôt.

– Je vous écoute, inspecteur, lance Raillard impatient.

Simon raconte l'histoire reconstruite avec Servent en commençant par Ben Barka. La Rouquine, le SDECE et les truands au service du pouvoir, celui de Pompidou à Matignon et celui de Frey à l'Intérieur. La mobilisation de deux pourris à la Mondaine et lui pour les couvrir depuis son bureau du 36. Il cite Orion 113 et Orion 114, les tentatives de chantage exercées par la mère maquerelle, mais Pompidou qui se détourne d'elle, la lâche, et après elle, qui lâche les flics et les barbouzes, laisse les bœuf-carottes faire sauter la moitié de la brigade et renvoyer le mari de la Princesse au tribunal. Certes, lui, le véritable taulier de la mondaine, ainsi que Filippis et la mère maquerelle sont épargnés par la curée, mais ils éprouvent le même sentiment, celui de la trahison, trop vif pour ne pas appeler la vengeance.

Raillard paraît suivre distraitement en sirotant son alcool.

– Comme dans le western, votre vengeance sera servie froide, poursuit Simon. Trois ans plus tard. La liquidation du garde du corps de Delon est l'opportunité. La rumeur que fait circuler le jeune Santucci sur la participation de Claude Pompidou à des parties de jambes en l'air collectives aussi. J'ignore si c'est la Rouquine, vous ou Filippis qui en a eu l'idée, mais je reconnais qu'elle est géniale, commente Kaspar, en synthétisant les principaux temps du coup monté. Sauf qu'une fois de plus Pompidou réussit à se refaire la cerise et, arrivé à l'Élysée, il se met en tête de faire la peau à tous ceux qui ont trempé dans le complot.

Simon a l'impression de pousser parfaitement son avantage.

– Je ne sais pas si ça va vous amuser, commissaire, mais j'ai vu la page originale du fameux carnet noir du Président. Je l'ai même eue entre les mains. Pleine de noms déjà barrés. Ni le vôtre ni celui de la Rouquine n'y figuraient. En revanche, celui de Filippis était le dernier de sa liste.

– Vous ne vous êtes pas dit que je n'y étais pas pour la simple raison que je n'ai rien à voir avec tout cela ?

– Vous n'y êtes pas pour deux raisons. Premièrement, à cause de Ben Barka et de ce que contiennent les écoutes Orion. Il est facile de comprendre que Pompidou n'a pas voulu prendre le risque d'un grand déballage. D'autant qu'il connaît les aptitudes de balance que vous avez l'un et l'autre. C'est justement la deuxième raison de votre immunité : votre capacité à servir. Entre vous, Filippis à la Mondaine et la Rouquine au 10 *bis*, le Préfet, le ministre et le Président savaient qu'ils avaient les meilleurs collaborateurs de Paris.

Crispation au niveau des mâchoires de Raillard. Sa première réaction.

Sans répit, Kaspar déroule les meurtres : les trois blondes du casting éventrées par le Vietnamien, Hanoi, le photographe renvoyé sur le boulevard des allongés dans un règlement de comptes bidon. Simon éprouve un vrai plaisir à lui expliquer qu'il sait tout de la SCI à Cannes créée par la Belle Estelle et l'ancien taulier.

– Je me demande, commissaire, si vous n'avez pas commis une erreur avec Danielle Simmonot. Non seulement ce pauvre Gerber a fini par comprendre qu'il avait été manipulé, mais en plus vous couriez le risque que Mercadier et la Crim' soient plus curieux que le vieux Jeannot avec Suzanne Jurgensen. Cela vous a obligé à monter un traquenard à Hanoi avec un tuyau anonyme de Mercadier, pour le prévenir que le type était dangereux… Pour le coup ça a marché. Le Viet a fini au tapis, mais c'était risqué.

Simon reprend son souffle, fait couler un verre d'eau au robinet de sa minuscule cuisine, le vide d'une traite. Il sent sa bouche moins sèche. Le remplit à nouveau et l'avale aussi vite. Il hésite à se servir une dose de whisky mais renonce.

Raillard n'a pas fini le sien.

Il fixe Kaspar avec le même regard bienveillant, se redresse avec difficulté, l'âge ou l'ankylose de la position.

– Je vous savais intelligent, mais je vous ignorais bon flic, inspecteur Kaspar, dit-il encore. En dehors de ces abrutis de Signol et Rabier, avec qui avez-vous trouvé tout ça ?

La remarque sur le flic de l'IJ et l'archiviste du SATI résonne comme un aveu. Au moins l'aveu de la soustraction du dossier Jurgensen.

Simon pense à Gerber et à Servent. Il éprouve une soudaine fierté. Il se demande à quoi le flic de la DST va désormais occuper sa vie, sans Rouges à traquer.

Il ne répond pas à Raillard.

Le nouveau chef de la Mondaine va se servir un autre scotch sans demander la permission à Simon.

– Bien sûr je pourrais corriger votre récit, vous dire par exemple que ce pauvre Adrien n'est pas pour grand-chose dans toute cette histoire. Il a suivi le mouvement. Même pour la Belle Estelle, ça n'est pas lui qui a décidé. Je pourrais aussi vous donner des précisions, mais je dois avouer qu'à peu de choses près vous avez fait du bon boulot.

Lulu distribuant, comme à la brigade, les compliments et les encouragements. Cette sincérité apparente dont pas un flic ne semblait douter. Kaspar est bluffé par ses capacités de dissimulation. Surtout depuis si longtemps.

– Je pourrais faire tout ça, mon cher Simon, mais je ne le ferai pas. Je ne vous demanderai même pas où sont vos preuves. Pour la bonne et simple raison que vous et moi, ces histoires de putes, de Ben Barka, de Marković, on s'en fout, n'est-ce pas ? On se fout aussi de Pompidou, d'autant plus qu'il va clamser. C'est autre chose qui nous intéresse, non ?

– Je ne comprends pas.

– Au fond, l'origine de votre enquête et la raison pour laquelle j'ai participé à tout ce que vous avez découvert ne sont pas si éloignées. Ce sont presque les mêmes.

Simon laisse filer un silence.

– Je suis un vieux flic, inspecteur, un très vieux flic. Et ce n'est pas parce que je passe mon temps dans mon gourbi sans mettre le nez dehors que j'ai perdu mes sens. J'ai encore du pif, je n'ai pas la vue basse et j'ai toujours l'ouïe fine.

Il se marre, fouille dans la poche intérieure de sa veste. Simon remarque son holster vide.

– En réalité, je suis venu vous voir pour plusieurs choses. D'abord, pour vous entendre dresser mon acte d'accusation. Ça, c'est fait. Ensuite, pour vous montrer ceci…

Il fouille dans sa poche de veste.

– Tenez, dit-il. Tout est finalement une histoire de photos.

Le jeune flic regarde l'image en partie abîmée par une tache noirâtre.

Quatre personnages, alignés et souriants.

Trois hommes, la trentaine, en costume croisé sombre.

Une jeune femme à la chevelure mousseuse, à peine sortie de l'adolescence.

Liquidation

– Lucienne m'a dit que vous lui avez parlé d'une photo, l'autre soir devant ses amis… J'ai pensé qu'elle pourrait ressembler à celle-ci, dit Raillard.

Il s'approche du mur et punaise l'image. Il montre chaque personne du doigt. Pierre Piget. Lucienne Goldfarb. Lucien Raillard. Jean Hénoque[1]. Printemps 1943. Il ne se souvient pas de la date précise.

– Exemplaire unique.

La preuve absolue de la collaboration de la Rouquine et de Raillard avec les nazis.

La photo que Léon avait demandé à Odile de trouver. Pour se venger. Celle qu'Odile cherchait dans les affaires de Lucienne. Pour Léon. Par amour. Qu'elle a sans doute eue entre les mains. Qu'elle devait lui apporter au petit matin dans leur repaire secret de la rue Laugier.

La photo pour laquelle elle était morte.

Les jambes de Simon flageolent. Il ne sent plus la rage qu'il l'a fait courir rue des Immeubles-Industriels pour fracasser la tête des Rosenblum. Il n'éprouve qu'une immense fatigue.

1. En 1943, René Jean Hénoque est depuis un an à la tête de la BS-2, brigade spéciale chargée de détruire les réseaux très structurés des résistants communistes menant des activités « terroristes » armées. Numéro 2 des BS, le commissaire de police à l'ascension rapide au sein de la PP (il y entre en 1937) dispose de gros effectifs, ses dizaines d'inspecteurs savent obtenir des résultats, non seulement pour faire tomber les réseaux, mais aussi pour en faire parler leurs membres. Une efficacité saluée par les huiles des services allemands, SiPo et SD, avec qui il entretient des relations cordiales : il aurait été l'un des meilleurs pour ses coups portés à la résistance, et il aura aussi à l'occasion payé de sa personne lors d'interrogatoires musclés. En août 1944, il prendra la fuite, trouvera refuge dans sa belle-famille en Belgique, sera condamné à mort par contumace. Il semblerait que la justice française ne se soit pas acharnée à le retrouver comme il est mort dans son lit en 1996 à l'âge de 87 ans.

– Vous l'avez tuée pour ça ? dit-il dans un murmure.

Raillard, debout maintenant, s'approche de lui. Traits tendus, bouche fermée, les yeux brûlants de cette violence que lui a soudainement perdue, il a arraché son masque.

– Oui ! Je l'ai tuée de mes mains. Regardez bien la tache qui gâche la photo, c'est son sang. Le sang d'une petite grue qui avait trahi son amie pour un sale Juif…

Simon arme son poing, avec un bras sans force. Il a l'impression que son ventre explose. Le lit amortit sa chute.

– Restez tranquille, lui dit Raillard, nous en avons presque terminé.

– Pourquoi ?

L'ancien flic des Brigades spéciales va chercher la chaise en bois près de la table en formica et s'assoit contre le lit. Simon retrouve un peu de souffle.

– Vous pensez bien que je sais qui vous êtes depuis le jour où vous êtes arrivé à la brigade. Personnellement je n'aurais pas attendu pour vous liquider. Mais la Princesse a toujours voulu sauver votre peau. C'est une sentimentale, au fond. Alors, j'ai obéi. Puisque c'est la patronne depuis plus de trente ans… Je ne suis donc pas venu pour vous tuer, mais pour vous enterrer vivant. Et pour ça je vais tout vous raconter.

– Je crois que je ne préfère pas…

– Faites semblant de ne pas écouter.

Simon a l'impression que le visage du vieux collabo se déforme encore.

Flic par hasard, nommé au commissariat de Puteaux, mais collaborateur par conviction, c'est lui qui interpelle la Rouquine en cavale, avec des faux papiers. Elle louait une chambre dans un hôtel de Puteaux. Il n'avait jamais vu un tel phénomène : une femme aussi sûre de sa séduction et sans aucune peur, capable de devancer les demandes et de combiner au mieux. Il la libère. Elle reste à Puteaux. Il lui a vaguement fait miroiter qu'il ferait libérer son frère et sa mère internés à Drancy. Tous les deux font semblant d'y croire. Elle veut vivre la grande vie. En toute indépendance. Tous deux ont de l'ambition. Une ambition que rien ne doit entraver.

Kaspar l'interrompt, il connaît la suite.

– Ce que vous ignorez, inspecteur, c'est que notre Princesse a toujours rêvé d'entrer dans la police. Et c'est d'ailleurs pour ça qu'elle continue de travailler avec nous.

Il lui raconte malgré tout par le menu les arrestations du 23 mars 43. Les efforts de Piget, son chef, pour recevoir un peu de la gloire des Brigades spéciales. [Après tout, n'était-ce pas aussi grâce à leur source que l'opération avait réussi ?]Une poignée de jeunes Juifs sont ainsi conduits à Puteaux.

– C'est d'ailleurs à cette occasion que la photo a été faite, précise-t-il. Il y a eu un seul tirage et je vais vous faire une confidence, je l'ai volé à cet idiot de Piget pour l'offrir à Lucienne.

Mais la gloire est éphémère. Il n'a même pas le temps d'intégrer la Préfecture que le vent tourne.

– Une chance finalement, dit-il, à part trois couillons à Puteaux, personne ne connaissait mon existence.

Il choisit alors de prendre le masque dont il ne se départira plus en public, devient Lulu, un petit flic de la PP, membre sans talent du groupe des Julots à la Mondaine. Jusqu'aux retrouvailles avec la Rouquine, avenue de la Grande Armée.

– Je me souviens qu'elle a pleuré sur sa mère et son frère, mais pas sur ceux de son quartier. Elle bossait en indépendante et je lui ai proposé ma protection. Je suis devenu son julot mais pas pour le pognon, pour ses tuyaux… Grâce à elle, nous avons fait plusieurs jolis coups, notamment un fameux en infiltrant des partouzes en plein air au bois de Boulogne.

Lucienne rêve toujours de fric, de luxe et de pouvoir, lui de grimper les échelons du 36. Sauf que l'époque est tourmentée et que plane le risque de voir le passé remonter à la surface.

Il ne sait plus lequel des deux a alors une idée.

– Cette idée, je vous l'ai apportée, inspecteur, je suis certain qu'elle vous intéressera.

Il sort quelques feuilles de papier jauni de l'autre poche de sa veste. Il précise que ce sont des originaux, mais qu'il en détient des copies ainsi que d'autres documents du même type.

Une longue liste.

Des noms et des fonctions.

Baillet, Barrachin, Bel, Bignard… Des inspecteurs, inspecteurs principaux, commissaires, commissaires divisionnaires. Rottée, directeur.

La plupart de ces noms ne lui disent rien, d'autres vaguement quelque chose.

Santoni, inspecteur. Servent, inspecteur…

Simon s'arrête.

– Vous avez reconnu quelques-uns de vos informateurs ? demande Raillard.

– Ce sont les noms des flics des Brigades spéciales ?

– Oui. Je crois qu'ils y sont à peu près tous… Deux cents environ. Nous y avons ajouté quelques autres noms, des collaborateurs occasionnels des BS, si je puis dire.

Il rit encore. Un rire forcé cette fois, mauvais.

Simon a envie d'ouvrir les fenêtres. « Aérez de temps à temps », lui avait dit Rachel.

– C'est grâce à cette liste que vous êtes devenus intouchables ?

– Disons que ceux qui n'avaient pas été fusillés, ni condamnés, avaient envie de se faire oublier et ne souhaitaient pas qu'on leur rappelle cette période, répond-il avec détachement, presque indifférence. Et puis, vous avez raison, les patrons, le Préfet ou les ministres, ils aiment les bons flics, et les bons flics sont ceux qui ont de bons tuyaux… La Princesse et moi, nous avons toujours eu de bons tuyaux. Surtout elle, je le concède.

Simon se rappelle l'explication d'André Servent, le pacte entre la Rouquine et le collabo, jamais rompu.

– Notre liste s'est d'ailleurs révélée très vite efficace. Parce qu'il se trouve que quelques-uns des youpins que nous avions embarqués ont trouvé la force de rentrer et de nous emmerder. Il y a d'abord eu ce Rosenblum qui a reconnu Lucienne avec votre mère et qui s'est mis à déposer des plaintes. J'ai passé une partie de mon temps à le pister et à faire enterrer les dossiers derrière lui. Ensuite il a fallu que votre mère s'amourache de son frère.

Un rictus de jouissance sur le visage du vieux collabo.

– Lucienne a d'abord trouvé étrange le retour d'Odile au tapin alors qu'elle avait décroché. Et puis elle posait plein de questions... C'est Paul, étudiant, qui n'était pas encore Monsieur Paul, qui joue la filoche. Il n'a pas grand mal à découvrir la liaison d'Odile avec le cadet des Rosenblum. Elle n'était quand même pas très futée, votre maman. On avait aussi compris qu'elle venait faire ses passes avenue de la Grande Armée pour fouiller dans les affaires de Lucienne. Paul se démerdait pour faire croire qu'il sortait. Il la surveillait depuis le studio d'à côté. C'est comme ça qu'il l'a vue tirer la photo. Moi mon boulot, c'était de la récupérer... C'est ce que j'ai fait.

– Vous étiez obligé de la tuer ?

– Je suis sur la photo, inspecteur. Elle m'avait forcément reconnu. Je connaissais votre mère grâce à Lucienne depuis 48, je crois. Je n'avais pas le choix, je suis désolé.

– C'est aussi parce que Sarah Berkowicz vous avait reconnu que vous l'avez tuée ?

– Suzanne Jurgensen, vous voulez dire. Là, c'est Hanoi qui s'en est chargé... Lucienne avait retrouvé cette pauvre fille sur le trottoir. Elle voulait lui donner un coup de main, en plus c'était la plus ressemblante avec Claude. Comme elle ignorait ce qui lui était arrivé, tout allait bien. Mais un jour, longtemps après, par un coup de malchance, elle m'a vu avec Lucienne et m'a trouvé un air de famille avec un type des BS qui l'avaient embarquée en 43... La Princesse a eu beau essayer de la calmer, ce fut impossible. Elle menaçait de faire un scandale. Là encore, je n'avais pas le choix, vous comprenez...

Kaspar se sent anesthésié. Il pense au holster sans arme de Raillard. À son Unique dans le placard. Il se souvient qu'il l'a vidé de ses balles pour aller chez les Rosenblum.

– Ce sont les Rosenblum qui vous ont tuyauté sur la photo ?

– Oui.

– Vous auriez pu faire un sacré poulet.

– J'avais cru comprendre que Demaison était aussi intervenu ?

– Dans l'histoire de votre mère, sûrement pas. De toute façon les avocats évitent de se salir les mains.

– Mais est-ce que ce n'est pas lui qui a fait classer les plaintes ?

– La dernière seulement. C'est lui qui a soulevé l'immunité de Lucienne, comme étant mineure en 43. C'était pour elle la certitude ne plus être emmerdée. En réalité, c'est moi qui ai présenté Demaison à Lucienne. Un avocat, de gauche, et résistant, je savais que ça collerait. Ils ont plein de points communs, et pas que l'opéra…

Raillard se lève en faisant valdinguer la chaise d'un coup de talon. Il regarde Simon allongé sur son lit. « Minable », murmure-t-il. Kaspar se redresse, il le frappe à nouveau.

– Tuez-moi ou je balancerai toutes vos saloperies.

– Vous plaisantez. Je vous ai dit que je venais vous enterrer vivant…

Il s'arrête, regarde le mur avec le bitumar et les inscriptions, décroche la photo de Lucienne, celle de Piget et lui avec Hénoque, l'empoche.

– Vous avez reçu à la brigade une convocation de l'IGS…

– Parfait !

– Ne vous privez surtout pas de leur parler de moi, mais je serais vous, j'irais à reculons. D'après le commissaire Robert, ils vous ont dans le pif. Je passe sur le fait que vous et Gerber, paix à son âme, n'avez pas fait sauter le condé de la Princesse, j'ai rattrapé le coup. Mais il paraît qu'elle vous a fait quelques cadeaux. Un Dupont notamment. J'espère pour vous que ça n'est pas celui qui traîne, dit-il en montrant le briquet oublié sur le livre qui sert de table de chevet à Simon. Mais il y a plus sérieux. Une pute, une certaine Giselle Ponthieux, serait passée à confesse. Natacha pour son nom de scène, ça vous dit quelque chose ?... Outre le fait qu'elle a prétendu vous avoir refilé jusqu'en septembre dernier une partie de son fric, ce qui fait de vous un proxo, elle dit que vous preniez du plaisir à la tabasser... Robert m'a dit aussi qu'un type du SAC, Hernández – le gars n'a pas bonne réputation c'est sûr –, affirme que vous l'auriez racketté dans un hôtel du côté de Pigalle... Bref, c'est surtout ça que j'étais venu vous dire, mon p'tit Simon. Je serais vous, je me chercherais un avocat. Appelez Demaison ou l'un de ses associés...

Il éclate de rire.

– Salopard.

– Bon, je vous laisse, vous m'avez dit que les PTT devaient passer. C'est une bonne idée de vous faire installer le téléphone. Ah, une dernière chose : lisez *Le Figaro*. Ils doivent publier un truc dans les jours prochains, ça devrait vous intéresser.

Raillard sort sans refermer la porte derrière lui.

Simon se lève en se tenant le ventre et va jusqu'à la fenêtre. En bas dans la rue de la Parcheminerie, le patron de la Mondaine lève la tête et lui adresse un petit signe de la main.

Le difficile art de la vengeance

Mardi 2 avril

Des vêtements sur le sol, une bouteille vide sur le lit défait, une autre à moitié sur la table, près d'un paquet de chips éventré, deux verres remplis de mégots.

Après la visite de Raillard il a passé trois coups de fil. Toujours au même numéro. À chaque fois la secrétaire lui a répondu que l'inspecteur Fournier était injoignable.

Il n'a pas quitté son studio depuis samedi. Il n'a pas aéré non plus.

Simon cherche son carnet dans une poche de sa veste, tourne quelques pages et attrape le téléphone posé par terre.

– Bonjour, je suis Simon Kaspar, je voudrais parler à Rachel.

– Tiens, vous sortez du trou ? ... Elle n'est plus là, répond Béatrice.

– Que voulez-vous dire ?

– Vous êtes un peu con. Elle vous a appelé dix fois, je me demande même si elle n'est pas passée chez vous… Il paraît que vous n'avez jamais répondu.

– Mais je n'ai pas reçu de message, j'ai le téléphone depuis seulement huit jours, balbutie Kaspar.

– J'en sais rien. Je pense qu'elle a appelé votre bureau. Vous êtes flic, c'est ça…

– Oui.

– Y'a un autre flic qui a appelé la semaine dernière, mais c'était pas vous…

– Quoi ? hurle Simon. Quel flic ?

– Holà, c'est bon. Monsieur disparaît pendant des semaines et quand il remonte à la surface, c'est pour faire son jaloux.

– Mais ça n'a rien à voir, continue-t-il de crier. C'est qui ce flic et elle est où Rachel ?

La voix de la copine est soudainement moins assurée. Elle répond que l'homme n'a pas donné de nom, dans le téléphone on aurait dit un vieux et elle ne lui a pas parlé de Rachel. De toute façon elle est partie. La fille de la Belle Estelle est installée à Barcelone, chez sa tante.

– Si ce flic rappelle, vous ne lui dites surtout pas où elle se trouve ! Et vous me prévenez aussitôt.

Il lui donne son numéro.

– C'est quoi ce bordel ?

– Ce type est dangereux, c'est un ancien nazi qui a fait déporter des centaines de Juifs et de communistes. Il a voulu faire croire que la femme de Pompidou participait à des partouzes, mais il tient toujours la moitié de Paris…

Il s'arrête. Un silence dans le téléphone.

– Putain, mais vous êtes complètement fêlé, dit Béatrice en raccrochant.

Kaspar repose le combiné.

Il sent ses yeux s'emplir de larmes.

Son regard trouble s'arrête sur l'article du *Figaro* qu'il a accroché au mur au milieu du bitumar.

La première chose qu'il a lue après avoir acheté le journal, samedi matin, c'est le titre et la signature.

Exclusif

LA PRINCESSE VEUT FAIRE LE MÉNAGE À LA MONDAINE

Par Edmond de la Garenne

Le journaliste qui avait débarqué au milieu de la nuit à la brigade, après le coup de filet au Sélect, en septembre. Le copain de Raillard. L'article raconte que la propriétaire d'un hôtel parisien souhaite témoigner devant la justice du racket dont elle est victime de la part d'un certain nombre de policiers.

La Garenne évoque en filigrane le genre de maison que tient la princesse de Passy, sans préciser son nom mais en indiquant que le « tout-Paris » fréquente depuis des années son établissement. Y compris des politiques. « *C'est parce qu'elle se dit victime des agissements répréhensibles de certains fonctionnaires de la Brigade mondaine,* écrit le journaliste, *que cette gérante d'hôtel a décidé, par l'entremise de son avocat Me Albert Demaison, de saisir le procureur de la République de Paris.* » Il égrène ensuite les griefs, les mêmes que ceux énumérés par Raillard devant lui, ajoute qu'un autre policier lui aurait extorqué des fonds, mais démasqué par le commissaire Filippis, promu depuis peu à la direction de la PJ de Rennes, le fonctionnaire en question aurait choisi de mettre fin à ses jours pour échapper au tribunal.

L'Inspection générale des Services a été saisie de l'enquête, conclut *Le Figaro,* précisant que le nouveau patron de la Mondaine, grâce aux accablantes révélations de la princesse de Passy, a d'ores et déjà engagé un grand ménage dans son service.

Kaspar arrache l'article. Il allume le premier briquet, à portée de main, et l'enflamme. Des cendres noires volettent dans le studio.

Simon décroche son téléphone.

– François ?

– Ça fait longtemps, dit son oncle d'une voix enjouée.

– Tu pourrais me prêter ta bagnole ce soir ?

– Elle est pourrie, tu sais, ma caisse. J'espère que tu ne veux pas aller trop loin.

– Non, non, t'inquiète. Je te la ramène demain.

– Pas de problème. Tu passes quand ?

– Vers 20 heures.

Simon regarde sa montre. Deux heures devant lui.

Il range, met son lit en ordre, vide les verres-cendriers dans un sac, arrache le bitumar, les photos et les met dans un autre sac, descend les poubelles, remise les bouteilles ouvertes dans un placard, lave le mur à l'éponge, frotte jusqu'à ce que les inscriptions ne soient plus lisibles, prend une douche, rase son visage glabre, met des vêtements propres, attache sa ceinture de poitrine abandonnée sur la chaise depuis sa visite aux Rosenblum.

Il sort.

Il prend le métro et marche ensuite jusqu'au P'tit Coin.

Il avale un scotch avec François.

Son oncle lui donne les clés de la 204 garée au coin de la rue.

Simon rejoint le périphérique par la porte de Clignancourt, fait un tour complet en pensant à la Belle Estelle et sort à la porte de Champerret. Il s'arrête à une station-service, fait le plein et demande au pompiste de lui remplir un jerrican de sécurité qu'il range dans le coffre.

Il repart vers la porte Maillot, prend le boulevard Pereire et se gare sur la droite au début de la rue du Débarcadère.

Simon sort le jerrican et remonte vers le 10 *bis*.

Il regarde sa montre. Il est un peu plus de 22 h 10.

Il ne remarque pas la Renault 12 blanche, un peu plus loin, de l'autre côté de la rue, avec deux hommes à son bord. Deux flics de l'IGS. En planque.

Fournier a convaincu le commissaire Robert que, si les flics de la Mondaine sont des pourris, les hommes de leur service ont, eux, la capacité de faire tomber la mère maquerelle. Il suffirait de prouver que le 10 *bis* accueille toujours des putes et leurs clients. Un juge a même donné son feu vert aux bœuf-carottes. Pour qu'ils planquent. L'opération est en place. Fournier a prévu de débouler, avec un collègue, dans le bobinard à minuit.

En attendant le chef, les deux agents de l'IGS écoutent la radio en grillant des clopes.

Simon s'approche à pied du lupanar.

22 h 15. Flash spécial dans la bagnole des bœuf-carottes.

« Nous interrompons nos programmes, dit une voix blanche dans le poste. Le président Pompidou est mort. »

Scotchés par la nouvelle, les deux flics ne voient pas Kaspar passer à leur hauteur et entrer dans l'hôtel.

Le salon principal est quasi désert.

Simon sort son pétard, braque deux putes sur un sofa rouge et vide le jerrican sur les fauteuils, asperge les tentures, les meubles au hasard. En déversant un mince filet d'essence, il marche à reculons jusqu'à la porte d'entrée. Il fait signe aux putes et à quelques clients sidérés de dégager. La petite troupe sort soudain de l'hôtel en courant et criant.

Sur le trottoir, Simon attend quelques secondes qu'ils aient tous vidé les lieux. Il se demande si la Rouquine est dans son appartement du sixième.

Dans la R12, les deux poulets sont absorbés par les messages que diffuse l'autoradio. La même voix blanche lit maintenant le communiqué du secrétariat général de la présidence de la République. Le collègue de Fournier lève la tête.

– Putain c'est quoi, ce bordel ? crie-t-il.

Les deux flics sortent de la voiture.

Simon jette le jerrican. Sort le briquet Dupont de sa poche. Il met les bras en croix, le pétard dans la main droite, le briquet dans la main gauche.

– Kaspar ! hurle Fournier.

Les deux flics attrapent leur flingue.

Simon se tourne vers eux.

Violente douleur au bas du dos.

– Faites pas le con, dit Fournier.

Les deux bœuf-carottes sont à moins de cinq mètres de lui.

Kaspar regarde Fournier.

Kaspar jette son briquet. L'essence ne s'enflamme pas.

Kaspar sourit.

Kaspar braque Fournier.

– Faites pas le con, répète Fournier.

Kaspar appuie sur la gâchette.

Clic.

Le collègue de Fournier appuie sur la gâchette.

Bang.

Kaspar tombe.

Il pense que la douleur dans le bas de son dos a disparu.

Il entend Ellington attaquer doucement au piano, puis le rapide roulement de batterie d'Elvin Jones, et le saxo de Coltrane, enfin.

In a Sentimental Mood.

Repartir pour un tour

Dimanche 19 mai

Presque une journée d'été. La princesse de Passy marche sur les Champs-Élysées au bras d'Albert Demaison. Robe jaune à rayures bleues et costume gris clair léger. La tignasse rousse et la crinière argentée.

Lucienne Goldfarb parle de faire une tournée des plus grands opéras en juillet et un long séjour en août sur la Riviera. La fermeture administrative du 10 *bis* ne devrait pas être prolongée au-delà de trois mois, mais elle n'entend pas rouvrir de sitôt.

– Il faut vivre avec son époque, dit-elle.

Elle envisage de grands travaux, une piste de danse, une énorme boule à facettes tournante, des petits salons, bien sûr.

– Le temps des maisons et des hôtels est révolu, Albert. Je vais faire du Del Monaco un club ! Un club privé, bien sûr. Le plus grand de Paris. Tu verras.

L'avocat sourit. L'humeur légère.

– Tu as l'air détendu. Tu penses que Mitterrand va gagner ? demande la Rouquine.

– Je crains que non, mais ça devrait être très serré.

– S'il gagne, je demanderai à Placido de chanter pour lui *La Marseillaise.*

– J'organiserai le concert devant le Panthéon, s'amuse l'avocat. Et si c'est Giscard ?

– À mon avis, ça sera moins drôle, répond-elle. Mais Lulu m'a rappelé l'autre soir les noms de tous nos vieux amis et je me suis dit que nous aurons sans doute beaucoup à partager.

– À partir de ce soir, quel que soit le vainqueur, tout va pouvoir continuer.

– Bien sûr, murmure-t-elle sans regarder l'avocat. Puisqu'il ne s'est rien passé…

Glossaire

Ballon – prison.
Baveux – avocat.
Bécane – machine à écrire utilisée par les policiers pour taper les procès-verbaux d'audition.
Blanc (note blanche) – note sans en-tête ni signature rédigée par un service de police ou de renseignement, le plus souvent destinée à l'attention de la hiérarchie, du ministère de tutelle ou de la présidence.
Bobinard – maison de prostitution.
Bœuf-carottes – surnom donné aux agents de l'Inspection générale des services, appelée aussi la « police des polices ».
Boxon – maison de prostitution ; bordel, lupanar.
Bracelets – menottes.
Bretelles – dispositif de sonorisation, écoutes (poser des bretelles).
Chiquer – lors d'un interrogatoire, nier tous les faits, même contre toute évidence.
Clandé – dans le jargon policier, les clandés désignent les établissements de prostitution, aussi appelées lupanars, claques, boxons, dont l'activité est clandestine ; ils ont succédé aux maisons closes, fermées depuis le vote de la loi Marthe Robert (1946).
Cliente – personne à qui on a affaire, à qui on s'intéresse ; ou personne qui fait l'objet d'une procédure policière.
Constates – constations effectuées par la police judiciaire sur une scène de crime ; procès-verbal de constatation.
Cousin – indic' ; synonyme de balance.
Cousine – indic', informatrice ; synonyme de balance.
Envoyer aux asperges – obliger une fille de se prostituer.
Filoche – filature.
Frangine – prostituée.
Julot – proxénète.
Julot casse-croûte, julot mie de pain – proxénète de petite envergure. Plus spécifiquement, un julot casse-croûte est un homme qui se contente de faire travailler une prostituée (souvent sa femme) pour de piètres gains.

Laitue – prostituée débutante.
Larfeuille – portefeuille (verlan).
Mac (maquereau) – proxénète.
Pinces – menottes.
Plombier – poseur d'écoutes illégales.
Taule – maison, chambre, pièce ; spécifiquement, maison de prostitution ; par extension, lieu de travail, petite entreprise (comme on dit « boîte »). (Remarque : avec la graphie tôle, le mot prend le sens de prison.)
Taulier – patron, chef ; spécifiquement, propriétaire ou gérant d'un hôtel, et par extension, d'un bordel.
Valcazes – valises.

Personnages du roman – organigramme

Policiers de la
PRÉFECTURE DE POLICE DE PARIS

Jean Dominique **Paolini** (1921-2015) – Préfet de police de Paris (1973-1976)

André **Millet** – chef de cabinet de Jean Dominique Paolini

POLICE JUDICIAIRE

Brigade mondaine

Adrien de **Filippis**, commissaire, directeur de la Brigade mondaine

Lucien **Raillard**, dit aussi Lulu – commissaire, adjoint du chef de la Brigade mondaine

Marc **Gerber** – chef du groupe de la Galanterie ; ancien du groupe des Hôtels

Michel **Saintonge** – adjoint du chef du groupe de la Galanterie

Philippe **Rocher** – chef du groupe des Hôtels

Simon Kaspar – inspecteur, au groupe des Hôtels

Gérard **Lesieur** – inspecteur, groupe des Julots

Laurent **Gilenko** – chef de la brigade des Stups

Girard – agent, brigade des Stups

Malpeyre – agent, brigade des Stups, déguisé en Mike Brant pour le coup d'achat

Brigade criminelle

Jean-François **Mercadier** – commissaire, chef de la Brigade criminelle

Identité judiciaire

Gilles **Signol** – photographe laborantin

SATI

Paul **Rabier** – archiviste (PJ)

Inspection générale des services (IGS)

Fournier – inspecteur

Serge **Robert** – commissaire, directeur

Renseignements généraux (RG-PP)

Clément **Hennich** – agent

Policiers de la DST

Henri **Biard** (1915-1988) – directeur de la DST (1972-1974)

Guy **Xoual** (1921-2012) – sous-directeur de la DST (1971-1975)

Auguste **Sauvignon** – directeur adjoint, chef de la Documentation (archives)

Édouard **Charbonneau** – commissaire principal, chef des Services techniques

Clément **Millepieds**, commissaire divisionnaire, chef du « groupe de surveillance » de la Division III.

Jacques **Cousin** – agent des Services techniques

Sylvain **Lenglet** – agent des Services techniques

SUBAC

André Servent – commissaire

Joël **Landreau** – inspecteur

Max **Dejour** – agent

Pascal **Coudé-Forestier** – commissaire divisionnaire, ex-DST, chef de la Brigade centrale de Documentation et de Recherche criminelle (BCDRC)

Roger **Wybot** (Warin) (1912-1997) – fondateur et ancien directeur de la DST (1944-1959)

SDECE

Jean-Claude **Santucci** – ancien officier, ancien membre du groupe Bison 6 (1968), officiellement en service jusqu'en 1970.

SAC

Pierre **Debizet** (1922-1996) – secrétaire général du SAC

Pablo **Hernández** – souteneur de Natacha et indic'

Jacques **Foccart** (1913-1997) – chef historique du SAC ; ancien proche conseiller de De Gaulle, secrétaire général de l'Élysée aux affaires africaines et malgaches (1960-1974)

JOURNALISTES

Edmond de la **Garenne** – chroniqueur judiciaire, *Le Figaro*

RÉDACTION DU *CANARD ENCHAÎNÉ*

Roger **Fressoz** – directeur du journal

Henri **Deligny** – rédacteur

Claude **Angeli** – rédacteur

Jean **Clémentin** – rédacteur en chef

André **Escaro**, le « barbu » – dessinateur de presse

AVOCAT

Albert Demaison – avocat, conseil du *Canard enchaîné* et ami de Lucienne Goldfarb

PALAIS DE JUSTICE

Jean-Jacques **Couturier** – substitut du procureur

PROSTITUÉES et MACS

Natacha, alias Gisèle Ponthieux

Pablo **Hernández** – souteneur de Natacha et indic' ; alias Paul Hergebelle

Yolande

Eustache – souteneur de Yolande

La **Belle Estelle**, alias Danielle Simmonnot († août 1973, rue des Montibœufs)

Sylvie Leveaux († 18 décembre 1968, rue Descombes)

Suzanne Jurgensen – née Sarah Berkowicz († 17 janvier 1970, rue du Théâtre)

Richard et Serge **Macary** – photographes, propriétaires d'un studio photo, diffuseurs de publications pornographiques (†)

Mekhloufi – mac de Sylvie Leveaux (†)

Hanoi – souteneur et indic' († 1973)

Au 10 *bis*, rue du Débarcadère

Lucienne Goldfarb (1924-2017) – tenancière de l'hôtel Del Monaco, née Kajla Goldfarb, épouse de Paul Tell (1954), dite Katia (la rouquine), la princesse de Passy, Hélène, la Rouquine

Paul Tell – époux de Lucienne Goldfarb

Marthe – gérante du Del Monaco

Placido **Domingo** (1941-) – chanteur lyrique, ami de Lucienne Goldfarb

DANS L'ENTOURAGE

Annette Kaspar, dite **Nanou** – veuve de guerre, ancienne employée de bureau, grand-mère de Simon Kaspar

François Vigneron – oncle de Simon Kaspar, frère d'Odile ; tenancier de bars de nuit

Odile Kaspar – mère de Simon Kaspar (+ 14 juin 1951, rue Laugier)

Rachel – fille de la Belle Estelle

Solange Servent – épouse d'André Servent

Daclin – commissaire divisionnaire, directeur du commissariat de la rue Truffaut, XVIIe arrondissement, ancien supérieur de Simon Kaspar

DU CÔTÉ DE LA RUE DES IMMEUBLES-INDUSTRIELS

Maurice Rosenblum – arrêté et déporté en 1943 ; pigiste à *Libération*

Léon Rosenblum – arrêté en 1949 ; urbaniste

Jean **Hénoque** (1909-1994) – commissaire (PP), numéro 2 des Brigades spéciales, directeur de la BS2 (1942-1944)

Pierre **Piget** – commissaire, commissariat de Puteaux

HOMMES POLITIQUES

Présidence de la République

Georges **Pompidou** (1911-1974) – Président de la République (1969-1974) ; ancien Premier ministre (1962-1968).

Édouard **Balladur** (1929-) – Secrétaire général de l'Élysée (avril 1973-1974)

Marie-France **Garaud** (1934-) – conseillère, cabinet de la présidence

Pierre **Juillet** (1921-1999) – conseiller, sans fonction officielle à la présidence

Georges Albertini (1911-1983) – conseiller de l'ombre, visiteur du soir

GOUVERNEMENT

Pierre **Messmer** (1916-2007) – Premier ministre (1972-1974) ; ancien Ministre des Armées (1960-1969).

Raymond **Marcellin** (1914-2004) – ministre de l'Intérieur (1968-1974) ; ministre de l'Agriculture (mars 1974-mai 1974)

Robert **Galley** – ministre des Armées (1973-1974)

Pierre **Somveille** (1921-2009) – directeur de cabinet, ministère de l'Intérieur (Marcellin).

Michel **Jobert** (1921-2002) – ministre des Affaires étrangères (1973-1974)

Hubert **Germain** (1920-2021) – ministre des Postes et Télécommunications (1972-1974)

Jacques **Chirac** (1932-2019) – ministre de l'Intérieur (février 1974-mai 1974)

Maurice **Couve** de Murville (1907-1999) – ancien Premier ministre (1968-1969)

Roger **Frey** (1913-1997) – ancien ministre de l'Intérieur (1961-1967)

René **Capitant** (1901-1970) – ancien ministre de la Justice (1968-1969)

OPPOSITION

François **Mitterrand** (1916-1996) – Premier secrétaire du Parti socialiste, signataire du Programme commun (1972)

Georges **Marchais** (1920-1997) – secrétaire général du Parti communiste français, signataire du Programme commun (1972)

Remerciements

Le moment est venu de m'allonger, de balancer celles et ceux sans qui je n'aurais pu réaliser ce fric-frac historique.

Rien n'aurait existé sans celui qui, le premier, a glissé le nom de la Rouquine, « Sacré personnage ! », tandis que nous reparlions d'une affaire judiciaire qui avait défrayé la chronique à la fin des années 90. Si son nom de mariage figurait dans quelques pièces de ce dossier que je croyais bien connaître, nul n'avait relevé dans les médias que la dame en question avait été « la mère maquerelle la plus puissante de Paris », selon les dires d'un ancien grand flic. Que maître François Tosi soit ici remercié d'avoir attisé ma curiosité et de m'avoir mis sur un gros coup.

Ils sont peu nombreux à avoir écrit sur la Rouquine. Je salue et remercie Annette Wieviorka (*Ils étaient juifs, résistants, communistes*, Perrin) pour ses pages d'historienne sur la Lucienne Goldfarb, une de mes « inspiratrices » involontairement impliquée dans mon petit jeu. Une mention aussi à Hervé Deguine, qui, dans son histoire de la Rue des Immeubles-Industriels (*Rue des Immeubles-Industriels. Une rue de Paris en guerre. 1939-45*, Bonaventure), lui consacre des pages et rapporte plusieurs témoignages inédits.

Il m'en a fallu, des complices. Les poulets pour commencer, mais je ne donnerai pas les noms de ceux qui m'ont passé, sous le manteau ou plus souvent derrière un verre, les bons tuyaux. Je ne trahirai pas la promesse que je leur ai faite de préserver leur anonymat. Que chacun d'eux, qui se reconnaîtra, sache le rôle crucial qu'il a tenu dans mon enquête préalable sur le 36, ses locaux, ses mœurs et affaires. Qu'ils en soient remerciés.

Quant aux barons de la Grande Maison, je ne me suis pas privé de prendre ce qui m'intéressait dans leur littérature. Merci donc, à distance, au commissaire Richard Marlet (*Les Experts. Mode d'emploi. La Police technique et scientifique enquête*, Éditions Favre), à l'ancien patron de la PJ Claude Cancès (*Histoire du 36 quai des Orfèvres*, Pocket ; avec Matthieu Frachon, *La Mondaine*, Pygmalion), Roger Le Taillanter (*« Le Grand ». Ma vie de flic*, Plon), Lucien Aimé-Blanc (avec Jean-Michel Caradec'h, *L'Indic et le Commissaire*, Plon) ; et aussi Jean-Marc Ancian (*La Police des polices*, Balland).

Les gratte-papiers, eux aussi bien tuyautés, méritent également de porter le chapeau, avec mes remerciements : Patricia Tourancheau (*Le 36. Histoires de poulets, d'indics et de tueurs en série*, Le Seuil/Les Jours), Véronique Willemin (*La Mondaine. Histoire et archives de la Police des Mœurs*, Hoebecke), Roger Faligot et Pascal Krop (*DST. Police secrète*, Flammarion), Jean Guisnel et Rémi Kauffer (*Histoire politique des services secrets français. De la Seconde Guerre mondiale à nos jours*, La Découverte).

Du côté des arcanes politiques, j'ai exploité les bonnes pages de Patrice Duhamel et Jacques Santamaria (*L'Élysée. Histoire, secrets et mystères*, Plon ; *La République abîmée*, Plon) et aussi celles d'Éric Roussel (*Pompidou*, Tempus).

Une kyrielle d'autres indics, de la confrérie journalistique, m'ont fourgué quelques infos singulières sur les liaisons tumultueuses entre flics et politiques : elles ont nourri mon imagination pour restituer des situations vraisemblables. Je ne moufterai pas leur identité, mais qu'ils soient tous salués.

À cette ribambelle d'informateurs, je me dois d'ajouter les témoignages des véritables acteurs de l'Histoire : la Rouquine en premier lieu (*Alphonse Boudard présente La Rouquine. Propos recueillis par Martin Rolland*, Balland) ; mais aussi Raymond Marcellin (*L'Importune Vérité ; la guerre politique*, Plon), Jacques Foccart (*La Fin du gaullisme*, Fayard), Georges Pompidou (*Lettres, notes et portraits 1928-1974*, Robert Laffont). Et last but not least, Claude Angeli (avec Stéphanie Mesnier, *Les Micros du* Canard, Les Arènes), l'homme qui fut dans le viseur, au centre de l'affaire des « écoutes du *Canard* ».

Enfin, et dans un autre registre, que soit remercié Franck Pagnoux, receleur archiviste, qui, en m'offrant, sous la forme d'un vieux carton, la collection intégrale du *Canard enchaîné* (années 1971-76), m'a permis de réussir mon coup.

Pas de coup possible sans appui familial et amical. Merci à Amos, premier lecteur de mes esquisses, attentif et précieux, à Nathan, son frangin soucieux que je ne perde pas les pédales, et à la Varga qui m'a convaincu que je pouvais réussir mon cassement. Sans Madame Liana je me serais sans doute contenté d'un vol à la sauvette. Et que dire de Madame Sandrine qui n'a eu de cesse de me motiver et m'encadrer. Avec la Lévi et la Palussière, les deux taulières en coulisses et sur mon épaule, j'aurais même pu braquer la Banque de France.

Mais puisque j'ai dit que je ne chiquerai pas, je ne peux terminer sans donner les noms des vrais patrons. Tous ces gars devant lesquels je ne suis qu'un demi-sel, dont le simple fait d'écrire les noms me donne un frisson. Tout ça, c'est à cause d'eux. Pour le plaisir, j'en balance quelques-uns : James E., Jim T., David P., Dashiel H., Joseph W., Dennis L., David G., Daniel W., Ed M.B. ; et côté français, Thierry J., Hervé Le C., Pascal D., et Jean-Patrick M. bien sûr.

Table des matières

Troisième partie
Casting
décembre 1973-février 1974

Quatrième partie
Le pacte
février-avril 1974

CET OUVRAGE A ÉTÉ ACHEVÉ D'IMPRIMER
SUR ROTO-PAGE
PAR L'IMPRIMERIE FLOCH À MAYENNE
EN FÉVRIER 2022

N° d'édition : 578. N° d'impression : 99924
Dépôt légal : mars 2022
Imprimé en France